KB262530

장희빈 [1]

장희빈 [1]

장희빈

월탄 박종화 장편역사소설

범우사

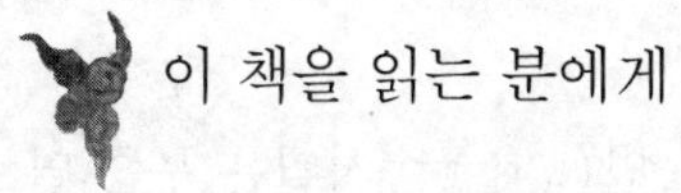 이 책을 읽는 분에게

한국의 신문예운동은 기미년 3·1 만세운동을 전후하여 일어났으니 햇수로 55년, 어느덧 반세기 이상의 세월을 지내 왔다.

그러나 여태껏 한국의 소설이 스케일이 크지 못하고 한갓 소시민의 신변잡사가 아니면 천박한 애련묘사(愛戀描寫)로만 일관되어 온 것은 누구나 부인하지 못할 사실이다. 신변잡사로 소설을 쓰게 된 것은 순전히 과거에 일본문학의 영향을 받아 온 때문이며, 이는 이 땅의 문학인들의 피치 못할 고질이 되어 왔다. 신변잡사가 소설이 되지 못할 것이 아니요, 애련묘사가 독자의 관능에 호기(好奇)를 끌지 않을 바가 아니지만, 너무 단조롭기 쉽고 너무 안이함으로 기울어지기 쉬운 것이다. 이리하여 나는 여기에서 탈피해 보려는 노력으로《장희빈(張禧嬪)》을 쓰기 시작한 것이다.

병자호란을 겪고 난 이 나라 1백 년 동안의 역사를 종(縱)으로 하고 여기 궁중과 조정의 거유(巨儒), 석학(碩學), 재상(宰相), 충신(忠臣)이며 미희, 요녀(妖女), 음부(淫婦) 등 상하의 인물을 횡(橫)으로 점철하여 한국의 남성, 한국의 여성 하나하나의 독특한 개성을 묘사하려고 노력하였다. 동인, 서인, 남인, 북인, 노론(老論), 소론(少論)으로 갈려져서 정치무대로 향하면서 극랄한 투쟁을 전개시키는 독한 성격은 3백여 년 뒤 오늘에도 우리의 푸른 눈으로 똑똑히 볼 수 있는 것이다.

일세(一世)의 거유로 존경을 받던 우암(尤庵) 송시열은 무슨 일로 해서 사약을 받아 죽지 아니하면 아니 되게 되었던가. 그의 예설(禮說)은 한 세상을 풍미하였고, 그의 지위는 일국의 대로(大老)였으며, 그의 도학(道學)은 일대의 사표요, 그는 노론의 영수였다. 그는 조정의 일인지하(一人之下)요 만인지상(萬人之上)의 자리에 있어서 그의 족숙(族叔)인 동춘(同春) 송준길(宋浚吉)의 외손인 민씨(閔氏)를 왕비로 모시도록 추천했던 것이다. 노론의 권익을 대대로 뿌리 깊게 펴 보자는 의도였다.

이리하여 그는 마침내 민비의 폐비(廢妃)와 함께 와석종신(臥席終身, 제 명을 다하고 편안히 자리에 누워서 죽음)을 못 하게 되었다. 역시 일대의 거유이면서 욕심에서 살다가 욕심으로 비명횡사를 한 것이다. 노론에 동조를 하지 않는 소론이면서 대의를 들고 나서서 폐비를 반대하다가 마침내 뼈가 부스러지고 단근질에 살이 타는데도 불구하고 최후까지 항의를 하다가 죽은 박태보(朴泰輔)는 한국 선비의 기막힌 성격을 그대로 드러낸 아쉽도록 굳고 깨끗한 한 면이다. 우암 송시열과 대조하여 한 계단 높은 곳에 있는 불굴의 정신을 가진 한국 선비의 또 한 면을 보여준다.

노론의 젊은 모사(謀士) 김춘택(金春澤)은 문호(文豪)의 종손(從孫)이요, 부원군(府院君)의 손자요, 자기 자신이 일대의 문장가(文章家)이면서도 그 행동이 간특하면서 천변만화(千變萬化)의 재간을 가졌다.

그의 음모와 수단으로 인하여 6년 동안이나 폐출(廢黜)되었던 민씨가 다시 복위(復位)되고 욱일승천(旭日昇天)같이 임금의 귀여움을 받던 장희빈이 평지풍파로 폐비가 된 것이다. 뿐만 아니라 다시 8년 뒤에는 민비의 복위를 역이용하여 장희빈이 신당(神堂)을 지어서 민비를 병들게 했다고 몰아 마침내 남인(南人) 정권의 싹이 움트지 못하도록 장희빈을 자진해 죽게 만든 그의 기막힌 행동은 정권욕이 얼마나 독한 것인가를 우리에게 가르쳐 준다. 여기에서 김춘택 역시 한국적인 간특한 선비의 일면을 대표한 사람이라 할 것이다.

여기에 배치된 민비(閔妃), 후궁 김씨(金氏), 장희빈은 모두 다 일대의 주역이지만 숙종의 모후 김씨(母后金氏), 숙종의 증조모 조씨(曾祖母趙氏) 또한 우리 가정에서 흔히 발견할 수 있는 유형의 인물이라 할 수 있다.

소설은 쓸수록 어렵다는 생각을 갖는다.

1975년 9월 5일
동악루(東岳樓)에서 월탄 씀.

차 례

사련(邪戀)

효종(孝宗)대왕이 뜻밖에 꿈에도 생각지 아니했던 빈종(鬢腫, 살쩍 주위에 나는 부스럼)으로 인하여 허무하게 세상을 떠나고 보니 병자호란(丙子胡亂)의 치욕을 씻으려던 북벌계획(北伐計劃)은 중도반단에 뭉그러져 버리고 말았다. 북벌을 주장하던 우암(尤庵)이 살아 있어도 소용이 없고, 어명을 받들어 북벌의 준비를 차리던 이완(李浣) 대장이 있어도 쓸데가 없고, 북벌계획을 은밀하게 숨어서 도우려던 안주집이 있어도 소용없게 되었다.

효종대왕이 돌아간 뒤에 외아드님 현종(顯宗)이 왕위에 나아가 임금 노릇을 한 지 겨우 15년에 병을 얻어 돌아가니 춘추가 아깝게도 34세였다. 그러나 왕사(王嗣, 왕세자)는 또다시 외아들밖에 없었다. 어린 세자가 나이 겨우 15세에 등극을 하니 이분이 곧 숙종(肅宗)대왕이다.

효종이 큰 뜻을 품고 실현을 못 하고 돌아간 뒤에 이 나라 조정(朝廷)의 정치적 정세는 어찌되어 있었던가.

선조 때 불행하게 일어나기 시작한 동인과 서인의 당파싸움은 마침내 왜적의 엿본 바가 되어 임진왜란(壬辰倭亂)이란 7년 대전쟁이 이 땅에서 일어나게 되었고, 전쟁 뒤에도 깨닫지 못한 망국의 신하들이

다시 당파싸움을 계속하다가 인조반정(仁祖反正)과 이괄(李适)의 내란을 치렀지만 그대로 당파싸움은 계속되어 마침내는 임진왜란이 끝난 지 40년 뒤에 다시 병자호란이 일어나 남한산성(南漢山城) 아래 청(淸)에게 항복을 하는 만고에 씻지 못할 치욕을 당하게 되었다.

다행히 불세출의 영특한 임금 효종대왕의 북벌계획으로 나라가 얼마만큼 일치단결이 되었으나 효종이 뜻밖에 빈종으로 인하여 허무하게 세상을 떠나니 일치단결 국치(國恥)를 씻으려던 일은 중도반단에 뭉그러져 버리고 조정은 또다시 당파의 구렁텅이로 떨어져 버리고 말았다.

효종을 도와 독대(獨對)를 드리면서 기어코 나라의 부끄러움을 씻고 명나라를 부흥시켜 보려던 우암 송시열 자신마저 당파 속에 휩쓸려 들어서 마침내는 약사발을 안고 와석종신(臥席終身)을 못 하게 되었다.

당파는 요원(燎原, 무서운 기세로 퍼져 가는 세력 따위를 비유적으로 이르는 말)의 불길이 번지듯 일어나 삼천리 강산을 휩싸 안았다.

이 나라 민중과 백성들과는 아무런 관련이 없으면서도 양반계급 속에서 서로 죽이려고 서로 짓밟는 이 비극은 선조, 광해, 인조, 효종, 현종, 숙종, 영조, 정조의 여덟 세대 230여 년에 뻗쳐 흘렀다. 민중과 대중들은 이 당파에 아무 관련이 없으면서도 마침내는 억울하게 나라 잃은 백성이 되어 버리고 만다.

그들의 배운 학문과 그들의 연구한 예론(禮論)은 진리를 위하고 정의를 위하는 학문이기보다는 상대편의 당파를 쓰러뜨리는 데 이용하는 학식이요, 상대편 영수를 함정으로 빠뜨려 죽음을 주게 하는 예론들이었다.

궁중 안에는 궁중대로 말썽 많은 과부가 많았다. 어린 임금 숙종의 증조모인 인조대왕의 계비(임금이 다시 장가를 가서 맞은 아내)인 양주

조씨(楊州趙氏) 조대비가 있고, 숙종의 모후인 현종비(顯宗妃) 청풍부원군(淸風府院君) 김우명(金佑明)의 따님 김대비가 있었다.

이들 늙은 과부와 젊은 과부는 겉으로 보면 당파에 아무런 관련도 없는 듯이 보이지마는 실상 속을 들여다본다면 그들은 당파 없이 왕비가 될 수 없었다. 그들의 친정집은 노론이 아니면 소론이요, 남인이 아니면 북인이었다.

이러하니 왕비들의 친정집이 잘되고 못 되는 것은 직접 왕비한테 영향이 미쳤다.

남인 집에서 나온 왕후가 친정집인 남인이 몰리면 친정과 함께 운명을 같이하여 폐비가 아니 되면 사약을 받게 되니, 왕후나 대비들은 궁중 깊고 깊은 속에 앉았으면서도 가만히 친정집과 연락을 취하여 친정과 행동을 같이하지 아니할 수 없게 되었다.

이러하니 대비들은 그 입장을 달리해서 늙은 대비는 늙은 대비대로, 젊은 대비는 젊은 대비대로 말과 행동이 가끔 자기 친정의 당파에 좇아 달랐다.

여기에 이들은 또 하나 정치의 연계성(連繫性)을 띠는 불합리한 행동을 취했다. 서인은 같은 서인이면서도 한당(漢黨)은 노론을 쓰러뜨리기 위하여 남인과 손을 잡고, 남인은 같은 남인이면서도 자기의 위치를 청백하게 하기 위하여 탁남(濁南)을 쓰러뜨리기도 했다. 번복무쌍한 태도였다.

숙종이 겨우 열다섯 살이란 어린 나이로 할아버지 효종과 아버지 현종의 뒤를 이어 왕위에 나아가게 되니 정계는 더한층 한심스럽도록 혼란했다.

조정은 의연히 서인, 남인, 노론, 소론으로 권력의 쟁탈이 치열했고 궁중 안에는 과부가 많으니 말썽이 소란스럽도록 다단했다. 나라의 주장(主掌, 어떤 일을 책임지고 맡음. 또는 그런 사람)인 임금이 나이 어려 약하니 조정과 궁중을 누르고 이끌어 갈 힘이 없었다.

조정에 벼슬하는 요로에 서 있는 사람들은 모두 다 자칭 잘난 사람이요, 학식이 많다는 사람들이었다.

노론 당수에는 우암 송시열(尤庵宋時烈)이요, 소론 당수에는 명재 윤증(明齋尹拯)이었다. 남인의 영수는 미수 허목(眉叟許穆)에다가 고산 윤선도(孤山尹善道)이지만 남인 중에도 이들은 청남(淸南)이요, 탁남의 두령으로 영의정 허적(許積)이 있고 그의 아들 허견(許堅)이 있었다. 모두 다 일세를 진동하는 글 잘하는 선비요, 도학 높은 스승이요, 일국의 사표(師表)로 지목을 받는 사람들이었다.

그러나 이들은 효종대왕의 와신상담(臥薪嘗膽)하면서 북벌을 경영하던 국가와 민족의 큰 사업은 효종 임금의 죽음과 함께 다 잊어버리고 오직 당파를 형성시켜서 상대의 당파를 쓰러뜨리고 자기의 당파만이 조정의 정권을 잡을 것만을 궁리하고 연구했다.

나이 어린 숙종은 이 혼란무쌍한 틈에 왕위에 올랐다. 숙종은 현종의 단 하나 되는 외아들이었다. 아버지 현종 2년에 탄생했으니 할아버지 효종대왕의 얼굴을 보지 못하고 이 세상에 태어났다. 할아버지 효종대왕의 얼굴을 보지 못하고 자라났으니 효종대왕의 북벌하려던 큰 계획과 경륜을 알 까닭이 없었다.

숙종은 일곱 살에 세자로 책봉이 되고 여덟 살에 입학을 하고 아홉 살에 관례(冠禮)를 하고 열 살에 가례(嘉禮)를 하여 동갑나기인 광산 김씨(光山金氏) 김만기(金萬基)의 딸을 맞아 세자빈을 삼고, 김만기는 광성부원군(光城府院君)이 되었다. 말할 것도 없이 김만기는 서인의 중진으로서 우암 송시열의 제자요, 저 유명한《구운몽(九雲夢)》을 지은 서포 김만중(西浦金萬重)의 형님이요, 김진구(金鎭龜)의 아버지요, 김춘택(金春澤)의 조부였다.

왕가에서는 서인의 세력에 영합하기 위하여 장래 임금의 왕후가 될 세자빈을 우암 송시열의 제자인 김만기의 딸로 정한 것이었다.

그러나 열 살 먹은 코 흘리는 세자와 열 살 먹은 세자빈이 남녀의 관계를 알 까닭이 없었다. 세자는 세자빈을 맞이한 뒤에 다만 소꿉장난하는 소꿉동무가 될 뿐이었다.

세월은 흘러서 숙종이 열다섯 살이 되자 아버지 현종의 상을 당하여 왕위에 오르고 세자빈인 김씨도 따라서 왕비의 자리에 올랐다.

그러나 열다섯 살 먹은 왕이 무슨 정치를 할 수가 있으랴. 실권은 그의 생모인 현종비 청풍부원군 김우명의 딸 명성왕후 김씨(明聖王后金氏)와 청풍부원군 형제인 김우명, 김좌명(金佐明) 그리고 그의 아들인 김석주(金錫冑)한테로 돌아가 버리고 말았다.

세월은 다시 흘러서 숙종대왕이 왕위에 나아간 지 두어 해 뒤 나이 열일곱 살이 되었을 때 일이었다. 숙종은 그의 증조모인 조대비전으로 새해 문안을 드리러 들어갔다. 조대비는 항렬은 높아서 인조의 배필이지만 계비인만큼 아직도 나이 50여 세밖에 아니 된 기력이 정정한 대비였다. 조대비는 만면의 웃음으로 무럭무럭 자라나는 미소년의 왕을 대했다. 이제는 나이 열일곱 살의 헌헌장부였다.

옥색 비단 도포에 도홍띠〔桃紅帶, 당상관의 겉옷에 두르던 도홍빛 술띠〕를 눌러 띠고 눈이 부시도록 현란한 진사립갓에 도리옥 옥관자를 인모망건(人毛網巾) 양편에 보기 좋게 붙여 달고 인모탕건을 알맞게 숙여 쓴 숙종 임금의 풍채는 그야말로 옥경에서 선관이 하강한 듯한 옥골선풍의 풍채 좋은 이였다.

"전하가 새해 문안을 하러 들어오는가?"

조대비는 화사한 웃음을 풍기면서 전하를 맞아 자리에 일어선다. 흘끗 숙종의 눈에는 눈이 어찔하도록 고와 보이는 아름다운 여인의 모습이 비쳤다.

아름다운 여인은 대비 시녀였다. 나이는 열여덟이 아니면 열아홉 살 정도였다. 대비의 옆에 모시어 무릎을 쳐올리다가 돌연 전하의 문후하러 들어오는 동정을 살피자 황망히 일어나 협실(곁방)로 피해 달아나는 것이었다. 외씨 같은 흰 버선으로 불빛 같은 대홍단 치맛자락을 박차면서 황금빛 개나리꽃보다도 더 진한 노랑 회장저고리로 훈향을 풍기면서 협실로 사라지는데 슬쩍 돌아보는 여인의 얼굴은 백모란보다도 고왔다.

난생 처음 보는 아름다운 소녀의 미태(美態)였다. 숙종의 눈은 부시다 못해서 어찔했다. 하도 곱고 아름다우니 가슴이 출렁하고 물결쳤다.

숙종은 멍하니 얼을 잃은 듯 협실로 피해 들어가는 아름다운 미녀를 바라보고 있다가,

"무엇을 그리 바라보고 있는가?"

하고 만면에 미소를 풍기면서 어린 왕을 바라보고 있는 조대비의 말씀에 정신이 황연히 제자리로 돌아섰다.

"아니올시다."

어린 임금은 황망히 말을 마친 뒤에 대비께 절을 올려 세배 문안을 드렸다.

대비는 앉아서 몸을 약간 굽히면서 어린 임금의 절을 받았다.

"그래, 상감은 새해에 복 많이 받아서 소원성취 하고, 올해는 아들이나 하나 낳아야지."

조대비는 웃음을 가득히 풍기면서 어린 임금을 바라본다. 조대비는 계비로 늙은 인조의 배필이 되었던 관계로 아들이나 딸이나 간에 일점혈육을 가질 수 없었다. 그러기에 유일의 희망을 어린 증손 왕 숙종에게 붙였다. 이때는 조혼(早婚)하는 풍속이 있었기 때문에 남자가 열일곱 살쯤에 아들이나 딸을 낳는 것은 그다지 변스러운 일이 아니었다. 숙종은 다만 고개를 숙여 미소로써 대비의 뜻에 대답할 뿐

이었다.

"여염집도 그렇지만 더구나 왕실에는 종친이 풍성해야만 좋은 거야. 그래야만 국가가 든든하거든. 선증대왕 인조께서는 자손을 그래도 많이 두셔서 정비(正妃) 몸에서도 소현세자(昭顯世子)에 효종대왕에 인평대군(麟坪大君) 삼형제를 두시고 후궁의 몸에서도 숭선군(崇善君), 낙선군(樂善君)을 두시어 오형제가 어깨를 겨누어 종실을 빛나게 하지 않았던가. 다만 내 한 몸만 덕이 없어서 일점혈육이 없었을 뿐이지. 그러나 그 뒤에는 모두 고단(孤單)했던 말야. 인조대왕의 뒤를 받은 효종대왕은 단지 현종 한 분을 두었고 선대왕 현종 역시 전하 한 분을 두었을 뿐이니 종실이 과연 고단하단 말야. 그러하니 신하들이 도리어 임금보다 강성할 수밖에 없단 말이거든. 그러하니 상감은 아들을 많이 두어야 한단 말이야."

조대비는 의미심장하게 숙종을 향하여 아들을 많이 낳으라고 부드러운 말씨로 장황하게 새해 축복을 한다. 조대비는 조대비대로 정치적 의도가 따로 있는 깊은 말이었다.

숙종은 올해 열일곱 살이 되고 보니 완연히 성(性)에 눈을 뜨기 시작했다. 열 살 먹어서 세자비를 맞았을 때는 전혀 남녀의 존재를 가름할 줄 몰랐다.

열다섯 살에 왕의 자리에 오른 뒤에도 약간 남녀라는 것을 어렴풋이 짐작은 했으나 그다지 큰 흥미를 갖지 못했었다. 왕위에 나아간 지 이태 뒤에 비로소 왕은 비와 함께 부부의 관계를 육체적으로 맺어본 일이 있었으나 원체 소꿉동무처럼 자라난 왕과 왕비는 그다지 이성의 진진한 매력을 느끼지 못했다. 마치 오랍동생과 누이 사이에 육체적 관계를 맺는 듯한, 아무런 신비로움도 자극도 없는 일을 치르는 것 같은 착각을 느꼈다. 여기에다 왕후 김씨는 얼굴이 뛰어난 맵시가 아니었다. 겨우 면추를 한 정도였다.

　나이 열일곱 살, 새로 이성에 눈떠진 소년 숙종의 감각에 부딪치는 왕비 김씨의 육체는 아무런 감흥과 호기심과 매력을 자아내 주지 못하는 존재였다. 왕비는 다만 소꿉동무 같았다. 누이같이만 보였다. 열 살에 궁중 깊은 거실에 들어온 왕비도 남성을 낚는 데 대해서는 아무런 지식과 재치도 없었다. 점잖다는 양반의 집에서 겨우 열 살 때 부모의 품에서 떨어져 세자빈으로 궁중에 들어온 김씨는 왕비의 위(位)에 나아갔건만 여전히 별수없는 우물 안의 개구리였다. 그대로 남편인 대왕을 존귀하게 대할 뿐 판에 박은 공손과 틀에 박힌 경건과 한결같이 삼가는 행동이 있을 뿐이었다. 새로이 이성에 눈이 떠진 숙종은 이러한 왕비한테 언제나 만족을 느낄 수 없었다. 숙종의 눈이 차츰차츰 대비 처소나 왕대비 처소에 있는 젊은 나인들의 아름다운 태도를 바라보면서 마음이 흔들리기 시작할 무렵이었다. 이때 숙종은 뜻밖에 조대비전에서 황홀하도록 아름다운 미녀를 만났다. 왕비는 말할 나위도 없고 여태까지 마음속으로 아름답다고 생각해 두었던 각전(各殿)의 젊은 나인들도 감히 따를 수 없는 아름다운 인물을 숙종은 오늘 조대비전에서 처음 발견한 것이었다.

　"새해도 되고 무엇을 상감께 대접할까?"

　조대비는 다시 소년 상감을 바라보면서 헝거럽게 애기나인을 불렀다.

　"애, 녹빈(綠鬢)아. 상감께 무엇을 드려야 하지 않느냐. 보통 때와 달라서 새해도 되고……."

　"예."

하는 고운 목소리가 협실 웃간에서 아름다운 꾀꼬리 소리마냥 아련히 들렸다. 소년 임금은 귀가 번쩍 띄었다. 숙종은 마음속으로,

　'아아, 아름다운 그 궁녀의 목소리구나!'

하고 무한한 흥취를 느끼면서 장차 나타날 고운 얼굴의 주인공을 기

다리고 있었다. 이윽고 협실문이 방그죽 열리면서 아름다운 미녀가 자개 다반을 두 손으로 받들고 스란치마를 끌어 고요히 고요히 어전 앞으로 걸었다. 숙종의 눈에 비치는 여인은 다시 보아도 과연 아름다운 여인이었다. 아까는 피해 달아나는 바람에 흘끗 뒷모습으로 잠깐 돌이키는 얼굴을 보았는데 이제는 정면으로 다반을 들고 곱게곱게 걸어 들어왔다. 노르께한 정돈된 얼굴에 엷게 도화분을 더한 맵시는 마치 아련히 붉은 복사꽃 한 송이가 봄비 속에 웃음을 뿜는 빛깔이었다. 이마는 넓지도 않고 좁지도 않았다. 눈은 가을 물결이 흐르는 듯했다. 두 눈썹이 가무잡잡 벌어진 양미간이 약간 좁은 듯했으나 옥으로 빚어 놓은 듯한 오똑한 코는 재치가 있으면서 맑은 향이 떠도는 듯했다. 여기에 붉은 입술은 앵두알이 빨갛게 농익은 듯, 불구슬을 머금은 듯했다.

고요히 다반을 받들고 소리 없이 걸어 들어오는 맵시는 빛깔 짙은 노랑 회장저고리와 눈이 부신 대홍단 불빛 치마로 해서 더한층 매력을 황홀하게 뿜었다. 짐짓 경국(傾國)의 절색이었다.

젊은 소년 숙종의 가슴은 또다시 두근거리며 가슴이 설렜다. 하도 예쁘고 고우니 숙종 자신이 도리어 부끄러워서 귀밑이 불그스름 도화빛을 띠었다.

아름다운 궁녀는 어전에 이르자 자개칠 다반을 젊은 임금 앞에 조용히 놓는다. 무릎을 꿇고 소리 없이 다반을 어전에 놓았을 때 아름다운 계집의 홍공단 치맛자락에서 바시시 소리가 일어나면서 사람의 혼을 뇌쇄시킬 듯한 훈향이 젊은 임금의 코를 슬몃 스쳤다. 치맛자락에서 일어나는 훈향인가, 노랑저고리 틈에서 새어 나오는 향내음인가, 그렇지 않다면 칠흑 같은 검은 머리털에서 풍겨지는 향기인가. 젊은 상감은 어리둥절하면서 잠깐 눈을 들어 맥맥히 궁인을 바라본다.

"무어냐, 그게?"

조대비가 짐짓 궁녀를 향해 묻는다.

"귤병차(橘餠茶)에 잣박산이옵니다."

젊은 궁녀는 고개를 숙여 조용히 대답했다.

"귤병차, 그거 좋은 것이다. 향취도 좋지마는 날이 추운 때는 몸이 풀리고 소담(消痰)이 되어서 좋다. 상감, 식기 전에 자시도록 하오."

조대비는 젊은 상감에게 차를 권했다. 귤병차의 향긋한 내음이 숙종의 코에 스친다. 숙종은 대비가 권하는 대로 귤병차를 마셔 본다. 향기 높은 귤병차는 아름다운 궁인의 솜씨로 만든 것이라서 더한층 맛이 아름다운 듯했다.

궁녀는 차를 올린 뒤에 살몃살몃 어전에서 뒷걸음질을 쳐서 고요히 협실로 물러나간다.

숙종은 마음속으로 약간 서운함을 느끼지 않을 수 없었다. 숙종은 머뭇머뭇 증왕대비께 궁인의 내력을 물어 보고 싶었다.

그러나 마음에 어딘지 부끄러워서 차마 얼른 말을 꺼내지 못한다. 숙종은 귤병차를 두어 모금 또 마신다. 용기가 버쩍 일어났다.

"할마마마, 언제 들어온 궁인입니까? 처음 만나는 것 같습니다."

겨우 한마디를 웅얼거리면서 조대비를 바라본다. 조대비는 벌써 숙종이 이런 질문을 할 것을 짐작했던 것이다. 얼굴에 가득히 웃음빛을 띠었다.

"음, 지금 차를 받들어 들어왔던 궁녀 말인가? 처음 만났을 테지. 지난 섣달 그믐께……."

대비는 이쯤 대답한 후에 시치미를 뚝 떼고 입을 다물었다. 반드시 임금의 입에서 무슨 말이 나올 것이라 짐작한 때문이다. 이미 한마디를 내놓은 왕이었다. 이번에는 묻기가 좀 용이했다.

"나이로 보아서는 꽤 소명(昭明, '밝게 나타나다'는 말로 '명석함'의 뜻으로 쓰임)한 듯합니다."

숙종은 이렇게 슬쩍 말을 마치고 할머니의 동정을 다시 살핀다.

"응, 상감이 옳게 잘 보았어. 교양이 있는 양가집 딸이거든. 나이도 상감 비슷하지. 아마 열여덟 살이나 열아홉 살쯤 되었을 거야. 내 친정집 생가에서 데려온 애거든. 그러니까 보통 나인들보다도 훨씬 교양이 높단 말야. 나도 나이가 차차 오십이 넘고 보니 내 옆에 이런 똑똑한 아이가 좀 있어야겠단 말야. 아무리 상궁이니 나인이니 수효야 많지마는 이애처럼 백령백리(百伶百俐)할 수가 없단 말이거든. 그저 다리도 쳐달라구 하고 심심하면 책도 읽어 보라구 하지. 글도 제법 한단 말이거든. 진서는 모르지만 언문은 청산유수로 술술 내리 읽거든. 글씨도 잘 써, 궁체를 묘하게 쓰거든."

조대비는 입에 침이 마르도록 칭찬했다.

"할마마마 친정댁에서 데려오셨습니까?"

젊은 임금은 증왕조모의 친정에서 데려왔다는 데서 궁인이 더한층 믿음성스럽다는 듯 반가운 음성을 낸다.

"본시 양가집 딸이야. 녹도 먹던 사람의 집안이거든. 이애의 큰아비는 장안 갑부지. 그러니 음식범절과 침선방적이 보통 상사람의 집안과는 다르단 말야. 우리 친정집과는 세교(世交, 대대로 맺어 온 친분)로 지내는 터이라 어릴 때부터 항상 놀러 다녔었지. 그래서 내가 하도 똑똑하고 소명하다는 말을 들었기에 궁중 풍속도 배우게 할 겸 내 시중을 들게 해달라구 부탁을 했더니 지난 섣달에야 저의 부모가 허락을 해서 들여보냈구먼. 시켜 보니 과연 인물이 똑똑하고 영민해서 사람 구실을 잘할 것 같아."

젊은 임금은 잣박산을 입에 넣고 귤병차를 마시면서 넋을 잃은 듯 아름다운 궁녀의 내력을 듣는다. 눈에는 아물아물 아까 들어왔던 고운 궁인의 모습이 밟혀서 스러지지 않는다. 한 번 다시 그 궁인의

아름다운 얼굴을 더 대했으면 하는 욕망이 가슴속에 뿌듯하게 일어
난다.

　젊은 임금은 단숨에 귤병차를 다 마셨다.

　"귤병차가 비위에 맞는 모양이로군. 한 잔 더 줄까?"

　조대비는 빙긋 젊은 임금을 바라본다.

　"참으로 좋습니다. 향취가 높고……."

　젊은 임금은 아름다운 궁인이 다시 차를 들고 나오기를 바라면서
도 차마 더 달란 말은 못 하고 귤병차를 예찬만 해둔다.

　"한 잔 더 자시게나. 어려운 일 아니지."

　조대비는 말을 마치자 목청을 가다듬어 궁인을 부른다.

　"녹빈아, 녹빈이 게 있느냐?"

　"예."

하고 아름다운 음향이 들리면서 협실문이 방긋이 열렸다. 젊은 상감
의 귀에는 아름다운 거문고 소리보다도 더 곱게 들렸다. 도화꽃 반
송이 같은 얼굴이 반쯤 협실문 틈으로 비쳤다.

　"녹빈아, 귤병차 한 잔을 얼른 더 달여라. 상감께옵서 식성에 드시
는 모양이다. 얼른 빨리."

　문은 사르르 닫혀졌다. 젊은 임금은 홀린 듯 협실문 틈에 나타난
아름다운 미인을 바라보다가 문득 문이 살며시 닫혀지자 마음이 미
칠 듯 어지러웠다. 귤병차보다도 그대로 반쯤 열린 협실문에 비친 미
인의 모습이 그대로 움직이지 않고 있어 줬으면 하고 스러지는 그 모
습을 아까워한다. 젊은 임금은 다시 귤병차가 나오기를 삼추같이 기
다렸다. 이윽고 협실문이 사르르 열리면서 젊은 궁인이 만면에 미소
를 풍기며 귤병차를 받들어 전신을 나타낸다. 이번에는 주칠한 자개
다반에 청자 다종을 올려놓고 모락모락 김이 어리는 귤병차를 받들
어 어전에 나부죽이 놓는다. 아름다운 궁인의 훈향이 다시 젊은 임금

의 후각을 뇌쇄하도록 흔들어 놓는다. 이때 조대비가 슬몃 자리에서 일어섰다.

"젊은 사람들은 젊은 사람들끼리 노는 것이 좋은 거야. 나이 먹은 사람이 곁에 있으면 몰취미한 것이거든. 요새는 정초라 경연(經筵)도 없을 테니 상감은 천천히 놀다 가게나."

조대비는 슬쩍 협실로 몸을 피한다.

젊은 임금은 당황했다. 마음으로는 무한히 기뻤으나 겉으로는 당황하지 않을 수 없었다.

"할마마마, 어데 그런 버릇이 있으오리까. 제 어찌 할마마마를 거치장거리게 생각할 수 있사오리까."

젊은 상감은 황황히 자리에서 일어나며 협실로 빠져 나가는 조대비의 뒷모습을 바라보면서 변명을 한다. 그러나 이미 협실문은 닫혀진 채 적적히 동정이 없다.

젊은 상감도 숙맥은 아니었다. 마음속으로 대비가 자기에게 젊은 궁인과 말을 할 기회를 주는 것이라 생각했다. 이쯤 생각하니 마음이 차차 가라앉고 흥그러웠다. 아름다운 궁인은 아무런 사건도 옆에서 일어나지 않은 듯 태연히 다반을 어전에 놓고 접시에 남은 잣박산을 새 다반 위에 옮긴 뒤 빈 찻종이 담긴 먼젓번 다반을 받들어 살포시 자리에서 일어선다. 새로이 귤병차를 바치는 자기의 사명을 다했으매 이제 자리를 떠서 협실로 물러가려는 의사였다. 젊은 상감은 아름다운 궁인이 이제 나가면 큰일이었다. 말할 기회를 영영 놓쳐 버리고 마는 것이었다. 밤낮 이 모양으로 앞에다가 앉혀 놓고 보고 싶은데 또다시 놓치면 인제 어느 때 통정을 할 기회를 가질까 몰랐다. 젊은 상감은 황황히 손을 저었다.

"게 앉거라."

목에서 겨우 한마디가 나왔다. 침이 걸렸다. 어린 상감이언만 목구

멍에 담이 끓어오르는 것 같았다. 아름다운 궁인은 뒤로 한 발을 옮기다가 빈 찻종을 받친 다반을 든 채 초연히 눈을 내리깔고 서 있다. 귀뿌리가 부끄러움을 못 이겨 빨갛게 물들었다.

"다반을 놓고 게 앉거라."

아름다운 궁인은 어찌해야 좋을지 머뭇머뭇 망설이다가 이내 다반을 화류문갑 옆으로 살몃 밀어 놓고 무릎을 꿇어 살짝 앉는다. 얼굴은 부끄러움을 띠어 차마 들지 못한 채 고개를 푹 수그렸다.

"다반을 받들어라. 새로이 가져온 차를 마시고 싶고나."

소명하도록 영리한 궁인이었다. 더운 김이 모락모락 떠도는 귤병 다반을 받들어 임금의 턱 앞에 바쳤다. 붉은 자개 다반을 두 손으로 받들어 올리는 젊은 궁인의 백옥같이 흰 손이 기름이 자르르 흐르도록 윤이 나고 아름다웠다. 열아홉 살 된 처녀의 손길은 살찐 뱅어〔白魚〕보다도 아름다웠다.

젊은 임금은 귤병차를 들어 한 모금 마시면서 덥석 궁인의 흰 손을 잡아 보고 싶은 충동을 느낀다. 하얀 손길이 떠는 듯 다반을 받들고 있다. 젊은 상감은 궁인의 하얀 손끝에서 불그스름 분홍빛을 뿜는 아름다운 손톱이 조개껍데기보다도 더 예쁘다고 생각해 본다.

분결 같은 흰 손에 취한 왕은 귤병 맛보다도 미인의 손이 좋았다. 또 한번 덥석 궁인의 손을 쥐어 보고 싶은 충동을 맹렬하게 느낀다. 젊은 상감은 궁인의 아름다운 자태에 도취해서 차맛이 없었다. 이내 다종을 쟁반 위에 놓는다. 궁인은 여전히 다반을 받들고 있다.

"팔 아프겠다. 다반을 놓아라."

궁인은 나른히 다반을 내려놓는다. 찰나였다. 젊은 왕은 더 참을 수가 없었다. 궁인이 마악 다반을 놓고 일어서려 할 즈음 덥석 궁인의 흰 손을 잡았다. 부드럽기가 명주를 어루만지는 듯 고우면서도 탄력이 있었다. 따스하고도 부드러운 촉감은 여태 겪어 본 왕비의 손에서 느끼는 멋없는 촉감이 아니었다.

궁인은 무엇을 각오했는지 잡혀진 손을 뿌리치려고도 아니 했다. 젊은 상감은 손을 잡힌 채 뿌리치지 않는 궁인의 조신한 태도가 더욱 마음에 들었다.

"네 이름이 무어랬지?"

"녹빈이라 하옵니다. 푸를 녹자, 살쩍 빈자."

"녹빈(綠鬢)? 푸른 살쩍, 얘 그것참 멋진 이름이로구나!"

젊은 상감의 눈은 구란(鳩卵)같이 갸름한 미인의 얼굴에 풍정 있게 드리워진 푸른 살쩍을 홀린 듯 바라본다. 미인은 살몃 고개를 떨어뜨린다.

"녹빈홍안(綠鬢紅顔)이라더니 너야말로 진실로 푸른 살쩍에 붉은 얼굴이로구나."

젊은 왕은 흥에 겨워 이렇게 뇌까리면서 궁인을 끌어안아 푸른 살에 입술에 꼭 대었다. 돌연 일어난 일이었다. 이번엔 궁인도 그대로 몸을 왕에게 맡길 수 없었다. 얼굴이 진달래빛으로 붉어지면서 몸을 비틀어 젊은 왕의 휘어감은 팔죽지에서 벗어나려 했다.

"상감마마, 누가 보옵니다. 놓아 줍시오. 대비께서 보시옵니다."

궁인은 몸을 비틀면서 속살거렸다. 가슴이 가쁜 듯 숨이 찼다.

"대비께서도 인정하지 않으셨느냐. 젊은 사람들은 젊은 사람들끼리 노는 것이 좋다구. 그리고 일부러 몸을 피하시지 않았느냐."

왕의 숨결은 거세고 벅찼다. 억센 남성의 손은 궁인의 날씬한 어깨와 가는 허리를 으스러져라 하고 눌렀다.

"어디 놀라구 하셨지, 껴안으라구 하셨습니까? 놓아 줍시오. 제발 상감마마, 남이 볼까 저어합니다. 소문이 나면 큰일이옵니다. 왕비마마 귀에 이 소문이 들어가는 날엔 소녀의 몸은 죽는 몸이옵니다."

궁인은 쌔근거리면서 몸을 비틀었다. 이마와 코에 촉촉하게 땀방울이 송글거렸다.

"그럼 잠깐 보고 오너라. 협실 안에 누가 엿보고 있는지."

젊은 왕의 팔이 비로소 풀렸다. 궁인은 흐트러진 머리를 매만지고 풀어진 고름을 다시 맨 뒤에 자주 고름으로 땀방울을 가만 누르고 살몃 일어나 협실문을 열었다. 협실에는 아무도 없었다. 왕도 허리를 굽혀 협실을 바라보았다.

"그것 봐라. 있기는 누가 있느냐. 대비께서 일부러 비워 주신 것을……."

계집의 입에서는 가만히 안도의 한숨이 새어 나왔다.

"대비마마께옵서 어데 계신가 보고 오겠습니다."

남녀의 애정이란 떡반죽 모양 엉기기가 쉬운 모양이었다. 어느새 정이 들었는지, 궁인은 사랑이 담뿍 실린 푸른 눈결로 젊은 왕을 바라보며 속삭인다.

"그래라. 그리고 내가 목이 마르다. 냉수를 한 그릇 가져오너라."

왕은 궁인을 아주 놓칠까보아 다시 들어오도록 이렇게 명령을 내린다.

"이 차운 날씨에 냉수가 웬일이오니까. 감기나 드시면 어찌합니까?"

"네가 말을 아니 들으니 내 목이 탈 수밖에 더 있느냐. 두말 말고 어서 가져오너라."

젊은 임금은 응석을 부리듯 했다. 이윽고 궁인은 백자 다반에 냉수 대접을 받들어 들어왔다.

"대비께서는 어데 계시더냐?"

"동온돌에서 책을 보고 누우셨습니다."

계집은 상냥하게 눈웃음을 치며 가만가만 대답했다. 이제는 부끄럼도 없어진 모양이다.

아름다운 궁인의 고혹적인 눈웃음은 젊은 왕의 춘정을 더 한번 호탕하게 흔들어 놓는다.

"그것 보아라. 대비께서 일부러 피해서 딴 방에 누우신 것이 아니냐. 너를 보고 무어라고 이르시더냐?"

"오늘은 설날이니 전하를 뫼시고 더 놀라구 분부를 내리셨습니다. 그리구 저녁 수라는 대비전에서 준비를 하니 아주 저녁 수라를 대비마마와 함께 드시고 느직해서 대전으로 나가시라 하셨습니다."

궁인은 말을 마치자 냉수를 어전에 바쳤다.

왕대비의 전갈을 들은 왕은 불감청이언정 고소원이었다. 오래오래 아름다운 이 궁녀와 함께 놀고 싶었다.

"그것 봐라. 대비마마께서 우리들의 사랑을 허락해 주신 것이 아니냐."

젊은 왕은 궁인이 바치는 냉수를 벌컥벌컥 들이켜고 홀연 다시 궁인의 손길을 힘차게 잡았다. 여전히 부드럽고 고운 궁인의 손길이었다.

"네 성이 무어지?"

"장(張)가올시다."

"오오, 장씨……. 나하고 너하고의 사랑을 오래오래 장 ──, 보전해 보자꾸나!"

젊은 왕은 또다시 녹빈의 손을 꼬옥 쥐어 본다.

"황감하옵니다."

이번엔 녹빈이 말을 마치자 잡혀진 부드러운 손으로 젊은 왕의 손등을 꼬옥 눌러 잡는다. 궁녀도 상감을 사랑하겠다는 정을 표시하는 것이었다.

젊은 왕은 여태껏 이러한 여성의 대담한 반응을 받아 본 경험이 없었다. 다른 여성들은 손을 잡히면 잡힌 채 아무런 반응이 없었다. 소꿉동무로 자라난 왕비도 그러했다. 뜬구름같이 지나간 몇몇 궁녀들과의 사이도 그러했다. 오늘 녹빈의 경우처럼 자기가 손을 잡으니 여인도 손을 꼭 눌러서 의미 깊게 대답하는, 이러한 멋진 행동은 난생 처음으로 당하는 매력이었다. 왕비 이하 다른 궁녀들은 아무런 반동도 없는, 죽은사람마냥 감각이 없는 존재였는데 이번 장녹빈만은 제법 감정이 고조되어 강했다. 처음으로 여성의 반응을 본 젊은 왕은 미칠 듯 애욕의 도가니 속에 휩쓸리지 않을 수 없었다.

구중궁궐 깊고 깊은 지밀(至密, 지극히 은밀하고 비밀스럽다는 뜻에서, 임금이 늘 거처하던 곳을 이르던 말. 대전(大殿), 내전(內殿) 등이 있다)은 호젓하도록 조용했다. 더구나 왕대비가 일부러 젊은 두 남녀의 사랑을 허락해서 넌지시 몸을 피하고 왕과 궁인이 있는 근처에는 일체 다른 궁녀들이 가까이 가지 못하도록 분별을 해놓고 자기 자신은 이것을 감독하기 위하여 동온돌에 누워 책을 보고 있으니 녹빈과 왕이 있는 이 처소는 은밀하고 아늑한 단 두 사람의 세계였다. 천하의 절염(絶艶, 비할 데 없을 정도로 아주 예쁨)을 앞에 두고 호젓이 앉은 왕은 저절로 애욕의 본능이 움직이지 않을 수 없었다. 다시 팔을 벌려 장녹빈의 가는 허리를 끌어안는다.

"또 그러시네."

꾀꼬리의 아름다운 음향 같은 녹빈의 목소리가 떨어지면서 대왕의 팔 안에서 약간 몸을 틀어 꼬았다. 반항하는 힘은 아까보다 약했다. 사랑의 애무를 긍정하면서 한번 의례조로 대왕의 팔에서 벗어나 보려는 자세였다.

"아무도 없는 것을 눈으로 보고 왔으면서 그러느냐. 우리 단둘밖에 누가 더 있느냐. 아무도 없다. 아무도 없어."

젊은 왕은 풀솜같이 보드라운 녹빈의 몸을 꼭 껴안은 채 모란꽃 같은 녹빈의 흰 뺨에 미칠 듯 입술을 대었다. 대왕의 입술은 꽃을 향해 춤추며 들어오는 미친 범나비의 입술 같았다. 대왕의 입술은 마침내 녹빈의 붉은 입술에 닿았다.

　왕은 황홀의 도가니에 녹아 흐르는 듯했다. 녹빈의 입술 속에 닿아진 왕의 입술은 향긋하고 산뜻한 감로(甘露) 속에 잠긴 듯했다. 여태껏 지녀 보지 못했던 아찔한 쾌감이었다. 온몸이 단 이슬 훈향 속으로 용해가 되어 버리는 듯했다. 그대로 용해가 되는 그것뿐만이 아니었다. 법열(法悅)의 경지로 정신을 표탕(飄蕩, 정처 없이 헤매어 떠돎)케 하는 것이었다. 감로수같이 향긋한 녹빈의 입술은 그대로 왕의 입술을 받아들이는 것뿐이 아니었다. 녹빈의 입술이 움직이는 것이었다. 훈향을 뿜으며 고혹적으로 움직이는 것이었다. 왕비나 보통 궁녀들처럼 피동적으로 멋없이 다물어져 있는 입술이 아니라 왕의 입술을 애정으로 함초롬히 어루만져 주는 사랑의 용광로였다.

　무언의 한식경이 지나갔다. 젊은 왕의 애욕은 마침내 회오리바람처럼 맹렬하게 일어났다. 고요한 지밀에는 젊은 남녀의 애욕만이 푸른 바다의 밀물처럼 드세게 흩어졌다. 부끄러움도 없었다. 두려움도 없었다. 무서움도 없었다. 그대로 절정에 오른 죄스러운 젊은 남녀의 관능으로 휩쓸릴 뿐이었다. 마침내 봉오리 꽃잎은 화사하게 흩어지고 왕과 녹빈은 넘어서는 아니 될 한 금을 밟고 넘어서 버렸다.

　말없는 폭풍우가 소란스럽게 지나간 뒤에 젊은 남녀는 의상을 바로잡았건만 새로운 애정이 아직도 바다같이 창일했다. 젊은 왕은 의상을 바로잡은 녹빈을 무릎 위에 다시 껴안았다.

　"아버지는 무엇을 하고 계시냐?"

　"지금은 늙으셔서 아무것도 아니 하고 계십니다. 그전엔 역관(譯官)이었습니다."

　"그러면 중국 통사(中國通事)냐?"

　"예, 그러하옵니다."

　"네 큰아비는 장안 갑부라며?"

"역시 역관으로 전에는 장안 갑부의 부명(富名)을 들었습니다
만……"
"아버지들의 이름은 무엇이냐?"
"큰아비는 장현(張炫)이라 부르옵고 소녀의 아비는 장형(張炯)이
라 하옵니다."
"어머니도 살았느냐?"
"예, 살아 있사옵니다."
"성씨는?"
"윤(尹)씨옵니다."
"어떻게 대비마마 친정댁과 알았느냐?"
"어미 윤씨 때부터 세교로 드나들었다 합니다."
"어째서 궁인으로 뽑혀 들어왔느냐?"
"상감마마를 모시고 싶어서요."
녹빈은 애교를 가득 실은 맑은 눈동자를 굴려 젊은 상감을 하소하
는 듯 바라본다. 임금을 뇌쇄시키고 말려는 별빛 같은 눈웃음이었다.
"내가 그리워서?"
숙종은 더 한 번 녹빈을 아드득 껴안아 본다.
"한평생 버려 주지 마시옵소서."
녹빈은 노랑 회장저고리를 입은 부드러운 팔로 젊은 왕의 목을 얼
싸안았다. 휘어감겨진 녹빈의 팔은 화사(花蛇)같이 아름다운 감각을
왕에게 느끼게 했다. 점잖기만 한 왕비와 부부의 인연을 맺었던 숙종
은 가지가지로 녹빈에게 여지껏 맛보지 못했던 고혹적인 감각을 느
꼈다.
"내가 너를 버릴 리가 있느냐. 날마다 찾아올 테다."
"정말이십니까?"
녹빈은 또 한 번 왕의 목에 꽃뱀의 허리 같은 팔을 감았다.

"정말 아니면 내가 너한테 거짓말을 하겠느냐."

젊은 왕은 더 한 번 녹빈의 가는 허리를 껴안은 채 아직도 타다 남은 정열이 불붙는 눈으로 녹빈의 가을 물 같은 눈을 응시한다.

"왕비마마께서 우리들의 사이를 아시고 죄를 주시면 어찌하시렵니까?"

"네게 죄를 주도록 가만 내버려 둘 리가 있느냐. 내가 계제를 보아서 너를 정식으로 후궁으로 봉해 주면 그만 아니냐."

"소녀를 정식으로 후궁에 봉해 주시렵니까. 아이그 좋아라."

녹빈은 참새마냥 조잘대면서 또다시 팔을 들어 대왕의 목을 휘어감는다.

"상감마마! 소녀는 상감의 품안에 항상 이렇게 안기고 싶습니다."

녹빈은 대담했다. 모든 매력을 다 털어서 단결에 젊은 상감의 사랑의 아성(牙城)을 무찔러 육박해 들어가는 것이었다.

"오오! 귀여운지고. 평생이라도 안아 주마."

왕의 말이 떨어지자 녹빈은 부드러운 손가락으로 젊은 왕의 뺨을 쓸어 애무한다. 여인이 먼저 자진해서 상감의 용안을 쓸어 주는 일은 왕으로서는 처음으로 당하는 매력 있는 일이었다. 젊은 왕의 마음은 바닷물같이 출렁거리며 기뻤다.

"진정으로 평생을 안아 주시렵니까?"

여인은 다시 팔을 상감의 목에 얽고 연지빛 고운 입술로 상감의 하얀 귀를 살짝 물었다. 젊은 상감은 또다시 오내(五內)가 무너지는 듯 녹아 흐를 것만 같다.

"진정이지, 진정이야. 남자일언이 중천금이다."

"그러면 소녀의 고름을 손수 맺어서 맹세를 해주옵소서."

녹빈은 상감의 무릎에 안긴 채 미끈하고 화사한 손으로 노랑 회장 저고리 앞섶에 달린 모본단 자주 고름을 선뜻 들어서 왕의 눈앞에 내

보인다.

　젊은 왕은 녹빈을 껴안은 채 녹빈의 자주 고름에 동심결(同心結,
두 고를 내고 맞죄어 매는 매듭)을 예쁘게 맺어 준다. 자주빛 붉은 나비
가 날아갈 듯 고름에 달렸다.

　"이만하면 맹세가 되느냐?"

　녹빈은 만족했다. 조개볼을 짓는 웃음이 진분홍 입술가로 예쁘게
떠 흘렀다.

　"이 맹세는 바다처럼 마르지 아니합니다."

　"그렇지, 태산마냥 변하지 않지."

　"하늘처럼 오래오래 살아 있습니다."

　"아무렴, 땅덩이마냥 길게길게 사랑하지."

　"아이 좋아라. 이제 소녀는 전하의 것이옵니다."

　녹빈은 속삭이면서 또다시 상감의 목을 얼싸안는다.

　"내일도 또 오시렵니까?"

　"날마다 오지. 네가 보고파서 아니 오고 배겨나겠느냐."

　"왕비께서 의심을 하시면 어찌합니까?"

　"왕대비전에 문안을 드리러 오는데 누가 의심을 하겠느냐. 왕비는
커녕 우리 어마마마께서도 꼼짝달싹 말씀을 못 하실 게다."

　녹빈은 전하의 가슴에 안긴 채 무엇을 한동안 생각하다가 갑자기
상감을 불렀다.

　"상감마마!"

　"왜 그러느냐?"

　"상감마마! 방 하나를 따로 정해 주시옵소서."

　"무슨 방이냐?"

　"소녀가 따로 있을 방이올시다. 대비전에서 어떻게 밤낮 이렇게 모
시고 지낼 수가 있습니까."

궁인 녹빈의 말은 점점 대담했다. 이미 몸을 왕에게 바쳤으니 따로 거처할 방 하나를 요구하는 것이었다. 완전한 사랑의 보금자리를 차지해서 왕의 사랑을 독점하고 싶었던 것이다.

"나는 아직 말할 수 없으니, 그것은 네가 대비께 여쭈려무나."

녹빈은 지체가 낮은 궁인이라 아직 독방을 차지하지 못하고 상궁 밑에서 거처를 함께 하고 있었던 것이다.

"상감마마, 망령이십니다. 쇤네가 어떻게 왕대비마마께 독방을 달라고 말씀을 여쭙니까? 그래도 상감마마께서 말씀을 올리셔야 합니다."

녹빈은 상감과의 사랑의 관계를 왕대비께 인정받자는 내심이었다.

"틈을 보아서 말씀을 여쭙도록 하마."

"꼭 되게 해주시옵소서."

"오늘 말씀을 못 여쭈면 내일이나 모래쯤은 꼭 여쭙도록 하마."

"일각이 삼추같사옵니다. 딴 궁인과 함께 있기가 진정 싫사옵니다. 더구나 어체를 모신 몸이오라 함부로 몸을 굴리기가 황송하옵니다."

숙종의 마음은 더한층 녹빈을 갸륵하게 생각했다.

"네 말이 옳다. 너는 이미 보통 궁인이 아니다. 당연히 내명부(內命婦)를 봉해서 첩지를 내려야 할 것이다. 그리고 일각이 삼추같이 길어서 배겨나지 못할 것은 네가 아니라 내 마음이 그러하다. 내일이라도 너를 조용히 만나 보려면 반드시 딴 방이 있어야만 하겠다."

"황감하옵니다. 하해 같은 은택은 머리칼을 베어 신을 삼아도 갚아 올릴 길이 없겠사옵니다."

날은 어느덧 황혼이 되었다. 젊은 왕이 아름다운 새사람을 만나서 때가 가는 줄을 모르고 녹빈을 애무하고 있을 때, 총명한 것은 녹빈이었다. 젊은 상감의 품에서 살며시 몸을 틀어 애무 속에서 벗어났다.

"해가 어둑어둑하옵니다. 대왕대비마마께 저녁 수라를 어찌하실 것인지 여쭈어보아야 하겠습니다. 이미 분부 내리시기를, 오늘은 정월 초하룻날이니 상감마마와 수라를 함께 하시겠다고 하셨습니다. 잠깐 다녀오겠사오니 앉아 계시옵소서."

녹빈은 의상을 바로잡고 대왕대비가 누운 동온돌로 빠져 나갔다. 해가 저무니 숙종도 이제는 더 말릴 수가 없었다. 손 안의 보옥이 굴러 나가는 듯 서운한 생각으로 품안에서 빠져 나가는 장녹빈의 뒷모습을 안연하게 바라본다.

이윽고 대왕대비가 얼굴 가득히 미소를 풍긴 채 본전으로 돌아와 젊은 상감을 바라본다.

"젊은 사람들끼리 재미나게 잘 놀았는가?"

숙종은 얼굴이 붉어지지 않을 수 없었다. 아직도 파탈(擺脫, 어떤 구속이나 예절로부터 벗어남)을 하지 못한 젊은 왕이었다. 부끄러움에 붉어지는 얼굴을 대답 없이 수그렸다.

"대비궁에도 전갈을 보내고 왕비 처소에도 분부했네. 오늘은 정월 초하룻날이라 증조할미 되는 내가 전하와 함께 저녁 수라를 같이 들겠다구. 아무 염려 말구 나하고 메(밥)를 들구 대전으로 환궁하도록 하오."

"황감하옵니다."

젊은 상감은 허리를 굽힐 뿐이었다.

이윽고 궁인들이 등촉을 밝힌 뒤에 호사스런 수라상을 제각기 들고 들어와 대전과 왕대비전에게 바쳤다.

늙고 젊은 궁녀들이 질서 있게 상감과 왕대비의 수라를 거행해 받들었다. 이 속에 녹빈이 가장 날렵하게 왕대비의 비위를 맞춰서 수라를 받드는 것은 말할 나위도 없었다. 이윽고 왕대비와 왕은 상을 물렸다. 왕대비는 얼굴에 가득히 화려한 웃음을 풍기면서 젊은 상감을 바라본다.

"오래간만에 상감과 저녁을 같이하니 내 마음 기쁘오."

"소손의 마음도 그러하옵니다. 항상 겨를이 없어 모시고 메를 올리지 못하던 중 오늘 새해에 특별히 아름다운 음식을 내리시니 황감하기 그지없사옵니다."

이때 녹빈이 은대접, 은쟁반에 양치물을 받들어 대왕대비께 바친다. 왕대비는 옥안에 화려한 미소를 머금고 녹빈을 타이른다.

"네가 아직 궁중 체통을 몰라서 그렇다. 내 아무리 왕대비라 하나 지존(至尊)의 상감이 계시다. 상감께 먼저 양치물을 올려라."

녹빈은 은대접을 쟁반에 받들어 맥맥히 추파를 흘리며 젊은 전하의 앞으로 나아가 무릎을 꿇고 은쟁반을 받쳐 올린다.

"아니다. 왕대비마마께 먼저 올려라. 어른이 하신 후에 내가 쓰겠다."

녹빈은 난처했다. 그러나 영리한 계집이었다. 소리 없이 얼른 뒷걸음을 쳐서 문 밖으로 물러간 뒤 또 한 그릇의 은대접에 양치물을 받들어 왕대비전으로 나아가 쟁반을 받들었다. 동시에 일제히 바치는 양치물이라 이제는 서로 사양하고 겸손할 까닭이 없었다. 왕대비도 녹빈이 귀엽다고 생각하고 전하도 녹빈이 영리하다고 마음속으로 탄복했다.

"네가 보통 사람이 아니다. 장래 높은 자리에 앉겠다."

왕대비는 만면의 웃음빛으로 녹빈을 흠뻑 추어 칭찬한다. 원래 당신의 친정편에서 데려온 계집이요, 왕대비는 왕대비대로 녹빈과 숙종의 연분을 맺어 주려고 따로이 한 배포를 마련하고 있는 터라 이렇듯 젊은 왕 앞에서 극구 칭찬을 하는 것이었다.

높은 자리란 왕대비의 말에 녹빈의 얼굴이 홍당무같이 빨갛게 물들고 젊은 상감의 얼굴도 상기가 되지 않을 수 없었다. 그들 두 청춘

남녀는 대왕대비께서 벌써 아까 이 방에서 치러진 자기네들의 비밀한 행동을 다 알아차렸나 하고 숨결들이 자못 높지 않을 수 없었다. 녹빈은 두 분 마마의 양치물을 바친 은쟁반을 받들어 차례차례로 물려 내갔다.

대왕대비는 녹빈이 문 밖으로 사라진 이 기회를 놓치지 않고 홀연 미소를 지으며 젊은 상감을 바라본다. 방에는 왕대비와 전하 단둘뿐이었다.

"어떤가, 젊은이끼리 놀던 재미가?"

왕은 수줍었다. 무어라 대답해야 할지 몰랐다. 왕대비가 자기의 뱃속을 유리를 붙인 듯 환하게 들여다보는 것 같았다.

"그저 그러합니다."

하고 고개를 숙여 대답할 뿐이었다.

"녹빈을 후궁으로 삼을 생각은 없는가?"

청해서 조를 일인데 왕대비께서 먼저 말씀을 꺼내니 참말로 불감청이언정 고소원의 일이었다. 그러나 전하는 얼른 '예' 하고 대답할 수는 없었다. 주저주저하고 고개를 수그렸다.

"왜, 마음에 아니 드는가?"

숙종은 황망했다.

"아니올시다."

"그렇다면 녹빈으로 후궁을 삼아도 좋지 않은가? 상사람이 아니고 집안이 유여한 데다가 또 범절이 있고 얼굴이 곱고 총명 영리해 하나 나무랄 곳이 없는 것 같은데, 그대로 궁녀로 늙어 버리게 하기에는 아깝단 말야."

젊은 왕은 왕대비의 참뜻을 더 듣고 싶었다.

"어마마마와 왕비가 반대할까 두렵습니다."

숙종은 슬며시 이쯤 대답해 보는 것이었다.

"후궁가려 삼천인(後宮佳麗三千人)쯤은 역대 제왕이 다 두는 일이야. 우리 나라 임금만 그런 것이 아니라 외국의 임금들도 다 그렇게 후궁을 두는 것이거든. 언제 제왕이 후궁을 두는 데 대비나 왕비의 허락을 받아서 두었던가, 허허허."

왕대비는 대범한 듯 손바닥을 어루만지며 껄껄 웃는다. 숙종은 잠깐 고개를 숙여서 왕대비의 말씀을 듣다가 이내 고개를 들었다.

"할마마마, 녹빈에게 처소 한 곳을 내려 주시옵소서."

왕은 아까 녹빈이 따로 거처할 곳을 요구하던 것을 기회를 놓치지 않고 왕대비께 아뢰었다.

왕대비는 벌써 숙종의 뜻이 녹빈에게 기울어진 것을 짐작할 수 있었다.

대비의 입이 벙글 벌어진다.

"상감의 말이 옳으오. 녹빈에게 방을 하나 주도록 하지. 내가 시시때때로 좀 불편하지만 상감이 자유롭게 들고 나기에는 역시 따로 처소가 한 채 있어야 할 거야, 하하하. 내일이라도 내시에게 분별해서 녹빈의 거처할 방을 정해 주도록 하지."

젊은 임금은 왕대비께 쾌한 허락을 얻은 뒤에 밤늦게 대전으로 돌아갔다.

새로운 사랑에 도취된 왕은 밤이 새도록 녹빈을 생각했다. 이튿날 아침에 일어나 왕은 어머니 대비께 문안을 드리고 나서 이내 옥교를 탄 채 증왕조모 조대비전으로 문안을 드리러 갔다.

숙종은 조대비께 문안을 드리러 들어간다는 것보다 녹빈의 아름다운 자태를 보러 조대비전으로 들어가는 것이었다. 어마마마인 명성왕후 김씨한테는 잠깐 인사조로 절만 하고 나오고 조대비전에 온종일 파묻혀 있다시피 했다.

인조비 장렬왕후 조씨(莊烈王后趙氏)는 마음속으로 기뻤다. 차차 모든 일이 마음먹은 대로 진전이 될 것 같았다.

대비는 다음날 문안드리러 온 젊은 왕을 대하자 입가에 미소를 풍기며 부드럽게 말을 꺼낸다.

"전에는 한 달에 한 번도 상감의 용안을 대할 길이 없더니, 새해부터는 상감이 훨씬 철이 났구려. 날마다 늙은 할미를 돌보아주니 참으로 갸륵한 일이오."

미소로 던져지는 대비의 말에,

"황송하옵기 그지없사옵니다. 이제부터 불초 손은 아침 저녁으로 문후를 드리러 들어오겠습니다."

젊은 상감도 환한 얼굴로 대답을 올렸다.

이때 녹빈이 백자 다반에 차를 받들어 들고 들어왔다. 젊은 임금의 눈엔 별안간 방 안이 환하도록 아름답게 보였다. 녹빈은 김 오르는 향다를 왕대비와 숙종 앞에 놓고 고요히 손을 맞잡고 섰다.

"녹빈아! 오늘부터 너는 부용당(芙蓉堂)을 쓰도록 해라. 전하께서 너에게 특별히 처소를 한 채 내리라 하셨다. 천은이 망극하다구 생각해라."

왕대비는 녹빈에게 말을 내린다. 따로이 방 한 채를 준다는 왕대비의 말씀에 녹빈은 고개를 숙여 방긋 웃었다.

"천은이 망극하옵니다."

말을 가만히 소곤거렸다.

"내시청에 영을 내려서 아침결에 청소를 말쑥하게 하라 할 테니 저녁때부터라도 부용당을 쓰도록 해라."

"왕대비마마의 하해 같으신 은덕을 무엇으로 갚을는지 모르겠사옵니다."

녹빈은 대비께도 나직이 치사하는 말씀을 올린다. 왕대비는 만족한 듯 웃음을 지으며 쌍영창을 드르륵 열었다.

"공사청(내시), 거기 있느냐?"

왕대비의 목소리를 듣자, 사모관대를 차린 수염 없는 내시가 월대(月臺) 앞에 대령했다.

"지금 너는 곧 부용당을 말끔히 소제하고 불을 지펴서 방을 따뜻하게 해라. 녹빈 궁인이 오늘부터 거처할 곳이다."

젊은 상감과 함께 앉아서 내리는 왕대비의 분부였다. 영리한 내시는 벌써 눈치를 챘다. 마음속으로 '이크! 녹빈이 올라앉는구나' 하고 생각하면서 앞으로 녹빈에게 잘 보여야 할 것을 궁리한다.

"해 안으로 창호까지 해서 분통같이 꾸며 놓겠습니다."

능청스런 내시였다. 뜰 아래에서 왕대비와 녹빈의 얼굴을 흘끗 바라보며 허리를 굽실거린다.

"창호까지 하면 더욱 좋지!"

"지금 곧 분별을 해서 불을 지피고 소제를 하라 이르겠습니다."

"빨리 거행하도록 해라."

대비는 말을 마치자 영창문을 드르륵 밀어 닫은 채 슬며시 자리에서 일어난다. 또다시 젊은이들에게 두 번째 이야기할 기회를 주려는 것이다. 숙종도 눈치를 챘다. 그러나 인사조로 한 말씀을 아니 올릴 도리가 없었다.

"어디로 가시렵니까?"

"동온돌로 가서 편히 눕겠어. 이따 저녁 문안 하러 들어올 때나 다시 만나 보도록 하지."

왕대비는 말을 마치자 문 밖으로 발을 옮겼다. 영리한 녹빈이었다. 그대로 떨어져 있을 수는 없었다. 대비의 뒤를 따라 살며시 나간다. 대비가 손을 저었다.

"너는 거기 있어서 전하께서 대전으로 나가실 때까지 옆에서 시중을 들고 있거라."

녹빈은 못 이기는 체 문 앞에 서서 대비의 모습이 동온돌로 사라질 때까지 공손히 지켜 보고 서 있다. 백령백리한 녹빈의 태도에 숙종은 더욱 기뻤다.

"이제는 네 소원이 풀렸구나. 부용당 처소가 생겼으니……"

숙종은 다시 방 안으로 하얀 발길을 옮기는 녹빈을 바라보고 속삭인다.

은혜로운 이슬과 화한 비를 맞은 녹빈의 모습은 하룻밤 사이에 더 한층 화사하고 아름다워 보였다.

녹빈(綠鬢)의 계보

  이야기의 화제는 녹빈이 그 어머니 윤씨의 배에서 태어나기 이전 그의 어머니 윤씨의 행장으로 돌아간다.

  조대비의 친정 조부원군의 집에는 중년 된 침모(針母)가 나이 16, 7세 되는 딸을 데리고 들어와서 바느질을 하고 있었다. 침모의 성은 한씨(韓氏)요, 딸의 성은 윤씨로서 이름은 옥단(玉丹)이었다. 아버지 윤씨가 죽은 뒤에 생활할 방도가 막연해서 조부원군의 집으로 4년 전부터 침모 노릇을 하러 들어왔던 것이다. 침모 한씨의 남편은 윤언(尹彦)이란 사람으로 상사람이 아니라 중인계급의 역관으로서 남인 편 일을 보아주다가 서인 편 대신의 노여움을 사서 억울하게 가산을 적몰당하고 죄인으로 몰려서 귀양가서 죽으니 한씨는 어린 딸 옥단을 데리고 구명도생(救命圖生, 구차스럽게 목숨을 부지하여 살아감)하여 살 길이 막연했다.

  백방으로 연줄을 놓아 직업을 구하던 중에 조부원군 집에서 침모를 구한다는 소식을 듣고 자원해서 부대부인을 찾으니, 부대부인은 한씨의 바느질을 시험해 보자 단박 마음에 들었다. 방 하나를 따로 치워서 모녀를 살게 한 후에 한씨는 침선을 맡아 모든 의복을 짓게 하고 옥단은 부인 옆에서 시중을 들면서 잔심부름을 하게 했다.

한씨는 원래 호화롭게 잘살던 중인집 부인으로 집안이 결딴나서 장성한 딸을 데리고 대가집 침모 노릇을 하고 있으나 원래 가정이 범절 있는 집안이라 인품이 현숙하고 침선의 솜씨가 놀라웠다. 그녀의 딸 옥단도 씨가 있는 중인집의 딸이고 보니 외양이 조촐하고 깨끗하며 백령백리한 데다가 어려서부터 부모한테 글을 배워서 이야기책을 통달해 읽을 줄 알고 궁체 글씨도 능란하게 잘 썼다. 부대부인은 옥단을 노비로 부리지 않고 친딸같이 귀여워했다. 열네 살 때 들어와서 부대부인의 시중을 들고 있는 옥단의 모습은 해가 갈수록 아름다웠다. 옥단의 나이 열일곱 살이 되니 얼굴은 희고 곱고 몸은 기름져서 부풀어올랐다. 눈매는 푸른 밤하늘의 별빛마냥 초롱거리는데, 저고리 등판으로 치렁거리는 검은 머리끝엔 자줏빛 제비부리 댕기가 풍정 있게 흔들거리고 있었다.

부대부인의 옥단을 귀여워하는 정도가 날이 갈수록 더해 감은 말할 나위도 없고, 옥단은 집안 사람들의 칭찬하는 과녁이 되었다. 조부원군 집에는 귀여운 새서방님과 새며느리가 있었다. 새서방님은 조대비마마의 조카로서 장래가 양양한 조동석(趙東錫)이요, 새며느리는 이판서의 딸인 아름다운 여인이었다. 모두들 옥단과 비슷한 나이로서 이 집의 화기를 뿜는 아름다운 젊은이들이었다.

세 사람의 젊은이들은 이 집안의 모습을 화려하고 아름답게 했으나 새서방님과 새며느리의 지위와 옥단의 문벌은 하늘과 땅의 차이가 있었다.

새서방님 조동석과 새며느리 이씨는 장차 이 집의 가문을 이을 젊은 내외요, 옥단은 아무리 천생에 고운 바탕을 지녔다 하나 이 집에 붙어 사는 한낱 침모의 딸이었다.

새아씨 이씨는 옥단의 어머니 한씨가 이 집에 침모로 들어오기 얼마 전에 새며느리로 들어왔다. 성품이 너그럽고 덕이 있었다. 효성으로 노부인을 받들고 덕으로 아랫사람들을 거느리니 집안 하인들이 새며느리를 존경하고 추앙했다.

한씨가 조부원군댁 대방마님의 침모로 들어온 뒤에 새아씨 이씨는 가끔 침모 한씨의 방으로 놀러 들어갔다. 더구나 자기보다 나이가 어린 옥단을 데리고 들어왔으니 젊은 사람들은 젊은이가 좋았다.

"아이고! 색시는 잘도 생겼다. 바로 재상가(宰相家) 규수로도 저 고운 맵시는 못 따를 것 같다. 이름을 무어라 부르니?"

"옥단이라 부릅니다."

"옥단이? 이름도 좋구나. 대방마님의 시중을 들고 나서 틈이 있거든 우리 방으로도 놀러 오너라."

"황공하옵니다."

옥단은 이때 자기 어머니 곁에서 대방마님이 차실 두루주머니에 수를 놓고 있었다. 십장생(十長生) 수를 놓고 있는 판이었다. 옥단은 수를 놓던 바늘을 잠깐 멈추고 총명한 눈을 들어 흘끗 주인 아씨의 얼굴을 곁눈질해 바라본다. 진정으로 자기를 좋게 생각하는 새아씨의 표정이었다.

"솜씨가 참으로 좋구나. 바로 살아 있는 청거북이 안개를 입으로 뿜으면서 엉금엉금 바다에서 기어 나오는 듯하구나. 어머님을 닮아서 바느질도 잘하겠다."

새아씨는 마음이 대견해서 옥단을 진심으로 칭찬한다.

"아이그, 새아씨도 망령이십니다. 그깟 년의 수놓는 솜씨를 보시고 무슨 칭찬을 그렇게 과하게 하십니까? 너무 칭찬을 하시면 마음이 교만해져서 못씁니다."

"과찬이 아니라 진정인 걸요. 다음에는 내 베갯모에도 수를 좀 놓아 다오."

옥단은 그제야 고개를 약간 들고 아씨를 향하여 생긋 웃었다.

"새아씨는 시집오신 지가 얼마 안 되시니 수베개가 아직도 신건이실 텐뎁쇼."

"신행 때 새로 해가지고 온 것이지만 내 솜씨로 수를 놓은 것이라서 망측스럽기 짝이 없다. 어디 옥단이의 절묘한 솜씨로 수를 놓아서 한번 본때 나게 베어 보자."

"새아씨께서 변변찮은 네 솜씨를 보고 저렇게도 당부를 하시니 분부하시는 말씀을 거역할 수가 있느냐. 대방마님 시중을 들다가 틈이 나거든 새아씨 방으로 가서 베갯수를 놓아 드리려무나."

옥단이 어머니 한씨도 이렇게 딸에게 타이르듯 권고했다.

"진정이다. 꼭 내 방으로 놀러 오너라."

새아씨 이씨는 입가에 미소를 부드럽게 풍기면서 말을 마치고 자리에서 일어난다.

이것이 계기가 되어 옥단은 대방의 시중을 든 뒤에는 틈만 있으면 새아씨의 방으로 넘나들었다. 옥단이 새아씨의 방으로 찾아가는 때는 언제나 낮보다 밤이 더 많았다.

한낮과 초저녁에는 대방마님의 시중을 들게 되는 까닭에 흔히 저녁밥을 먹고 나서 대방마님의 자리 보진까지 보살핀 뒤에 새아씨의 방으로 놀러 가는 것이었다. 이 댁 새서방님은 아직 과거에 급제를 하지 아니하였으므로 사랑에서 글공부를 하고 있었다. 그러므로 안에 들어오는 것은 대방마님께 아침과 저녁 문안을 드릴 때와 조석 밥상을 대할 때로, 이 때만 잠깐 다녀서 사랑으로 나가는 것이었다.

이 때만 해도 내외법(內外法)이 있어서 여자가 밖에 나가서 외간 남자 앞에 얼굴을 드러내 놓지 않는 것은 말할 것도 없고, 남자는 거외이불언내(居外而不言內)하고 여자는 거내이불언외(居內而不言外)라 해서 한집 안에 사는 식구건만 장성한 남자는 으레 바깥 사랑에서 거처하고, 안에 와서 내외가 동침할 때도 반드시 좋은 날짜를 가려서 하룻밤을 지내는 것이었다.

　더구나 젊은 새서방님은 사랑하는 아내가 번연히 안에 있건만 자유롭게 아내의 방에서 잘 수가 없었다. 한 달에 몇 번 날짜를 제한해서 부모의 명령을 얻은 뒤에야 비로소 새댁의 방으로 들어가서 자게 되는 것이 옛날 양반집 풍속이었다. 이것은 조혼하는 폐습에서 생겨난 일종의 건강 유지책이었다. 만약에 철없는 젊은 내외를 날마다 한 방에서 지내게 한다면 남자가 반드시 기(氣)부족의 병이 들어 요사(夭死)해 죽어 버리고 말 것이기에 부모는 나이 어린 신랑과 신부를 한방에서 떼어놓고 잠자리까지 간섭하고 명령해서 사랑의 자유를 구속해 버리는 것이었다.

　그러므로 집의 제도에 있어서도 남자가 거처하는 사랑채와 여자가 거처하는 안채는 담과 문을 따로 만들어 완전히 격리가 된 생활을 하고 지냈다. 큰대문이 있으면 다음엔 안으로 들어가는 중문이 따로 있고 사랑으로 출입하는 중문이 따로 있었다. 바깥 남자는 안중문으로는 들어갈 수가 없고 반드시 사랑문으로만 출입을 해야만 하고, 여자는 바깥 중문으로는 들어갈 수가 없고 반드시 안중문으로만 출입을 하게 마련이다. 이렇게 안채와 사랑채는 따로 떨어져 있어서 완연히 남자와 여자의 왕국을 달리하고 있었다. 이것은 바깥 남자와 안에 있는 여자가 서로 만나 보지 못하게 엄한 법을 마련해서 이러한 건축제도까지 생겼지만 한집 안에 거처하는 식구들도 이것이 습성이 되어 행랑아범과 행랑어멈이나 종과 비부(婢夫, 계집종의 남편)를 제외한 남자들은 반드시 사랑에서 거처해 자고 안에서는 자지 아니했다. 새서방님이나 젊은 사람뿐이 아니고 나리와 영감들, 나이가 지긋한 사람들도 점잖을 빼기 위해서 온밤을 아내의 방에서 지내는 법이 없었다. 겉치레로 남자는 안일을 말하지 아니한다는 허식과 가면을 쓰는 때문이다.

이 집 새서방님 조동석은 열네 살 때 이판서 집으로 장가를 들어서 새아씨 이씨를 맞이해 들였다. 그러나 열네 살 먹은 새서방님과 새아씨가 인생의 정을 알 까닭이 없었다. 인생의 정을 알지 못하니 사랑의 싹이 틀 까닭이 없었다.

장가든 지 한두 해 동안은 무슨 까닭인지도 모르고 부모가 하라는 대로 한 달이면 두어 번씩 안에서 새댁과 함께 원앙금침을 펴고 지냈던 것이다. 그러나 역시 깊은 정이 들 까닭이 없었다. 새서방님과 새아씨는 이렇게 한두 해 반복하는 동안에 어느덧 나이 열여덟 살이 되었다. 그들은 비로소 성에 눈뜨기 시작했다. 새신랑과 새신부는 열여덟 살이 지난 뒤에야 비로소 밥을 먹고 싶고 잠을 자고 싶은 욕심 이외에 또 한 가지 기막힌 욕망이 자기의 신체 속에서 요구되는 것을 발견했다. 새아씨 이씨의 방으로 어느 날 밤 시녀가 부대부인의 명령을 받들고 들어왔다.

"아씨, 마님께서 오늘 밤엔 아씨 자리와 함께 새서방님의 자리도 펴라고 분부를 내리셨습니다."

시녀는 생긋 웃고 아씨의 눈치를 살짝 엿본다.

"펴드리려무나."

아씨는 얼굴을 약간 붉힌 채 치마를 곱게 휩싸고 일어나면서 시녀에게 펼 자리를 내준다.

"오래간만에 새서방님께서 들어와 주무시게 되니 새아씨의 마음이 기쁘시겠습니다."

시녀는 아씨를 놀려 보기 시작한다.

"망할 것, 별소리를 다 하는구나."

여태껏 어린애였던 새아씨는 인제는 새서방님이 들어와서 자는 것이 마음속으로 기쁜 것을 느끼기 시작했다. 시녀는 새서방님의 남공단 이불을 깔고 옆으로 새아씨의 홍공단 이불을 단정히 깔아 놓은 뒤에 원앙침 잣베개를 자리 위에 가지런히 놓으면서 또다시 방싯방싯 웃는다.

"아씨, 베개를 둘씩이나 놓을 필요는 없지 않습니까? 하나면 넉넉하지요. 둘씩 놓아도 결국은 두 분이 하나만 베고 주무실 것을, 공연히 소녀의 팔만 아프지 무엇 합니까? 아주 베개를 하나만 놓을깝쇼? 새서방님 베개는 치워 버리고 아씨 베개 하나만 놓도록 하지요, 하하하."

시녀는 새아씨를 바라보고 놀리면서 깔깔댄다.

베개 하나만을 놓자는 시녀의 말에 새아씨는 얼굴이 홍당무처럼 붉어졌다. 듣기 싫은 소리는 아니었다. 그러나 내외간의 비밀한 행동을 유리를 붙이고 들여다보는 듯한 시녀의 말에 새아씨는 부끄러운 감정을 억누를 수가 없었다.

"실없는 소리 작작하고 그대로 베개를 따로따로 놓아라."

새아씨는 일부러 얼굴빛을 점잖게 만들어 어진 눈매로 시녀를 타이르면서 금침 깔아 놓은 옆에서 반짇고리를 끌어 바느질거리를 챙겼다.

시녀는 이제는 새아씨를 더 놀릴 수가 없었다.

사랑문 앞을 거쳐서 새서방님이 거처하고 있는, 따로 떨어져 있는 작은사랑 창가에 섰다.

새서방님은 등불 아래서 목청을 가다듬어 글을 읽고 있었다.《시전(詩傳)》을 읽는 듯했다.

"출기동문(出其東門)하니 유녀여운(有女如雲)이로다."

목소리가 낭랑히 창문 밖으로 흘러 새어서 어둠을 뚫고 별빛 총총한 벽공 사이로 사라진다. 얼굴도 관옥같이 잘생겼지만 목청도 달밤에 쪽구슬을 꿰는 듯 맑디 맑았다. 시녀는 새서방님의 청아한 목청에 홀려서 잠깐 주저하고 창가에 서 있지 않을 수 없었다. 이윽고 글 구

절이 그치자,

"새서방님."

시녀는 다시 불러본다. 새서방님은 시녀의 부르는 소리를 못 듣고 또다시 청을 가다듬어 다른 한 줄의 시를 읽는다. 시흥이 도도하게 나는 모양인지 목소리가 더욱더 청아해지면서 정열이 들끓어 일어나는 듯하다. 시녀는 또 한 번,

"서방님."

하고 부르다가 이내 서방님의 목소리에 취하여 주춤 섰다.

"유녀동행(有女同行)하니 안여순영(顔如舜英)이로다."

시녀는 새서방님의 목소리에도 취했지만 계집이 있어 함께 가니 얼굴이 무궁화 꽃부리 같구나 하는 다정한 글뜻에 취하지 않을 수 없었다. 새서방님은 이제 글 문리가 틔고 아름다운 청춘의 성(性)에 눈 뜨게 되니 《시전》 속에서 이런 글을 즐겨서 읽는 것이었다. 시녀는 넋을 잃은 듯 새서방님의 아름다운 글 소리에 취해 있다가 이내 자기의 심부름 나온 사명을 다하기 위해서 손끝으로 창문을 똑똑 두드렸다.

"서방님! 새서방님!"

글을 읽던 새서방님의 귀에 비로소 창문 두드리는 소리가 들렸다. 아름다운 계집의 목소리로 서방님 하고 부르는 소리였다.

"누구냐?"

새서방님 조동석은 비로소 외치며 묻는다.

"소비옵니다."

"소비가 누구냐?"

새서방님은 영창문을 드르륵 열었다.

새서방님은 등잔불을 들고 어두운 창 밖을 비춰 본다. 불빛에 비쳐지는 창 밖의 존재는 새댁인 이씨가 교전비(轎前婢, 혼례 때에 신부가

데리고 가던 계집종)로 데리고 온 여종 소희(素姬)였다. 아름답고 총명한 계집애였다.

작년 그러께 새서방님이 처음 장가를 들었을 때는 젊음이 완성되지 못해서 새아씨 이씨를 대한 듯 소희에게서도 아무런 감흥도 느끼지 못하더니 요사이 감각이 농익어 가는 동안에 새서방님은 어느덧 소희를 아름답고 귀여운 계집애라고 생각하기 시작했다. 불빛에 흰 이를 드러내고 생긋 웃으며 새서방님을 부르는 소희의 태깔이 날씬하고 아름다웠다. 마치 금방 글로 읽었던, 계집이 있어 함께 가니 얼굴이 무궁화꽃같이 곱다는 그 글에 나오는 계집 같다고 느꼈다.

"소희가 웬일이냐?"

새서방님 조동석은 이렇게 환희에 넘친 목소리로 부르짖는다.

"심부름을 나왔습니다."

"누구의 심부름을?"

새서방님은 등불로 아름다운 소희의 얼굴을 비춘 채 입이 벌어지면서 묻는다. 소희의 목소리도 아름다운 산새의 목소리 같다고 느껴진다.

"새아씨의 심부름이옵니다."

소희도 새서방님을 가만히 연모하는 계집이었다. 새서방님이 자기를 보고 벙글벙글 반가워하는 모습을 바라보자 마음이 어수선 산란해서 무엇에 홀린 듯 사리를 잡을 수 없었다.

"새아씨의 심부름을?"

"아이참, 제가 잠깐 실언을 했습니다. 노마님께서 새서방님께 오늘 저녁엔 새아씨의 방으로 들어가 주무시라구 분부를 내리셨습니다. 그래서 소녀가 아씨 옆에 새서방님의 금침을 펴고 지금 나온 것입니다. 이제 밤도 깊고 하니 들어가 주무시기 바랍니다."

새서방님은 안에 떨어져 있는 새아씨보다도 당장 앞에서 방긋방긋 웃으며 고운 목소리로 전갈을 하고 있는 소희가 더 아름답다고 느꼈다.

새서방님의 가슴속에서 별안간 일찍이 느껴 보지 못했던 욕화가 불길을 뿜었다. 등잔불을 방바닥에 놓은 채 문지방 너머로 교전비 소희의 손을 덥석 쥐었다. 따뜻하고 촉촉한 촉감을 느꼈다. 아내 이씨에게서는 경험해 보지 못했던 쾌감이었다.

새서방님의 돌연한 이 태도에 소희는 깜짝 소스라쳐 놀랐다. 서방님의 손을 뿌리치고 일각문 밖으로 뛰어 달아나려 하는 찰나였다. 서방님은 소희가 손을 뿌리치자 맹호처럼 버선발로 뛰어가 소희의 가는 허리를 오른팔로 나꾸어 안았다.

"새서방님! 왜 이러십니까?"

소희는 서방님의 품안에서 벗어나려고 몸부림치면서 속삭였다.

"누가 보옵니다. 바깥 사랑에서 인기척이 납니다."

소희는 몸을 틀며 또 한 번 속삭인다. 원래 소희에게 있어서 새서방님의 존재는 감히 바랄 수 없는 연모(戀慕)의 대상이었다. 하늘의 선관같이 우러러보던 존재였다. 하늘의 선관이 아니라 땅에 있는 선관이었다. 옥골선풍의 선관을 항상 지척에서 물끄러미 바라보면서, 말까지는 통할 수 있으나 감히 가슴속에 스며드는 정서의 실마리는 호소할 수 없는 거리에 있었던 것이다. 이제 서방님이 뜻밖에 덥석 껴안아 주니 몸을 약간 틀어 저항하는 태도를 취했으나 마음으로는 도리어 싫지 않았다. 싫지 않을 뿐만이 아니었다. 도리어 아찔한 쾌감을 느끼면서 가만히 속삭여 소극적인 저항의 행동을 취하는 것이었다.

"인기척은 무슨 인기척이냐. 밤이 깊었는데."

"아니옵니다. 인기척이 금방 났습니다."

소희는 새서방님의 품안에서 여전히 몸을 비틀면서 소곤거려 저항하는 태도를 보인다.

"일각문을 닫으면 그만 아니냐."

새서방님은 이렇게 대답하고 소희를 품안에 껴안은 채 살몃살몃 일각문 편으로 발길을 옮겨 대문짝을 발로 지그시 누르고 소희의 가는 허리를 휘감았던 한 손을 빼어 빗장을 소리 없이 질렀다. 소희는 그래도 체면상 가만있을 수 없었다.

"싫습니다, 새서방님 놓아 줍시오. 싫습니다, 새서방님 놓아 줍시오."

소희는 숨을 새근거리면서 몸을 꼬았다.

소희가 이렇게 몸을 틀어 저항할수록 새서방님의 욕화는 점점 더 강하게 불붙어 일어났다. 소극적인 소희의 저항은 도리어 새서방님에게 새로운 충동을 일으켜 주는 좋은 자극이 될 뿐이었다.

새서방님은 마침내 아내의 교전비 소희를 껴안은 채 사랑방으로 들어가 등잔불을 입김으로 확 꺼버렸다.

"아니 됩니다. 지금 새아씨께서 기다리고 계십니다."

소희는 새서방님이 불을 휙 끄는 것을 보자 또 한 번 품안에서 벗어나려고 새서방님의 가슴을 품안에서 가만히 떼밀어 본다. 그러나 새서방님의 팔뚝은 강철보다도 굳세고 무쇠보다도 단단했다. 새서방님의 숨결이 거칠어지고 팔심은 철통 같은 채 교전비 소희를 으스러져라고 껴안았다. 새서방님은 여태껏 자기가 취해 보지 못했던 행동인 것을 자기 자신이 느끼면서,

"기다리면 대순가? 잠깐만 참아라. 내가 이내 들어가서 새아씨한테 발명을 해주마."

소희는 이제 모든 것을 새서방님한테 바쳐 버리지 않고는 배겨날 수가 없었다.

캄캄한 한밤중 딴 채로 떨어져 있는 새서방님의 서실 어두운 방 안

에서는 젊은 새서방님과 교전비 소희 사이에 애욕의 회오리바람이
절정에 올랐다. 젊은 남녀는 제각기 일찍이 경험해 보지 못했던 유열
을 느꼈다.
　"아씨가 아시면 어떻게 하나! 저는 모르겠습니다."
　교전비 소희는 몸을 틀며 속삭인다.
　"알기는 어떻게 알아? 이 방에는 우리 단둘뿐이 아니냐?"
　어둠 속에 소희를 껴안은 새서방님의 숨찬 목소리였다.
　"죄스럽습니다."
　소희가 또다시 속삭였다.
　"죄는 무슨 죄, 남녀가 만나면 하는 짓이지."
　새서방님의 목소리는 거칠면서 약간 굵었다.
　"새아씨를 배반해서 죄송스럽습니다."
　"이게 배반하는 짓이냐? 새아씨를 도와 주는 일이지. 할아버지도
첩이 있고 아버지도 첩이 있지 않느냐. 첩이란 것은 본마누라를 도와
주는 것이거든……. 첩은 성인도 두셨단다."
　"죄가 아닐깝쇼?"
　교전비 소희는 캄캄한 어둠 속에서 쌔근거리며 새서방님한테 물어
본다.
　"첩은 성현도 두었다고 말하지 않았느냐. 우리 집 할아버지와 아버
지는 말할 것도 없고 너희 새아씨댁 대감께서도 첩이 둘씩이나 되지
않느냐. 평양집도 있고 의주집도 있고……."
　"그렇지만 그분들은 모두 다 명기명창 기생들이었습니다. 쇤네같
은 것은 종의 자식이옵니다. 새아씨를 잘 모시고 있으라고 친정댁에
서 보낸 쇤네가 서방님을 모시게 됐으니 배은망덕이 되옵니다."
　소희는 어둠 속에서 새서방님을 어루만지며 소곤거린다.
　"배은망덕이 무슨 놈의 배은망덕이냐. 여필종부이니 새아씨도 내

가 하는 일이면 따라와야 하는 것이다. 내가 너를 좋아서 귀여워하니 새아씨도 별수없이 모르는 체 내버려 둘 것이다."

새서방님은 흥에 겨워 소희의 뺨에 자기 뺨을 대본다.

교전비 소희는 기쁨이 절정에 올랐다.

"새서방님! 쉰네를 버리셔서는 아니 됩니다."

"네 한평생 이렇게 사랑해 주마."

"진정이십니까?"

"진정 아니면. 내 마음이 변할 리가 있느냐. 네가 비부장이한테 시집을 가도 한집 안에 있을 테니 사랑해 주마."

"쉰네는 시집을 아니 가렵니다. 한평생 그대로 교전비가 되어 새아씨를 모시고 서방님을 모시고 있으렵니다. 욕되게 또다시 어떤 녀석한테로 시집을 가겠습니까?"

"그래도 너희 댁 마님께서 너를 도루 불러서 비부장이한테 맡기시면 그대로 가야지 별수가 있겠느냐?"

"저는 아니 갑니다. 한평생 서방님과 아씨를 모실 작정입니다. 지체가 낮아서 서방님께서 첩을 만들어 주지 아니하신다면 검은 머리가 허옇게 되도록 머리꼬리를 늘이고 서방님과 아씨를 모시고 있으렵니다."

육감의 애무가 절정을 넘었을 때 교전비 소희는 다시 제정신으로 돌아섰다.

"새아씨께 무어라 여쭈어야 좋습니까?"

소희는 어둠 속에서 매무시를 고치며 속삭인다.

"내가 곧 들어간다고 새아씨께 전갈하려무나."

"왜 그리 더디었느냐고 물으시면 무어라 대답하면 좋습니까?"

소희의 가슴은 다시 두근거린다.

"숙맥이로구나. 그것쯤 핑계를 못 댄단 말이냐?"

새서방님은 짓궂게 또다시 소희를 끌어안는다.

"서방님, 제발 인제는 놓아 줍시오. 다음 번에 또다시 모시기로 하겠습니다. 일각이 삼추같습니다. 새아씨께서 기다리고 계실 텐데. 두 분의 원앙금침을 나란히 펴놓고 나왔습니다. 쇤네가 먼저 들어가고 서방님께서 조금 이따가 들어오셔야 할 것입니다. 제발 놓아 줍시오. 이러다가는 밤이 밝겠습니다. 등잔에 불이나 켜주옵소서."

서방님은 그제야 소희를 무릎 아래 내려놓고 개비성냥을 화로에 댕겨 등심에 불을 붙였다. 소희는 흐트러진 머리칼을 쓰다듬고 다시 초조해 묻는다.

"새아씨께서 왜 그리 더디었느냐고 물으시면 무어라구 대답을 해야 합니까?"

"자꾸만 글을 읽고 계시어서 말을 못 했다구 그러려무나. 말씀을 올리려 하면 글을 읽으시고 이래서 창 밖에서 한 시간 동안이나 기다리고 있다가 책을 덮고 책상을 밀치시는 틈을 타서 겨우 한마디 말씀을 드렸다구 그러면 되지 않느냐. 그렇게 대답해라. 아무 일도 없을 게다. 그리고 너는 시치미 뚝 떼고 네 방으로 들어가서 쿨쿨 자려무나."

소희는 귓구멍이 막혔다. 그동안 벌써 새서방님한테 정이 푹 들었다. 눈을 들어 살짝 새서방님을 흘겨본다.

"아이그, 새서방님, 변죽도 좋으십니다. 여태 소녀를 데리고 희롱하신 짓이 글을 읽으신 것입니까? 뻔뻔도 하십니다. 글 소리 참 낭랑합니다."

소희의 새서방님을 흘겨보는 눈매엔 새 정이 담뿍 흘러 물결친다.

"네가 자꾸 꾀를 물으니까 대답한 것뿐이지 내사 무슨 변죽이 있고 없고 할 것이 있느냐. 다만 계교를 내준 것뿐이다."

새서방님은 말을 마치자 소희의 흘기는 눈길이 마음에 들어서 벙글벙글 웃는다.

"서방님은 재상(宰相)감이십니다. 기어코 대신은 한자리 하고야 마시겠습니다."

소희도 차차 앙큼해진다.

"네가 어떻게 관상까지 아느냐?"

"뱃심이 좋으시니까 말씀입니다. 소진(蘇秦), 장의(張儀)처럼 거짓 말씀도 잘하시니 육국(六國)의 정승도 넉넉히 하시겠습니다."

"덕담을 해주어서 고맙기 한량없다. 네가 새아씨를 모시고 있더니 《사기(史記)》까지 알아서 유식해졌구나."

서방님은 불빛 아래서 납신거리는 소희의 붉은 입술이 아리땁다고 생각했다. 돌연 새서방님의 입술이 소희의 입술에 비호처럼 닿았다. 소희는 또다시 시각이 지체되면 큰일이었다. 얼른 고개를 돌린 채 창문을 가볍게 밀치고 사뿐 뜰에 내려 고운 왕골 짚신을 발에 낀 채 일각문 빗장을 살며시 뽑고 안으로 달렸다.

소희는 이미 불을 꺼서 캄캄한 큰사랑 앞으로 도둑 고양이마냥 소리 없이 달려서 안중문 안으로 들어서자 부엌을 끼고 후원 별당 새아씨 처소로 뛰었다. 소희는 별당 일각문으로 들어서자 일부러 발소리를 크게 내었다. 적막한 밤에 통통통 대지에 음향을 내는 소희의 발소리가 대인난(待人難)의 상사(相思) 속에서 새서방님이 들어오기만 고대하는 새아씨의 귓전을 울렸다.

"새아씨!"

소희의 새된 목소리에 새아씨의 초조하던 마음이 반가웠다. 소희는 와룡촛대의 불빛이 밝은 새아씨의 방문을 열었다.

"아씨! 기다리셨죠?"

소희는 상긋 웃으며 아무 일도 없었다는 듯이 아양을 떨며 아씨의 곁으로 가서 펄썩 앉으며 새아씨의 얼굴을 쳐다본다.

"웬일이냐? 여태껏 무엇을 했느냐?"

"아이그, 도대체 새서방님이 어찌나 글을 좋아하시는지 세상에 끝이 나야죠. 《시전》을 읽으시는지, 《서전(書傳)》을 읽으시는지는 모르겠습니다만 어찌나 줄기차게 글을 읽고 계신지 말씀을 여쭐 틈을 주셔야 말이죠. 창 밖에 인기척이 나는 것도 모르시고 그저 글만 읽고 계시지 뭡니까요. 내 그렇게 글을 좋아하시는 분은 나이는 몇 살 아니 먹었습니다마는 세상에 처음 보았습니다. 기침을 해도 모르시고 창문을 가만히 두드려도 모르십니다그려. 아마 과거를 보시면 장원급제는 따놓은 당상이실 겁니다. 조금 틈을 타서 말씀을 여쭈려고 마음먹으면 벌써 딴 대목을 시작해 읽으시고 다시 틈을 타서 여쭈려고 마음먹었을 때는 또다시 새 대목을 읽으십니다그려. 문을 활짝 열어젖히고 서방님 하고 소리를 버럭 질러서, 오늘 밤엔 새아씨 방으로 들어와 주무시랍니다 하고 전갈 말씀을 여쭙고는 싶었습니다마는 요망한 계집년이 글 읽으시는 데 방자스럽게 훼방을 놓는 것 같아서 황송쩍어 문을 열어 젖히지 못했습니다. 그래서 우두커니 창 밖에 서 있다가 겨우 책을 덮고 책상을 밀어 놓으시는 틈을 타서, 마님께서 오늘은 새아씨 방으로 들어와 주무십시사 한다구 말씀을 드렸습니다."

소희는 새서방님이 가르쳐 준 그대로 새아씨한테 지체된 까닭을 변명했다. 새서방님이 가르쳐 준 것뿐만이 아니었다. 열 곱절, 스무 곱절 구변을 늘어놓으며 그럴싸하게 새아씨를 속여넘긴다.

새아씨는 덕이 있고 인정이 많았다. 새서방님이 공부를 좋아해서 사람이 기다리고 있는 것도 모르고 글만 읽었다는 일은 마음 든든한 소리였다. 더구나 과거를 보면 장원급제는 따놓은 당상일 거라는 소희의 말에 새아씨는 입가에 미소가 절로 돌았다.

"남자는 그렇게 공부를 착실하게 하셔야 나중에 성공을 하시는 거란다."

새아씨는 이렇게 대답하고 만족한 웃음을 입가에 흘렸다. 어진 기운이 눈매에 안개처럼 어리었다. 소희는 어려운 고비를 용케 넘겼구나 하고 적이 안도의 숨을 쉬었으나 새아씨의 너그럽고 복성스러운, 사람을 의심하지 않는 어진 태도에 도리어 괴로움을 느꼈다.

이때 신발 끄는 소리가 가볍게 나면서 새서방님이 시치미를 떼고 새아씨의 방문을 열었다. 새아씨는 정숙하고 단정한 모습으로 고요히 자리에서 일어나 새서방님을 맞았다.

"여태 나를 기다리고 아니들 자고 있구먼."

새서방님은 시치미를 뚝 떼고 점잖게, 그리고 화락한 얼굴빛으로 아내 새댁을 향해서 말한 뒤에 흘끗 교전비 소희를 눈웃음을 쳐서 바라본다. 소희도 이내 말없이 상긋 웃고 수탉에 쫓기는 암탉마냥 방 가장자리로 몸을 살살 피해서 훌쩍 문 밖으로 나가 버린다.

새아씨의 천성은 어질고 착하고 부드러웠다. 사람을 의심할 줄 모르고 악한 뜻을 품지 않았다. 언제나 보름달 같은 얼굴에는 벙글벙글 웃음이 돌았다. 여기에다 가문이 좋은 이판서의 귀한 딸이라 범절과 교양과 학식이 높았다. 새서방님이 즐겨서 읽는 《시전》 속에 나오는 문자대로 요조숙녀였다. 그녀는 새서방님이 벗는 옥색 도포를 얼른 받아서 횃대에 걸었다.

"소희한테 들으니까 말씀도 드릴 틈이 없도록 글읽기에만 골몰하셨다지요? 밤늦도록 공부하시는 것은 좋습니다마는 너무 고단하시면 몸에 좋지 않을까 염려웁니다."

새아씨는 이렇게 부드럽게 새서방님을 위로한다. 서방님은 아씨의 사심 없는 위로의 말을 듣자 약간 양심의 가책을 느꼈다. 그러나 이 자리에서 아까 지낸 소희와의 관계를 토설할 수는 없었다.

"허허, 글을 읽으면 자꾸자꾸 재미가 나는 것을 어찌하오. 서중(書中)에 자유천종록(自有千鍾祿)이라구, 나라에 벼슬하여 녹을 먹으려고 글을 읽는 것보다 서미청어수양어(書味淸於水養魚)란 말야. 글맛이 어찌나 좋은지 맑은 못물에 양어를 하는 것 같거든, 하하하. 그러니 밤이 깊어 가는 줄도 모르고 내가 글만 읽고 앉았지. 허허허."

새서방님은 이렇게 너털웃음을 터뜨리면서 새아씨의 마음을 편안케 해준다. 새아씨는 자기 자신이 무척 행복하다고 생각했다.

남편은 조부원군댁 아드님이었다. 글공부를 안 하고 주색잡기에 탐닉해서 젊은 청춘을 엄벙덤벙 지내더라도 조대비마마의 조카요, 부원군댁 아드님이라 대과급제에 한림(翰林) 대교(待敎)를 치르고 옥당(玉堂) 금마(金馬)를 거쳐 육조판서를 지내고 우의정, 좌의정을 지내서 일인지하요 만인지상이 될 것이 분명한데, 글을 좋아해서 밤이 새는 줄도 모르고 글공부를 하여 실력으로 장원급제를 하게 되었으니 명실 함께 이 세상에 제일가는 재상이 될 것이 분명했다.

"하오나 너무 공부에 열이 넘치시어 몸이 약해지시면 아니 되옵니다."

새아씨는 또다시 화한 말로 새서방님을 달랜다. 새서방님은 새아씨한테서 여태껏 발견할 수 없었던 아름다운 덕을 새로이 발견했다. 소희를 통하여 남녀의 쾌한 풍류를 깨달은 조동석은 자기 아내인 새아씨한테 별다른 자극을 느꼈다.

"고맙소. 나의 몸을 아껴 주는 이가 이 세상에 누가 또 있겠소. 오직 당신 뿐이오."

서방님은 말을 마치자 새아씨의 허리를 바싹 껴안아 가로 흔들었다. 여태껏 해보지 못했던 새서방님과 새아씨의 정이 넘치는 풍경이었다.

새아씨도 이제는 성의 눈이 완전히 떠지기 시작했다. 여태껏 새서방님의 껴안음을 당해 보지 못했던 새아씨는 바다 같은 남성의 사랑에 큰 기쁨을 느꼈다. 그러나 새아씨는 이 기쁨을 말과 행동으로 호소할 줄을 몰랐다. 모른다기보다 오히려 부끄러움을 느꼈다. 새서방님과 새아씨는 하늘에 전안(奠雁, 혼례 때 신랑이 기러기를 가지고 신부집에 가서 상 위에 놓고 절함)을 드려 제사지내고 육례를 갖추어 장가들고 시집온 천정배필인 정당한 부부였다. 그러나 새아씨는 이렇게 처음으로 새서방님의 품안에 껴안음을 당하니 마치 무슨 크나큰 죄악이나 범하는 것 같았다.

"서방님, 남이 볼까 두렵습니다. 점잖지 못하게 아내를 어떻게 끌어안아 껴안습니까. 이것은 창기한테나 하는 짓이라 하옵니다. 서방님, 놓아 줍시오. 소희년이 밖에서 엿볼까 두렵습니다. 밤도 깊은데어서 자리에 들어가 주무십시오. 조금 있으면 동이 트고 날이 밝겠습니다. 서방님 신상에 해롭습니다."

새아씨는 말끝마다 새서방님의 신상을 염려했다. 새서방님은 자기의 신상을 이토록 염려해 주는 새아씨가 더욱 고마웠다. 고마운 생각은 뜨거운 정열의, 사랑하는 마음으로 변해 버린다. 새서방님은 점점더 새아씨의 가는 허리를 으스러져라고 껴안아 본다. 새서방님의 입술이 새아씨의 깨끗하고 아름다운 입술에 소낙비 쏟듯 퍼부어졌다.

"부끄러울 게 무엇 있겠소. 내외간의 사랑이란 이런 것인데 소희년이 본들 흉이 될 게 뭐요. 우리는 정당한 부부간이거든. 하늘땅 천지신명과 부모님께서 허락해 주신 부부란 말이오. 백주대도(白晝大道)에서 당신을 껴안은들 세상 천하에 시비할 사람이 누가 있단 말이오."

서방님이 소희한테 뿌렸던 아까의 정열이 다시 딴 방향으로 살아나서 새아씨 이씨한테 소용돌이치듯 범람하였다. 이때 새벽을 알리는 닭이 홰를 치며 '꼬끼오' 하고 울었다.

"닭이 웁니다. 곧 날이 밝을까 합니다. 희롱을 마시옵고 어서 자리에 들어 편히 누우시옵소서."

"희롱이라니, 이것이 희롱인가? 내외간의 사랑이지. 닭이 울면 어때. 오늘 밤은 안에서 자라고 어머니, 아버지께서 허락까지 해주신 날이고 당신을 귀여워해 주라고 일부러 명령을 내리신 날이 아닌가배. 이 밤이 다하도록 흠뻑 사랑해 주어야지."

"이 몸을 사랑해 주시는 것은 고맙습니다마는 서방님께선 몸이 고단하십니다. 밤새도록 글을 읽으시고 또다시 밤을 밝혀서 주무시지 아니하면 어찌합니까. 병환이 나실까 염려됩니다."

"사랑하는 사람을 위하여 병이 좀 난들 어떤가. 그러나 마음이 기쁜데 병이 날 리가 있는가."

새서방님은 번쩍 새아씨를 안아 원앙금침 속에 편안히 드러눕게 하고 신명이 난 듯 도포자락을 휘어 잡아 와룡촉대에 등심을 튀기고 있는 청심(青心)박이 홍촉(紅燭) 불을 후려쳐 껐다. 말소리는 끊어지고 젊은 내외의 다정스런 정만이 강물처럼 넘쳐흘렀다.

새아씨와 새서방님은 시집오고 장가든 지 4년 만에 비로소 실질적인 첫날 신방을 치렀다. 새서방님은 이렇게 해서 교전비 소희와 비밀한 사랑을 가진 채 새아씨 이씨를 사랑했다. 그러나 만나는 빈도는 새아씨보다도 교전비 소희가 더 잦았다. 새아씨는 부모의 명령이 있어야만 한 달에 한 번이나 두 번쯤 자리를 같이하게 되지만 교전비 소희는 밤과 낮으로 자유롭게 만날 수가 있었다. 교전비는 밤 깊게 새서방님이 주무시는 사랑방에 자리를 깔아 드리는 책임을 맡았고, 새벽 일찍이는 새서방님 방에 들어가서 침구를 개고 방을 소제하고 요강과 타구를 부셔 올리는 임무도 맡았다. 새서방님을 위해서 이런 심부름을 하는 것은 어느 집이나 대가집이면 반드시 새아씨의 교전비가 하는 책임이었다. 조금도 변스러울 것도 없고 흉볼 일도 아니었다. 뿐만 아니라 서방님이 종년 하나쯤 건드리는 것은 이때 풍속엔 아무런 변도 흉도 되지 않는 일이었다. 집안 사람들도 교전비 소희와

새서방님 사이에 설혹 약간의 염문이 들리더라도 흉과 변으로 생각
하려 들지 않았다.

이것을 기화로 하여 새서방님과 소희는 거침없이 불의의 향락을
누렸다. 새아씨는 새서방님과 소희 사이를 약간 의심하지 않을 수 없
었다. 그러나 시치미를 떼고 내버려 두었다. 주인인 새서방님이 교전
비쯤 손을 대는 일은 누구네 집에나 대개 있는 것을 짐작하는 까닭이
었다. 새아씨는 어려서의 일을 생각했다. 자기 친정집에서도 오라버
니들이 종년에게 손을 대는 듯한 눈치를 알았고 젊은 오라버니댁들
이 질투를 느껴 강짜로 종년들을 패주는 꼴을 보기도 했다.

그러나 새아씨는 그의 늙은 어머니가 며느리들이 강짜를 내는 것
은 점잖은 부인의 행동이 아니라고 말하는 것을 항상 귀에 젖도록 들
었다. 그의 어머니의 말에 의하면 장가든 원실부인은 정중한 몸이니
이루 다 남정네의 비위를 맞출 수가 없는 것이고 잔심부름과 여낙낙
하게 비위를 맞추는 일은 첩이나 여종들의 할 일이니, 이러므로 첩과
여종은 반드시 있어야만 하는 것이요, 나라로 친다면 부인은 왕후 같
은 존재요, 첩과 종년은 후궁 같은 것이니 양반의 집에선 첩과 시녀
의 관계를 묵인해 두어야 한다는 주장이었다. 어려서부터 요조숙녀
의 태도를 지키려던 새아씨는 어머니의 말씀을 명심하고 마음속에
간직했다. 이제 철이 나고 성에 눈떠서 남녀의 관계를 알게 된 새아
씨는 번연히 소희와 서방님의 관계를 알면서도 화한 얼굴로 소희와
새서방님을 대했다. 소희를 시새는 아랫종년들이 있었다.

"새아씨, 소희는 어데 갔습니까?"

밤이 깊어서 종년 하나가 이렇게 재잘거렸다.

"갈 데가 있나, 곧 돌아오겠지."

"아까 새서방님 자리를 깔아 드린다구 사랑으로 나가더니 여태껏
아니 돌아옵니다. 그동안 벌써 몇 시각이 지났습니까. 그만하면 자리

보진은커녕 육간대청이라도 다 치웠겠습니다."

"그야 새서방님의 잔심부름도 해드려야 하지 않느냐."

새아씨는 달덩이 같은 젊은 얼굴에 조금도 사색이 없이 이렇게 타일렀다.

"고년이 구미호마냥 새서방님께 꼬리를 치는 것 같습니다. 새아씨, 조심합시오."

종년은 마지막 말을 다 털어 버렸다.

"사내 대장부가 교전비쯤 건드리는 것이 무슨 흉될 게 있느냐. 덮어두어라."

새아씨는 너그러운 태도로 이내 종년들을 이렇게 타일렀다. 다시는 종년들 중 새서방님과 교전비 소희와의 사이를 고자질하는 계집이 없었다. 교전비 소희도 아씨의 태도에 감복이 되었거니와 서방님 조동석도 아씨를 더욱 소중히 하고 존경의 마음으로 대접했다. 서방님은 나이를 차차 먹어 가자 부모의 명령을 받들어 한 달에 두 번, 아니면 세 번쯤 들어가던 새아씨의 방을 사흘에 한 번, 이틀에 한 번 부모의 명령 없이 몰래 들어가기 시작했다.

낮에도 글을 읽다가 불현듯 아씨가 보고 싶으면 새아씨의 방으로 들어가서 물을 달라고도 하고 새아씨의 바느질하는 솜씨를 구경하고 나오기도 했다. 밤에도 글을 읽다가 새아씨 생각이 나면 도둑 고양이마냥 발소리를 죽여서 큰사랑과 안대청 앞을 몰래 돌아서 새아씨의 방으로 들어갔다.

정정당당하게 아내의 방을 찾는 것이 아니라 몰래 남의 아내를 도둑질해 찾아가듯 비밀한 행동을 취했다. 아버지, 어머니, 어른들이 무서운 까닭이었다. 공식적으로 새아씨의 방으로 들어가 자라는 부모의 명령이 내리지 아니했으니, 부모의 말씀을 지상명령으로 받들던 시대라 서방님과 아씨는 정정당당한 내외간이면서도 이러한 밀회와 비슷한 행동을 취했다. 서방님이 낮에 마실 것을 달라고 새아씨 방으로 들어올 때는 새아씨는 안으로 들어가서 차집에게 말을 하고 손수 꿀물을 타서 받들고 들어와 새서방님께 친히 권하지만, 밤 깊어 새서방님이 별안간 들어올 때는 마음속으로는 무한히 반갑고 그리운 새서방님이지만 오랫동안 새서방님이 방에 머물러 있는 것이 마치 바늘방석에라도 앉은 듯 생각되었다.

"어서 나가십시오. 아버님, 어머님께서 아시면 큰일이옵니다."

"조금만 더 있다 나가지. 하도 오래 앉아서 글을 읽었더니 머리가 횡해서 잠시 쉬려고 들어왔소. 부인은 너무나 인정이 박하구려."

새서방님은 일부러 치근거리면서 훗훗하게 한 자리만 깔아 놓은 새아씨의 금침 위에 벌렁 드러누워 버린다. 새아씨는 망단했다. 등불 아래 반짇고리를 이끌어 낮에 하던 바느질을 계속했다. 달덩이같이 환한 새아씨의 얼굴은 등불 아래 더한층 아름다워 보였다. 아내이건 만 안팎이 달라서 시시때때로 자유스럽게 만날 기회가 없는 서방님 의 눈엔 마치 천애만리(天涯萬里)에 떨어져 있는 상사(相思)의 환자 같아서 더한층 새아씨가 아름다워 보였다. 사랑방에서 밤마다 자주 만날 수 있는 교전비 소희가 아름답지 않은 것은 아니지만, 소희는 강파르고 잽싸고 까부는 것이 역시 어딘지 천한 맛이 있는데, 새아씨 는 의젓하고 품위가 있어서 마치 관음보살을 대하는 듯했다. 새서방 님은 벌떡 일어나 새아씨를 연인처럼 껴안았다.

"어서 나가 주무시옵소서. 아버님, 어머님께서 아시면 큰일이옵 니다."

새아씨는 부드러운 목소리로 또다시 가만가만 타이른다. 가벼운 새아씨의 저항은 새서방님의 호협한 마음을 더욱 유발시켰다. 새아 씨는 마침내 새서방님한테 굽히고야 말았다. 그러나 새서방님은 부 모의 명령이 없이 아내의 방을 몰래 찾았으니 공공연하게 밤을 지낼 수는 없었다. 닭이 울기 전에 미흡한 정을 남기고 총총히 사랑으로 발길을 옮긴다.

교전비 소희와 새아씨와 새서방님의 세 모로 벌어진 애욕의 덩굴이 조부원군 집에 젊음을 뿜어 세 떨기 꽃송이로 화려하게 전개되었을 때, 조부원군 집에는 또 하나의 청춘의 송가(頌歌)가 일어나기 시작했다. 새서방님은 어느 날 밤 글을 읽다가 밤이 깊어서 새댁 생각이 간절했다. 교전비 소희가 전처럼 사랑방에 자리를 깔고 안으로 들어간 뒤 새서방님은 부모의 명령이 내리지 않았건만 잠깐 새아씨를 보고 나오리라 마음먹고 발소리를 죽여 큰사랑 앞을 돌아서 안중문으로 들어선 뒤에 사람 없는 안방 부엌을 거쳐서 후원 별당 새아씨의 방 앞에 당도했다. 방마다 불은 다 꺼져서 집안 식구들이 모두 다 깊은 잠에 들었건만 새아씨 방의 쌍영창에는 아직도 불빛이 조용하게 비쳐 있었다. 서방님은 마음속으로 새아씨가 자기가 혹시 들어올까 고대하고 아직도 바느질을 하면서 자지 않고 있구나, 생각하고 귀엽고 미쁜 생각이 들어서 걸음을 빨리하여 창가로 가까이 가보니 불빛이 조용한 방 안에서 도란도란 젊은 여자들의 이야기하는 소리가 들렸다. 서방님은 새아씨가 교전비 소희하고 이야기를 하고 있는 것이라 생각하고 덥석 마루 위로 올라서서 영창문을 열어 젖혔다.

서방님의 시야에 들어온 것은 새아씨와 소희가 아니었다. 소희 아닌 처음 보는 아름다운 처녀가 아씨하고 함께 있었다. 돌연히 문을 열어 젖힌 바람에 새아씨도 깜짝 놀랐지만 아름다운 미모의 처녀가 새서방님이 방 안으로 쑥 들어서는 것을 보자 몸둘 곳을 몰라서 쩔쩔매고 있었다.

아씨 방에는 북창, 서창이 없었다. 모두 다 벽이요, 옆으로 다락과 벽장이 있고 앞문으로는 서방님이 딱 버티고 서서 아름다운 처녀를 뚫어져라 하고 바라보고 있었다. 아름다운 처녀는 옴치고 뛸 수가 없었다. 밖으로 몸을 피해 나가자니 새서방님이 문을 등져서 가로막고 서 있고, 다락으로 뛰어오르자니 체면 때문에 그럴 수도 없었다. 처녀는 흘끗 추파를 흘려 들어오는 새서방님을 바라본다. 관옥같이 잘생긴 희고도 씩씩한, 동탕한 얼굴이었다. 눈은 어글어글 가을 호수 같고 우뚝하게 솟은 코는 받쳐진 주걱턱 위에 사내답게 솟구쳤다. 처녀는 잘생긴 서방님이로구나 생각하면서도 이내 더 서방님을 쳐다볼 수가 없었다. 피할래야 피할 수도 없으니 살며시 고개를 숙여 외면을 하고 모로 슬쩍 돌아설 수밖에 아무 다른 도리가 없었다.

한편으로 서방님의 눈에 비쳐지는 처녀는 여태껏 서방님이 대해 본 여자 중에서 이런 아름다운 처녀는 처음 대하는 것이었다. 희지도 검지도 않은 노르께한 아름다운 얼굴빛, 여기에다 구란형(鳩卵形)의 균형 잡힌 얼굴이 참으로 예쁘다. 눈은 달빛이 아늑하게 비친 창처럼 밝으면서 정을 담고 있고, 코는 빚어 붙인 듯 아름답고 윤이 돌고, 입은 붉은 앵두알을 머금은 듯 고왔다. 총명하게 생긴 귀뿌리 아래로 검은 살쩍이 예쁘게 드리운 모습은 환하게 생긴 새아씨나 재재하고 강파른 교전비와 견줄 바가 아니었다.

서방님이 홀린 듯 넋을 잃고 불빛 아래 처녀를 바라보고 있을 때, 처녀가 훌쩍 몸을 피해 돌렸다. 치렁치렁 전반같이 옆어 딴 검은 머리채가 고요히 푸른 빛을 뿜어 흔들리면서 제비부리 자줏빛 댕기가 남치맛자락 위로 멋있게 흔들거린다.

"깜짝 놀랐습니다. 인기척을 좀 내고 들어오시잖구요."

새아씨는 어이가 없는 듯 서방님을 웃는 낯으로 바라보며 푸념을 한다.

"아내의 방에 들어오는데 기척은 내어 무엇 하오. 남의 방에를 들어가는 것도 아니구."

"그래두……."

아씨는 새서방님을 바라보면서 상긋 웃었다.

"아내도 남편하고 내외를 하오?"

서방님은 짓궂게 대꾸한다.

"누가 압니까? 아내 방이라도 내외할 사람이 혹시 있을는지 어떻게 압니까?"

새아씨는 여전히 생글생글 웃는다.

"실수했구려. 대낮이 아니구 한밤중이라 깊은 밤중에 누가 손님이 있을 줄이야 마음에나 먹었겠소. 모두 다 내가 불민한 탓이오."

새서방님은 말을 부드럽게 하여 아내한테 농지거리로 사과를 한다.

아씨는 이내 등지고 돌아서 있는 처녀를 바라보면서 도란거린다.

"색시, 앉아요. 돌아서서 내외까지 할 것은 없어. 인사를 여쭙고 거기 그대로 앉으라구. 한집 안에서 어떻게 밤낮 내외를 할 수가 있나."

처녀는 여전히 그린 사람인 양 고개를 다소곳이 숙인 채 말없이 돌아서 있고, 서방님은 호기심이 가득했다. 아씨는 벌떡 일어나 처녀의 손을 이끌었다.

"자아, 인사를 여쭈어요."

아씨는 수모(手母, 전통 혼례에서 신부의 단장 및 그 밖의 일을 곁에서 도와주는 여자)나 되는 듯 처녀의 팔을 이끌어 서방님 앞에 세운다.

"옥단이라는 처녀입니다. 침모 한씨의 딸입니다. 상사람이 아니라 본시 행세하는 양가집 따님으로서 집안이 간구하니 하는수가 없어서 색시 어머니께서 색시를 데리고 우리 집으로 침모가 되어 들어오셨습니다. 서로 예를 하신 뒤에 동기간처럼 귀여워해 주십시오."

아씨는 이렇게 처녀를 서방님께 소개한 뒤에 처녀를 이끌어 절을 시킨다. 처녀는 부끄럼을 못 이겨 얼굴에 홍조가 가득했다. 노랑 회장저고리에 달린 자주고름을 매만진 뒤에 남치맛자락을 휩싸 안고

하얀 외씨 같은 버선을 두어 걸음 옮긴 뒤에 두 팔을 벌려 나부죽이
절을 올린다.

　서방님도 황망히 답례를 하지 않을 수 없었다.

　"내 동생처럼 귀여워해 주십시오."

　아씨는 또 한 번 다정하게 서방님한테 당부를 한다. 처녀 옥단은
영리하고 똑똑했다.

　얼굴에 가득히 홍조를 띠어 절을 하고 난 뒤엔 자기의 체면을 지킬
행동을 곧잘 취했다.

　"아씨, 소녀는 물러가겠습니다."

　나직이 말을 마치자 반 팔을 방바닥에 짚어 아씨께 인사를 올린 뒤
에 고개를 숙여 살몃살몃 뒷걸음질을 쳐서 방문 밖으로 돌아 나가는
것이었다.

　"왜, 더 좀 놀다 돌아가지?"

　"밤도 늦고 어미가 기다립니다. 다음날 또 놀러 오겠습니다."

　처녀는 조용히 미닫이를 닫고 문 밖에서 도란거린 뒤에 이내 신발
을 가볍게 끌어 안채 어머니의 침방(針房)으로 돌아갔다. 서방님은
넋을 잃은 듯 처녀의 돌아가는 발소리를 귀기울여 듣는다.

　서방님 조동석은 밤늦도록 글을 읽다가 아내 생각이 간절해서 안
으로 들어왔던 것인데 뜻밖에 아내보다도 아름다운 절세미인을 만나
고 보니 눈이 공연히 달뜨고 마음이 싱숭생숭했다. 새서방님은 멍하
니 넋을 잃고 방문 밖으로 사라져 버리는 옥단의 모습을 바라본다.

　'밤도 늦고 어미가 기다립니다.'

　'다음날 또 놀러 오겠습니다.'

　창 밖에서 옥단이 나직나직 말하는 소리가 떨어졌을 때 서방님은
참으로 목소리까지 예쁘다고 생각했다. 마음속으로,

　'마치 선녀의 목소리 같구나!'

하고 생각했다.

'왜 좀더 데리고 놀다가 보내지 않구 그랬소.'

이렇게 아내를 향하여 말하고 싶은 충동을 느꼈으나 아내가 어떻게 생각할지 몰라서 불쑥 나오는 말을 입술을 눌러 꾹 참았다.

옥단의 신발 옮기는 소리가 가볍게 조용한 밤을 흔들고 사라질 때, 서방님은 옥단의 신발 소리조차 경쾌하고 요조하다고 생각했다. 이내 적적히 창 밖에 아무 소리가 없을 때 새서방님은 갑자기 서운함을 느꼈다. 마치 손 안에 넣었던 무슨 보배로운 물건을 잃은 듯했다. 아까까지도 사랑방에서 타는 듯 연모하던 아내의 아름다운 얼굴이 지척에서 미소를 풍기며 앉아 있건만 한번 옥단을 대해 본 뒤의 서방님의 마음은,

'아내의 얼굴은 평범하구나.'

하고 느낄 뿐이었다.

"밤이 깊었습니다. 어서 나가 주무십시오."

아내가 말을 했을 때 서방님은 비로소 제정신으로 돌아섰다.

"계집애, 얌전한데……."

서방님은 새아씨를 보고 이렇게 중얼거리며 빙긋 웃었다.

"얌전만 한 것이 아닙니다. 교양이 높습니다. 언문으로 궁체를 잘 쓸 뿐 아니라 이야기책도 제법 봅니다. 그리고 수를 놓는 데는 이 나라에서 제일간다는 안주수(安州繡)쯤은 옥단의 솜씨 앞에 빛을 잃을 지경입니다. 자아, 이 수솜씨를 좀 보십시오. 여태 여기서 놓은 것입니다."

아씨는 반짇고리에서 옥단이 아까 놓고 있었던 베갯모의 수를 꺼내 서방님한테 보인다.

붉고 푸르고 누르고 흰 명주실로 원앙새를 놓았는데 오색이 찬란한 수솜씨는 살아 있는 원앙새 한 쌍이 물위에 둥실 떠 있는 듯했다.

"외모도 똑똑하거니와 재주도 비상하구려. 중인이라니 뉘 집 딸인고?"

서방님은 궁금증이 아니 날 수 없었다.

"옥단이는 역관 윤언의 딸이랍니다. 아버지가 소인의 참소에 몰려 옥에서 죽고 보니 가산이 탕패해서 하는수없이 우리 집으로 그 어머니 한씨가 침모로 들어왔다 합니다."

"아하, 역관 윤언의 딸이라, 바로 서인한테 몰려 죽은 윤언의 딸이로구만. 윤언은 남인 편에 가까운 역관이었지. 내 그 어쩐지 보통 계집애 같지 않고 인물이 비범하다 했더니……."

"어떻습니까, 마음에 드신다면 제가 중매를 할 테니 부실을 삼아 보지 아니하시렵니까?"

아내는 서방님의 속을 들여다보는 듯 방글방글 웃으며 이런 말을 꺼냈다. 서방님은 아직도 사기(邪氣)가 없는 낯세였다. 아내가 말하는 부실 소리를 듣자 얼굴에 벌겋게 홍조가 물들었다.

"부실? 엄부형 시하에 부실이라니……."

서방님은 마음속으로는 구미가 당기고 기뻤으나 슬쩍 이렇게 한번 점잖게 사양해 보지 않을 수 없었다.

"당장은 아니라도 마음속으로 정해 두심이 어떻습니까? 한평생 부실을 아니 두시고는 못 배겨나실 테구. 같은값이면 다홍치마라구 교양 있는 양가집 색시가 낫지 않습니까? 제가 데리고 온 교전비올시다마는, 그 소희년보다야 낫지 않습니까?"

아씨는 서방님의 속과 행동을 환하게 들여다보는 듯 상글거려 웃으며 말했다.

"소희년은 왜 끌어다가 비교하누. 웬 딴소리요?"

서방님은 아씨가 소희를 초들어 대자 가슴이 뜨끔했다. 소희년과의 관계를 이 뚱딴지가 어떻게 짐작하나 하고 얼굴이 벌개졌다. 아씨는 불빛에 붉어지는 서방님의 얼굴을 바라보자 더한층 생글거려 웃는다.

"남자와 여자가 자주 접촉을 하면 정이 들게 마련입니다. 이것은 이 세상의 천리(天理)입니다. 소희년이 사랑방으로 밤낮 시중을 들러 나가니 혹여나 서방님께서 정이 드셔서 나중에라도 첩실을 삼으실까 염려올시다. 사내 대장부가 흔히 종년을 손대시는 일이 있기는 합니다마는 교전비로 당당하게 부실을 삼는 법은 없었습니다. 서방님보고 소희년을 손대셨다는 게 아니라 혹시 이다음에라도 교전비로 부실을 삼으실까 염려가 되어서 군더더기 걱정의 말씀을 올리는 겁니다, 호호호."

아씨는 어디까지나 유한(幽閑)하고 정정(貞靜)했다. 손톱만큼의 질투도 없었다. 서방님은 더 이상 변명할 말이 없었다.

"누가 그까짓 소희년으로 첩을 삼는댔소? 하하하."

서방님은 이렇게 농쳐서 대답을 한다.

아씨는 서방님을 바라보며 또다시 생글생글 웃음을 짓는다.

"어머님께 여쭈오리까?"

"무엇을?"

"옥단이로 소실을 삼아 주시도록 하라구."

"당치 않은 소리 하지 마시오. 아버님 들으시면 공연히 큰일 나고. 농담도 분수가 있지 부모님이 어떻게 첩을 얻으라고 아들한테 권한단 말이오? 그리고 아직 과거도 못 본, 공부하는 몸 아니오? 쓸데없이 섣불리 그런 말씀을 어머님께 여쭈었다가 아버님 귀에 들어가서 큰 벼락이 내리면 어찌하라고, 말도 꺼내지 마시오."

"그럼 서방님께서 대과급제를 하셔서 나라에 벼슬을 하실 때까지 옥단이보고 참고 기다려 보라고 하지요."

"부인이 공연히 나를 조롱하자는 게로구려. 도대체 남의 처녀보고 내가 과거를 보아 벼슬할 때까지 시집을 가지 말고 기다리라는 것이 말이 되오? 그리구 옥단이 어머니가 형세가 간구해서 우리 집 침모는 되었을망정 행세하는 집 사람인데 무남독녀 외딸을 첩으로 줄 리가 있겠소? 당치 않은 소리 작작하고 다른 이야기나 합시다.”

서방님은 마음속으로는 무척 당겼지마는 이쯤 해놓고 놀다가 사랑으로 나갔다.

한편으로 침모 한씨의 딸 옥단은 아씨 방에서 뜻밖에 서방님을 만나 보자 관옥같이 잘생긴 얼굴과 사내다운 씩씩한 풍채가 온몸에 넘쳐흐르는 서방님의 탯거리에 마음이 함빡 기울고 어리었다.

옥단은 새아씨 방에서 나와 어머니 한씨의 침방으로 돌아와 자리에 누운 뒤에도 잘생긴 서방님의 얼굴이 눈에서 사라지지 않았다. 아무리 잠을 청해도 잠을 이룰 수가 없었다. 불을 끄고 눈을 감아도 서방님 조동석의 풍채가 스러지지 않고 눈앞에 떠올랐다. 캄캄한 속에서 눈을 번쩍 떠보아도 서방님의 잘생긴 풍채가 자꾸만 떠올랐다. 이를 악물어 생각을 말자고 금방 맹세를 했는데도 서방님의 훤한 얼굴이 눈앞에 미소를 풍기며 어른거렸다. 이불을 뒤집어써도 떠오르고, 두 손으로 눈을 가려 보아도 어른거렸다. 모로 누워도 떠오르고, 바로 누워도 어른거렸다. 아무리 잠을 청해도 여전히 떠올랐다. 옥단은 이제는 눈앞에 떠오르는 서방님의 환상을 쫓아버리지 말고 차라리 아늑하게 불러일으켜서 하룻밤을 즐겁게 새워 보리라 생각했다. 이왕 잠을 못 이루고 뜬눈으로 밝힐 바에야 서방님의 얼굴을 앞에 놓은 채 흠뻑 마음의 향락을 취해 보자는 대담한 생각이었다. 그러나 어찌된 까닭인지 이렇게 생각하고 막상 서방님의 환상을 오밀조밀하게 불러일으켜 보려 하니 서방님의 전체 얼굴은 나타나지 않고 어글어글한 눈만이 나타나기도 하고, 우뚝한 코만이 눈앞에 솟아오르기도 하고, 허여멀건 이마의 한 부분만이 나타나기도 해서 정말 잘생긴 서방님의 얼굴은 꼭 붙들어 즐길 수가 없었다. 옥단은 이내 뜬눈으로 고스란히 상사(相思)의 밤을, 아니 고련(苦戀)의 밤을 밝히고 말았다.

동이 훤하게 트면서 창이 부유스름해졌을 때 옆자리에서 어머니 한씨가 눈을 뜨고 옆에 누워 있는 귀여운 딸 옥단을 들여다보았다.

이때 옥단은 눈을 반반하게 뜨고 천정을 빤하게 바라보고 있었다.

"아가, 너 왜 잠을 자지 않고 부스럭거리기만 하고 있었니?"

어머니 한씨는 귀여운 듯 딸 옥단의 머리를 쓰다듬었다.

"애고머니나, 제가 왜 잠을 안 잤어요? 정신 모르고 잠만 잘 잤는데."

옥단은 시치미를 떼고 어머니한테 잠을 잘 잤노라고 잡아뗀다. 안댁의 서방님을 생각하느라고 잠을 못 잤다고 말하기가 거북한 때문이었다.

"잠을 잘 잤더냐? 그랬음 다행이지. 나는 네가 밤새도록 엎치락뒤치락하구 부스럭거리기에 잠을 잘 자지 못한 줄만 알았구나. 잠을 잘 잤으면 그만이지. 나는 항상 네 몸이 무탈하기만 축수발원이다. 그저 남의 집에 붙어 사는 신세다마는 몸 성히 지내기만 바라고 있다."

어머니 한씨의 말소리는 회심한 듯 구슬픈 여음이 감돌았다. 어머니 한씨의 구슬픈 말소리에 옥단의 마음도 설레었다.

"어머니 …… ."

옥단은 이렇게 어머니를 불러 보았다.

"왜 그래?"

"똑같이 이목구비를 가진 사람인데, 어째서 어떤 사람은 팔자가 좋아서 금지옥엽과 같이 기막힌 행복 속에 싸여 살고, 어떤 사람은 팔자가 사나워서 남의 집에 붙어 살게 마련이오?"

옥단은 말을 마치자 가만히 한숨을 짓는다.

어머니 한씨는 딸의 말을 듣자,

'저것이 간밤에 아씨 방으로 놀러 가더니 아씨 팔자와 제 팔자를 비교해 보고 저렇게 비감한 생각이 들어서 어머니를 불러서 하소연을 하는구나. 그래서 밤새도록 잠을 이루지 못했구나.'

이쯤 생각이 드니 어머니 한씨의 가슴은 금창(칼, 창, 화살 따위로 생긴 상처)이 미어지는 듯했다.

"사람 팔자란 알 수 없는 것이니라. 네가 필시 간밤에 안에 들어가서 아씨 방에서 놀고 나오더니 마음이 심란해서 그런 생각이 났나보다마는, 너도 어렸을 때는 이 댁 아씨 부럽지 않게 아가씨를 바치면서 잘 지내지 않았더냐. 가운이 잠깐 비색(否塞, 운수가 꽉 막힘)해서 남인이 몰리는 바람에 너의 아버지께서 남인과 가깝다 하여 억울하게 돌아가셨으니 집안꼴이 이쯤 되지 않았느냐. 그러나 다시 남인이 일어서는 날 우리 집은 비록 아버지는 아니 계실망정 또다시 회복될 것이구, 너의 운수도 대통운이 되어서 좋은 신랑한테로 시집을 가서 유자생녀하고 남부럽지 않게 살 것이다. 잠깐만 참으려무나."

어머니는 이렇게 딸을 위로해 타일렀다.

"어머니……."

귀를 기울여 듣던 옥단이 홀연 어머니를 가만히 불렀다.

"왜?"

"이 댁 한원부원군(漢原府院君)댁은 서인이오, 남인이오?"

옥단의 나이 벌써 열여덟이 되었으니 넉넉히 이런 말쯤은 물어 볼 만한 지각이 났던 것이다.

"서인의 집이면 내가 입에 풀칠을 못 할망정 자식을 데리고 이 집으로 들어와서 침모 노릇을 하겠느냐? 이 댁은 서인도 아니요 남인도 아닌 그대로 나라의 국척(國戚, 임금의 인척)인 조대비마마의 친정 댁이지."

"그럼 이 댁 서방님도 서인도 아니고 남인도 아니겠구려?"

"암, 그렇지. 나중에 서방님이 크게 된 뒤에 어느 편이 될지는 모
르지만 지금은 아직 아버지인 부원군 대감의 뒤를 따라서 당파가 서
인도 아니고 남인도 아닐 것이다."

"그렇다면 나도 인제는 마음이 놓이네요."

"왜, 무슨 마음이 불안했더냐?"

"나는 이 댁 양반들이 서인이면 어찌하나 하고 마음 졸였어요. 말
이 났으니 말이지, 만약에 서인의 집이라면 우리가 어떻게 차마 있겠
소. 우리 아버지를 죽인 한당파 사람의 집에서 어떻게 하룻밤인들 지
낼 수가 있겠소."

"내 아무리 무식하다마는 그런 것쯤이야 살펴보지 않고 들어왔겠
느냐. 그 점에 대해서는 안심을 해라."

어머니의 말을 듣고 옥단은 안도의 한숨을 나직하게 쉬었다.

"그래서 대방마님께서 나를 끔찍이 귀여워해 주시는구려. 그리구
아씨께서두."

"그렇지, 아씨도 이판서의 따님이니까 너를 귀여워해 주시는 건지
몰라. 이판서께서는 오히려 남인을 두둔해 주시는 분이니까."

불우한 운명의 번뇌를 받아 남의 집에 침모로 떨어진 어머니와 딸
은 이렇게 서로들 자기네들의 신세를 한탄하고 위로하면서 새벽 자
리 속에서 도란거린다.

불우한 옥단의 모녀는 이렇게 서로 위로하고 의지하면서 출중한
한씨의 바느질 솜씨와 뛰어난 옥단의 재모로 조부원군 집 대방마님
과 젊은 아씨의 우대를 받으면서 세월을 보냈다. 사람 한평생의 운명
이란 하늘이 만드는 것인지, 사람의 손으로 만들어지는 것인지 판단
하기가 어렵다.

서방님 조동석은 한번 옥단을 아내의 방에서 만나 본 뒤에 그녀의
뛰어나게 아름다운 자태를 잊을 길이 없었다. 서방님의 눈에 비쳐진

옥단은 닭 속에 섞여 있는 봉황새였다. 한번 옥단의 모습을 본 뒤에는 자나 깨나 잊을 수가 없었다. 교전비 소희는 세상에서 흔히 볼 수 있는 천비요, 아내 이씨는 덕이 많아서 의젓하고 점잖은 양반댁 정실부인감은 되지만 옥단처럼 빼어나게 아름답지는 못했다.

서방님은 전보다도 몇 갑절 아씨 방으로 드나들었다. 글을 읽다가도 아씨 방으로 들어가고 밥을 먹은 뒤에도 아씨 방을 들여다보았다. 그러나 옥단의 그림자는 비치지 않았다. 서방님은 아씨한테 옥단이는 요사이 왜 놀러 오지 않느냐고 몇 번이나 물어 보고 싶었으나 체면 소시리에 입이 떨어지지를 않아서 차마 묻지 못했다.

서방님은 이제는 옥단을 만나는 방법을 고쳐 보았다. 대방의 어머니 방을 자주 들러 보았다. 아침 저녁 문안절을 하러 들어가는 이외에 가끔 대방으로 들어가 한바퀴 둘러 나왔다. 저녁밥을 먹고 저녁 문안을 올린 지 한식경이 지난 뒤에 서방님은 글을 읽다가 아무런 연통도 없이 불쑥 부대부인의 처소인 대방으로 들어가 보았다. 부대부인은 저녁밥을 마친 후엔 한가한 긴 밤을 보내려고 옥단에게 이야기책을 읽게 하고 안석에 의지하여 옥단의 책 읽는 소리를 조용히 듣고 있었다.

이때 서방님이 안대청을 거쳐서 안방을 향하려 하니 방 안에서 구슬을 옥소반에 굴리는 듯한 묘령 처녀의 이야기책 읽는 소리가 들렸다. 서방님의 입가에 가만한 웃음이 떠올랐다. 틀림없이 침모의 딸 옥단의 목소리가 분명했다.

'이번엔 옥단을 만나 보게 되는구나.'
하고 서방님은 덜컥 어머니 방의 미닫이를 열고 한 발을 방에 들여놓았다.

아니나다를까 서방님의 눈이 환하도록 부셨다. 옥색 바탕에 자주 회장과 끝동을 달아 입고 진달래빛 연분홍 치마를 맵시 있게 두른 옥단이가 촛불 아래에 단정히 앉아서 《삼설기(三說記)》를 낭랑히 읽고 있었다.

돌연 들어오는 아들의 모습을 보자 부대부인은 미소를 풍겨 관옥같이 잘생긴 아들의 얼굴을 건너다보았다. 옥단은 서방님의 얼굴을 바라보자 이내 책을 놓고 사뿐 몸을 피하여 골방으로 뛰어들었다. 한 달 전에 아씨 방에서 아씨의 소개로 서방님과 인사까지 했으나 지금 이곳 대방 부대부인 앞에서 과년한 처자가 서방님이 들어오는데 안연히 앉아 있을 수는 없기 때문이다. 부대부인은 골방으로 피해 나가는 옥단을 보자,

"무얼 피하느냐, 한집에 있으면서."

이렇게 타이르고 한편으로는,

"어째 들어왔느냐? 저녁 문안까지 하고서……."

아들을 향해 부드럽게 묻는다. 서방님은 얼른 대답할 말이 없었다. 잠깐 멈칫하고 있다가 이내 생각해 냈다.

"글을 읽다가 목이 컬컬해서 들어왔습니다. 무어 화채(花菜) 같은 것 마실 것이 없을까요?"

어머니는 아들이 새댁을 찾아서 마실 것을 달라지 않고 일부러 늙은 어머니 자기를 찾아서 마실 것을 달라는 것이 대견하고 기뻤다.

"목도 컬컬할 테지. 하도 글을 많이 읽으니까. 오미자(五味子) 화채라도 좀 타서 줄까?"

"오미자 화채입니까? 참말 마시고 싶습니다."

동석은 벙글벙글 어머니의 비위를 맞춰서 대답했다.

"애 옥단아, 내외할 것 없이 어서 이리 나오너라."

부대부인은 골방을 향하여 이렇게 옥단을 불렀다. 그러나 골방에서는 여전히 대답이 없다. 옥단은 부끄러워서 얼른 나타나지를 않았다.

"한집 안에서 무슨 내외야. 그리구 내외할 사람이 따로 있지, 내 아들과 어떻게 내외를 하려느냐. 심부름시킬 일이 있으니 어서 빨리 나오너라."

부대부인의 목소리가 꾸짖는 듯 약간 커지는 듯했다. 옥단은 골방에서 아니 나올 수가 없었다. 골방문이 가볍게 열리면서 옥색 저고리에 연분홍 치마를 입은 옥단의 자태가 나타났다. 서방님의 눈에 비치는 안방은 다시 화원(花園)인 양 화려하게 보였다. 부대부인은 골방에서 나타나는 옥단을 보자,

"너 심부름 좀 하거라. 서방님이 글을 많이 읽어서 목이 컬컬하다구 한다. 찬방에 나가서 차집보고 오미자 화채를 타달래서 갖고 들어오너라."

옥단은 부인의 영을 받아 고개를 다소곳하고 문 밖으로 나가자 이내 다반에 화채 그릇을 받들고 들어와 서방님 앞에 고요히 놓았다. 붉은 놀빛 같은 오미자 화채가 옥단의 분홍 치마빛과 함께 조화되어 고왔다. 배를 납작납작 잘게 썰어 띄워 놓고 실백잣이 동실동실 붉은 화채 위에 떠올랐다.

"이애는 우리 집 침모의 딸이란다. 한집 안에서 이루 어떻게 내외를 할 수가 있느냐. 앞으로 만나거든 스스럽게 지내지 말고 서로 말들을 하고 지내려무나."

부대부인은 화채를 단숨에 벌컥벌컥 들이켜는 아들을 귀여운 듯 바라보며 옥단을 소개했다.

옥단과 서방님은 벌써 아씨 방에서 만나 본 구면이라 초면처럼 부끄럽지는 않았다. 옥단이 서방님이 화채를 다 마신 뒤에 빈 그릇을 쟁반에 받쳐 들고 밖으로 나갔을 때 서방님은 비로소 입을 열었다.

"종년들과 달라서 제법 행동거지가 분명합니다그려."

"분명하구말구, 행세하던 집 딸이거든. 저의 아버지가 역관 지내

던 윤언이란 사람이야. 집안이 패해서 그의 어머니가 내 집에 와서 임시로 침모 노릇을 하고 있지만 다 배운 것이 있는 법도 있는 집 딸이거든."

어머니는 이렇게 침모의 딸 옥단을 아들한테 칭찬해 준다. 이 뒤로부터 서방님은 사랑에서 글을 읽다가 옥단이 생각만 나면 어머니 방과 아씨 방으로 넘나들면서 옥단과 접촉할 기회를 만들었다. 서방님은 두 군데 중에서 한 군데서는 반드시 옥단을 만날 수가 있었다. 옥단과 서방님 사이에 차차 부끄럼도 가셔지고 말을 주고받기도 했다.

어머니 앞에서,

"애, 식혜 좀 떠오너라."

터놓고 말을 하기도 하고,

"옥단아! 수정과를 좀 가져오너라."

하고 심부름을 시키기도 했다. 아내의 방에서 옥단을 만났을 때는 흔히 옥단은 바느질을 하고 있었다.

"수놓는 솜씨만 좋은 줄 알았더니 옥단이는 바느질 솜씨도 훌륭하구나."

하고 스스럼없이 칭찬을 하기도 했다. 이럴 때마다 아씨는,

"바느질과 수솜씨만 좋은 줄 아십니까? 글씨도 잘 쓰고 글도 좋습니다."

하고 입에 침이 마르도록 칭찬을 했다. 아씨와 옥단은 날이 갈수록 형제같이 의가 좋았다. 서방님은 옥단을 바라보는 것만으로 만족을 느꼈다. 이렇게 조부원군 집에서 서방님을 중심으로 하여 아씨, 소희, 옥단 세 젊은 여성들이 화사한 젊음을 풍기고 의좋게 지낼 때, 아씨가 어느덧 아기를 배어 만삭이 되었다. 첫아기는 언제나 친정으로 가서 낳는 것이 이때 풍속이었다. 아씨가 친정으로 몸을 풀러 가려고 뜰 앞에 보교를 놓고 대방에 올라 시어머님 부대부인께 하직 인사를

여쭈러 들어갔다.

"어머님, 다녀오겠습니다."

아씨가 시어머니께 절을 드리고 두 손을 맞잡아 물러섰을 때 부대부인은,

"오오, 지금 떠나려느냐. 친정에 가거든 수이 순산해서 몸을 풀고 이번엔 꼭 아들을 낳아서 너의 아버님과 내 마음을 기쁘게 해라. 어서어서 첫 손자를 좀 보아야겠다."

부대부인은 화한 낯으로 며느리를 격려한 뒤에,

"어떻게 하려느냐. 너 혼자 가마를 타고 가려느냐, 시중들 사람을 데리고 가려느냐?"

"교전비 소희를 데리고 가렵니다."

아씨는 아늑히 대답했다. 부대부인은 안경 너머로 며느리를 바라보며 부드럽게 이른다.

"소희를 데리고 가면 어떻게 하나. 걔 시중은 누가 들꼬?"

걔란 서방님을 가리키는 말이었다. 시어머니는 며느리한테 안상하게 묻는다.

"여쭙기 황송하오나 침모의 딸 옥단으로 잔심부름을 하도록 말씀을 내려 주옵소서."

아씨는 서방님의 시중을 옥단한테 시키도록 시어머니께 간원을 하는 것이었다. 아씨는 벌써부터 서방님한테 옥단을 부실로 삼으라고 권고를 한 일이 있으므로 슬며시 이 기회에 두 사람의 거리를 가깝게 만들어 주자는 어진 아내로서의 마음을 쓰는 것이었다.

"하기야 해산 뒤에 서답을 빤다든지 빨래를 한다든지 하는 일은 너의 친정집에서 데려온 소희를 데리구 가는 것이 제일 편하지. 그렇지만 옥단은 양가집 딸인데 소희처럼 마구 젊은 사람의 심부름을 하라구 말할 수 있느냐."

어머니는 망설이지 않을 수가 없었다.

아씨는 시어머니의 말씀을 듣자 방글방글 웃었다.

"어머님께서 옥단 어머니한테 말씀을 내리시면 옥단 어머니가 아니 들을 리 만무합니다. 그리고 어머니께서는 젊은 남녀가 자주 만나면 행여나 무슨 일이 있을까 염려를 하시는 듯합니다만 남자가 부실 하나쯤 아니 두고 배겨나겠습니까? 이왕 둘 바에야 하향 천기나 미천한 하인의 태생보다 옥단이같은 양가집 딸로 부실을 삼는 것이 앞으로 집안의 장래를 위해서라도 좋으리라 생각합니다. 어머님께서는 과히 염려 마시고 옥단 어머니한테 허락을 받으셔서 저 없는 동안의 서방님의 뒷배를 보아주도록 하시옵소서."

나긋나긋 미소를 띠어 시어머니께 사뢰는 아씨의 태도는 관음보살이 도독한 배를 안고 맑은 자태를 풍기면서 말씀을 드리는 듯했다. 시어머니는 며느리의 넘쳐흐르는 착한 덕기에 늙은 몸이건만 감화가 되는 듯했다.

"오, 그래라. 너는 참 앞으로 무한한 복을 받을 마음씨를 가졌다. 점점 우리 집안이 너로 인해서 더 흥왕해질 것 같다. 아무튼 개 뒷배 볼 일은 네 말을 짐작해서 내가 잘 처리할 테니 너는 마음을 놓고 친정에 가서 편히 있다가 옥동 같은 첫아들을 낳아 가지고 속히 돌아오도록 해라."

부대부인은 말을 마치자 자리에서 일어나 가마를 타러 뜰 아래로 내려서는 며느리를 마루 끝에 서서 전송하고 있었다. 교전비 소희가 아씨의 명령을 받들어 보교 뒤를 따르기로 했다.

"정경부인께 여쭙니다. 아씨를 모시고 쇤네가 다녀오겠습니다."

소희는 뜰 아래서 마님께 절을 올린 뒤에 태극선(太極扇)을 바른 손에 들고 왼손으로 아씨의 가마채를 붙들어서 교군꾼들과 함께 대문 밖으로 나갔다. 이날 저녁때 부대부인은 하인을 시켜서 침모 한씨를 안방으로 불러 올렸다.

"내가 자네한테 청할 일이 있네."

"정경부인, 별말씀을 다 하십니다. 저희 같은 미천한 사람한테 청이라니 무슨 말씀이오니까."

"옥단이년이 백령백리하지 않은가? 그래서 내가 걔를 딸같이 생각하고 내 앞에서 잔심부름을 시키고 있는 것은 자네도 알지만, 자네도 알다시피 오늘 며늘아기가 몸을 풀러 친정에를 갔네그려. 혼자 보낼 수가 있어야지. 그래 앞으로 순산을 하면 빨래 서답도 빨아 주어야겠구 해서 제 친정에서 시집올 때 데리고 온 교전비 소희를 안동해 보냈네. 그런데 말일세, 새서방의 심부름을 여태까지 소희가 해왔는데 당장 사람이 없으니 옥단이를 내 심부름도 시키고 서방님 심부름도 시켜 볼까 해서 자네 의향을 묻는 것일세. 내 감독 밑에 심부름을 하도록 하는 것이니 그렇게 알아주게."

옥단 어머니 한씨는 커다란 계집애로 젊은 서방님의 심부름을 시키기가 마음에 약간 뜨악했으나 정경부인의 감독 밑에 심부름을 시킨다 하니 설마 별일이야 있으랴 하고 선뜻 대답을 올린다.

"원 참, 정경부인께서 별말씀을 다 하십니다. 미천하고 교양 없는 딸자식을 그처럼 생각해 주시니 고마운 말씀을 여쭐 길이 없습니다. 처분대로 하셔서 그저 사람이 되도록 만들어 주옵시오."

옥단의 어머니는 부대부인을 향하여 서방님의 시중들 것을 허락하고 말았다.

새아씨가 친정으로 몸을 풀러 떠난 후에 서방님은 아씨 없는 아씨 방에서 날마다 자게 되고, 서방님의 침구와 뒷배를 보살피는 일은 교전비 소희 대신 침모의 딸 옥단이가 맡아서 건사를 하게 되었다. 서로 멀리만 바라보면서 상사의 한을 품었던 젊은 서방님과 침모의 딸 옥단은 마침내 넘어서는 아니 될 금단의 경역을 넘어 버리고 말았다.

아내를 가진 젊은 서방님으로 종년이 아닌 숫처녀를 범한 일은 커다
란 죄악이었다. 옥단의 편으로 말할지라도 아씨가 없는 틈을 타서 처
녀 숫색시의 몸으로 남의 사나이와 살을 사귀었다는 일은 윤리의 파
멸을 불러오는 일이었다. 젊은 그들은 마음의 가책을 느끼면서도 이
미 저질러진 일이라 엎어진 물을 다시 그릇에 담을 수 없었다. 장님
인 양 사악의 세계로 점점 깊숙하게 빠져들었다. 꼬리가 길면 밟히는
것이 세상의 상정이었다.

　침모 한씨는 딸을 안으로 들여보내서 서방님의 시중을 들게 한 후
에 항상 마음이 놓이지 않았다. 보통 인물로 태어난 과년한 딸이라도
마음이 놓이지 않을 터인데 옥단의 아름다운 맵시는 자기 딸이지마
는 과연 잘생겼다고 자타가 인정하는 형편이었다. 침모 한씨는 밤마
다 딸이 돌아온 뒤에야 비로소 마음을 놓고 잠을 이루곤 했다.

　그러나 어느 날 비 오는 밤이었다. 보슬비가 촉촉히 내리는 여름
밤은 조용했다. 침모는 딸을 기다리다가 깜빡 잠이 들었다 깨었다.
밤은 깊어서 만뢰가 고요한데 옆자리를 보니 딸의 자리가 의연히 비
어 있었다. 침모 한씨는 너무 늦는구나 하고 생각했다. 자리에서 일
어나 정신을 차리고 머리쪽을 가다듬었다. 벽에 기대 앉아 또다시 딸
이 오기만 기다렸다. 닭이 이내 홰를 치고 울었다. 자시가 넘은 모양
이었다. 침모 한씨는 이제는 더 참을 수가 없었다. 등잔에 불을 돋우
고 소리 없이 문을 연 뒤에 신을 신고 가만가만 안대청 앞으로 돌았
다. 부대부인이 거처하는 안방은 이미 깊은 잠에 든 양 불이 꺼져 있
고 고요하기 짝이 없었다. 침모 한씨는 발길을 서방님이 잔다는 아씨
방으로 향했다.

　희한한 일이었다. 서방님의 방에는 아직도 불이 밝혀져 있었다. 그
러나 방 안은 호수같이 조용했다. 다만 들리는 것은 뜰 앞에 떨어지
는 보슬비 내리는 낙수 소리뿐이었다. 침모 한씨는 살몃살몃 걸음을

옮겨서 서방님의 방 창문에 귀를 기울이고 있었다. 여전히 쥐죽은 듯 고요했다. 침모 한씨는 궁금하고 갑갑해서 배겨낼 수가 없었다. 몇 번인가 주저하다가 빠끔하게 창문을 열었다. 가슴이 두근거렸다. 크게 열지를 못하고 굵은 실이 드나들 만큼 겨우 열었다. 침모 한씨는 이내 눈을 바짝 창 틈에 대었다. 기막히지 않은가. 가물거리는 등잔불 아래 비쳐지는 모습은 젊은 남녀, 서방님과 옥단의 포옹하고 잠이 든 모습이었다.

침모 한씨는 금방 바람이 날 것 같았다. 억지로 자기 자신을 마음속으로 부축하면서 맥빠진 발길을 옮겨 자기 방으로 돌아와 버리고 말았다.

침모 한씨는 자기 방으로 돌아와 무남독녀 외딸의 처녀성을 망친 것을 생각하니 하늘이 아득하고 땅이 꺼지는 듯했다. 자기 자신의 경솔했던 것을 후회하면서 이 일을 장차 어찌 처리하면 좋은가 하고 이내 자리에 쓰러져서 신세 한탄을 하면서 소리 없이 눈물만 흘렸다.

남편이 죽어서 집안은 비록 패가가 됐다 하나 행세하는 집안이라는 지목을 받는 윤씨의 집이었다. 옥단을 조부원군댁 서방님의 첩으로 맡길 수는 없었다.

그러니 이미 처녀성을 잃어 놓은 계집아이를 장차 어떻게 처리해야 좋을지를 몰랐다.

침모 한씨는 밤새도록 곰곰이 생각했다. 서방님과 옥단의 사이에 맺어진 불의의 일이 계속되어 조부원군댁 하인들의 입초시에 오르내리게 되면 세상 사람이 모두 알게 될 테니 이것은 더구나 큰일이라 생각했다.

침모 한씨는 날만 밝으면 옥단을 데리고 쥐도 새도 모르게 이 집을 떠나는 것이 제일 상책이라 결심했다.

마음을 이같이 결정한 한씨는 등잔불을 돋우고 입던 의복가지를 챙기면서 보따리를 꾸리고 있었다. 동이 채 트기 전에 발소리가 가볍게 들리면서 옥단이 살몃 어머니의 방으로 기어들었다. 옥단이 잠을 자지 않고 깨어 있는 어머니를 보자 두근거리는 가슴을 진정하면서 어머니에게 장차 변명할 말을 궁리하고 있을 때, 어머니는 옥단을 바라보고 목소리는 작으나 강하게,

"이년!"

하고 한마디 지르고 독하게 딸을 흘겨보았다. 딸은 어머니의 독한 눈매에 움찔하지 않을 수 없었다. 모든 일을 어머니가 다 알았구나 하고 생각했다.

"이년, 날이 밝기 전에 이 댁을 떠나야 한다. 어서 네 옷가지를 챙겨서 보따리를 싸라!"

어머니는 재우쳐 작은 음성으로 강하게 명령을 내리는 것이었다. 옥단은 새로이 정이 든 서방님을 어떻게 두고 가나 하는 생각이 들었다.

"지금 별안간 어디로 가요?"

하고 물었다. 이때였다. 어머니는 저고리 안고름에 매달린 장도를 끌렀다. 새파란 칼날이 불빛에 자그마한 무지개를 뿜었다.

"이년! 냉큼 보따리를 못 쌀 테냐. 만약 말을 아니 들으면 너를 죽이고 나도 죽겠다."

어머니의 작으나 강한 음성은 옥단의 온몸에 소름이 쪽 끼치도록 위압을 주었다. 옥단은 두말을 못 하고 어머니 시키는 대로 소리 없이 보따리를 꾸렸다. 어느덧 날은 활짝 밝았다. 조부원군댁에는 솟을대문이 활짝 열려지고 중문과 일각문도 차례로 열려졌다. 아침부터 손님이 큰사랑으로 드나들고 안중문으로는 장사하는 여인네들이 채소와 찬거리를 머리에 이고 드나들었다. 옥단 어머니는 이 틈을 탔다.

"가자!"

한마디로 딸을 재촉한 뒤에 방문을 열고 훌쩍 안중문을 거쳐서 대문 밖으로 사라져 버렸다. 이때 옥단의 모녀가 이 집을 떠나는 모습을 본 사람은 한 사람도 없었다.

장통사(張通事)

장차골다리〔長橋〕 천변에는 역관 노릇을 하던 장형(張炯)이란 사람이 있었다. 장형은 장안 갑부 소리를 듣는 역관 장현(張炫)의 사촌 아우로서 역시 부명을 듣고 사는 사람이었다. 그들은 중국말을 잘하는 한어(漢語)의 역관으로서 해마다 중국에 다니는 사신 행차를 따라다니면서 물건을 무역해 들여서 누거만(累巨萬)의 자산을 이룬 부자들이었다. 그들은 직접 나라 정치에는 참예하지 아니했으나 역관인 까닭에 정부의 고관들과 밀접한 관계를 가졌고, 조정이 편당을 지어 갈려 있는 까닭에 저절로 그들은 후면에 있어 당파에 가담하지 않고는 배겨날 도리가 없었다. 이리하여 장현과 장형도 옥단의 아버지 윤언마냥 남인 편에 가까운 역관들이었다.

장형의 사촌 형제는 나이 오십이 넘고 보니 역관 노릇은 아니 하고 집안에 들어앉아서 안락한 생활을 하고 있었다.

장형은 나이 쉰 여섯에 불행하게 아내 고씨(高氏)의 상을 당한 후 속현(續絃, 아내를 여읜 뒤에 다시 새 아내를 맞는 일을 비유적으로 이르는 말)을 하기 위하여 가합한 곳에 색시를 구하고 있었다. 원래 집안이 행세하는 중인의 집이요, 장안 갑부의 부명을 듣는 집이라 서울에서 제일간다는 중매할미들이 뻔질나게 드나들고, 늙은 사람의 후취 자리 건만 딸의 덕을 보려는 천속한 무리들이 쟁두(爭頭)를 하면서 장씨네

집으로 딸을 들여보내려 했다.

이때 중인들의 가문과 계보를 손샅같이 알고 있는 약고 노련한 매파(媒婆) 한 사람이, 산리무골에서 셋방살이를 하면서 삯바느질을 하고 있는 중인 윤언의 아낙 한씨를 찾았다. 한씨는 모야무지(暮夜無知, 이슥한 밤에 하는 일이라서 보고 듣는 사람이 없거나 알 사람이 없음)에 도망치듯 옥단을 데리고 조부원군의 집을 나온 후에 꼭꼭 주머니 속에 모아 두었던 월급푼으로 산리무골에 전세방 하나를 얻어 가지고 옥단과 함께 삯바느질을 해가면서 생계를 이어 가고 있었다. 때가 오면 옥단을 웬만한 곳으로 출가를 시켜서 그전 허물을 깨끗이 청산시켜 버리고 사위를 의지해 가면서 장차 외손자가 나오면 이것으로 낙을 삼아 한평생을 마칠 작정을 하고 있었다. 하루는 어머니 한씨와 옥단이 바느질에 골몰을 하고 있을 때, 대문이 삐걱 열리며 호호백발 늙은 매파가 들어섰다. 옥단의 어머니 한씨가 바느질을 찾으러 온 사람이거니 하고 창문을 열고 내다보니 자기가 윤언한테로 시집을 왔을 때 중신을 들어 주었던 매파였다. 옥단 어머니는 반가움을 이길 수가 없었다.

"아이구, 저 마누라가 여태 살았네. 어떻게 내가 여기 사는 것을 알고 찾았소?"

한씨는 반짇고리 위에 바느질감을 던지고 황급하게 마루 끝까지 뛰어나가서 매파를 맞아들였다.

"그래, 그동안 태평하시구? 대관절 그런 변고가 어디 있소? 나리는 돌아가시구 그 만가한 재산은 모두 탕패가 되다니 기막힙니다. 나라의 소인들이 농간을 한 탓이지……."

말을 마치자 매파는 흘끗 방 안에 있는 옥단을 돌아본다.

"아이구, 아가씨가 벌써 저렇게 자랐네? 어쩌면 저렇게 숙성하게 잘 자랐나. 얼굴은 선녀같이 아름답구. 올해 몇 살입니까?"

매파는 엉금엉금 방으로 기어 들어가면서 옥단의 치렁치렁한 머리
채를 쓸었다.

"올해 열여덟 살이나 됐다우."

어머니 한씨는 매파를 따라서 방으로 들어간다.

"어마, 열여덟 살 템이나 되었군. 어서 좋은 자리를 골라서 시집을
보내셔야겠구먼. 세월도 참 빠르지. 아가씨가 벌써 열여덟 살이 되다
니, 코 흘릴 때 본 생각이 바루 엊그저께 같은데……."

매파는 한숨을 한 번 후 쉬고 세월이 빠르다고 한탄을 한다.

"대관절 할머니는 내가 이곳에 있는 것을 어떻게 알고 찾아오셨
소? 참말로 천만 뜻밖이구려."

"장안이 넓다 하지만 발너른 중매할미가 어찌 모를 리가 있겠소.
지난번에 아씨의 이종사촌 되시는 김역관댁 아씨를 만나서 아씨댁
안부를 물었더니 그동안 조부원군댁에서 침모 노릇을 하시다가 돈푼
을 모아 가지고 나오셔서 이곳에서 전세 살림을 하고 계시다기에 어
찌나 뵙고 싶은지 곧장 찾아온 길이오. 참으로 상전벽해라더니 아씨
가 침모 노릇을 하고 바느질품을 파실 줄 어찌 뜻이나 먹었겠소!"

"다 내가 박복한 탓이지."

한씨부인은 한숨을 쉬고 낙루(落淚)를 한다.

"천만의 말씀이지, 아씨가 왜 박복하셔. 혼인 때 아씨 사주를 보아
서 다 잘 아는데. 잠시 운수가 비색해서 그러신 것이지. 흰 구름장에
지나가는 백로 격이거든. 두구 보시구려. 아씨의 후분은 다시 좋아지
실 테니……."

후분이 좋겠다는 말에 한씨의 마음은 적이 위안이 된다.

"후분이 정말 괜찮겠소?"

"괜찮게 되구말구요. 한평생 침모 노릇을 할 줄 아시우? 아가씨만
좋은 곳으로 시집을 보내시면 사위님 덕에 금방석에라도 올라앉으실

것을……"

"사위 덕에 금방석? 호호호."

한씨에게 과히 듣기 싫은 소리는 아니었다.

"참 아씨, 좋은 혼처가 한군데 있는데 아가씨를 치우지 않으시려우? 가문도 상적하고 재산은 장안 갑부구."

장안 갑부 소리에 옥단의 어머니 한씨의 귀가 번쩍 띄었다. 그러나 이내 기운이 쑥 빠졌다. 딸의 몸은 조동석으로 인해서 이미 처녀가 아니었고 집안은 이 꼴로 탕진이 되었는데 장안 갑부가 자기네하고 혼인을 할 까닭이 만무했다.

"할머니도 별말씀을 다 하시우. 장안 갑부가 무엇이 부족해서 우리 같은 가난한 사람하구 혼인을 하려 들겠소. 모두 다 딴소리지."

부인은 맥이 풀려서 대답 소리조차 힘이 없었다.

"원 천만에, 인물 하나만 보려고 하는 것이거든. 아씨, 두말 말고 우리 아가씨를 그 집으로 시집보냅시다."

매파가 한씨 앞으로 무릎을 바싹 당겨 다가앉는다. 옆에서 바느질을 하고 앉았던 옥단은 자기의 혼인 애기가 나오자 살몃 일어나 부엌으로 내려가 버린다.

"에그, 의젓도 하시지. 참으로 그 댁으로 시집만 가시면 왕후 부럽지 않게 금소반마냥 받들 것이란 말야. 기막힌 장안 갑부거든. 거기다가 옥동자나 하나 쑥 낳아 봐요. 호강과 기세가 하늘도 도래질을 칠 수 있을 것을……"

중매장이 할미가 입에 침이 마르도록 신랑집을 칭찬한다.

"도대체 신랑은 어디 사는 누구요?"

한씨는 궁금해서 중매할미한테 묻는다.

"아씨도 짐작해서 잘 아실 거유. 왜 장차골다리 장통사댁을 잘 아시죠? 초록은 동색이라고 아씨댁도 중인으로 역관댁이니 장통사댁

일을 손샅같이 잘 아시리다. 큰댁은 장안 갑부의 부명을 듣는 장현
이란 분 댁이구 작은댁은 그에 못지않이 잘지내는 장형이란 분 댁입
니다."

"아 장통사댁, 알구말구. 우리 집의 대대로 내려오는 세교(世交)
지. 시댁뿐인가. 우리 친정집하고도 세교거든."

"그러실 테지요. 왜 아니 그렇겠소. 모두 다 같은 역관으로 떵떵
울리던 댁들인데."

매파는 옥단 어머니를 흠뻑 추어 올린다.

"그런데 뉘 댁에 신랑감이 있단 말이오?"

"작은댁 장형네 댁입니다."

"그러면 바로 장형이란 분의 아드님인가. 몇째 아드님인구?"

이때 매파는 주춤하면서 주름진 얼굴에 가득히 웃음을 띠고 목소
리를 조금 낮추어 대답한다.

"그런데 말씀이오, 신랑감은 장형 장통사님의 아드님이 아니라 바
루 장통사 그분입니다."

"장통사가 올해 몇 살인데 신랑감이란 말이오? 애그, 해괴망측
해라."

옥단 어머니는 깜짝 놀라지 않을 수 없었다.

매파의 태도는 태연했다.

"장통사님의 나이는 올해 갓쉰이죠."

매파는 이쯤 장형의 나이를 쉰 여섯에서 쉰으로 슬쩍 줄여 놓고,

"실은 장통사님이 작년에 상처를 했답니다. 그런데 불로불소지년
(不老不少之年)에 상배를 해놨으니 그대로 큰살림을 해나갈 수가 있
습니까. 그래서 좋은 규수감을 골라서 큰살림을 맡기려 하는데 인물
만 출중하고 근저만 좋아서 행세하는 댁 따님이면 혼인비용은 불계
(不計)하고 전부 싸서 데려가려고 합니다. 그런데 좋은 것은 전처 소

생으로는 아들도 없고 딸도 없단 말씀이오. 세상 천하에 이런 기막히게 좋은 자리가 어디 있겠소. 아가씨가 장씨댁으로 들어가서 떡두꺼비 같은 아들 하나만 낳아 놓으면 장씨네 만가한 재산과 천량은 모두 다 아가씨 것이 아니겠소."

매파는 손을 들었다 놓았다 갖은 너스레를 떨면서 옥단 어머니의 마음을 흔들어 놓는다.

옥단 어머니도 마음이 솔깃하기 시작했다. 더구나 전취 소생에 아들이 없다는 데 마음이 바싹 돌았다.

"정말 전취 소생이 없으리까?"

"아따, 아씨는 내 말을 그렇게 못 믿으시우? 내가 아씨 어머니 때부터 댁에를 중매할미로 다니는데 그렇게 못 믿으시우. 이따가라도 사람을 보내서 중인 일곽에 알아보시우. 장통사의 전실 아내는 고씬데 고씨가 아들이 있나 없나 알아보시면 될 것 아니겠소. 좌우간 아씨, 이 자리를 놓치면 후회하리다. 내일모레 내가 또 올 테니 그때 가서는 꼭 허락을 해주시우."

매파할미는 말을 마치자 벌떡 자리에서 일어나 지팡이를 짚고 밖으로 나간다.

"그러면 모레쯤 또 오시우."

옥단 어머니는 마음이 쏠려서 매파를 보고 더 한 번 오라고 당부를 한다.

매파는 옥단의 집에서 나오자 기운이 백배나 솟구쳤다. 이 혼인이 성사만 되면 장차골 부자집에 중신을 드는 일이라 쌀섬이나 좋이 생길 것 같았다. 신바람이 나서 지팡이를 끌고 산리무골에서 장차골다리 장통사의 집을 향해 갔다. 매파는 장통사의 집으로 들어가자 다짜고짜로 장통사의 거처하는 사랑방으로 들어갔다.

"나리, 계십니까?"

장통사는 매파를 보자 반갑게 맞았다.

"할미 오는가."

"좋은 규수가 있는데 어찌하시렵니까?"

"알아봐서 좋다면 혼인을 하지."

"이건 참 후실로는 아까운 자린데, 영감님이 복력이 계시면 되는 것이구 그렇지 못하면 아니 될 것입니다. 나이는 열여덟 살인데 어찌나 예쁜지 양귀비(楊貴妃)와 서시(西施)가 이 아가씨 앞에서는 얼굴을 들지 못하구 무색할 지경입니다."

나이 열여덟 살이요, 양귀비나 서시도 무색하다는 매파의 말에 장통사의 입이 떡벌어진다.

"아주 새색신가?"

"새색시가 무엡니까, 금지옥엽 같은 숫처녀올시다."

"뉘 집 색시야?"

"기막힌 문벌을 가진 중인댁 따님입니다."

"그런 집 귀한 딸을 후취로 나한테 주겠나?"

"나리, 옳은 말씀이올시다. 전 같으면 어림도 없습니다. 그렇지만 그런 까닭이 좀 있습니다."

"형세가 어려워졌는가?"

"나리, 옳게 짐작하셨습니다."

"뉘 집인가?"

"나리도 잘 아시는 세교댁일 것입니다. 왜 저 윤언 윤통사님을 잘 아시죠? 서인 대신한테 몰려서 귀양가 돌아가신 바루 윤언 윤통사님의 따님입니다. 어떻습니까? 이만하면 문지는 삼한갑족이 아닙니까."

"아하, 윤언의 딸이라!"

장통사는 무릎을 쳐서 감탄하면서 아는 뜻을 표시한다.

"인제 그만하면 색시집 문벌을 다 아시겠습니까?"

무릎을 쳐서 탄식하는 장통사의 모양을 보자 늙은 매파는 더욱 신명이 났다.

"알고말고, 동기간같이 지내지 않았는가. 윤언이 귀양갈 때 내가 멀리 홍제원까지 전별을 하러 가지 않았던가. 그때 그 사람이 무남독녀 외딸을 두었다는 소리를 들었지. 헌데 그 댁이 지금 어디서 사는가?"

장통사는 무릎을 버썩 내밀어 매파에게 묻는다.

"지금 산리무골에 사십니다. 형세가 말이 아닙죠. 따님을 데리고 부인께서 삯바느질을 해서 호구를 이어 가십니다. 그러니까 나리께 후취로 혼인 중신을 해보자는 것입죠. 그렇지 않다면야 그 댁에서 천금 같은 따님을 후취로 보내실 까닭이 있습니까?"

장통사는 마음이 바싹 동했다.

"그렇다면 매파! 자네가 이 일이 꼭 성사되도록 해주게. 내외가 분명하고 계실로 맞아들여도 조금도 손색이 없으니. 그뿐 아니라 친구의 자식을 구해 주는 일도 되겠네. 일거양득일세. 꼭 힘을 좀 써보게."

장통사는 쾌히 허락을 한다.

"그럼 오늘이라도 누구를 보내서 선을 보시고 청혼을 해보도록 하십시다."

매파는 기회를 놓치지 않고 바싹 권한다.

"누구를 보낼까?"

"큰댁 마님께 수고를 좀 해달라구 하시구려. 집은 제가 가르쳐 드릴 테니."

"그것참 좋은 생각이군. 그러면 나하고 큰댁으로 가서 아주머님께 말씀 여쭙도록 하세."

장통사는 부리나케 웃옷을 떼어 입고 중매할미를 데리고 이웃에 가지런하게 붙어 있는 사촌형의 집으로 들어갔다.

"아주머니, 죄송합니다마는 저를 위해서 출입을 좀 해주셔야겠습니다. 이 할미가 좋은 규수가 있다구 자꾸만 졸라대니 한번 선을 보아주셔야겠습니다."

아주머니라는 이는 장통사의 사촌형 장현의 부인이었다. 반백이 넘은 복성스런 늙은 얼굴에 미소를 띠어 대답한다.

"어디 좋은 규수가 있다 합디까?"

"바루 윤언 윤통사댁에 좋은 규수가 있습니다. 나이는 열여덟 살이굽쇼."

매파가 옆에서 가로채 대답한다.

"윤언 윤통사댁이면 우리 집하고 세교가 아닌가?"

늙은 형수가 점잖게 대답한다.

"그렇구말굽쇼. 대대로 세교이십죠."

"형세가 말이 아니렷다. 바깥 양반이 귀양을 가서 돌아가셨으니……."

큰댁 마님도 손샅같이 윤통사의 집안일을 잘 알고 있었다.

"그러니까 댁에다가 후취로 보낼 생각을 하지, 그렇지 않다면야 열여덟 살 먹은 꽃 같은 처녀 색시를 누가 저 반백이나 다 되신 나리께로 보내려 들겠습니까. 인물 좋겠다, 숫처녀겠다, 문벌 좋으니 두말 말고 큰댁 마님께서 홀시아주비를 위해서 한번 선을 보시고 딱 작정을 해줍시오."

매파는 바로 옥단 어머니의 허락이나 얻은 듯이 너스레를 치면서 큰댁 마님을 달랜다.

"아주머님, 선을 보셔서 인물이 가합하거든 아주 청혼까지 하시고 돌아오십시오."

장통사는 어서 묘령의 아내를 얻고 싶은 모양이었다.

"아따, 아주비께서 급하기도 하시지. 우물에 가서 숭늉을 달라시겠네. 노래건만 색시 소리를 들으면 그렇게도 좋으십니까? 그래 죽은 동서만 불쌍하지. 남자 어른들은 모두 다 저렇단 말야, 하하하. 염려 맙시오. 집안도 상적하고 하니 인물만 덕성스러우면 곧 청혼을 하고 오겠습니다."

늙은 사촌형수는 이렇게 손아래 시아주비를 놀렸다.

"그것 봅쇼. 얼마나 아내가 그립기에 당장 청혼을 하고 오라고 하십니까? 그저 남자는 늙어 갈수록 뒷배를 보아주는 아내가 있어야 한답니다. 홀아비로는 견디기가 참으로 어렵거든요. 그러기에 홀아비 살림은 이가 서 말이구 과부 살림은 은이 서 말이라 하지 않습니까. 과부는 혼자 살아갈 수가 있어도 홀아비는 혼자 살아갈 수가 없는 것입니다. 마님, 어서 옷을 갈아입으십시오. 함께 가십시다."

매파는 재촉을 해서 큰댁 마님을 윤통사 집으로 데리고 간다.

한편으로 윤통사 집 옥단 어머니는 매파가 다녀간 뒤에 마음이 솔깃했다. 옥단은 이미 조동석에게 처녀성을 잃은 딸이었다. 아무리 세상의 이목을 가려서 몰래 행방을 감춰 가지고 조씨 집에서 데리고 나왔으나 초취 장가를 드는 신랑한테는 양심상 보낼 수가 없게 되었다.

말은 아니 했으나 옥단 어머니는 후취감을 구하는 신랑이 있으면 슬몃 소리없이 내줄 생각을 하고 기회만 기다리고 있던 참인데 홀연히 옛 매파가 찾아들어 장안 갑부인 장씨네집에 후실로 보낼 것을 권고하니, 나이가 너무 많은 게 흠이지마는 가문이 상적할 뿐 아니라 돌아간 전취한테 아들도 없고 딸도 없다 하니 더구나 후환거리가 없어서 좋았다. 매파가 돌아간 뒤에 어머니는 딸을 부엌에서 불러들였다.

"아가, 이리 올라오너라."

옥단은 매파를 피하여 부엌으로 내려갔다가 어머니의 부르는 소리를 듣자 천천히 치마를 휩싸고 방으로 들어섰다.

"거기 앉거라."

옥단은 어머니 앞에 조용히 앉았다.

"네 나이 이제 열여덟이나 되었으니 시집을 가야 하겠다. 조금만 과년하면 노처녀가 되어서 시집도 갈 수가 없다. 이렇게 영락한 우리 집 형편에 누가 혼인을 하자고 청혼을 하겠느냐. 아까 중매할미의 말을 들으니 장차골다리 장통사가 후취감을 구한다는 것이다. 다만 나이가 너하고 걸맞지 않아 그렇지 재산이 장안 갑부요, 더욱 좋은 것은 전취 몸에 아들도 없고 딸도 없다 하니 네가 들어가서 유자생녀하면 모두가 네 살림이다. 이런 좋은 자리가 천하에 어디 있겠느냐. 하느님이 우리 모녀의 정경을 불쌍하게 생각하셔서 옛 중매할미를 대어 주신 것이다. 이 기회를 놓치지 말고 저편에서 통혼을 하거든 허락을 해버리기로 하자."

옥단은 어머니의 말을 듣자 입을 다문 채 아무런 대답이 없다. 머리와 마음은 이미 몸을 허락해 바친 조부원군댁 서방님 조동석으로 가득 차 있었다. 다시 더 어떠한 대상이 오를 까닭이 없었다. 첫사랑이었다. 젊고 잘생긴 서방님이었다. 겉으로 어머니한테 말은 안 했으나 요새는 꿈마다 만나는 서방님이었다. 생시에는 만나지 못할망정 꿈에라도 만나는 이 훌륭한 새서방님을 차마 버릴 수는 없었다.

"생각이 없느냐?"

어머니는 재우쳐 묻는다.

"……"

옥단은 여전히 앵두 같은 입술을 꼭 다물고 대답이 없다. 어머니는 딸의 속을 유리 붙인 듯 들여다보았다.

"말을 해라. 왜 대답이 없느냐?"

“……”

옥단은 더한층 차갑도록 새침했다. 어머니의 부아가 마침내 화산처럼 터지고 말았다.

“이년아, 그래도 조부원군댁 서방님 생각이 나느냐!”

어머니는 자막대기를 들어 딸을 사매질쳤다.

“이년아, 너 죽고 나 죽자. 조씨네집 첩년 되기가 한평생 소원이란 말이냐? 이년아, 윤가의 집은 아주 결딴이 나란 말이냐?”

유순하던 어머니가 부아가 터지니 암표범보다도 사나웠다.

부엌으로 들어가 식칼을 들고 뛰어들었다.

“이년아, 너 죽고 나 죽자. 기왕 집안이 망할 바에야 깨끗이 죽어서 망해 버리자. 그래서 아버지의 뒤를 따라가자.”

어머니는 번쩍 식칼을 딸의 목에 겨누었다. 칼을 들고 덤벼드는 어머니를 보자 딸은 아찔했다.

“어머니, 잘못했습니다. 그저 어머니 하라시는 대로 하겠습니다.”

딸은 이내 방바닥에 푹 엎드려 흐느껴 울었다. 항복을 하는 딸의 모습을 보자 어머니는 도리어 불쌍한 생각이 버썩 났다. 사실은 자기 불찰이었다. 과년한 딸을 젊은 서방님한테 심부름을 시키도록 마님한테 허락을 한 것이 잘못이었다.

이탓저탓할 것이 없다. 모두 다 가운이 비색해서 자식마저 망쳤다고 생각하니 또다시 뜨거운 눈물이 펑펑 쏟아진다. 어머니 한씨가 하염없이 쏟아지는 눈물을 치마폭으로 씻고 있을 때 별안간 닫혀진 대문이 삐걱삐걱 흔들렸다.

한씨는 얼른 방바닥에 떨어져 있는 식칼을 집어서 부엌 선반에 얹은 뒤에,

“누구요?”

하고 대문간으로 쫓아 나갔다.

"납니다. 중매할밉니다. 모레 온다고 했더니 장통사댁 큰댁 마님께서 아가씨가 하도 잘생겼다는 소문을 듣고 오늘 해 안으로 선을 보자고 졸라대서서 지금 함께 모시고 왔습니다."

매파는 대문 밖에서 이렇게 연통을 했다.

"아이구 어쩌나, 누추한 집에……."

한씨는 당황하지 않을 수 없었다.

"곧 문을 열 테니 잠깐만 기대리시우."

한씨는 이렇게 말을 해놓고 머리를 가다듬은 뒤에 딸한테로 뛰어들어갔다.

"애야, 장통사 집에서 선을 보러 왔단다. 내가 건넌방으로 손님을 데리고 들어갈 테니 그 틈에 세수를 하고 치마 저고리를 갈아입고 있거라."

어머니 장씨는 황망히 딸한테 분별을 한 뒤에 이내 발길을 돌려서 대문간으로 나가 빗장을 뽑았다. 매파가 들어오고 점잖은 노부인이 장옷을 벗으면서 뜰로 들어섰다.

"연통도 없이 별안간 찾아와서 죄송하기 짝이 없습니다."

"아씨, 장통사댁 큰댁 마님입니다."

매파의 소개로 한씨는 비로소 처음 장통사 집 큰댁 마님을 대면하게 되었다.

"누추하지만 올라오십쇼."

옥단 어머니는 장통사 집 큰댁 마님을 건넌방으로 인도했다.

"모두 다 세교건만 이제 이렇게 뵈오니 미안합니다. 댁에 규수가 있다 해서 잠깐 만나 보고 가려구 왔습니다."

장통사의 형수는 옥단 어머니와 상우례를 하면서 이같이 인사를 주고받았다.

"무어, 딸자식이 한 년 있습니다마는 미거해서 보시면 웃으실 것입니다."

옥단 어머니는 이렇게 겸사했다.

이윽고 매파할미는 몇 번인가 안방으로 왔다갔다했다.

"그럼 노마님, 아가씨를 좀 가보시렵니까?"

하고 장통사의 형수를 안방으로 인도했다.

이때 옥단은 어머니의 말씀을 듣고 머리를 가다듬은 후에 얼굴에 엷은 분을 바르고 수수하게 옷을 갈아입은 뒤에 천연스럽게 바느질을 하고 있었다.

지분을 더하지 않아도 일대의 국색인데, 엷은 화장을 얼굴에 더했으니 마치 봄바람에 호화롭게 핀 한 떨기 함박꽃이었다. 장통사의 형수가 매파를 따라 안방으로 들어가니 눈이 부시도록 환했다.

옥단은 들어오는 사람들을 거들떠보지도 않고 고개를 다소곳 숙인 채 바느질을 훔치고 감치고 있었다. 바늘에 실을 꿰어 총총하게 감쳐 나가는 솜씨로 쪽고르게 아름다운 선을 그어 나간다.

"마님, 어떻습니까? 세상 천하에 우리 아가씨같은 인물을 보신 일이 있습니까? 꽃에 비한다면 화중왕이요, 달에 비긴다면 중추명월이 분명합니다. 인물만 그렇습니까. 바느질 솜씨를 좀 보십시오. 어머님을 닮아서 침선방적에도 막힐 곳이 없습니다. 참말로 우리 아가씨만 데려가시면 작은댁에는 금시로 꽃이 필 것입니다."

매파할미는 옥단과 장통사 형수를 앞에 앉혀 놓고 옥단을 칭찬하여 언변 좋게 수다를 떤다.

옥단은 매파가 하도 칭찬을 하니 얼굴이 약간 상기되지 않을 수 없었다. 그러나 워낙 어머니한테 몸가짐을 단속해 배운 터이라 조금도 흔들리지 않고 자세를 태연히 가져서 바느질만 하고 있었다. 장통사 형수는 이모저모 옥단이를 바라보다가 이내 스르르 자리에서 일어섰다. 얼굴엔 만족한 빛이 감돌았다. 방문을 열고 나오니 매파할미도 따랐다.

"어떻습니까?"

"좋구먼."

한마디를 가볍게 대답한 후에 건넌방으로 건너가 한씨부인한테 청을 한다.

"중매할미한테 들어서 아셨겠습니다마는 집에 시아주비가 계십니다. 작년에 상처를 하시고 속현을 하려고 하시는 중인데 통혼을 청하니 허락해 주시면 감사하겠습니다."

한씨부인은 벌써 마음속으로 결정해 놓은 일이었다. 주저할 것이 없었다.

"한미하고 미거한 자식이 댁같은 번화한 대가댁에 들어가 상봉하솔(上奉下率)을 하고 지낼는지가 의심스럽습니다."

옥단 어머니는 자리를 피해 앉으면서 겸사해서 대답한다. 장통사의 형수는 옥단 어머니 한씨의 겸손한 태도가 더욱 마음에 들었다.

"과히 거리끼지 않거든 따님을 허락해 주십시오."

옥단 어머니가 대답하기도 전에,

"아이그, 마님도 다심하시지. 이댁 아씨께서는 아까 통혼하시는 말씀에 벌써 허락을 하셨습니다. 다시 긴말씀을 해 무엇 하십니까, 하하하."

매파할미는 마음이 흡족해서 드높게 웃었다.

이렇게 해서 옥단은 장통사의 집으로 후취가 되어 들어가고 장통사는 뜻밖에 천하일색인 옥단을 아내로 맞아들였다.

아름다운 아내를 후취로 얻은 장통사는 늙은 정열을 옥단에게 기울여 바쳤고 옥단은 일약 장통사 집의 계실(繼室)이 되어 호화로운 생활을 하게 되었다.

장통사는 옥단과 조부원군댁 서방님 조동석 사이의 옛 비밀을 알 까닭이 없었다.

　그는 옥단을 숫처녀로 믿어서 금소반에 받들듯 사랑하고 귀애했다.

　옥단에게는 점점 좋은 운이 터지기 시작했다. 시집간 지 일년이 겨우 넘자 첫아들 희재(希載)를 낳고 다시 이태 뒤에는 둘째로 딸을 낳았다. 일점혈육이 없던 장통사의 집안에는 크나큰 경사였다. 장통사는 딸의 이름을 녹빈(祿鬢)이라 지었다.

　옥단의 어머니 한씨부인한테는 장통사가 이웃에 따로이 집을 한 채 사서 살게 하니 이제는 삯바느질도 아니 하고 외손자들의 뒷배만 보아주면서 안락한 생활을 계속하게 되었다.

　녹빈은 자랄수록 어여뻤다. 어머니 옥단을 가리켜서 사람들은 아름답다고 했는데 녹빈은 옥단보다도 더한층 아름다웠다. 외할머니 한씨는 장통사와 옥단의 앞에서,

　"우리 녹빈이는 인간 사람이 아니다. 저것은 궁중에나 들여보내서 왕후가 되든지, 귀비(貴妃)가 되게 했으면 좋겠다."

　이렇게 녹빈을 칭찬하기도 하고,

　"우리 녹빈이가 귀비가 되어서 상감의 은총을 모시게 되는 때가 와야만 저의 외조부님의 억울하게 돌아간 한을 풀어 드리게 될 것이다."

　이렇게 회포를 털어 놓아 자기 남편의 원수 갚아 줄 것을 은근히 이야기하기도 했다.

　"그도 그렇습니다. 우리 중인들은 벼슬을 할 수가 없으니 딸이나 대궐로 들여보내서 세력을 부지하는 길밖에 다른 도리가 없습니다. 장인 윤통사께서 남인에 가깝다 해서 까닭 없이 멸문지화를 당하셨습니다마는 우리 장씨네집도 남인 편에 가깝다 해서 서인들이 공연히 이상한 눈초리로 우리들을 흘겨보고 있습니다. 어쨌든 고래싸움에 새우등만 터진다는 격으로 양반의 싸움 틈에 까닭없이 결딴이 나

는 것은 우리 중인들뿐입니다. 장모의 말씀대로 어떻게든 궁중에 손길을 뻗쳐야만 우리도 마음 놓고 살아갈 수가 있을 것입니다."

옥단은 어린 딸 녹빈을 무릎 위에 올려 앉히고 어머니와 장통사의 주고받는 말을 가슴 깊이 새겨들었다.

어느덧 세월은 흘러서 어머니 한씨가 늙고 쇠해서 다시는 자리에서 일어나지 못하게 되었다. 어느 날 한씨는 딸 옥단과 외손녀 녹빈을 앞에 앉히고 숨을 몰아 세상을 떠날 때, 이렇게 유언을 했다.

"내가 네 아버지 원수를 갚고 죽을 줄 알았더니 천명이 고만이어서 이제는 더 살 수가 없다. 어떻게든지 너희들은 우리 집안 원수를 갚아 주고 내가 죽은 뒤에라도 윤씨 가문을 일으켜서 양자를 정해서 너의 아버지와 내 제사를 지내게 해다오."

어머니 한씨는 이렇게 유언을 하고 세상을 훌훌히 떠나 버렸다. 어머니 한씨의, 윤씨의 집안을 다시 일으켜 달라는 간곡한 유언은 친정집이 없는 옥단의 가슴을 난도질치듯 뒤틀어 놓았다. 차차 철이 나기 시작한 외손녀 녹빈도 어떻게 하면 외할아버지와 외할머니의 한을 풀어 드리고 외가집을 다시 한 번 중흥시킬 것인가 하고 마음속 깊이 관심을 가졌다.

어머니의 삼년거상을 치르고 나니 옥단의 딸 녹빈의 나이가 어느덧 열다섯이 되었다. 얼굴과 모습은 점점 아름답고 윤기가 돌았다. 누가 보나 이제는 경국의 일색이었다. 글 속에 있는 월궁의 선녀라는 것은 이런 미녀를 가리켜서 말하는 것인가 하고 생각하게끔 되었다.

어느 날 장통사는 아내 옥단을 앞에 앉히고 두 내외가 조용히 공론을 했다.

"여보 마누라! 돌아가신 장모도 늘 말씀하셨지만 우리 녹빈이는 보통 속된 세상에 굴릴 아이가 아니란 말이야. 점점 자랄수록 외모나 몸가짐이 과연 서왕모(西王母) 요지(瑤池)에나 임할 선녀가 아니면

이 나라에서 제일 높은 자리에 앉을 만한 여인의 자태거든. 어떻소?
우리 녹빈이를 대궐 안으로 들여보내도록 합시다."

"글쎄올시다. 저도 항상 생각은 했지만 엄두가 나지 않았습니다.
어느 길을 취해야 좋을지 모르겠습니다."

"때는 지금이 기막히게 좋은 시기건만."

"궁중에 들여보내는 것도 때가 있습니까?"

옥단은 늙은 남편을 바라보며 의아하게 묻는다.

"저런 숙맥 보아, 궁중에 들여보내는 것도 때가 있구말구. 상대편
에 대한 목적이 있어야 하지 않나. 그대로 한평생 천한 무수리 궁녀
를 만들어 버리려면 모르되 상감의 은총을 받게 하자면 상감마마의
춘추도 보고 계획도 세워야 하지 않겠나."

장통사의 말에 옥단은 비로소 깨달은 듯했다.

"그야 그렇죠. 우리 녹빈이를 한평생 궁중에 심부름이나 하는 나인
으로 들여보내려면 차라리 여염집 좋은 신랑을 골라서 시집을 보내
는 편이 낫지, 무엇 하러 일평생 독수공방을 하는 아랫도리 나인을
만들겠습니까. 그것은 우리 녹빈에게 도리어 죄악이 됩니다."

"그러니까 말야. 지금 새로이 상감께서 등극을 하지 않으셨나배.
이 어른 춘추가 우리 녹빈의 나이와 비슷하거든. 그러니 이왕 녹빈을
궁녀로 들여보낸다면 상감의 눈에 띌 수 있는 처소에 있게 만들어야
할 터인데 말야, 이 일이 어렵다는 것이거든."

"허정승 대감과 한번 의논을 해보시구려."

옥단의 입에서 허정승을 들추어낸다. 허정승이란 남인의 영수로서
세도가 막강한 허적(許積)을 말한다. 옥단은 남편과 허정승이 가까
와서 허정승의 집으로 무상출입을 하는 것을 짐작하는 때문이다.

"허정승하고 조용히 한번 의논을 해보았어. 그러나 허정승이 아무
리 세도가 높다 하나 궁중 안에는 얼른 손이 뻗치지 않거든. 우리 녹

빈이를 궁중으로 들여보내는 것을 무한히 찬성은 합디다마는.”

옥단은 허정승의 힘이 조정에서는 큰 권력을 잡았지만 구중궁궐 지밀 속에는 손이 뻗치지 못한다는 남편의 말을 듣자 그럴 듯하게 생각이 됐다. 옥단은 곰곰 깊은 생각에 빠졌다가 문득 머리 속에 조부원군 집이 떠올랐다.

“조대비전에 손길을 뻗쳐서 우리 녹빈이를 조대비전 시녀로 만들면 어떻겠습니까?”

“좋지, 좋구말구. 조대비께서는 손자며느님인 김비의 친정 쪽인 한당(漢黨)의 세력과 증손부가 되시는 민비의 친정 쪽인 노론의 세도가 미우셔서 은근히 남인들을 두둔하고 계신 형편이거든. 우리는 직접 정치에 참여하는 남인은 아니지만 남인이 잘돼야 우리도 잘될 것이고 당신네 집안만 하더라도 남인이 우세하게 되어야 비로소 장인, 장모의 한도 풀어 드리게 될 거란 말요. 손이 안 닿아서 그렇지 우리 녹빈이가 조대비 시녀가 되어 젊은 상감을 가까이할 수만 있다면 이 것으로 녹빈의 한평생 운명이 좌우될 뿐만 아니라 우리 집이나 임자네 친정이 다시 한 번 번쩍하고 일어나는 판이거든. 어디 마음에 생각나는 것이 있소?”

장통사는 아내 옥단의 앞으로 무릎을 버썩 내민다. 장통사의 아내 옥단은 늙은 남편을 향하여 상긋 웃었다. 중년의 아름답고 고운 얼굴이 장통사의 눈에 한층더 고혹적으로 보인다.

“제가 조대비전에 어떻게 손을 내뻗을 힘이 있겠습니까마는 조대비마마의 친정인 조부원군댁하고는 어렸을 때부터 친분이 있었습니다. 지금 부대부인은 돌아가시고 아니 계십니다마는 조판서의 부인이신 정경부인하고는 어려서 한동기간같이 지냈습니다.”

“무어 조판서의 부인이라니? 그러면 조대비의 친정조카 조동석의 부인 말인가?”

장통사의 눈이 휘둥그래진다.

"그렇습니다."

"그렇게 친숙하다면 어째 여태껏 연신이 없었소? 참으로 좋은 집안이지."

"말씀드리기 부끄럽습니다마는 아버지께서 서인한테 몰려서 원통하게 적소에서 돌아가시고 집안이 탕패된 뒤에 어머니께서 잠깐 조부원군댁 침모로 계셨습니다. 이때 저도 어린 몸이라 어머님을 따라가서 조대비댁에서 한솥엣밥을 잠깐 먹은 일이 있습니다. 그래서 얼마 안 되는 동안이었습니다마는 지금 정경부인하고는 잠시 동안이나마 바느질도 같이 하면서 형제지간처럼 가까이 지냈습니다."

"허 참……, 나는 전혀 그런 줄은 몰랐구려. 진작 그런 줄을 알았더면 마누라보고 자꾸 좀 찾아 다니라구 했을 것을……. 내일이라도 곧 조부원군댁 정경부인을 찾아뵙도록 하오."

영감 장통사의 허심탄회하고 좋아하는 모양을 보자 녹빈의 어머니 윤씨는 옛날 조동석과 하룻밤을 같이했던 옛일이 떠올라서 얼굴이 발갛게 물들었다. 그러나 옥단은 얼른 마음을 눌러서 얼굴에 떠오른 홍조를 물리고 태연히 말을 꺼냈다.

"몇십 년 만에 찾아가는 댁을 빈손으로야 갈 수가 있나요?"

옥단은 주저하는 듯 장통사의 의향을 더듬는다.

"아따 그런 걱정은 말아요, 내가 담당해 줄께. 내일이라도 마누라가 간다면 우둔 한 덩이에 삶은 도야지 다리하고 국수 한 채반에 개피떡 한 밥소라를 갸자(음식을 나르는 데 쓰는 들것으로 두 사람이 가마를 메듯이 하여 나른다)에 실려 보내 줄 테니 그런 염려는 나한테 맡기라구."

"아이그 좋아라. 그렇다면 내 얼굴이 홧홧하지 않아서 좋겠습니다."

옥단은 또 한 번 상긋 웃는다.

"그리구 가마를 타고 가게 해줄 테니 아주 녹빈이를 데리고 가서 정경부인께 인사를 여쭙고 오도록 하구려."

"참, 그렇게 하면 더욱 좋겠어요."

옥단은 남편의 말이 반갑고도 고마웠다.

"그리구 아주 '친정집으로 알구 다니겠습니다' 하고 정경부인한테 여쭙구려."

"참으로 나는 친정도 없으니 조부원군댁을 친정으로 알구 다녀야 겠어요."

"그리구 내친걸음에 슬며시 정경부인께 녹빈이를 조대비전 궁녀로 들여보내게 해달라구 청을 넣어 보구려."

"그렇게 해보겠습니다. 꼭 될 것같이 마음에 먹어지는군요."

"되다뿐인가. 정경부인께서 조대비전으로 문안을 들어가실 때 조대비마마께 한 말씀만 한다면 문제없이 우리 녹빈이는 조대비전 궁녀로 뽑혀 들어갈 거야. 이렇게 된다면 슬슬 기회를 보아서 녹빈이가 상감을 뵈올 기회를 갖게 되거든. 이런 다음에야 우리 녹빈이 같은 하늘이 낸 고운 바탕을 보고 사람이 목석이 아닌 담에야 반하지 않을 사람이 있는가. 더구나 새 상감은 녹빈의 나이와 걸맞은 낫세시라 상감이 면대해 보실 기회만 갖는다면 단박에 숙의나 귀빈으로 봉할 테니, 이쯤 되면 당신은 귀빈의 어머니가 되어 쌍가마를 탈 것이구, 나는 부원군은 되지 못할망정 부원군 부럽지 않게 귀빈의 아버지로 한평생을 잘 지내게 될 것이란 말야. 참으로 이제는 우리 내외의 대운이 터졌나보구려."

"그렇게만 된다면 작히나 좋겠소이까."

장통사 내외는 서로 얼굴을 바라보면서 장차 다가올 아름다운 꿈을 꾸어 보는 것이었다.

이튿날 장통사 집에서는 양지머리 편육에 우둔, 갈비, 저육, 국수,

개피떡을 갸자에 가득 실어서 앞세우고 옥단은 딸 녹빈을 교자 앞에 앉힌 채 기세 좋게 조부원군댁으로 향하였다. 이때 조부원군 집은 부원군과 부대부인이 연세가 높아 차례차례 세상을 떠나고 아들 조동석이 그의 아내 이씨와 함께 당가(當家)하여 살림을 하고 살았다.

옥단의 어머니 한씨와 옥단이가 돌연히 행방을 감추어 조부원군 집에서 나온 뒤에 조동석은 단 한 번 몸을 사귄 옥단의 행방을 찾으려 무한히 애를 썼으나 찾을 길이 없었다. 연연해 하는 그리운 마음을 억제하면서 공부를 계속한 후에 소과에 급제하여 진사가 되고, 대과에 급제하여 한림학사가 되었다. 조부원군의 아들이라 벼슬 계제는 순풍에 배가 가듯 거침없이 올라서 이제는 호조판서의 자리에 오르고, 부인 이씨는 남편의 벼슬 계제를 따라서 정경부인을 받게 되었다. 조부원군 집 젊은 아씨 정경부인이 한낮이 겨워서 집안이 한가하니 안방에서 조용히 이야기책을 읽고 있을 때였다.

별안간 안중문이 활짝 열리면서 안마당이 수선거렸다. 정경부인은 책을 덮고 시녀를 불렀다.

"누가 왔느냐, 뜰 앞이 수선거리니 웬일이냐?"

"글쎄 아직 모르겠습니다. 갸자에 음식이 잔뜩 실려 들어옵니다."

"갸자에 음식이 실려 들어온다? 잔치도 아닌데 누가 음식을 보냈단 말이냐. 소희를 불러들여라."

이때 소희는 벌써 나이 사십이 훨씬 넘었다. 새아씨였던 정경부인 이씨가 사십이 넘었고 윤통사의 외딸 옥단이가 장통사의 후취로 들어가서 첫아들을 낳고 뒤이어 녹빈을 낳아서 17, 8세가 되었으니 이씨부인의 교전비 소희도 아니 늙을래야 아니 늙을 수가 없었다.

교전비 소희는 젊어서 서방님의 은총을 받았으나 소희를 공공연하게 부실로 삼을 수는 없었다. 아씨와 마님은 소희를 위하여 비부(婢夫)를 얻어 주고 머리를 얹혀서 어른을 만든 뒤에 행랑 한 채를 따로 주어서 살게 하고 소희 내외는 계속해서 조부원군 집에서 비부와 종의 신분으로 주인댁을 도와 살고 있었던 것이다. 정경부인의 시녀가 소희를 부르러 밖으로 나가자 중문이 또 한 번 삐꺽하고 크게 열려지면서 또다시 안마당이 떠들썩하더니 이번에는 뜰에서 소희의 목소리가 들렸다.

"아이그, 이거 얼마 만이오. 옥단이가 아니오. 우리가 헤어진 지가 아마 이십 년은 되었겠네. 이애가 딸인가배. 영락없이 꼭 이십 년 전의 당신 같애. 참 잘도 생겼다. 어쩌면 팔자가 이렇게 늘어지게 잘되었소. 사람 팔자 모른다더니 참 정말이구려. 그래 아까 갸자꾼의 말을 들으니 장통사댁 부인이 되셨다지?"

뜰에서는 소희의 떠들썩한 목소리가 들렸다. 소희가 떠드는 옥단이란 소리에 정경부인 이씨의 귀가 번쩍 띄었다. 옥단이는 20년 전에 자기가 근친가 있는 동안 온다 간다 말없이 돌연 종적을 감추어 버렸던 침모 한씨의 딸 이름이 분명했다.

"옥단이가 왔다?"

정경부인도 깜짝 놀라도록 반가웠다. 소희가 들어올 것을 기다릴 것 없이 옥색 치마를 끌면서 천천히 대청 앞으로 향해 나간다. 마루 끝에는 돼지 다리에 우둔에 갈비에 국수채반에 떡밥소라가 함지박에 담겨서 즐비하게 놓였고, 뜰 앞에서는 교자에서 내리는 중년부인과 꽃같이 잘생긴 처녀 색시를 향하여 소희가 수다를 떨고 있는 것이었다.

교자에서 내린 중년부인의 얼굴은 나이는 먹었으나 확실히 옥단의 얼굴이었다. 정경부인 이씨도 반가웠다. 마루 끝에 선 채,

"아이구, 이게 누구야. 옛친구가 찾아왔네."

점잖게 한마디를 내놓고 화사한 미소를 풍겼다. 부인이 나타나는 것을 보자 소희는 옥단과 녹빈의 손을 끌면서 두벌장대 위로 올라

섰다.

"에구 마님, 이십 년 전의 옥단이올시다. 침모 한씨의 따님이었던…… 그동안 장통사댁으로 시집을 가서 이런 귀한 따님을 낳았구먼요. 영락없이 이십 년 전의 옥단이 같습지요? 오늘 마님을 뵈러 온다구 시집에서 친정에 오듯 소도를 이렇게 많이 갸자에 실어 가지고 왔습니다그려."

소희는 주인 정경부인을 향하여 이렇게 수다를 떨어 늘어놓는다.

"아이그, 정경부인!"

옥단은 두벌장대 위에 올라서자 눈물이 왈칵 솟아 어리었다. 반가운 눈물이었다. 목이 메어 말을 차마 이루지 못한다.

정경부인의 어진 눈에도 눈물이 글썽글썽했다.

"이게 얼마 만이오, 응!"

정경부인은 손을 늘여 옥단의 손을 덥석 붙들고 마루 위로 몸을 이끌어 끈다. 어머니의 뒤를 따라 녹빈이 치렁치렁한 머리꼬리를 늘이고 눈을 내리깔아 얌전하게 마루 위로 오른다.

"이애가 딸인가? 참 잘도 생겼네."

"네, 그렇습니다. 미거한 딸자식입니다. 녹빈아, 정경부인께 뵈어라."

녹빈이 머뭇거리며 대청에서 절을 올리려 하니,

"어서 들어가자. 방에서 절을 받기로 하지."

정경부인 이씨는 앞질러 안방으로 들어가자 보료방석 위에 단정히 앉는다.

"어서 절을 올리거라."

녹빈은 정경부인이 앉기를 기다려서 외씨 같은 흰 버선코로 분홍빛 치마 끝을 두어 걸음 사붓이 옮기자 두 손을 이마에 대고 곱게 몸을 가져 큰절을 올린다. 어찌나 몸을 곱게 쓰는지 일어나고 움직이고 구부리는 동안에 털끝만큼도 옷자락이 흔들리는 소리가 없었다.

"아이구나, 몸도 잘 가지네. 바로 천상선녀가 구름을 타고 하강하는 듯하구나. 어쩌면 너의 어머니가 저렇게 절하는 법도 잘 가르쳤느냐. 이름을 무어라 부르느냐?"

"녹빈이라 부르옵니다."

"녹빈이! 이름 참 좋구나. 푸른 살쩍 같다는 뜻이로구나. 그래, 몇 살이냐?"

"열일곱 살이옵니다."

정경부인이 칭찬을 하면서 홀린 듯 녹빈을 바라보고 있을 때,

"정경부인께서는 오래간만에 제 절도 받으셔야겠습니다."

녹빈의 어머니 옥단은 성큼 일어나 정경부인 이씨께 절을 올린다.

"늙은 사람이 절은 다 무어야."

이씨는 옥단의 절에 맞절을 해주면서 주인과 손은 인사를 끝마친다.

"그래 녹빈 어머니, 그럴 수가 있단 말인가. 나도 없는 틈에 온다 간다 말도 없이 편지 한 장 적어 놓지 않고 나가서 이십 년을 종적을 숨기다니 너무나 박정하지 않은가."

마음 착한 정경부인은 원망하는 듯 어진 눈으로 녹빈의 어머니를 건너다본다.

"어디 제가 주장을 한 일입니까. 어머니께서 주장을 하신 일이지요."

말을 마치자 녹빈 어머니 옥단은 옛 생각이 나서 얼굴이 잠깐 붉어졌다.

"지금 소희한테 밖에서 들으니 장통사 집으로 시집을 갔더라지요?"

정경부인은 반가운 마음을 억제할 길이 없어서 이렇게 옥단에게 묻는다.

　"그렇습니다. 댁에서 나간 지 한 일년 반쯤에 매파의 연줄로 장차 골다리 장통사의 후취가 되어 들어갔습니다. 없는 주제에 높게만 바라볼 것이 아니라구 어머니께서 우기셔서 후취 혼인을 하고 들어갔습니다."

　"복만 많게 잘살면 그만 아닌가. 저렇게 훌륭한 딸을 두지 않았나배."

　"녹빈이 위로 아들 하나가 또 있답니다."

　"저런 복력 보아! 늦게는 팔자가 늘어졌소그려. 이제 또다시 유자생녀를 할 테니 세상 천지에 이런 복력이 또 있는가. 전실 소생은 몇이나 되오?"

　"한 명도 없답니다."

　대답하는 옥단의 얼굴에는 화기가 봄바람같이 돌았다.

　"아이구나, 참으로 복도 많지. 전실 자식이 있다면 아무리 진선진미하게 처사를 한대도 별소리가 다 나는 것이거든. 참으로 복력도 좋소. 그래 어머니께서는 아직도 생존해 계시구?"

　"아니올시다. 벌써 돌아가셨습니다."

　"그렇지, 연세가 상당히 높으셨으시니까."

　"저도 노부대부인께서 하세를 하시고 부원군 대감께서도 세상을 떠나신 줄을 소문 들어 알았습니다마는 엄두가 나지 아니하와 괴연에 와서 곡 한 번 올리지 못하고 그대로 세월을 보냈습니다. 죄송스럽기 짝이 없습니다."

　"피차일반 아닌가. 나도 한씨부인의 하세하신 것을 전혀 몰라서 부의(賻儀)로 베 한 끝도 보내 드리지 못했으니."

　"그것이야 제가 종적을 감추고 전혀 아시지 못하게 해드렸으니 당연한 일이고 제 허물이올시다. 그저 죄송하기 짝이 없습니다. 모두다 미거한 저를 꾸짖어 주옵시오."

　부엌에서 소희와 시녀들이 옥단의 모녀가 가져온 음식으로 장국상을 차리느라고 한창 분주할 때, 사랑에서 조판서 조동석이 점심 자실 생각이 나서 안으로 들어왔다.

　안중문을 거쳐 대청을 향해 들어오니 뜰에 난데없는 보교 한 채와 갸자들이 놓여 있었다.

　옥색 도포에 자주 발막신을 신고 인모탕건을 비뚜름하게 비껴 쓴 조판서는 소상반죽(瀟湘斑竹) 은수복(銀壽福) 골통대에 옥물부리로 장식한 담뱃대를 입에 물고 천천히 걸어 들어오다가 뜰에 있는 보교와 갸자들을 발견했다. 조판서는 곤두 가래침을 뜰 아래 탁 뱉어 큰 기침을 한 뒤에 부엌에서 일을 하고 있는 시녀들을 향하여,

　"누구 손님이 오셨느냐?"

　청 좋은 목소리로 점잖게 물었다. 부엌에서 소희가 채 대답을 하기 전에 안방 영창이 스르르 열렸다. 남편인 조판서가 안으로 들어오는 기척을 듣고 정경부인 이씨가 얼른 마중을 나오는 것이었다.

　"누구 손님이 오셨소?"

하고 잼처 묻는 판서 대감의 말에 정경부인은 미소를 화려하게 얼굴에 가득히 띄었다.

　"윤처녀가 왔습니다."

　정경부인 이씨는 낯에 가득히 웃음빛을 띠고 남편에게 이렇게 대답했다. 정경부인 이씨는 색시 때 침모 한씨의 딸 옥단이를 이렇게 윤처녀라 불렀던 것이다. 침모 딸이라고 부르기가 난처하고 커다란 처녀 색시의 이름을 젊은 새서방님에게 말하기도 거북해서 그저 수수하게 윤처녀라고 불렀던 것이다.

　"윤처녀라니?"

　조판서는 20년 전의 윤처녀를 얼른 생각해 내기가 어려웠다.

　"왜 침모 한씨 딸 옥단이 말씀이오. 그렇게도 잊으셨소?"

부인은 대감의 귀에다 입을 대고 가만히 소곤거렸다. 조판서는 비로소 옥단의 이름을 듣자 20년 전에 쌓았다가 허물어진 사랑의 모래성이 눈앞에 환하게 소생이 되었다.

"윤통사의 딸 옥단이 말이지?"

대감도 가만히 소곤거리면서 계속해서 묻는다.

"여태 처녀로 있었단 말이오?"

조판서의 가슴은 두근거렸다. 자기의 하룻밤 저지른 죄과로 인하여 윤언 윤통사의 딸이 여지껏 처녀 색시로 늙는다는 것은 기막힌 일이었다.

"아녜요. 장안 갑부 장통사한테로 시집을 가서 유자생녀하고 잘지낸대요. 윤처녀라고 명토를 박아야 대감이 얼른 알아들으실 테니까 옛날대로 그렇게 말씀을 드렸지요. 어서 올라오시구려."

정경부인은 또다시 웃음을 화려하게 웃으며 남편을 향하여 방으로 들어오라 일렀다.

"내가 올라가도 좋은가?"

조판서는 머뭇거리지 않을 수 없었다.

"그럼 별안간 새삼스레 내외를 하실 테요, 밤낮 보던 사람을. 딸까지 데리구 일부러 찾아왔는데."

조판서는 옥단이가 그립기도 하고 멋적기도 했다. 여전히 머뭇거리고 있을 때 이씨부인이 남편의 도포 소매를 지그시 당기었다.

"어서 올라오시래두 그러시는구려. 그리구 점심을 잡숫고 나가셔야지요."

말을 마치자 정경부인은 부엌을 향하여 소희를 불렀다.

"애 소희야! 대감 점심 잡수러 들어오셨다. 점심상을 빨리 올려라."

큰소리로 분별을 내렸다. 대감은 못 이기는 체 정경부인을 따라 안방으로 발을 옮긴다. 대감 조동석이 방으로 들어오는 것을 눈치챈 옥단은 가슴에 두 방망이질이 쳐진다. 헤어진 지 20년에 자나 깨나 잊을래야 잊을 수 없던 비밀의 애인 조동석이었다. 몸을 피해 밖으로 나가려 했으나 별안간 피할 길이 없었다. 대감과 정경부인이 방 안으로 들어설 때 옥단은 잠깐 몸을 일으켜 옆으로 외면을 하지 않을 수 없었다. 가슴은 여전히 두근거렸다.

"외면은 무얼 하는가. 한집안 식구가 아니었던가. 오래간만에 인사나 여쭈어요."

정경부인이 말을 꺼내는 바람에 옥단은 흘끗 20년 전의 새서방님을 바라본다. 어리고 예쁘던 옛모습은 아니었으나 떡벌어진 어깨에 호탕한 얼굴판이며 옥색 도포에 인모탕건을 비뚜름히 쓰고 미소를 풍겨 들어오는 장중한 모습은 신랑 때보다 더한층 남자답고 씩씩해서 다 늙어가는 호호백발 장통사에 견줄 바가 아니었다.

옥단은 다시 망연하게 넋을 잃는다.

망연히 넋을 잃은 것은 윤처녀였던 녹빈 어머니뿐만이 아니었다. 조부원군의 아들 조판서도 넋을 잃었다. 옥단이 이제는 예쁘고 고운 처녀 색시는 아니었으나 활짝 피어 오른 사십대의 젊은 얼굴은 원숙하도록 여인의 미를 풍겨서 아름다움의 절정에 올라 있었다. 풍만한 육체의 아름다움은 오히려 옛날 십대의 미에 비하여 더욱더 고혹적이었다. 눈자위에는 약간의 검푸른 빛이 돌면서도 눈결은 푸른 호수 같았다. 어깨에서부터 발뒤꿈치까지 흐르는 풍윤한 곡선의 아름다움은 관세음보살이 선녀의 옷을 입은 곡선미를 방불케 했다. 짧은 옥색 회장저고리 앞으로는 도독한 젖가슴을 감춘 채 짙은 자주빛 고름이 풍정 있게 드리워졌다. 조판서는 한동안 넋을 잃고 멍해 있다가,

"어서 인사들이나 하시구…… 대감은 아랫목으로 내려앉으시우."

정경부인이 재촉하는 바람에,

"이거 참 오랜만이외다."

조판서는 대담하게 말을 건네 본다.

"오래간만이옵니다. 그저 안녕하신 줄은 소문으로 들어 알았습니다마는 천한 몸이 인사드리기도 죄송스러워서 이내 찾아뵙지를 못했습니다."

옥단은 나직이 도란거리면서 20년 전 옛사랑이 부끄러워서 얼굴에 홍조가 가득히 물들었다. 대감은 옥단의 얼굴에 물든 사십대의 홍조가 더 아름답다고 생각했다.

"녹빈아! 너 대감께 인사절을 올려라."

대감이 이내 아랫목 보료에 앉는 것을 보자 옥단은 조용히 딸에게 일렀다.

"이게 누군가, 참 잘생겼구나!"

대감은 일부러 너스레를 놓아 큰소리로 묻는다.

"딸자식이옵니다."

녹빈은 어머니의 시키는 대로 대감 앞에 얌전히 절을 올린다.

"과연 잘생겼구나. 속세 인물이 아니로구나. 올해 몇 살인고?"

"아무것도 배우지 못한 것이 나이만 먹었답니다. 열일곱 살이옵니다."

조판서는 20년 전 옛날에 옥단이를 어룰 때 생각이 났다.

"참으로 잘생겼다. 용생용(龍生龍) 봉생봉(鳳生鳳)이라더니 과연 부모의 덕이로구나!"

조판서는 흐뭇했다. 이때 대감의 장국상을 소희가 받들어 들어왔다.

"아우님이 오래간만에 왔다구 음식을 가자에 잔뜩 실어 가지고 왔답니다. 친정집에 근친오듯 차려 가지고 온 음식이니 많이 잡수십시오."

정경부인은 남편에게 음식물을 소개하면서 많이 들라고 권했다.

대감은 기분이 좋았다.

"희한한 음식이로군!"

조판서는 국수장국에 양지머리 편육과 저육을 넣어서 훌훌 자시고 나서 천천히 사랑으로 나가면서 옥단이를 향하여 말을 건넨다.

"이제부터는 친정집으로 알고 자주 다니도록 하오. 윤언 윤통사의 원통하게 돌아간 한도 풀어 드리오리다. 그리고 녹빈이도 내 딸처럼 생각할 테니 저희 외가집으로 알고 자주 놀러 다니라고 이르시오."

조판서는 이렇게 점잖게 옥단이한테 이르고 사랑으로 향해 나갔다.

파륜(破倫)

　녹빈의 어머니 옥단은 20년 만에 다시 조부원군 집을 찾은 것을 기화로 하여 조대비의 친정인 조부원군 집으로 자주 드나들었다. 사흘에도 한 번, 나흘에도 한 번씩 드나들었다. 이루 보교를 타기가 번거로우니 장옷을 쓰고 간편한 행동으로 드나들기로 했다. 장통사는 원래 부유한 사람이라 아내 옥단이 청하는 대로 사월에는 도미, 오월에는 준치, 유월에는 민어, 가지각색의 생선과 채소며 고기 등속을 처가집에 보내듯 조부원군 집으로 보냈다. 조판서의 아내 정경부인 이씨도 물건이 생기는 대로 장통사 집으로 음식을 보내서 답례를 했다. 떡도 보내고 앵두도 보내고 과실도 보냈다. 장통사는 이럴 때마다 황감하고 기뻤다.

　"웬 조부원군댁에서 나더러 먹으라구 음식을 보내 주시다니, 여보 마누라! 우리도 무어 물건을 보낼 것이 있거든 사달라구 하오. 남의 것만 받아 먹고 시치미를 뗄 수가 있소?"

　장통사는 조대비의 친정으로 무상출입을 하는 아내와 음식 왕래를 해서 한집안처럼 지내는 것을 세상에 없는 무한한 영광으로만 생각했다. 혹여나 옥단이 10여 일 동안 출입을 안 하고 들어앉아 있으면 장통사는 도리어 아내를 재촉했다.

　"요사이는 왜 조부원군댁에 놀러 가지 아니하오? 이왕 말이 났으니 녹빈이도 어서어서 궁중으로 들여보내야 하지 않겠소?”

“그것도 뜸을 들여서 말씀을 해야지, 이십여 넌 동안을 뚝 끊었다가 요새 겨우 다시 찾았는데 어떻게 속보이게 내 딸을 궁중으로 들여보내 달라구 내 욕심만 챙겨 청을 한단 말씀이오.”

옥단은 이렇게 늙은 영감 장통사를 얼렁거려 어루만졌다.

“그도 참 그렇기는 해……. 그렇지만 자주 찾아야 하오. 사람이란 자주 만나야 친하게 되는 법이외다. 그러기에 떨어져 있는 일가보다도 이웃사촌이라는 속담이 있지 않소.”

“그러잖아도 오늘쯤은 한번 찾아갈까 생각하는 중입니다.”

옥단은 이렇게 말을 하고 경대를 끌어내려 머리를 곱게 빗기 시작했다. 늙은 장통사는 젊은 후취 아내가 미덥고 아름답고 영리하게만 보였다. 젊고 아름다운 것만 해도 대단하고 행복을 느끼는데 조대비의 친정집과 동기간같이 가까와서 친정이나 다름없이 무상출입을 하니 중인계급인 자기로서는 하늘의 별을 따는 듯한 일이었다. 늦게 얻은 아들과 딸의 장래를 위해서 자기 집안은 앞으로 부귀영화 속에 대대로 번창할 것만 같았다. 늙은 장통사는 경대를 버티고 머리를 곱게 빗고 있는 젊은 아내의 모습을 바라보며 넋을 잃고 앉았다.

옥단은 머리에 기름을 발라 참빗질을 해가며 머리쪽을 틀어 올리고 은비녀를 꽂으면서 혼잣말로 중얼거린다.

“남들은 금비녀를 모두 다 꽂았는데 나는 밤낮 은비녀만 꽂고 있으니 부원군댁 아랫 사람들 대해 보기가 부끄러워.”

넌지시 장통사보고 들으라는 소리였다.

“가만있소. 금비녀가 꼭 소원이라면 당장 사오리다.”

장통사는 벌떡 일어나 사랑으로 나가서 차인에게 금비녀를 사오라 해서 옥단에게 바쳤다. 장통사는 이대도록 젊은 아내한테 고혹이 되었다.

금비녀를 새로이 꽂은 옥단은 의기가 양양해서 조부원군 집을 찾았다. 20년을 격조했다가 다시 찾아온 옥단이지만 이제는 하도 자주 드나드니 소희를 위시하여 아랫 사람들하고도 친숙하고 정경부인하고도 옛날처럼 흉허물이 없게 되었다. 옥단의 머리쪽에서 새로이 황금비녀가 찬란한 빛을 뿜는 것을 발견한 소희는 호들갑을 떨었다.

"아이구, 녹빈 어머니는 새로이 금비녀를 꽂았구려. 누가 해줬소? 녹빈 어머니 팔자는 이제 늘어졌어……. 재상부인 부럽지 않게 되었네."

"영감이 안 해주면 누가 나에게 금비녀를 해주겠소?"

옥단은 일부러 뒷손질을 해서 자랑삼아 금비녀를 만져 본다.

"신건이 돼서 그러한지 금빛이 찬란하이그려. 장안 갑부 장통사가 젊은 아내한테 금비녀 하나쯤 안 해주겠나. 내 비녀는 민비녀인데 자네 비녀는 국화 무늬 조각을 놓아서 더욱 신기해 보이네그려. 나도 그런 것 하나 꽂았으면 좋겠네."

"아이구, 정경부인께서 별말씀을 다 하시네. 판서 대감이 계신데 무슨 걱정이십니까. 분부만 내리시면 청지기가 드르르 여일령 시행을 할 텐뎁쇼. 정 꽂고 싶으면 제가 한 벌 진상해 바칠까요?"

"이 사람아, 농담이지 내 비녀가 있는데 또다시 비녀를 가져서 무얼 하겠나. 그저 웃음엣소리일세."

현숙한 정경부인은 미소를 풍겨 덕기 있게 이렇게 대답해 버린다. 소희가 부엌으로 내려간 뒤에 옥단은 조용히 말을 꺼냈다.

"정경부인께 어려운 말씀을 드릴 게 있습니다."

"무슨 말인가. 내 힘으로 될 일이라면 자네 청을 아니 들어주겠나."

정경부인은 아우처럼 생각해서 이제는 옥단에게 터놓고 하게를 한다.

"녹빈이년이 그럭저럭 과년해 갑니다. 어디 얌전한 곳으로 신랑감을 골라서 시집을 보내려 했더니 제 소원이 궁중에 들어가서 나인이 되기 소원이랍니다. 정경부인께서 대비전에 말씀을 올리시어 대비전 시녀를 만들어 주옵시면 제 원도 풀고 어미 맘도 좋겠습니다. 혹여나 대궐로 문안 들어가실 때 대비께 말씀을 여쭈어 주셨으면 합니다. 죄송하기 짝이 없는 부탁이옵니다.”

“녹빈이는 과연 천생여질(天生麗質)이야. 자네보다도 더 연약하고 천의무봉(天衣無縫)의 옷을 입은 아름다운 선녀거든. 하기야 궁중으로 들여보내서 대비를 모시는 시녀가 된다면 그애한테는 꼭 알맞은 일이지. 그러나 내야 어디 궁중에 자주 출입을 하나. 일년 가야 정월 초하룻날이나 대비전에 세배 문안을 들어가고, 생신 때에야 축수를 드리러 들어가는 것뿐이니 대비께 아뢸 기회가 있어야지. 하기야 녹빈을 위해서 좋은 일인데……”

정경부인은 어디까지나 현숙했다. 눈을 감고 무엇을 잠깐 생각하다가,

“대감께 여쭙게나. 대감은 날마나 한 번씩 승후(承侯)하러 들어가시니.”

“그럼 정경부인께서 틈나는 대로 대감께 말씀을 드려 줍시오.”

옥단은 간곡히 부탁한다.

“나도 말씀을 드리겠네마는 자네가 온 김에 아주 말씀을 드리고 가도록 하게. 내 말보다 자네 말을 더 잘 들으실는지도 모르네.”

정경부인은 입가에 고요히 웃음을 풍긴다.

‘내 말보다 자네 말을 더 잘 들으실는지도 모르네.’

하는 정경부인의 말에 옥단의 귀뿌리는 발갛게 물들지 않을 수 없었다. 20여 년 전에 대감과 하룻밤을 같이했던 일을 정경부인은 환하게 아는 모양이었다. 하기야 정경부인은 대감보고 옥단을 부실로까지 천거했던 터이라 옥단의 모녀가 자기가 친정으로 간 뒤에 돌연히 행

방을 감추었을 때 마음속으로 벌써 옥단과 새서방님에게 무슨 일이 있었구나 하고 생각은 했으면서도 겉으론 아무런 사색도 드러내지 않았던 것이다. 정경부인은 이같이 현숙했다.

"제가 어떻게 방자스럽게 대감께 그런 말씀을 여쭙니까. 정경부인께서 먼저 말씀을 좀 여쭈어 주십시오."

귀뿌리의 붉은 홍조가 차츰 스러진 뒤에 옥단은 다시 정경부인에게 이렇게 조르지 않을 수 없었다. 정경부인의 입술에는 미소가 흘렀다.

"기어코 내가 먼저 말을 꺼내야 하겠나?"

정경부인은 말을 마치자 소희를 불렀다. 소희가 부엌에서 열쇠같이 다다랐다.

"너 사랑에 나가서 대감께서 혼자 계신가 보고 오너라. 그리고 만약 혼자 계시거든 장차골다리 장통사댁이 대감께 청할 말씀이 있어서 급히 왔다구 여쭈어라."

정경부인의 말을 받아 소희가 쪼르르 밖으로 나갔다. 때마침 대감은 사랑에서 혼자 누워 책을 보고 있다가 장차골다리 장통사댁이 찾아왔다는 말을 듣자,

"장통사댁이 왔어?"

반가움을 이기지 못하여 문갑 위에 벗어 놨던 탕건을 쓰고 시각을 지체치 않고 안으로 들어섰다. 대감의 기침 소리에 정경부인과 장통사댁인 옥단은 마루 끝까지 나가서 사랑에서 들어오는 대감을 맞았다. 사십대의 장년인 대감은 얼굴에 씩씩한 젊음을 풍기면서 화려하게 웃으며 정경부인과 장통사댁 옥단을 바라본다.

"장통사댁이 왔어? 무슨 일이 있는가?"

대감은 호걸스런 목소리로 물으면서 대청으로 선뜻 올라섰다.

"잠깐 여쭈어 볼 말씀이 있어서 왔답니다."

정경부인은 정숙한 태도로 나직이 말하면서 대감을 안방으로 인도했다. 뒤에는 장통사의 아낙 옥단이 아름다운 눈을 내리깔고 분내음을 풍기며 뒤따른다.

대감이 보료 위에 앉아 비스듬히 안석에 기대었을 때 정경부인은 다시 나직하게 말을 꺼낸다.

"대감, 일전에 녹빈이를 보셨죠. 이 사람의 딸 말씀입니다. 개를 사람을 만들어야 할 텐데 여기에 대해서 이 사람이 대감께 말씀을 여쭈려고 뵈오러 왔답니다."

"오오, 녹빈이 말인가. 보고말고, 참 잘생겼지. 왜 녹빈이를 어디로 시집보낼 자리가 생겼는가."

"아니올시다. 녹빈이년이 시집을 가라 해도 아니 가고 다만 궁중으로 들어가기만 소원이랍니다. 어떻게 대감께 말씀을 여쭈어서 대비전 시녀가 되도록 해달라 합니다."

정경부인의 말씀을 듣자 대감은 손을 들어 무릎을 탁 친다.

"그년 생각이 엉뚱한데! 보통 아이가 아니로구면. 내 어쩐지 얼굴이 똑똑하게 잘생겼더라니!"

옥단은 대감이 무릎을 쳐서 칭찬하는 바람에 용기가 백배나 솟구쳤다.

"그저 대감께서 딸자식 하나를 잘 천도해 주옵소서."

옥단은 대감을 바라보면서 눈웃음을 쳐서 졸라댄다. 20년 전 아름답던 젊은 시절의 교태가 아직도 쇠하지 않고 얼굴 가득히 서려 있다.

"그럼 자네가 자세히 말씀을 여쭙도록 하게. 그러면 대감께서 옛정을 생각하시어 기어코 성사가 되도록 마련해 주실 것일세."

정경부인은 말을 마치자 슬쩍 자리를 피하여 밖으로 나간다. 일부러 대감과 옥단에게 조용히 옛정을 하소연하는 기회를 주자는 의도였다. 대감은 정경부인이 나가는 것을 말리지 아니했다. 그러나 옥단은 아무리 다정한 여인이라 하나 그대로 앉아 있을 수는 없었다.

"정경부인! 저도 곧 나가겠습니다. 함께 나가도록 해주십시오."

옥단은 정경부인의 뒤를 따라 일어나려 한다.

"자네는 그대로 앉아서 자세히 말씀을 드리라니까 그래. 절차도 생각해 봐야 하고, 어느 때 대비께 말씀을 드려야 좋을지 대감 말씀을 들어야 하지 않는가. 아무런 염려 말고 말씀을 드리게나. 나는 집안일을 분별할 일이 많으니 좀 나가 봐야겠네."

정경부인은 화한 기운이 가득히 어린 표정으로 이렇게 말을 던지고 방문을 지그시 눌러 닫은 뒤에 어디론지 사라져 버리고 말았다.

"그래, 그년 참 똑똑하이그려."

정경부인이 물러간 후에 판서 대감은 입이 귀밑까지 찢어지면서 눈을 들어 지그시 옥단의 아름다운 얼굴에 취하면서 이렇게 다시 말을 꺼낸다. 옥단은 홋홋이 대감과 단둘이 앉아 있으니 마치 20년 전의 어느 날 밤 단둘이 있었던 옛일을 회상하지 않을 수 없었다. 사십 먹은, 남편 있는 아내건만 처녀처럼 수줍지 않을 수 없었다. 자기도 모르는 사이에 두 볼이 홧홧거리고 귀뿌리가 뜨거웠다.

"그래, 제딴은 무슨 생각이 있겠지. 어찌해서 궁녀 되기를 소원하는 것인가?"

대감은 어린 듯 옥단을 바라보며 침을 꿀꺽 삼키면서 또 한 번 물어 본다.

"저희 외조부의 원통하게 돌아간 원수를 갚아 보겠다는 것입니다."

"고것 참, 정말 똑똑하고 소명한 생각일세그려. 남인을 돕고 서인을 쓰러뜨려서 외가집을 다시 중흥시켜 보자는 생각이지. 과연 자네보다도 더 똑똑하이…… 하하하."

대감은 드높게 웃으면서 이내 덥석 옥단의 부드러운 손길을 잡았다. 장년인 대감의 손길은 17, 8세 때 새서방님으로 잡아 보던 그 손길보다도 더욱 힘차고 뜨거웠다. 송장감이 다 된 얼음장같은 장통사의 손길만 만져 보던 옥단은 별안간 가슴이 설레었다. 20년 전에 서방님의 손길을 잡았던 옛일이 아름답게 눈앞에 펼쳐진다. 그러나 현실은 더욱 아름답다. 20년 전의 새서방님이 오늘날 정력이 넘치는 사십대의 장년이 되어 지금 이렇게 손을 으스러져라 하고 꼬옥 잡고 있지 않은가. 옥단의 몸은 청춘의 쾌락과 유열의 밑바닥으로 녹아 흐르는 듯했다. 옥단이 손을 빼려 하나 맥이 풀려서 손이 말을 듣지 않는다.

"아, 고년 똑똑하다!"

판서 대감은 또 한 번 탄식을 하자 이내 숨결이 강해지면서 왼손으로 옥단의 손을 잡은 채 바른팔로 옥단의 목덜미를 휘어감았다. 판서는 마침내 아름다운 색향이 떠도는 옥단의 뺨에 소나기를 퍼붓듯 입술을 대었다. 옥단의 사십 먹은 향긋한 내음이 판서의 코를 강하게 찔렀다. 일시는 자기의 것이었으나 이제는 남의 것이 된 이 아름다운 볼이 자기의 것이 아니고 남의 것이기에 더욱 고혹적인 매력을 느끼게 했다.

옥단도 이 쾌한 감각이 싫을 까닭이 없었다. 이미 20년 전에 판서에게 처녀를 바쳤던 것이다. 이미 엎어진 그릇이었다.

새삼 후회를 느낄 까닭이 없었다. 도리어 잃었던 진기한 물건을 찾은 듯 기뻤다. 해골이 다 된 늙은이의 품안에서 20년 동안이나 미적지근한 평범한 생활만을 해왔던 옥단의 정열이 잠자던 매화포가 터지듯 피어 올라 별안간 정열의 불길이 불꽃을 이루어 터졌다.

옥단은 이내 눈을 감아 판서의 가슴에 몸을 맡긴 채 폭풍 같은 애무를 받았다. 회오리바람 같은 애무의 선풍이 지나간 뒤에 옥단은 꿈속에 어린 듯한 푸른 눈을 들어 판서의 굽어보는 얼굴을 바라보았다.

흠뻑 매력을 풍기는 고혹적인 눈매였다. 판서의 온몸이 옥단의 호수 같은 푸른 눈결 속으로 녹아 흐르는 듯했다. 이윽고 옥단의 붉은 입술이 포근히 열려지면서 아름다운 산새 소리보다도 더 고운 목소리가 들려 왔다.

"대감!"

옥단의 파란 눈이 대감의 얼굴로 헤엄질치면서 목소리가 애운 소리를 내어 시름이 넘쳐흘렀다.

"말을 해봐."

대감의 목소리도 부드럽지 않을 수 없었다.

"대감께서는 제 아비의 원수를 갚아 준다 하셨지요?"

"그랬지……."

"꼭 갚아 주셔야지요."

"갚아 주고말고."

"그렇다면 녹빈이년을 꼭 궁녀로 들여보내 주셔야 합니다."

"염려 말게나."

"보통 궁녀는 아니 됩니다. 꼭 대비전 시녀가 되도록 해주셔야 합니다."

"암! 대비전 시녀가 못 되구서야 어떻게 저의 외조부의 원수를 갚을 수 있는가? 꼭 대비전 시녀를 만들어야지."

"아이그, 고마우셔라. 이제는 소녀가 죽어도 눈을 감겠습니다."

옥단의 눈에서는 눈물이 글썽거렸다. 이내 대감의 무릎에 안긴 채 옥단의 부드러운 팔이 대감의 목을 감았다. 수동적이었던 옥단의 정열이 마침내 능동적인 표현을 보였다.

판서는 옥단의 부드러운 팔에 목을 감긴 채 옥단에게로 끌렸다. 판서의 얼굴이 마침내 백모란같이 환한 옥단의 얼굴판으로 끌리면서 옥단의 붉은 입술이 판서의 입술을 헤엄질치듯 찾았다. 황홀한 접문이었다.

　판서는 현란한 오색 무지개 속으로 몸이 녹아 흐르는 듯했다. 판서는 인생 사십에 아직껏 이 아름다운 경지를 몰랐다. 옥단과 판서의 주위에는 아무것도 없었다. 하늘도 없고 땅도 없었다. 사람도 없었다. 오색이 찬란한 유열의 세계가 있을 뿐이었다.

　판서와 옥단은 넘어서는 아니 될 금단의 유열 속으로 미끄러진 지 얼마 후에야 비로소 본연의 자세로 돌아오지 않을 수 없었다. 옥단은 머리를 가다듬고 매무시를 고쳤다. 판서도 자리에 떨어져 있는 탕건을 주워서 쓰고 도포깃을 매만졌다. 옥단은 몸매를 단정히 하여 자리를 떨어져 앉은 후에,

　"언제쯤 대궐로 들어가시렵니까?"

　옥단은 또다시 상긋 웃음을 풍겨 대감을 바라보며 재촉한다.

　"내일 일찍이 승후를 드리러 가야지."

　"대비께서도 허락을 내리실깝쇼?"

　옥단은 조바심치며 묻는다.

　"염려 말래두. 그래 내 말씀을 아니 들으실 리가 있나. 그리구 녹빈이를 한번 대해 보신다면 단박에 입시케 하라구 영을 내리실 거야. 녹빈의 외양과 행동을 보고 남녀간에 칭찬하지 아니할 사람이 이 세상에 어디 있겠는가? 아무 염려를 말게나."

　젊은 대감의 다짐하는 말에 옥단은 마음이 흡족했다.

　"그러면 소녀는 모레 승석(僧夕, 저녁때) 때쯤 돼서 다시 와서 뵙겠습니다."

　"내일은 아니 오려나? 내일 와서 하회를 들어야지."

　"날마다 와서 대감을 뵈옵기가 죄송스러워 그럽니다. 그리구 정경부인이 쓰시는 안방에서 대감을 뵈옵기도 황송쩍구."

　옥단은 말을 마치자 눈을 살짝 내리감았다.

"우리 마누라는 자네를 부실로 삼으라고까지 권고한 사람인데 무슨 허물이 있는가. 오늘도 슬쩍 몸을 피해서 나간 것은 우리들의 구정을 생각해서 서로 정회를 풀어 보라고 나간 것 아닌가."

"정경부인께서는 참말로 성인같이 어지신 분입니다. 그렇지만 어디 제 도리에 그렇습니까. 언감생심 정경부인 방에서 언제나 대감을 모실 수 있습니까?"

"오히려 사랑에서 만나는 것보다도 안방에서 만나는 것이 수수해서 좋지 않은가. 남 보기에 수상쩍지도 않고……."

"그래도 제 도리가 그렇지 않습니다. 오늘도 그저 잠깐 말씀만 드리려 했지 누가 대감께서 다 늙어빠진 이 몸을 다시 생각해 주실 줄 꿈에나 마음먹었겠습니까. 진정이지 정경부인께 대할 낯이 없습니다."

옥단은 목소리를 일단 낮추어 소곤거리면서 가볍게 눈을 들어 대감을 흘겼다.

"허허허, 그렇다면 나는 내일부터 별당채 뒷사랑을 쓰도록 하지……. 사랑 사람들도 보지 않고 안에서 뚝 떨어진 채가 아닌가. 전에 새아씨의 방이고 옥단이 자네를 처음으로 만나던 방일세그려. 정경부인한테 말하고 뒷사랑을 쓸 테니 내일 오거든 별당으로 오도록 하게."

옥단은 만 가지 감회가 흰 구름장 일듯 가슴에 서려 일어난다. 억울하게 당파싸움에 몰려 돌아간 아버지의 얼굴이 떠올랐다. 가산이 탕진되어 하는수없이 자기를 데리고 이 집의 침모로 들어왔던 어머니 한씨의 얼굴이 떠올랐다.

옥단의 기름한 속눈썹에는 안개 같은 한이 상화(霜華)처럼 점점이 엉기었다.

미인계(美人計)

이튿날 조판서는 대비전으로 승후를 들어갔다. 조대비는 인조(仁祖)의 계비로서 인조대왕의 초취 한씨(韓氏)가 돌아간 뒤에 열다섯의 어린 나이로 인조의 계비가 되어 대궐로 들어갔다. 그러나 소생이 없는 채로 26세 때에 인조대왕이 55세에 승하해 버렸으니 말하자면 아들도 없고 딸도 없는 청상과부의 신세였다.

전비 한씨는 소현세자를 낳고 둘째로 효종대왕을 낳고 세째로 인평대군(麟坪大君)을 낳았다. 여기 다시 후궁의 소생으로 숭선군(崇善君)이 있고 낙선군(樂善君)이 있었다. 조대비는 원체 인조가 늙은 뒤에 왕비가 되어 들어갔으니 정력이 이미 쇠퇴한 인조가 조대비의 몸에 한 개 아들과 한 낱 딸도 점지시킬 수 없었다.

인조가 돌아가기 전에 소현세자는 일찍이 죽었고 인조가 돌아간 뒤에 둘째 왕자 효종이 즉위하니, 조대비는 스물여섯이라는 꽃다운 나이로 뒷방차지의 신세가 되어 왕비의 자리에서 물러나고 궁중 안 권리는 효종비 장씨한테 돌아갔다. 그러나 국운이 불행해서 효종대왕이 북벌의 큰 사업을 일으켜 아버지 인조 때 당했던 병자호란의 치욕을 씻으려 하던 차에 뜻밖에 빈종(鬢腫)의 종독으로 마흔한 살이란 아까운 나이로 세상을 버리니, 효종의 어린 아들 현종이 왕위에 올랐고 청풍부원군 김우명의 딸로 현종비를 책봉하니 김우명은 서인 중에도 한당(漢黨)에 소속되는 사람이라 조정세도는 한당으로 돌아가 버렸다.

그러나 현종 역시 오래 살지 못하였다. 임금 노릇을 한 지 겨우 15년, 34세라는 젊은 나이에 나라와 백성을 버리고 죽음의 길로 떠나니 아들 숙종이 15세라는 어린 나이에 임금이 되어 등극했고, 그의 열 살 때 노론 김만기(金萬基)의 딸로 세자빈을 삼으니 숙종이 등극한 뒤에는 나라의 세도는 장차 노론으로 넘어가게 되었다. 이쯤 되니 인조비 조씨는 점점 조정세도에서 멀어져서 고립상태에 빠지게 되었다.

이때 조정세력에는 남인의 세력이 한 파 있고, 조대비의 손부 되는 현종비를 중심으로 서인의 세력에서 찢기어 나간 한당의 한 파가 있고, 또다시 조대비의 증손부 되는 숙종비를 중심으로 한 서인 편 노론의 세력이 있고, 서인 중에서 노론과 대립하는 소론이 있어서 세력은 네 갈래의 파당을 짓고 있었다. 비록 구중궁궐 깊은 속에 앉아 있는 왕비들이라 하나 세력이 없이 고립해 살 수는 없었다. 조대비는 항렬이 증조모 뻘이나 되니 왕궁에서는 가장 높은 문장(門長)이지만 아들도 없고 딸도 없으니 혈혈단신에 의지할 곳은 다만 친정 조부원군 집이 있을 뿐이었다. 조부원군 집은 본시는 서인의 계통이었으나 이제는 현종비의 한당과 손을 잡을 수도 없고 숙종비의 노론하고 뜻을 같이할 수도 없었다. 조부원군의 아들 조동석은 남인은 아니지마는 저절로 남인을 가까이할 수밖에 없었고, 따라서 조대비도 남인에게 유익하게 될 수 있는 노력을 하지 않을 수 없게 되었다.

대궐 안 뒤채 한적한 전각에서 고적한 세월을 보내는 조대비는 친정조카들이 한 달에 두 번, 세 번 승후 문안을 오는 것으로 낙을 삼고 있었다. 대비의 나이는 50여 세밖에 아니 되었으나 항렬 높은 인조대왕의 왕비라 권리는 며느리, 손자며느리, 증손자며느리한테 다 뺏기고 다만 이 나라를 반정(反正)해 일으켜 놓은 인조대왕의 왕비라는 이름 좋은 헛간판이 남아 있을 뿐이었다.

조대비는 조카 조판서가 승후 문안을 들어온 것을 보자 고적하고 우울하던 얼굴에 화려한 웃음이 떠돌았다.

"요사이는 어째 그리 자주 안 들어왔느냐? 집에는 별고 없느냐?"

대비는 소일삼아 보던 《삼국지》 이야기책을 주칠한 문갑 위에 놓고 안경 너머로 조카 조동석을 반갑게 대해 본다.

"나라에 공사가 바빠서 그랬습니다. 집안에도 다 별고는 없습니다."

"아무리 공사가 바쁘기로소니 한 달에 서너 번 들어오기가 그렇게 어렵단 말이냐. 이제는 어른들이 다 돌아가셔서 아니 계시니 너희들도 나를 박대하는구나."

"황공하온 처분이십니다. 그럴 리가 있사옵니까. 사실로 조정일이 바빠서 자주 들어오지를 못했습니다."

"이제부터는 날마다는 못 들어오더라도 하루 건너만큼은 들어오도록 해라."

"명심하고 거행하겠습니다."

조대비는 비로소 마음이 후련하게 풀렸다.

"요사이 조정일은 잘 바로잡혀지느냐?"

조대비는 조카한테 조정 형편을 묻는다.

"한당과 노론 등쌀에 골치가 아픕니다."

"흐흥! 큰일로구나. 현종비의 세력을 믿고 한당이 코가 우뚝해서 내 배를 누가 다치랴 하고, 새 왕비를 떠받들고 나온 노론은 이제는 내 세상이라구 활개를 치는구나. 김우명의 형제는 저의 아버지 김부원군의 장사를 지내는 데 수도를 파서 왕실의 능처럼 장사를 지냈다 하는구나. 너무나 참람한 짓이 아니냐? 김가네집은 그래 하늘도 무섭지 않단 말이냐?"

"그렇습니다. 그래서 노론들이 한당을 치려고 들고일어납니다. 남인측에서도 가만두려 하지 않고 있습니다."

조동석은 분개한 듯 대비의 비위를 맞추어 대답한다.

"노론들도 죽일 놈들이 아니냐. 김만중(金萬重)의 질녀로 어린 임금의 비를 삼게 한 뒤에 이것을 토대로 하여 조정에 세력을 펴보려고 바득바득 애를 쓰는구나. 노론들은 기실 무엇을 잘했다더냐. 효종이 승하했을 때 그렇게 떠받들던 제 임금의 거상인데 적자가 아니고 차자이니 삼년거상을 입지 말고 소상 때 상복을 벗어버리자고 주장했으니 이것도 추세를 하는 자들이 아니고 무엇이냐. 노론이나 한당이나 다 똑같은 것들이다. 그래도 남인인 허적(許積) 허의정이 점잖더라."

조대비는 증손며느리의 친정에서 세도를 잡고 곤댓짓을 하는 것이 눈꼴 시어서 이렇게 푸념을 한다.

"그렇습니다. 남인이 도리어 낫습니다. 남인 편에서는 왕비가 나오지 아니했기 때문에 그들의 조정에서 하는 처사는 오히려 서인들보다 공평합니다. 그리구 영의정 허적은 양조(兩朝)를 내리 섬겨 온 대신이라 체통이 있고 법도가 높습니다. 대비께서는 허의정을 신임하시옵소서."

"너도 남인들을 상종하느냐?"

"하문하지 아니하셔도 저의 소견을 짐작하실 것입니다. 조용하니 말씀을 드리옵니다마는 대비전하를 위하와 저는 남인들과 은근하게 교제를 하고 있사옵니다. 김우명의 아들 김석주는 현종비의 동생이니 겉으로는 좋은 체하나 상종을 하지 않고 지냅니다. 그리고 우암 송시열이나 김만기 같은 사람하고는 애당초부터 뜻이 맞지 아니하니 말할 것도 없습니다. 그러하니 자연 남인들의 세력을 붙잡아 주기로 저는 결심이 됩니다."

"잘 생각했다. 나도 남인을 붙잡아 줄 생각이다."

대비와 조동석은 마음이 일치되었다. 대비의 얼굴엔 미소가 풍겨진다.

"남인뿐 아니라 남인에게 가까운 사람에게도 손을 뻗치셔야 합니다. 서인들은 남인과 가깝다 해서 박해를 준 사람이 참으로 많습니다. 이런 사람들을 모두 구해 주셔야 합니다."

"힘닿는 대로 도와 주어야지."

대비의 마음이 움직이는 것을 보자 조동석은 기회를 잃지 않았다.

"그리구 대비전하 옆에는 심복이 너무도 없습니다. 궁녀들도 남인 편 사람을 두시어 심복을 만들어 두시는 것이 좋을 것 같사옵니다."

"좋은 사람이 있거든 네가 천거해 들여보내려무나."

조동석은 대비의 말에 더욱 용기를 얻었다.

"저한테 한 가지 계책이 있사온데 전하께옵서 들어주실는지 의문이올시다."

"무슨 계책이 있느냐? 말해 보려무나."

"대비전하께옵서 노래(老來)에 외롭게 지내지 아니하시려면 권세를 잡으셔야 합니다."

"뒷방차지인 내가 어떻게 권세를 잡는단 말이냐. 너에게 말이지 푸대접을 받는 설움이 참으로 짭짤하다. 단지 늙으신 대행전하께 후취로 들어왔던 내 신세를 한탄할 뿐이다. 이제는 너의 집에 대대로 유언을 해서 딸자식을 낳거든 사사집이나 왕실을 막론하고 절대로 후취로 들여보내지는 말도록 해라."

대비는 가만히 한숨을 쉰다. 어느덧 눈에는 눈물이 글썽글썽했다.

"마음을 상하지 마시옵소서. 전하께서는 강하게 사셔야 합니다. 손부나 증손부한테 밀리지 마시고 권리를 강하게 잡으시옵소서."

"어떻게 권리를 잡을 수가 있느냐. 뻔히 알면서 그러느냐? 답답한 말이로구나. 세도는 왕과 왕비를 따라 바꾸어지는 것이 아니냐.”

“왕비를 바꾸면 되지 않습니까?”

대담하게 돌연 나오는 친정조카의 말에 대비의 눈이 휘둥그래진다.

“왕비를 바꾸다니? 어떻게 왕비를 바꾼단 말이냐?”

“우리 편 사람으로 왕비를 바꾸면 됩니다.”

친정조카의 목소리는 한층 낮으면서 더욱 대담했다. ‘우리 편 사람으로 왕비를 바꾸면 됩니다’ 하는 조동석의 목소리는 낮았으나 힘찼다. 조카의 말에 조대비는 흠칫 놀라지 않을 수 없었다. 대비는 잠깐 마음을 진정한 뒤에,

“내 힘으로 되어지는 일이 아니다.”

조용한 음성으로 냉정하게 판단을 내린다.

“대비전하의 힘으로 넉넉히 되실 일이옵니다. 후궁 속에 아름다운 절세미인을 두게 해서 젊은 상감의 은총이 이 사람한테로 가게 한다면 왕비 아니라 왕비보다 더한 것이라도 바꿀 수가 있습니다. 그런 사람을 물색해 보옵소서.”

대비는 비로소 조동석의 뜻 깊은 말을 깨달았다. 대비의 입가에 미소가 떠올랐다.

“그러나 그러한 절세가인이 어디 그렇게 있기 쉬우냐?”

대비는 고즈너기 탄식한다. 조동석은 기회를 잃지 않았다.

“대비전하! 밖에서 구해 오면 됩니다. 제가 절세가인을 한 사람 천거할 테니 대비전하께서 우선 시녀로 두시옵소서.”

“시녀로만 두어 가지고 어떻게 후궁을 삼게 할 수 있느냐?”

“대비전 시녀로 두셨다가 상감의 눈에 띄도록 한다면 후궁 되기란 여반장의 일 아니오니까.”

대비는 그제서야 조카의 뜻 깊은 계획을 짐작할 수 있었다.

“어디 절세가인이 있느냐?”

“제 집에 경국의 미인이 한 아이 있사옵니다. 내일이라도 인견하신
다면 제 아내를 시켜서 들여보내겠사옵니다.”

“나이는 몇 살이나 되었느냐?”

“상감과 거진 같은 낫세옵니다. 본시 양가집 딸로서 서인에게 몰려
서 집안이 영락하니 그의 외조모가 우리 집으로 들어와서 어미 때 침
모 노릇을 잠깐 한 일이 있었습니다. 이리해서 오늘날까지도 한집안
식구같이 지내옵니다.”

“그러면 역시 남인의 계통이로구나!”

“그러하옵니다. 남인은 아니옵니다만 남인의 계통이옵니다. 개의
외조부는 윤언 윤통사요, 아비는 장안 갑부 소리를 듣는 장통사올
시다.”

“오오, 윤언의 외손녀요, 장통사의 딸이라. 그런 장안 갑부의 딸이
궁녀 노릇을 하려 할 까닭이 있느냐?”

“대비전하, 그것은 까닭이 있사옵니다. 위인이 총명 영리해서 그의
외가집 한을 풀기 위해서 자진해서 궁녀가 되기 소원이라 합니다.”

“그렇다면 서인들을 보복할 마음이 있어서 궁녀를 자원한다는 것
이로구나!”

“그렇습니다.”

조동석은 초롱초롱한 눈으로 대비를 바라본다.

“그럼 오늘 나가는 대로 네 아내한테 말하고 내일 함께 대궐로 들
어오도록 주선을 하라 일러라.”

“분부대로 거행하겠습니다.”

대비전하의 쾌락을 얻은 조동석은 어깨가 거뜬했다.

다시 천천히 고개를 들어 대비를 우러러본다.

“이 계획은 지극히 은밀한 일이오니 대비전하만 꼭 아시고 아무한
테도 발설을 마시옵소서.”

“당부할 것 없다. 나도 산전수전을 다 겪은 사람이다.”

대비도 조용히 대답하고 입가에 가만한 웃음을 머금는다. 조동석은 대비의 쾌한 승낙을 받자 집으로 자비를 몰고 돌아와 아내에게 대비께 허락맡은 전말을 말했다.

“내일이라도 꼭 녹빈을 당신이 데리고 들어오라고 분부를 내리십디다.”

“녹빈이 어머니가 들으면 얼마나 좋아할까. 곧 소희를 보내서 오라구 일러야겠습니다.”

조판서의 부인은 자기 일같이 좋아했다.

소희는 조판서 부인의 영을 받아 장차골다리 장통사네집으로 달려가고 녹빈의 어머니 옥단은 시각을 지체하지 않고 조판서의 집으로 발길을 옮겼다. 대감과 정경부인은 뒤채 별당에서 옥단을 만났다.

“지성이면 감천이라더니 자네 정성이 무던해서 일이 잘되었네. 아까 대감께서 대비전으로 승후를 들어가시어 녹빈의 말씀을 여쭈었더니 내일이라도 곧 데리구 들어오라구 분부를 내리셨다네. 내가 내일 오시쯤 해서 녹빈을 데리고 대궐로 들어갈 테니 자네는 곧 집으로 건너가서 녹빈의 치장을 차리도록 하게.”

옥단은 입이 귀밑까지 찢어질 지경으로 좋았다.

“모두 다 대감과 정경부인의 덕택으로 녹빈이 사람 구실을 하게 됩니다. 이 은혜를 어찌 갚아야 좋습니까?”

옥단은 조판서와 정경부인을 향하여 넙죽 절을 올린다.

조판서는 빙긋 웃고,

“어서 가서 녹빈의 단장을 차리도록 하게. 절은 나중에 해도 좋으이. 그리구 내일 올 때 꼭 우리 집으로 데리고 오도록 하게.”

이렇게 재촉했다. 조판서는 옥단의 손이라도 만져 보고 싶은 충동을 느꼈으나 차마 정경부인 소시리에 옥단의 손을 잡을 수는 없었다.

벙글벙글 치골(痴骨)의 웃음을 웃으며 옥단의 사십 먹은 색향에 홀리어 넋을 잃는다.

"그럼 내일 녹빈이년을 데리구 오겠습니다."

옥단은 신바람이 나서 조판서 내외한테 이렇게 인사를 하고 집으로 돌아간다. 옥단은 중문간에 들어서기가 무섭게 영감 장통사를 불렀다.

"여보 영감!"

장통사는 안방에서 아내가 돌아오기만 고대하고 있다가 옥단의 부르는 소리를 듣자 반색을 해서 창문을 열었다. 옥단의 고운 목소리는 아직도 꾀꼬리 소리보다도 곱다고 생각했다. 입이 저절로 벙글벙글 벌어진다.

"빨리 돌아오는구려."

"영감, 이제는 되었소. 만사가 형통이오."

"무에 되었다구 저렇게 좋아하나."

장통사의 눈에는 옥단이 꽃보다도 더 아름답게만 보였다. 조판서와의 관계를 까맣게 모르는 까닭에 그는 옥단을 장중(掌中)의 보옥으로만 생각한다.

"녹빈이 대궐로 들어가게 되었어요."

"응, 그게 무슨 소리야? 녹빈이 대궐로 들어가게 된다니, 왕비가 된다는 말인가? 간택에 뽑혔다는 말인가?"

"아따 앞으로는 왕비도 되고 왕대비도 될 수 있지요."

옥단은 얼굴 가득히 기쁜 빛을 띠고 성큼 방으로 들어섰다.

장통사는 자기 앞에 펄썩 주저앉는 젊은 아내 옥단의 손을 덥석 쥐어 본다. 사십 먹은 옥단의 부드러운 손길은 아직도 따뜻하고 윤이 흘렀다. 칠십에 가까운 장통사는 이렇게 자기 아내의 손을 잡아 보는 때가 가장 행복과 쾌감을 느끼는 때였다. 칠십 먹은 장통사는 더 이

상 되는 정력을 아내에게 소모할 수는 없었던 것이다.

"점잖지 않게 늙은이가 이게 무슨 짓이오. 좀 고만 작작 지각이
나슈."

옥단은 가볍게 늙은 영감의 손을 뿌리치면서 그래도 눈에는 애교
를 담뿍 실어 늙은 영감을 흘겨본다.

"아니, 녹빈이가 어떻게 대궐로 들어가게 되었느냐 말야."

"조대비마마께서 시녀로 부르신답니다."

"조대비께서……?"

늙은 장통사는 경이의 눈을 뜬다.

"어떻게 조대비께서 우리 딸을 알고 부르실까?"

"모두 다 조판서댁 덕택이지요. 정경부인과 조판서 대감이 대비께
아뢰어서 녹빈이를 시녀로 부르신 것입니다. 이제 당신은 장안 갑부
뿐만이 아니라 잘만 하면 부원군도 될 것입니다."

"어떻게 언감생심 우리 따위 중인이 부원군이 될 수가 있는가. 복
에 겨운 소리지……."

장통사는 과분한 말이라고 생각은 했으나 듣기 싫은 소리는 아니
었다. 말만 들어도 온몸에 행복감이 흘러 넘친다.

"우리 녹빈이가 왕비만 되는 날이면 당신은 부원군이 되는 것이지,
중인은 부원군이 못 된다는 법이 어디 있소.《대전통편(大典通編)》에
도 없고《경국대전(經國大典)》에도 없소이다. 염려 마시고 우리 녹빈
이가 왕비가 되기만 발원을 합시오."

"그도 그렇지만 조대비전에서 우리 녹빈이를 암만 귀여워하시기로
소니 지금 김만기의 따님이 왕비로 계신데 어떻게 왕비가 될 수 있
나, 하늘의 별을 따기지."

고지식하고 사람 좋은 통사는 꿈같은 일이라고 부정을 한다.

"사람 일은 알 수 없습니다. 영감은 가만히 앉아서 굿이나 보고 떡

이나 잡수십시오. 우리 녹빈이의 사주팔자를 보니 여자로서는 이 나라에 첫손을 꼽는 자리에 앉을 귀한 몸이라 합니다. 그야 조대비전에 있다가 기회만 되면 상감을 모실 수도 있겠지요. 상감을 모셔서 아들만 하나 딱 낳아 보구려. 빈(嬪)이 될 것은 따놓은 당상이구, 이래서 일이 어찌어찌 잘된다면 왕비전하가 되어 억조창생의 국모가 되는지 누가 알겠소? 영감은 그저 가만히 앉아 계셔서 뒷배만 봐주시구려."

장통사는 아내의 말을 들으니 그럴 듯 귀가 솔깃했다. 다시 부원군이 되는 즐거운 꿈이 안개마냥 눈앞에 보얗게 나타난다.

"영감, 돈을 좀 주셔야겠소. 내일 안으로 녹빈이를 대궐로 들여보내라고 분부가 내리셨으니 수모도 불러서 습의(習儀, 나라의 의식을 미리 배워 익힘)를 시켜야겠구, 그리구 조판서댁 하님들에게 행하도 주어야겠구, 궁중 안 나인들도 심복을 만들어서 녹빈의 칭찬이 떠돌도록 해야겠으니……."

"얼마를 줄까?"

"만 냥만."

"너무 많은데 만 냥 템이나……."

"돈은 싸두었다 관 속에 넣어 가지고 가실라우? 이런 때 안 쓰구 언제 쓸라우? 어서 내놓으시오."

굳고 굳은 장통사도 젊은 아내 옥단의 말이라면 소금섬을 물로 끓이라 해도 끓이는 시늉을 해야만 했다. 장통사는 치를 떨면서 모아놓은 만 냥 돈을 곳간문을 열고 아내에게 내주었다.

장통사의 집은 딸을 시집이라도 보내는 듯이 버석거렸다. 수모가 오고 수모의 시중을 드는 곁꾼이 오고, 차인들은 동산전, 백목건, 선전, 도자전으로 나가서 녹빈이 입을 능라주단과 패물들이며 청록 당혜를 사들이고, 침모들은 녹빈이 입고 대궐로 들어갈 새 옷을 밤을 도와 짓느라고 부산했다.

녹빈이 조대비전의 시녀가 되어 들어간다는 소문을 들은 장통사의
대소가에서는 어른 아이 할것없이 모여들고 사돈집에서도 사돈마님
과 새댁들이 치하를 하러 찾아왔다. 모두들 장안 갑부의 집 나인네요
과걸간이라 의복도 화려하지만 인물도 출중했다. 부엌은 부엌대로
분잡하고 벅적거렸다. 차집들은 손님들을 대접하느라고 저냐를 부치
고 어회를 치고 수란을 떠서 장국상을 보느라고 바빴다. 완연히 가례
를 치르는 잔칫집이었다.

수모는 녹빈을 목욕시키고 곱게 머리를 빗긴 뒤에 민머리로 절하
는 법과 큰머리를 얹고 대례복을 입고 큰절을 드리는 방식을 가지가
지로 가르쳐 주었다. 조판서 집에서도 특별히 녹빈에게 궁중 풍속을
가르쳐 주기 위해 조대비전에 있는 늙은 상궁을 장통사 집으로 보내
서 습의를 시키게 했다.

녹빈이가 머리를 곱게 빗어 단장을 한 뒤에 노랑 회장저고리를 입
고 장통사 내외와 사돈마님들한테 절을 드리니 참으로 화용월태는
누가 보아도 칭찬하지 않을 수 없었다. 여기에다 몸가짐을 단정히 하
니 진실로 양귀비가 이만큼이나 예뻤고 왕소군(王昭君)이 녹빈의 아
름다움을 따라올 수가 있을까 의심스러울 정도였다.

대궐 안 조대비전에서 나온 늙은 상궁은 녹빈 어머니 옥단이한테
칭찬이 놀랍다.

"참으로 월궁에 있는 선녀도 따님을 따라가려면 까마아득할 것입
니다. 대궐 안으로 들어가기만 하면 삼천궁녀들이 무색해서 얼굴을
들지 못할 것입니다."

늙은 상궁이 칭찬을 하는 소리를 듣자 녹빈 어머니 옥단은 마음이
흥그럽고 좋았다.

"항아님, 너무 과찬을 하셔서 아이의 마음이 교만할까 염려올시다.
그저 모든 것을 항아님께서 돌보아주시고 가르쳐 주셔서 대비마마께

꾸지람이나 아니 듣도록 뒷배를 보아줍시오.”

“얼굴만 묘할 뿐이 아니라 행동거지가 백령백리합니다. 털끝만치도 어른께 꾸지람을 들을 것 같지 않습니다. 도리어 우리 따위 늙은 상궁이 따님한테 배워야 할 것 같습니다.”

이날 상궁이 해가 저물어 대궐로 들어갈 때 상궁이 남치마를 걷어잡고 보교를 탄 앞에는 은덩이를 담은 원보(元寶) 궤짝이 녹빈의 어머니 옥단의 손으로 놓여졌다. 상궁의 입을 씻겨서 녹빈의 칭찬이 대궐 안에 자자하게 하자는 옥단의 수 높은 수단이었다.

“그것은 무에오니까?”

상궁은 깜짝 놀라는 듯 받기를 거부한다.

“아무것도 아닙니다. 그저 정표로 조금……”

대궐로 돌아온 늙은 상궁이 자기 방으로 돌아와 궤짝을 뜯어 보니 말굽은〔馬蹄銀〕 덩이가 가득했다. 장안 갑부의 집안이라 과연 다르구나 하고 좋아하면서 조대비전에 녹빈의 칭찬을 꿀을 담아 붓듯 공소해 올린다.

“대비마마께 아뢰옵나이다. 낮에 명을 받들어 시녀로 들어올 녹빈을 나가 보니 나이 십 팔 세에 숙성하온 품은 말할 나위도 없삽고 위인이 백령백리하와 조찰하고 아름다운 중에 몸가짐이 또한 법도가 있사와 재상가의 규수를 도리어 능가하옵더이다.”

“친정집 조카한테 들으니 인물도 천하절염이라 하던데 과연 그렇더냐?”

“서시(西施)를 소녀가 친히 보지 못했삽고 조비연(趙飛嚥)의 아름다움도 옛 글로만 읽었습니다마는 비연이나 서시가 아무리 경국의 가인이라 해도 녹빈의 절대가색을 따를 도리가 없으리라 생각합니다. 더구나 장통사 집은 장안 갑부인 데다가 대비마마의 친정이신 조부원군댁의 높으신 범절과 교양을 은연중 받아서, 녹빈 어머니 윤씨의 집안을 다스리고 딸을 가르치는 수단은 보통 재상가에서도 따라갈 수가 없으리라 생각됩니다. 참으로 장래성 있는 아이옵더이다."

입에 침이 마르도록 녹빈을 칭찬하는 늙은 상궁의 말을 듣는 조대비의 입은 빙긋이 벌어진다. 더구나 자기 자신의 친정집의 높은 범절과 교양을 받아서 녹빈 어머니 윤씨의 집안을 다스리고 딸을 가르치는 수단이 보통 재상가에서는 따라갈 수가 없다는 말을 듣자 조대비는 은근히 만열(滿悅)을 느끼지 않을 수 없었다.

"녹빈 어머니 윤씨란 애가 돌아가신 부대부인의 높으신 범절을 어려서부터 친히 배웠다니 딸자식도 잘 가르쳐 놓았을 게다. 부대부인께서 오죽이나 엄하신 분이냐. 그 어른 밑에서는 사람이 아니 될래야 아니 될 수가 없느니라."

조대비는 이렇게 말을 받아서 은근히 자기 친정집의 높은 교양을 자랑하는 것이었다.

이튿날 조판서의 부인 이씨는 녹빈을 칠보단장을 시킨 뒤에 가마에 태워 앞세우고 사인교를 타고 들어가 궐문 안에 내린 뒤에 조대비 전으로 걸어 들어갔다.

대비는 오래간만에 정경부인 이씨를 대면해 보고 다시 녹빈의 절을 받았다. 대비가 눈을 들어 녹빈을 바라보니 과연 민첩하고 영리한 중에 얼굴이 천하의 절염이었다. 대비는 마음속으로,

'이만하면 장차 상감의 총을 받고도 남음이 있으리라.'

마음속으로 좋아하면서 엊그제 조카와 함께 비밀히 의논했던 서인 몰아낼 일을 궁리해 본다.

"어떻습니까! 판서가 저보고 데리고 들어가라 하와 뵈오러 들어왔사옵니다."

조신하고 얌전하게 말씀을 아뢰는 조동석의 부인의 말에,

"음, 똑똑하구나. 마음에 든다."

대비는 고개를 끄덕여 만족의 뜻을 표현한 후에 다시 녹빈에게 분부를 내린다.

"오늘부터 내 곁에 있어서 모든 일을 보살피도록 해라."

은근히 녹빈을 바라보는 대비의 눈에는 인자스러운 정이 어리었다. 녹빈은 가만히,

"예."

하고 부드러운 음성을 올렸다. 이렇게 하여 녹빈이 조대비전의 궁녀가 되었던 것이다.

남인의 세력을 은근히 도와서 외조부 윤언의 억울하게 돌아간 원수를 갚으려는 아름다운 처녀 녹빈이 쥐도 새도 모르게 이렇게 조대비전 시녀가 되어 대궐 안으로 들어갔다.

조대비와 그의 조카 조동석이 단둘이 앉은 곳에서 이 계획이 이루어진 것이니 비밀한 이 계획을 녹빈을 맞이하여 데려온 늙은 상궁도 알 길이 없고 각전에 흩어져 있는 무수한 궁녀들이 더구나 알 까닭이 없었다. 다만 조대비전의 궁녀들만이 나이 어린 처녀 궁녀가 새로이 대비의 시녀로 한 사람 더 들어왔다는 사실을 알 뿐이었다. 각 전에 흩어져 있는 궁녀들이 녹빈이 새로이 들어온 것을 모르니 전각을 달리하고 있는 숙종의 어머니 명성왕후 김씨나 젊은 왕비 인경왕후(仁敬王后) 김씨가 이 일을 알 까닭이 없었다. 아무런 일도 없는 듯 무심코 지낼 수밖에 없었다.

마침내 일은 얼려지기 시작했다. 녹빈이 대궐로 들어와 삼동을 지낸 뒤에 해는 바뀌어 새해 정월이 되었고 대비전으로 정초 문안을 들어온 젊은 상감의 눈에는 천하절염인 새 궁녀 녹빈의 아리따운 태도가 비쳐졌다. 젊은 왕은 일찍이 궁중 안에서 이러한 아름다운 사람을 대해 본 적이 없었다. 한평생을 해로해야 할 왕비는 말할 것도 없고 자기 주위를 싸고 도는 삼천이나 되는 수많은 궁녀가 있건만 녹빈과

의 차이는 봉황새와 닭의 존재요, 학두루미와 해오라기의 거리였다. 단번에 왕은 녹빈의 아름다운 태깔에 취했고, 두 번째에 왕은 녹빈에게 굴복하지 않을 수 없었다.

녹빈은 마침내 왕에게 몸을 바친 뒤에 고름을 맺어 천지신명께 맹세할 것을 요구했고, 왕은 녹빈의 노랑 회장저고리에 달린 자주 고름 끝에 동심결을 맺어 한평생을 함께 할 것을 맹세했다.

"이 맹세는 바다처럼 마르지 아니합니다."

"그렇지, 태산마냥 변하지 않지."

"하늘처럼 오래오래 살아 있습니다."

"아무렴, 땅덩이마냥 길게길게 사랑하지."

"아이 좋아라. 이제 소녀는 전하의 것이옵니다."

그들은 이렇게 하여 뜨거운 사랑이 불붙기 시작했고 조대비는 저녁 수라를 왕과 함께 하는 자리에서,

"후궁가려 삼천인쯤은 역대 왕이 다 두는 일이지. 우리나라 임금만 그런 것이 아니라 외국의 임금들도 다 그렇게 후궁을 두는 것이거든. 언제 제왕이 후궁 두는 데 대비나 왕비의 허락을 받아 두었던가, 하하하."

이렇게 왕의 불붙는 애욕의 마음을 부채질해서 대비나 왕비의 허락 없이도 왕 자신이 후궁을 둘 수 있다고 가르쳤다.

마침내 젊은 임금은 조대비께 녹빈이 따로 쓸 방을 청구하기까지 이르렀고 대비는 녹빈에게,

"오늘부터 너는 부용당을 쓰도록 해라. 전하께서 특별히 너에게 처소를 내리라 하셨다. 천은이 망극하다고 생각해라."

하고 부용당을 전용할 것을 허락했다.

대비는 다시 왕과 녹빈이 있는 자리에서 내시에게 분부를 내렸다.

"지금 너는 부용당을 말끔하게 소제하고 불을 지펴서 방을 따뜻하

게 해라. 녹빈 궁인이 밤부터 거처할 곳이다."

녹빈은 이렇게 해서 왕의 후궁인 부용당 주인이 되었다.

부용당(芙蓉堂)

녹빈이 부용당 주인이 된 뒤에 왕의 발길은 틈만 있으면 조대비전을 잠깐 거쳐서 부용당으로 향했다. 한 달에 두서너 번 정도로 문안을 들어가던 왕은 날마다 조대비전으로 문안을 들어갔다. 조대비전으로 문안을 들어가면 반드시 돌아오는 길에는 부용당을 거쳐야만했다. 이것은 젊은 왕이 증조모인 조대비전에 문안을 들어가는 것이 아니라 기실은 사랑을 찾아서 녹빈의 아름다운 얼굴을 대하려는 것이었다.

이렇게 며칠을 지낸 뒤에는 젊은 왕은 하루에 한 번만이 아니라 두번, 세 번씩 부용당의 녹빈을 찾았다. 대비전에 하루에 세 번씩이나 문안을 들어갈 수 없으니 아침 한 번은 대비전을 거쳐서 녹빈을 찾았고 다음 두 번은 대비전도 거치지 않고 바로 부용당을 찾았다.

날이 가면서 젊은 왕의 행동은 점점 더 대담해졌다. 한 달 후 젊은 왕은 공공연하게 부용당에서 녹빈과 침소를 같이했다.

“상감마마!”

처음으로 대궐 안에서 공공연하게 침소를 같이하는 밤에 녹빈은 상글상글 교태를 지어 애운 소리로 상감을 불렀다.

“왜 그러느냐?”

상감은 녹빈과 베개를 같이하고 대답했다.

"소녀를 사랑하시어 이렇듯 옥가를 머무르시니 바다같이 깊은 은택을 갚사올 길이 없사옵니다. 그러하오나 왕비께 촉노(觸怒, 웃어른의 마음을 거슬러서 성을 내게 함)를 하면 어찌하옵니까?"

"언제든 우리와의 사이를 왕비도 알고야 말 것이 아니냐. 한평생을 함께 할 너와 나의 사이가 아니냐. 밤낮 도둑질하듯 너를 대하니 진정 내 마음이 미칠 것 같다. 아주 터놓고 지내볼 작정을 했다."

"황감하옵니다. 대왕마마의 은혜는 결초보은을 하겠습니다. 그러하오나 소녀는 내일이면 죽는 몸이옵니다."

이내 녹빈의 얼굴에 구슬픈 빛이 떠돌면서 흐느끼는 체읍 소리가 처량하게 들렸다.

"내일이면 죽다니 그게 무슨 소리냐?"

젊은 왕은 깜짝 놀란다.

"전하께서는 너무나 솔직하시옵니다. 여자들의 마음을 모르시옵니다. 전하께서 공공연하게 부용당에 머무르셨사온데 이 일을 아시고 왕비께서 가만두실 리가 있사옵니까? 비전하의 명령으로 일개 지위 없는 궁녀를 끌어내어 목을 베신다면 소녀는 꼼짝없이 대궐 안에서 무주고혼이 되어 죽사옵니다."

말을 마친 녹빈은 더욱 소리를 높여 느껴 운다. 그럴 듯한 소리였다. 왕의 오장이 쥐어짜이는 듯했다.

"어떻게 하면 좋으냐. 왕대비께 아뢰도록 하랴?"

아직 후궁을 두어 보지 못한, 파접을 하지 못한 왕이었다. 당황하지 않을 수 없었다.

"왕대비께 여쭈어도 소용이 없사옵니다. 아무리 왕대비전 궁녀라 하오나 지위 없는 궁녀는 비마마께서 마음대로 처단하실 수가 있사옵니다."

녹빈은 고즈넉이 한숨을 쉰다. 왕은 녹빈의 몸에 해가 미치면 큰일이라 생각했다.

"모면할 길은 없느냐?"

왕의 손은 녹빈의 손을 꼭 쥐어 본다.

"한 가지 살아날 길이 있사옵니다."

"어서 말해라."

"소녀에게 직첩을 내리시어 조정에 반포해 주시옵소서."

젊은 왕은 녹빈의 말을 듣자 비로소 황연히 깨달았다. 궁녀에게 내명부(內命婦)의 직위를 주면 이것은 벼슬과 똑같은 계급이라 죄가 없는 한, 왕비도 마음대로 처단할 수 없는 것이었다.

선대부터 증조할아버지도·할아버지도 아버지도 후궁에 이러한 제도를 두어 국가의 법으로 제도를 정하고 그들의 지위를 보장케 했던 것이다. 또한 궁녀들이 어체를 모신 뒤에는 반드시 계급을 주어서 그들의 신분을 안팎에 밝혔으니 내명부 직제에 정일품(正一品)에 빈(嬪)이요, 종일품(從一品)에 귀인(貴人), 정이품(正二品)에 소의(昭儀)요, 종이품(從二品)에 숙의(淑儀), 정삼품(正三品)에 소용(昭容)이요, 종삼품(從三品)에 숙용(淑容), 정사품(正四品)에 소원(昭媛)이요, 종사품(從四品)에는 숙원(淑媛)의 계제를 두었던 것이다. 젊은 왕은 녹빈의 말을 듣자 녹빈의 어깨를 힘차게 껴안는다.

"네 말이 옳구나. 곧 직첩을 내리도록 해주마. 너는 어찌 그리 소명하냐. 궁중에 들어온 지 얼마 되지 아니하면서도 나보다 더 아는 것이 많구나."

젊은 왕은 이미 녹빈의 온몸에 고혹되었는지라 모든 것이 똑똑하고 소명하고 아름답게만 보였다. 다시 한 번 녹빈을 강하게 포옹하니 정열의 회오리바람이 미칠 듯 녹빈의 몸을 휩싸 안는다.

녹빈은 파란 물결 같은 눈을 떠서 상긋 눈웃음을 쳤다. 만일 옆에 사람이 있어 이 광경을 보았더라면 금방 느껴 울던 그 눈에서 어떻게 요염한 눈웃음이 저렇게도 처절하고 아름답게 쳐지는가 하고 의심할 지경이었다.

왕은 다시 녹빈의 파란 눈웃음 속에 넋이 스러지지 않을 수 없었다. 손을 들어 가볍게 녹빈의 포근한 볼을 어루만져 본다.

"언제 직첩을 내리시겠습니까?"

"내일 안으로 내려 주마."

"늦으면 소녀는 죽사옵니다."

"염려 마라. 내일 첫 공사에 승지를 불러 내리도록 하마."

"무슨 직첩을 내리시렵니까?"

"처음 내리는 직첩이니 숙원을 봉해 주마."

녹빈의 머리에는 대왕이 채 대답하기 전에 소용, 숙의, 소의, 귀인 등 정삼품 이상의 귀한 자리가 번갯불 지나가듯 섬광을 뿜고 지나갔다. 급기야 왕의 입에서 그중 낮은 자리,

'숙원을 봉해 주마.'

할 때 녹빈의 눈초리는 약간 샐쭉해지는 듯하다가 이내 마음속으로,

'참아라!'

하고 자신을 억눌렀다. 샐쭉해지려던 눈초리가 금방 상긋하고 파란 웃음을 뿜었다. 이내 눈같이 흰 두 팔을 번쩍 들어 대왕의 목을 얼싸 안는다. 탄력 있는 부드러운 흰 살이 대왕의 목과 뺨에 쾌감을 주면서 녹빈의 향긋한 입술이 대담하게 대왕의 입술을 강하게 켰다. 젊은 대왕은 아찔하도록 유열의 밑바닥으로 굴러 떨어질 수밖에 없었다.

하늘 아래 다시 구할 수 없는 진미였다. 인생의 낙이 이렇게도 즐거운 것인가 하고 느껴 본다.

점잖기만 하고 피동적으로만 움직이는 왕비의 육체만을 알았던 젊은 왕은 능동적으로 난숙하게 움직이는 이 녹빈의 육체를 대하자, 기막힌 신비의 극치 속에 황홀할 뿐이었다. 이윽고 녹빈이 왕의 귓전을

꼬옥 깨물었다. 다음엔 귀청이 근질거리도록 속삭인다.

"하해 같은 은택을 무엇으로 갚사오리까."

녹빈의 소곤거리는 소리를 듣자 왕은 더 한 번 녹빈을 껴안았다.

"별소리를 다 하는구나. 너와 나 사이에 은택이 따로 있을 까닭이 있느냐……. 네 몸이 내 몸이요, 내 몸이 네 몸 아니냐."

녹빈의 파란 눈은 젊은 왕의 눈을 뇌쇄시킬 듯 바라보다가 이내 진저리를 치면서 눈같이 흰 설부(雪膚)의 팔로 대왕의 온몸을 애무해 본다. 애욕의 밑바닥에 잠겨진 젊은 왕은 숨이 가쁠 지경이었다.

"내일 아침으로 꼭 숙원의 직첩을 내려 주셔야 합니다. 그러지 아니하시면 소녀는 꼭 죽는 몸이옵니다. 왕비마마한테 매를 맞아 죽사옵니다. 지금쯤 왕비마마께서는 독기 있는 눈으로 대왕마마와 소녀의 동정을 살피실 것이옵니다."

"염려 말래도 그러는구나."

젊은 왕은 녹빈의 설부에 도취된 채 숨이 가쁘게 대답한다. 이때 녹빈은 돌연 금침을 박차고 일어난다.

"대왕마마! 괴상한 발소리가 지금 창 밖에서 났습니다. 필시 왕비전 시녀가 왕비마마의 분부를 받고 전하와 소녀의 동정을 엿보러 온 것인가 하옵니다. 가만히 귀를 기울여 들으시옵소서."

녹빈은 소곤소곤 왕의 귓전에 속삭였다. 왕의 귀도 창 밖에서 가벼운 발소리를 느꼈다. 젊은 왕도 이불을 박차고 일어선다. 녹빈은 대담하게 영창문을 열어 젖혔다. 왕도 허리를 구부려 영창문 밖을 내다본다. 어둠 속으로 괴상한 그림자가 치맛자락을 날리면서 천방지축 바람처럼 사라지는 것이었다.

"거 보십시오. 왕비전 궁녀가 정탐을 나온 것이옵니다."

젊은 왕은 불쾌감을 느꼈다. 노기가 등등했다. 왕비에게 대하여 증오감을 느낀다.

"괘씸한지고……. 왕비 체통에 투기가 너무 심하구나. 가만히 궁녀를 보내서 언감생심 내 행동을 살피다니."

왕의 역정은 좀처럼 식어지지 않는다. 밤 안으로 무슨 큰 거조(舉措, 말이나 행동 따위의 태도)가 곧 내릴 것 같았다. 나이 벌써 이십에 가까운 왕이었다. 사람을 죽이고 살릴 수 있는 일국의 제왕이었다. 아무리 위에 대비와 어마마마가 계시다 하나 왕이 진노하여 어떠한 영을 내린다면 나중 일은 어찌되든간에 영대로 시행되는 것이었다. 녹빈은 젊은 왕의,

'괘씸한지고……. 왕비 체통에 투기가 너무 심하구나. 가만히 궁녀를 보내서 언감생심 내 행동을 살피다니.'
하고 내뱉듯 부르짖는 진노의 말을 듣자 가슴으로 얼음 냉수를 마신 듯 상쾌하고 시원한 쾌감을 느낀다. 녹빈은 왕과 왕비 사이가 벌어지고 멀어질수록 자기에게 유리한 일인 것을 잘 알았다.

그러나 녹빈은 영리했다. 아직 이만한 일로 왕과 왕비 사이에 큰 혼란을 내고 싶지는 않았다. 아직 자기의 세력은 약하고 어렸다. 좀더 자리가 잡힌 후에 왕비와 대항을 해야지 섣불리 잘못 건드렸다가는 오히려 궁중과 조정에 조직과 기반이 없는 자기만이 골탕을 먹고 떨어질 것을 잘 알고 있었다.

녹빈은 격정에 움직이는 젊은 왕 앞에 안존하게 무릎을 꿇어 고요히 앉는다. 아직까지도 애욕의 회오리바람 속에서 한낱 발가벗은 인간의 딸로서 거리낌없이 젊은 왕과 함께 농탕을 치던 녹빈은 금방 요조숙녀의 태도로 변했다.

"상감마마! 고정하시옵소서. 너무 격한 말씀을 내리시옵니다. 여자의 마음이란 그렇지 않습니다. 아무리 지존의 자리에 계옵신 왕비마마시라 하오나 결국은 여자의 마음이올시다. 속담의 상말에도 시앗을 보면 돌부처도 돌아앉는다 하였습니다. 사람은 정이 있는 동물

이옵니다. 한평생을 같이하려는 지극히 사랑하고 존경하는 어른의 자애스런 이슬과 바람이 하루아침에 다른 곳으로 옮으려 할 때 그 마음이 편할 까닭이 있사옵니까? 이것은 질투가 아니라 인정이옵니다. 전하께서는 인정을 통촉하시와 왕비전하께서 가만히 궁녀를 보내어 알아보신 일을 너그럽게 보살피시옵소서. 소녀가 자리를 바꾸어 그 자리에 있다 하더라도 역시 매한가지였을 것이옵니다."

도란도란 목소리를 낮추어 부드럽고 화하게 하여 왕비를 두호하면서 여자의 심리를 말하는 녹빈의 태도는 참으로 교양 높은 요조숙녀의 고운 마음씨였다. 젊은 왕은 왕비의 허물을 용서할 생각보다도 더한층 녹빈에게로 마음과 정이 쏠린다.

"그래도 왕비란 보통 여자와 다른 것이다. 나라의 국모가 아니냐. 삼천궁녀를 모두 다 나의 후궁으로 만든다 해도 아무런 내색을 보이지 아니해야 할 일인데, 오늘 내가 처음으로 부용당에 임했거늘 하룻밤을 못 참고 너무 해괴하구나."

젊은 왕은 아직도 노기가 다 풀리지 않았다.

"그저 소녀를 보시어 이번만은 모른체 해두시옵소서. 밤이 깊어 감기 드시옵니다. 어서 자리에 드시옵소서."

녹빈은 얼굴에 가득 미소를 풍기며 어체를 일으켜 평안히 자리에 들게 한다.

젊은 왕의 격정은 녹빈의 부드러운 애무 속에 봄눈 녹듯 스러지고 왕과 녹빈 두 젊은이의 사랑은 다시 창해 바다 물결보다도 더 푸르게 부풀어올랐다. 젊은 왕은 자리 속에서 녹빈의 몸을 어루만지며 탄식을 한다.

"너는 남해의 관음보살이 아니면 옥경의 선녀가 될 사람이 잘못 진세에 떨어져서 해동 조선에 태어났구나. 그러나 다행히 속세에 파묻혀서 초목과 함께 썩지 않고 구중궁궐에 들어와 나의 뒷배를 보게 되니 다행이라 아니 할 수 없다. 모두 다 나의 복력이 좋아서 너같은 사람을 만나게 된 것이로구나. 언제든 착한 마음을 지녀서 변치 말고 나의 내조(內助)가 되게 해라."

왕의 녹빈을 믿는 마음은 철석같이 굳어진다.

"상감마마, 황공무지하여이다. 소녀의 힘이 미치는 대로 전하를 도와 견마의 수고를 다하겠나이다. 상감마마, 소녀가 한 가지 청하올 일이 있사오니 꼭 들어주셔야 합니다."

"무슨 청이냐? 네 청을 아니 들어주고 누구의 청을 들어주겠느냐. 어서 말을 해보아라."

"사사집도 집안이 화해야만 그 집이 잘되는 것이옵니다. 더구나 궁중은 만백성의 모범이 되어야만 할 것이옵니다. 상감마마께서는 내 일이라도 중전(中殿)마마께 아무런 내색도 보이지 마셔야 합니다. 만약 꾸지람을 내리시는 날엔 궁중이 시끄러워질 뿐 아니라 장차 화기를 잃어 소녀의 몸이 중간에서 처신하옵기 극히 어렵사옵니다. 상감마마께옵서는 그저 모른체 하시어 아무 일 없는 듯 눈감아 덮어두옵소서."

왕은 이런 어진 여인은 처음으로 대해 보는 것이었다.

"오냐. 내가 한때 분했다마는 네 말을 들어 아무 일이 없는 듯 발설을 않고 덮어두마."

왕은 녹빈을 감사하게까지 생각했다.

이튿날 왕은 부용당에서 정전으로 출어(出御)한 뒤에 승지를 어전에 불러 분부를 내렸다.

"궁인(宮人) 장씨로 내명부를 삼아 숙원을 봉하고 사품 반열에 처하게 하라!"

궁인 장씨란 여태껏 소문도 듣지 못하던 존재였다. 승지의 눈이 휘둥그래진다.

"빨리 정원(政院, 승정원-왕명의 출납을 맡아보던 관아)에 공포하고 조방(朝房, 조정의 신하들이 조회 시간을 기다리며 쉬던 방)에도 게시하여 대신과 백관에게 알린 뒤에 내수사(內需司)에 첩지를 내려 제조 상궁에게 전하게 하라."

승지는 어명을 받들고 정원으로 물러나와 모든 절차를 밟은 후에 내수사에게,

'궁인 장씨로 숙원을 봉한다'

하는 첩지를 내렸다. 정원에 입직해 있던 다른 승지, 주서(注書)의 눈들도 휘둥그래진다.

"궁인 장씨가 누군가?"

"언제 들어온 궁인인가?"

"전혀 모르겠네."

"도대체 누구의 딸일까?"

"노론의 딸일까?"

"그렇지는 않은 것 같은데……."

"그럼 남인의 딸인가?"

"그런 것 같지도 아니해."

"서리(書吏)에게 물어 보게나."

그러나 서리도 알 까닭이 없었다. 승지가 조방에 이런 일을 게시하고 영의정 허적에게 품했을 때 허의정은 아무런 소리도 아니 하고 그저 고개만 끄덕였다. 허의정은 남인 재상이었다. 일단 녹빈에게 숙원의 칭호가 내려지자 조대비전을 제한 모든 전에서는 깜짝 놀라지 않을 수 없었다.

"궁인 장씨라니, 도대체 어느 전 나인이냐?"

"글쎄, 우리 전에는 장씨가 없는데 혹시 중전 나인 중에 장씨가 있더냐?"

현종비인 대비전 나인들은 이렇게 수군거렸다. 이 소식은 제조상궁을 통하여 현종비 명성왕후 김씨의 귀에도 들어갔다.

"나도 모르는 결에 상감이 어떤 궁인을 가까이했단 말이냐?"

상감의 어머니 대비는 깜짝 놀라지 않을 수 없었다. 상궁은 황공하여 대답을 올리지 못한다.

"궁인 장씨란 도대체 어느 전 나인이라 하더냐?"

"대왕대비전 나인이라 하옵니다."

"대왕대비전 나인?"

대비는 더 한 번 소스라쳐 놀란다.

"대왕대비전 나인을 상감이 어떻게 가까이했단 말이냐?"

"왕대비전으로 문안을 들어가실 때 궁인 장씨의 외모가 아름다워서 상감마마의 눈에 띈 듯합니다."

"도대체 궁인 장씨란 어느 때 궐내로 들어왔고 누구 집 자식이라 하더냐?"

"지난해 섣달에 왕대비댁 친정 조부원군댁을 통하여 들어왔삽고 그의 아비는 한역(漢譯) 통사로 장안 갑부 장형이라 하옵니다."

상궁의 아뢰는 말을 들은 대비는 조대비의 친정을 통해서 들어왔다는 말에 더욱 불쾌하지 않을 수 없었다. 대비는 왕대비가 은근히 남인 편을 두둔하고 있는 것을 잘 알고 있었다. 한당인 청풍부원군의 딸인 대비는 항상 이것이 못마땅했다. 그러나 왕대비는 웃어른이 되니 겉으로 이것을 탓할 수는 없었다. 가슴에 울컥 화가 치밀었다.

"장안 갑부 장형이면 남인 통사로구나!"

대비는 뱉듯이 화를 내어 묻는다.

"그러하옵니다. 그리고 장씨의 어미는 윤언 윤통사의 딸이라 하옵니다."

"역시 남인 통사의 딸이로구나. 왕대비께서도 망령이시지 일부러 상감께 붙여 준 거나 다름없구나!"

조대비의 속을 짐작하는 젊은 대비는 딱하다는 듯 한숨을 쉰다. 그러나 아무리 상감의 어머니라 하나 이미 조정에까지 반포된 장숙원의 첩지를 어찌할 도리는 없었다. 다만 가슴속에 조대비에 대한 불평이 가득할 뿐이었다.

한편 중전의 어린 왕비 김씨는 장씨에게 숙원을 봉했다는 기별을 듣자 정신이 아뜩하면서 가슴이 뻐개지는 듯 아팠다. 왕비는 젊은 상감과 동갑인 신축생으로 올해 열일곱 살이었다. 대비전을 거쳐 나온 제조상궁에게 이 말을 듣자 중전은 바람이 일어날 듯 입을 꼭 봉하고 아무런 말도 없었다. 상궁이 나간 뒤에 왕비는 심복 나인 명화를 불렀다.

"명화야! 이게 어찌된 셈이냐. 이렇게도 빨리 내명부를 봉할 수가 있느냐."

명화는 간밤에 부용당으로 왕의 동정을 살피러 갔다가 녹빈과 왕한테 들켜서 바람같이 어둠 속으로 사라졌던 바로 그 시녀였다. 그들은 요사이 와서 왕의 거동이 하도 수상하니 은근히 조대비전을 주시했다가 부용당에서 공공연하게 하룻밤을 지내는 왕을 보자 가만히 동정을 살피기 위하여 부용당을 엿보다가 실패를 하고 돌아왔던 것이다.

"이 일을 장차 어찌하면 좋으냐."

어린 왕비는 가만히 한숨을 쉰다.

"마음이 아무리 괴로우시더라도 차차 내두를 보아 처리하셔야 할 것이옵니다. 막중하신 중전의 몸으로 겉으로 불평을 토로하실 수는 없사옵니다. 만약 마마께서 상감을 뵈옵고 무어라 한 말씀만 하신다면 이것은 곧 투기를 하신다 하여 오히려 불리할 것입니다. 그저 모른체 내버려 두옵소서."

"그러면 벙어리 냉가슴 앓듯 속으로만 앓고 있으란 말이냐?"
왕비는 조급한 성정을 참을 수 없었다.
"층층시하에 어떻게 하십니까. 참으셔야지 별수가 있습니까. 참으셨다가 앞으로 기회를 보아서 서서히 처리를 하셔야 할 것입니다."
명화의 말을 듣는 어린 왕비는 더욱 초조했다.
"우리 부모는 왜 나를 이런 대궐로 시집을 보냈단 말이냐. 부원군의 세도가 좋구 부귀영화가 탐이 나서 나를 이렇게 못 당할 짓을 당하게 만들었단 말이냐? 이런 때는 부모가 도리어 원망스럽구나!"
어린 왕비는 분함을 못 이겨 새가슴마냥 가슴만 벌룽거렸다.
"왕대비전에서는 나하고 무슨 철천의 원수가 계시어 당신의 시녀로 후궁을 삼아서 멀쩡한 사람의 복장을 찢게 하신단 말이냐. 참으로 괴상하고 야릇한 양반이로구나!"
"그것이 모두 다 정치적 수단이 아니십니까. 당신의 터전을 튼튼하게 만들어보자는 겝지요. 장녹빈은 조부원군댁 침모의 외손녀라 하옵니다. 말하자면 장씨가 혼자서 상총(上寵)을 독차지하는 날 당신의 친정이신 조부원군댁은 점점 더 세도가 당당하게 될 테니 이것을 바라고 장씨를 상감의 후궁이 되도록 만든 것이옵니다. 마마께서는 어서어서 왕자를 낳으셔서 세자를 책봉하도록 하셔야 할 것입니다."
"세상일이 맘대로 된다면 오늘날 이런 일도 생겨나지 않았을 것이다. 여하간 왕대비전하는 나하고 대천지원수다!"
중전은 왕대비한테 대담하게 원수 소리를 붙였다.
"중전마마! 너무 마음을 조급하게 잡숫지 마시옵소서. 예로부터 착한 사람의 일은 사필귀정이 되는 법이옵니다. 아까 대비전 궁녀들의 말을 들으니 대비마마께서도 전연 이 일을 모르셨다가 이제야 아시고 크게 노하셨다 합니다. 반드시 대비께서는 비마마를 동정하시고 알아주시리라 생각합니다. 조금도 불쾌한 빛을 옥안에 띠지 마시고 그저 천연하게 계신다면 대비께서 저절로 비전하의 편이 되시어 모든 일을 선처하시리라고 믿습니다. 천천히 시일을 기다리시옵소서.”

어린 중전은 그래도 시원치가 않았다.

“대비께서도 왕대비께서 하시는 일을 어찌하실 수가 있느냐. 그 어른도 나마냥 가슴만 답답하실 뿐이지 무슨 별수가 있겠느냐?”

“그러니까 하루 이틀에 되는 일이 아니옵니다. 서서히 기회를 보아 처치를 하실 일이옵니다. 다만 급한 것은 비전하께서 어서어서 태기가 계시어 옥동 같은 아기씨를 탄생하시는 일이 제일가는 상책이라 생각하옵니다.”

명화는 중전의 마음을 안돈시키려 노력한다.

“여태 없는 어린애가 언제 별안간 생겨지느냐. 하루 이틀의 일인 줄 아느냐?”

“그러기에 소녀가 말씀드리지 않았습니까. 초조하게 생각을 마시고 마음을 훨씬 펴시어 장래를 보시라는 것입니다. 그저 마음을 눅이시옵소서.”

왕비의 심복인 명화는 이렇게 비의 마음을 눅이기에 힘을 썼다.

일개 미미한 시녀로 일약 내명부인, 사품의 직위 숙원의 칭호를 받은 녹빈은 의기가 자못 양양했다. 남들은 10년, 20년을 가도 이 자리에 오르지 못하는 자리였다. 비록 왕의 은총을 모셨다 하나 왕자를 탄생하기 전에는 받기 어려운 지위였다. 이런 것을 녹빈은 하룻밤 왕을 모시어 부용당의 당호를 얻었고, 세 번째 모시는 밤에 왕을 달래서 숙원의 지위를 얻었다. 이제는 당당한 내명부가 되었으니 왕후도 그의 신분을 마음대로 처치할 수 없고 대비도 함부로 손을 댈 수 없었다. 상궁을 통하여 숙원의 첩지를 받는 녹빈은 생각이 주밀하고 행동이 민첩했다.

"상궁, 잠깐만 기다려 주시오. 막중한 교지를 받는 마당에 민머리와 초솔한 옷으로 받자올 길이 없습니다. 예복을 갖추고 받들도록 하겠습니다."

녹빈은 말을 마치자 시녀를 시켜 대례복을 입고 큰머리를 얹은 후에 부용당 대청에 주칠한 붉은 상을 놓고 두 번 절하면서 향을 살라 숙원의 첩지를 공손히 받았다. 녹빈은 교지를 받든 후에 또다시 상궁을 향하여 상감께 사은하는 것을 잊지 않았다.

"황은이 망극하옵니다."

고개를 나직이하여 속살거렸다. 대전에서 나온 상궁 이하 모든 궁녀들은 천하절색인 녹빈의 이 똑똑하고 영민한 태도에 모두들 혀를 차며 놀라지 않을 수 없었다. 제각기 마음속으로,

'참으로 예쁘고도 똑똑하구나!'

하고 감탄하지 않을 수 없었다.

녹빈은 숙원의 첩지를 고이 농장 속에 간직하자 친히 부용당 시녀를 동독(董督, 감시하며 독촉하고 격려함)하여 대전에서 나온 상궁과 나인들에게 미리 준비했던 진수성찬을 내어 대접하게 하고 그들이 돌아갈 때는 후한 행하를 내렸다. 장안 갑부 장통사의 딸이라 행하는 후하고 많았다. 상궁에게는 말굽 덩이가 내리고 궁녀들에게는 쇄은(碎銀)이 한 상자씩 내려졌다. 상궁과 궁녀들의 기쁨은 절정에 올랐다. 상궁과 궁녀들이 녹빈을 향하여 치하의 말을 아끼지 않으며 돌아갈 때 녹빈은 상궁에게 당부하기를 잊지 않았다.

"대전상궁께 부탁합니다. 이따가 대전과 왕대비전과 중전에 사은(謝恩)을 드리러 들어가야 하겠습니다. 아무 예절을 모르는 저올시다. 수고스러우시지만 상궁께서 또 한 번 오셔서 앞서 주셔야겠습니다."

부드러운 목소리로 당부하는 말에 상궁은 진정 감격하지 않을 수

없었다.

"오시쯤 오겠습니다. 모든 일을 끝까지 보아드리도록 하겠습니다. 안심하고 계시옵시오."

이렇게 하여 녹빈은 나인들의 인심을 샀다.

녹빈은 오시가 되자 상궁과 함께 대전과 왕대비전에 올라 사은숙배를 올렸다. 대례복에 큰머리로 숙배를 드리는 녹빈의 아름다운 태깔은 더한층 왕의 마음을 현란시켰다. 걸음걸이와 탯거리가 어느 한 곳 나무랄 데가 없었다. 젊은 왕은 벙글벙글 기쁨을 감추지 못하고 조대비는 손녀딸이 내명부가 된 듯 기뻐해서 칭찬이 놀라웠다.

"고것, 대례복을 입고 나니 후비의 자격이 완연히 있구나!"

대전과 왕대비전에서 극구 칭찬을 받은 녹빈이 대비전과 중전에 들렀을 때 주위의 공기는 전혀 딴판이었다.

"새로이 내명부의 첩지를 받은 숙원 장씨 현신이오."

대전상궁이 녹빈을 인도하여 대비전에 올라 거래를 드렸을 때 대비는 거래를 받은 뒤에도 한동안이나 녹빈을 대청마루 끝에 세워 두게 했다. 일부러 얼른 들라는 허락을 내리지 아니했다. 대비는 시할머니 뻘 되는 왕대비전의 시녀로서 당신의 아들인 왕의 총행을 입게 된 녹빈을 탐탁지 않게 생각했던 것이다. 더구나 친정이 한당인 대비는 남인에 가까운 조대비와 녹빈이 왕의 총행을 입는 것을 괜치 않게 생각하는 것이었다.

"새로이 내명부의 첩지를 받은 숙원 장씨 현신이오."

궁녀가 세 번째 아뢴 뒤에야 겨우 대비는,

"들라 해라."

하는 허락을 내렸다. 녹빈은 벌써 대비가 괜치 않게 여기는 눈치를 빤히 알아차렸다. 무슨 까닭에 왕비의 처지와도 다른 대비가 자기를 이같이 괜치 않게 생각하는지도 녹빈은 잘 알고 있었다. 그러나 녹빈은 조금도 사색을 얼굴에 나타내지 아니했다. 얼굴빛은 더욱더 온화하고 부드러워서 봄바람이 이는 듯 미소를 띄었다. 대전상궁의 인도로 대비께 두 번 큰절을 올렸을 때 대비는 고즈넉이 녹빈의 태도를 바라보고 있다.

진실로 겉으로 보기에는 유한하고 정숙한 요조숙녀였다. 한 곳 나무랄 데 없는 아름다운 미인이었다. 그러나 대비의 눈에는 이것이 모두 다 만들어서 하는 것으로만 생각됐다. 며느리가 미우면 발뒤꿈치마저도 미운 것이었다.

"몇 살이냐?"

큰절을 받은 뒤 대비는 오래간만에 겨우 한마디를 물을 뿐이었다.

"열아홉 살이옵니다."

녹빈은 고개를 다소곳 수그린 채 겨우 한마디를 대답할 뿐이었다. 목소리는 곱고도 온화했다. 그러나 대비의 귀에는 목소리조차 꾸며서 대답하는 것처럼 들렸다.

"물러가거라."

이윽고 대비는 한마디를 차갑게 떨어뜨리고 녹빈에게 물러갈 것을 요구했다. 대전상궁이 도리어 얼굴에 모닥불을 끼얹은 듯 홧홧할 지경이었다. 그러나 녹빈은 더욱 부드러운 화기를 띠고 미소를 풍기면서 큰절을 다시 올린 후에 고요히 뒷걸음질을 쳐 공손히 장지문 밖으로 물러나갔다. 대비는 녹빈이 물러간 후에,

"큰굿 해먹을 년이로구나! 어쩌면 얼굴빛을 맘대로 저렇게 지어갖느냐."

하고 대비전 시녀가 듣는 데서 혼잣말을 했다. 이 소리는 단통 대비전 나인을 통하여 대전상궁에게로 옮아지고 대전상궁을 통하여 다시 녹빈의 귀로 들어갔다. 그러나 녹빈은 여전히 사색을 보이지 않고 방싯방싯 웃으며 듣고만 있었다. 녹빈이 다시 중전으로 현신을 들어갔

을 때 철없는 왕비 김씨는 한낮이 겨워서 저녁때가 되도록 절을 받지 않았다. 그러나 녹빈은 까딱하지 않고 미소를 띠며 기다리고 있었다. 대전상궁은 갑갑하고 무료해서 다리에 쥐가 오를 지경이었다. 그러나 녹빈은 여유가 작작한 태도로 고요히 기다리고만 있었다.

등촉방 나인이 사롱(紗籠)에 불을 켜서 전각에 걸었다. 그러나 중전인 젊은 왕비는 녹빈을 들라 하지 아니했다. 중전 나인들이 도리어 초조할 지경이었다. 체면이 있는데 녹빈을 그냥 돌려보낼 수는 없었다.

"곤전마마, 아무리 마땅치 않으시더라도 잠깐 대면은 하셔야 합니다."

시녀들은 틈을 타서 중전을 간했다. 그러나 중전은,

"그깟 년을 내가 왜 본단 말이냐."

팩 토라져서 내뱉듯 대답했다.

"그래도 그렇지 않습니다. 왕후의 체통이 계십니다. 체면 소시리에 그대로 돌려보낼 수는 없습니다."

낫살 먹은 상궁들이 중전을 옹위하고 타이르듯 달랬다. 그러나 왕비는 응하지 아니했다. 완전히 밤이 어두운 후에야 왕비는 겨우 녹빈의 현신할 것을 허락했다. 온종일 허비해서 녹빈은 비로소 승리를 얻었다. 녹빈은 대비께 대하듯 추호도 얼굴에 사색을 나타내지 않고 미소를 풍겨 공손히 큰절을 두 번 올렸다. 그리고 이내 곱게 눈을 떠서 왕비의 얼굴을 바라본다. 절을 앉아 받는 왕비의 얼굴엔 아직도 질투와 노기가 풀리지 아니했다.

안절부절 못하는 왕비의 태도가 눈앞에 선연히 드러난다. 왕비의 얼굴은 아름답지 못했다. 깐깐한 얼굴엔 차갑게 살기가 가득했다. 녹빈은 승리의 쾌감을 느낀 채 왕비 앞에 두 번 절을 올리고 고요히 물러나왔다. 녹빈의 입가에는 여전히 미소가 떠올랐다. 함께 갔던 대전

상궁은 또 한 번 혀를 둘러 녹빈을 칭찬하지 않을 수 없었다. 밤늦게 부용당으로 돌아왔을 때,

"참으로 숙원께서는 참을성도 많으십니다. 여자란 그렇게 참을성이 많아야 하는 겝니다."

대전상궁은 이렇게 녹빈을 찬양했다. 그러나 녹빈은 여전히 미소로써 대답할 뿐 아니라 대전상궁에게 후한 은자를 주었다. 온종일 수고한 것을 사례하는 뜻이었다. 녹빈에 대한 칭찬이 왕이 있는 대전과 조대비가 거처하는 왕대비전에 자자했다.

그러나 왕비의 처소인 중전과 왕의 어마마마 대비전에서는 녹빈을 똑똑하다고 생각하는 나인들도 감히 입을 벌려 칭찬하는 말은 내놓지 못했다. 녹빈은 친정에서 들여오는 은자와 비단과 피륙을 아끼지 않고 각전 궁인에게 나눠 주었다. 녹빈의 칭찬은 점점 더 궁녀들 사이에 높아 갔다.

왕은 녹빈에게 숙원의 첩지를 내린 후 정식으로 부용당에 침소를 날마다 가졌다. 왕의 녹빈에게 대한 애정은 절정에 올랐다. 왕은 하룻밤이라도 부용당 이외의 다른 처소에서 침소를 가지려 하지 아니했다.

녹빈은 슬기롭고 총명 영리했다. 자기의 지위를 오래 유지하자면 왕의 사랑을 독점하는 것이 초기에 있어 도리어 불리할 것을 잘 알고 있었다. 녹빈은 기회만 있으면 또다시 왕을 달랬다.

"상감마마, 내일 밤엔 중전에 침소를 갖도록 하옵소서. 매일 밤 부용당으로 임어하시면 소녀는 몸둘 곳이 없사옵니다. 먼저 정궁(正宮)을 사랑하신 후에 소녀를 사랑하여 주옵소서. 이리하여 주셔야만 소녀는 마음이 편하와 오래오래 상감을 모시오리다."

정성껏 애원하는 녹빈의 말에 왕은 더욱 감동이 되었다. 지난번에는 왕비가 궁녀를 시켜 부용당을 엿본 것을 발설하여 꾸짖지 말라 탄

원하였고 이번에는 왕비와 함께 고루고루 사랑의 은총을 나누어 받
겠다고 자원해 말하니 이런 어진 사람이 세상에 또 있을 수 없었다.
왕의 마음은 더욱 감동이 되었다.

"너의 청을 들어 내일은 중전에서 쉬도록 하마."

젊은 상감은 쾌하게 허락을 내렸다. 이튿날 왕은 중전에 영을 내
렸다.

"오늘 밤엔 중전에 보진을 차리게 하라."

어명을 받은 중전 나인들은 동편에서 해가 뜨지 않고 서편에서 해
가 뜨는 듯 느꼈다. 신기하고 기쁘지 않을 수 없었다.

"대전마마께서 오늘 밤 침소를 중전에 보진하라 하시옵니다."

시녀들은 자기에게 은총이 내리듯 기쁘고 좋아서 중전마마께 속삭
였다.

부용당으로만 내리던 왕의 은총이 정궁으로 다시 내려지니 그들은
기쁘지 않을 수 없었다. 더욱이 왕비의 심복 나인 명화는 기쁨이 절
정에 올랐다. 초저녁도 되기 전에 액정(掖庭, 왕명의 전달 및 궁궐 관리
를 맡아보던 관아)들을 시켜서 뜰과 마당에 황토와 물을 뿌려 소제하
고 시녀들을 동원시켜서 서온돌과 전각 대청을 깨끗이 치웠다. 처마
끝에는 황사초롱을 달아 밝히고, 월대 앞 청동사자 향로에는 향을 살
라 전각의 기운을 밝혔다. 서온돌 넓은 벽에는 열 두 폭 화려한 백자
동 수병풍을 둘러치고 난간을 아로새겨 꾸며 놓은 화류쌍평상 위에
는 강화 화문석을 깐 후에 다시 왕과 왕비의 원앙금침 잣베개를 나란
히 깔아 놓았다. 와룡촉대에는 금박(金箔)을 뿌려 놓은 대홍촉(大紅
燭)에 등심이 벌룽 서리면서 은은히 화선(火扇) 그림자가 던져지고,
다시 분홍빛 장막이 드리워진 방 안엔 나른한 향연이 사람의 신혼을
표탕케 했다. 바로 몇 해 전 대혼 때 신방을 치르던 그 방의 정경과
흡사했다.

　왕비의 심복 시녀 명화는 이같이 보진을 마친 후에 왕비께 향하여 가만히 소곤거렸다.

　"소녀는 오늘 밤 자지 않고 후원에 나아가 천상(天上)에 기도를 올리겠사옵니다. 그저 비마마께 오늘 저녁으로 옥동자를 점지해 주십사 하고요. 오직 이 길만이 종묘와 사직을 위하는 백년대계이옵고 숙원 장씨한테서 상감의 애정을 앗아 오는 길이라 생각합니다."

　명화는 이렇게 왕비의 귀에 소곤거렸다. 얼음같이 차가운 왕비 김씨건만 심복인 명화의 옥동자를 점지하라는 말과 오래간만에 왕이 자기와 침소를 같이하겠다는 사실은 마음에 싫지 않은 일이었다.

　"기도를 드린다고 없는 아기가 별안간 점지되느냐?"

　비는 고요히 미소를 띠어 가볍게 대답한다. 밤이 이슥해서 무예청들의 시위(侍衛) 소리가 나면서 젊은 왕의 옥교가 과연 중전 대청 앞에 채를 대었다. 명화를 위시한 중전 시녀들은 시위 소리를 듣자 뜰에 내려 부복해 엎드리고 중전은 의상을 단정히 매만진 후에 대청마루까지 나가서 젊은 왕을 맞이했다. 옥교에서 내리는 왕은 상궁들의 부액(扶腋, 곁부축)을 받고 연에서 내려 고즈넉이 왕비를 바라본다. 오래간만에 임하는 전하라 비마마는 반가우면서 부끄러웠다. 마치 처음으로 남성을 맞는 듯 수줍었다. 고개를 약간 숙인 채 말없이 미소를 띄우며 대청 앞에서 고요히 전하를 맞아들인다. 젊은 왕은 이 수줍어하는 비의 모습을 바라볼 때 도리어 일취(一趣)가 있다 생각했다.

　중전시녀들은 오래간만에 임어하신 왕을 위하여 갖은 정성을 다하여 밤참을 올렸다. 산해진미가 밤참상에 가득한 것은 말할 것도 없고 왕과 비마마의 의초가 다시 화합해질 것을 축복하는 뜻으로 왕과 비마마 앞에 옥잔 가득히 합환주를 부어 올렸다. 비의 심복 시녀 명화는 첫날밤의 수모나 된 듯 마음이 기뻐서 종달새마냥 재잘거린다.

"상감마마, 합환주올시다. 젓수시다가 비마마께 잔을 넘기시옵소서. 두 분께옵서는 천장지구(天長地久) 만수무강하오실 뿐 아니라 옥동 같은 원자 아기씨를 하루바삐 점지하시어 국본(國本)을 튼튼케 하여 주옵소서. 만백성의 원이옵니다."

왕은 궁녀 명화의 공손한 축원이 듣기 싫지는 않았다. 잔에 가득히 부은 합환주를 반나마 마시다가 슬쩍 왕비한테로 전한다.

"이 술은 합환주라오. 명화의 지극한 정성이니 어처(御妻)도 한 모금 마시고 원자를 점지하도록 하오, 하하하."

왕은 마음이 훤칠했다. 비는 아직도 부끄럼이 가시지 않는 모양이었다. 얼른 손을 내밀어 합환주를 받지 못한다.

"마마, 어서 받으시옵소서. 술이 아니라 약이옵니다. 이 술을 받으셔야 원자 아기씨를 점지하시옵니다."

비마마는 그래도 수줍어서 얼른 잔을 받지 못한다. 왕은 유쾌했다. 이내 어수에 잡혀진 잔을 비의 입술에 대어 준다. 비는 하는수없이 더 사양할 길이 없어서 왕이 친히 입술에 대어 주는 합환주를 모금지어 마셨다.

"그저 오늘 밤으로 원자 아기씨를 점지하옵소서."

궁녀 명화는 기뻐서 눈물까지 글썽거리며 이렇게 축원을 올렸다. 한 가닥 화한 바람이 중전 안에 감돌았다. 밤이 이슥해서 밤참 수라가 물려지고 궁녀 명화는 침소를 다시 한 번 보살핀 후에 비마마께 조용히 귀에 대고 소곤거린다.

"그럼 소녀는 후원으로 들어가서 정화수를 하늘에 올리고 이 밤으로 옥동자를 점지합시사고 기도를 올리겠사옵니다."

비마마는 미소로써 점두할 뿐이다. 청사초롱의 등불이 내려지고 와룡촉대의 등심마저 낮아졌다. 향로엔 향연이 스러지고 밤빛은 고요히 검은 공단을 편 듯 짙어졌다. 왕은 어수를 늘여 비의 옥수를 이

끌고 원앙침을 같이하여 자리에 들었다.

왕은 오래간만에 비의 옥체를 애무해 본다. 비는 흥분이 되지 않을 수 없었다. 눈이 점점 보숭보숭해지면서 아무리 잠을 청하려 하나 잠을 이룰 수가 없었다. 비의 머리에는 숙원 장씨의 일이 머리에 가득 실려 있었다. 왕의 끊임없는 손길이 비의 등과 허리로 도마뱀마냥 꿈틀거릴 때마다 비의 등판엔 오싹 소름이 끼쳐지고 징그러움을 느낀다.

'이 손이, 이 도마뱀 같은 이 손길이 밤마다 밤마다 숙원 장씨의 등과 허리와 다리를 어루만져 주었던 그 손길이로구나!'
하고 생각하자 비는 오싹 징그러운 혐오감을 느끼지 않을 수 없었다.

비의 생각이 여기까지 미쳤을 때 지금 자기 몸에 닿아지는 왕의 손길이 쾌하고 즐거운 감각을 주는 것보다도 추잡스럽고 누리고 비린, 더러운 물건이 닿아지는 듯한 감각만을 일으킨다. 숙원 장씨의 아름다운 얼굴이 눈에 또 한 번 쨍하게 떠오른다. 비는 오싹 몸을 들어 오그렸다. 아까까지도 비 자신이 이런 감정에 빠지리라고는 상상조차 해보지 못했던 일이었다.

푸른 강물에 시원하게 띄워진 원포귀범(遠浦歸帆)은 바람과 물이 배를 받아주어야만 돛대를 배불리 순풍에 띄우고 힘차게 흘러 갈 수가 있는 것이다. 바람과 물이 배를 받아 주지 않는다면 배는 넘치는 푸른 물 위로 행복하게 달릴 수가 없는 것이다. 남녀의 사랑도 그러했다. 사랑을 요구하고 사랑을 호소하는 애(愛)의 표현이 한편에서 행동으로 일어났을 때 상대편인 사랑의 대상자도 몸을 느긋이 펴고 마음으로 사랑을 받아들여서 마음과 몸이 한데 어우러져서 부르는 사랑에 대답해야 두 개의 사랑이 비로소 백열된 불길을 뿜으면서 한 덩어리 혼융된 극치를 이루는 것이다.

그러나 비는 불행하게도 사랑의 원리를 몰랐다. 자기 자신의 감정으로만 사랑을 발효(醱酵)시키려 했다. 사랑하는 상대편 사람의 감정을 생각해 볼 여유를 갖지 못한 채 자기의 감정으로만 사랑을 독점하려 했다. 젊은 왕의 손길에도 감각은 예민하게 살아 있었다. 애무의 손길이 비의 옥체에 닿아졌을 때 비의 옥체는 환희보다는 혐오를 느끼듯 옴츠러들었다.

  젊은 왕은 비가 오래간만에 당하는 일이라 수줍어서 하는 태도라 인정했다. 다음부터는 몸과 마음이 펴지려니 하고 생각했다. 그러나 갈수록 비의 옥체는 피하면서 오그라들었다. 애무의 도수가 더해질수록 피하는 도수가 더한층 심해졌다. 젊은 왕은 고즈넉이 실망을 느끼지 않을 수 없었다. 왕의 머리에 궁인 장씨 녹빈의 자태가 떠올랐다. 궁인 장씨의 눈빛같이 허여멀건 육체와 유방이 떠올랐다. 자기의 사랑을 요구하는 애무의 손길이 허연 설부에 닿아졌을 때 설부 흰 살은 탄력 있는 백사(白蛇)와 같았다. 희디흰 백사가 푸른 잔디에서 헤엄을 치듯 왕의 육체에서 헤엄질을 쳤다. 꿈틀꿈틀 자지러지는 듯한 감각을 느끼게 하면서 애정의 극도에 소용돌이쳐 올랐다. 자(尺)만한 애정의 손길이 닿았을 때 녹빈은 길(丈)만한 육체의 사랑을 뿜었다. 여기에 견주어 왕비의 행동을 비춰 볼 때 왕은 삭연(索然)히 흥미를 잃어 마음이 쓸쓸했다. 왕은 팔만 수고롭다고 느꼈다. 이내 손을 거두어 이불 위에 놓았다. 이제는 왕이 도리어 피로를 느꼈다. 어느덧 밤은 깊었다. 어원에서는 학두루미가 짝을 불러 울음 소리가 구슬펐다. 왕이 무료하여 잠을 청하려 할 때 돌연 비가 왕에게 물었다.

  "오늘 저녁은 왜 부용당 장씨의 처소로 가지 아니하시고 이곳으로 오셨습니까?"

  비의 웃음은 차갑고 가시가 돋쳤다. 왕은 직감적으로 느꼈다. 장녹빈은 너그러운 여자요, 비는 소견이 좁은 사람이라 생각했다. 비가 투기를 하는구나 생각했다.

"사실은 장숙원이 비마마를 자주 찾으라 해서 오늘 중전을 찾은 것이오. 숙원 장씨는 참으로 본받을 만한 계집입니다."

왕은 솔직하게 대답해 버렸다.

'숙원 장씨는 본받을 만한 계집입니다.'

왕의 한마디 말에 비마마는 빨끈 신경이 소스라쳐 날카로와졌다.

"대왕전하께서는 일개 궁녀의 명령에 복종을 하시는 가엾은 존재십니까? 아니꼬운 년이옵니다. 제가 무어길래 막중하옵신 왕상전하를 감히 이래라 저래라 명령을 합니까. 고이한 년이옵니다."

비마마는 분함을 참지 못하는 듯 날카롭게 내뱉어 포달스런 음성을 내었다. 비의 온몸이 금침 속에서 바르르 떨렸다. 어둠 속이라 비의 표정은 보이지 아니했으나 눈썹이 찡그려지고 얼굴에 살기가 등등할 것이 분명했다.

"일개 궁녀의 말에 복종하는 것이 아니라 그저 그애의 마음이 착하다는 것뿐이지 별다른 뜻이 있는 것은 아니거든."

전하는 슬쩍 농쳐서 너그럽게 대답한다. 그러나 마음 한 귀퉁이가 무너지는듯 서운할 수밖에 없었다.

"저는 당당한 정궁인 왕비입니다. 대왕전하의 신임을 받지는 못할지언정 일개 천한 궁녀의 착한 마음에서 일어난 턱찌끼 은총은 받고 싶지 않습니다. 아무려나 걸뱅이 신세는 되지 않겠습니다."

말을 마치자 비는 왈칵 몸을 틀어 전하의 몸을 등져서 돌아눕는다.

물이 흘러야 배가 온다는 말이 있다. 정은 흘렀건만 사랑은 영영 돌아오지 않는다. 왕은 더욱 흥이 떨어졌다.

뭐라 말 한마디 더 할까말까 하다가 젊은 왕인지라 부아를 터뜨렸다.

"왕비라는 것은 일국의 국모요. 국모는 국모다웁게 체통을 차려야 하오. 중전은 사사건건이 체통을 못 지킨단 말요. 지난번에 중전이 부용당에 시비를 보내서 한밤중에 나의 동정을 살핀 일도 나는 다 잘 알고 있소. 그렇지만 나는 참고서 말을 아니 했던 것이오. 그 꼴이 무엇이오. 상사람의 행동도 아니고 도대체 그 꼴이 무엇이란 말야. 나는 그 이튿날로 당장 곧 중전 시녀를 수색해서 크나큰 거조를 하리라 생각했으나 역시 숙원 장씨가 간하고 매달리는 바람에 아직까지 모른체하고 덮어두었던 것이오. 그 해거한 꼴이란 참으로 입 밖에 말을 낼 수가 없었소. 중전도 앞으로는 투기를 그치고 왕비다웁게 체통을 좀 차리란 말요."

젊은 왕은 마침내 분노를 터뜨렸다. 비마마는 급소를 찔렸다. 자기가 시킨 일이 아니라 시녀 명화가 자기의 일을 걱정하여 의젓잖은 일을 한 것이지만 뒤집어씌운다면 책임은 자기에게 있는 것이다. 비는 잠자코 시인할 수밖에 없었지만,

"억울하옵니다. 모해를 붙이는 말이옵니다. 소비는 아는 바 없사옵니다."

하고 강하게 사실을 부정했다. 젊은 왕의 진노는 더욱 더했다.

"내 눈으로 똑똑히 본 것을……!"

마침내 왕은 큰소리를 질렀다.

"다른 전의 시녀인가보옵니다. 중전에서는 그런 일이 없었사옵니다."

비는 마침내 울음을 터뜨린다. 왕은 더욱 혐오의 정을 느꼈다. 녹빈과 비를 견주어 볼 때 진실로 천양의 차이가 있다고 더 한 번 녹빈을 생각하는 마음이 간절했다. 왕의 감정은 마침내 비를 등져서 누울 수밖에 없었다. 시녀 명화의 원자를 점지해 줍시사 하는 정성스런 축원은 그대로 물거품으로 돌아가 버리고 말았다.

이 뒤로부터 젊은 왕의 옥가는 영영 중전에 들지 아니했다. 젊은 왕의 온 생활과 정신은 완전히 녹빈인 숙원 장씨에게로만 기울어졌

다. 왕과 왕비가 정식으로 자리를 같이하지 아니하면 아니 될 공적인 의식 이외에는 왕과 왕비는 얼굴을 대할 기회가 없었다. 왕의 옥가는 밤마다 부용당으로만 들었다.

이 소문은 왕대비와 대비전에까지 들어갔다. 왕대비는 소리 없이 미소를 지어 웃고, 대비는 마음속으로 큰일이라 생각하면서 어떡하면 이 일을 바로잡을 것인가 하고 마음속으로 궁리가 대단했다.

숙원 장씨는 대왕이 부용당으로 침소를 차릴 때마다 내심으로는 무한히 기쁘고 좋았으나 겉으로는 조금도 사색을 드러내지 않고 더욱더 공손하고 겸손하게 몸을 가졌다. 젊은 왕이 중전에서 겨우 하룻밤을 지낸 다음날 밤에 다시 부용당에 시위 소리가 들렸을 때 녹빈은 깜짝 소스라쳐 놀라면서 청마루에 내려 어전에 부복했다. 깜짝 놀라는 녹빈의 태도는 옆에 있는 심복 시녀들도 속아 넘어갈 만큼 태도가 진실하고 표현이 자연스러웠다. 월대에 부복해서 전하를 맞아들인 녹빈은 전하가 시녀에게 옹위되어 부액을 받고 방으로 들어서자,

"오늘 밤에도 꼭 중전으로 침소를 듭실 줄 알았사온데……."

녹빈은 놀라는 듯 아리따운 표정을 지었다.

젊은 왕은 이 고혹적인 녹빈의 표정에 마음과 혼이 녹는 듯했다.

"전하, 오래간만에 중전을 찾으셨으니 적어도 사흘 밤은 지내셔야 하지 않습니까. 중전의 시녀들이 오죽이나 서운해 하겠습니까. 무정도 하십니다."

치맛자락을 훕싸 안고 고요히 아뢰는 녹빈의 모습은 볼수록 그윽한 태도를 가진 요조숙녀의 자세였다. 가만한 바람이 전각을 감돌았다. 녹빈의 의상에서 일어나는 그윽한 향내음이 젊은 상감의 코를 엄습했다. 왕은 자기의 몸이 연화세계(蓮花世界)에 든 것 같다고 느꼈다. 간밤에 중전에서 당했던 모든 일과 비교해 볼 때 부용당 녹빈의 처소는 이승의 극락이 아닐 수 없었다.

녹빈은 다시 왕의 의대를 받들어 끌렀다. 시녀들이 편복을 올리고 의대함을 받들어 물러난 뒤 왕이 유연히 안석에 기대어 모든 마음의 번뇌를 풀고 있을 때, 녹빈은 손수 인삼차를 받들어 어전에 권했다.

"글쎄 며칠 밤만 더 듭시지 어쩌자구 곧바로 소녀의 부용당으로 듭셨습니까. 남들이 보면 웃습니다. 전하께서 소녀에게 고혹되셨다구……."

녹빈은 차를 받들어 권하면서 남이 할 말을 자기가 속삭인다. 젊은 왕은 천천히 인삼차를 마시면서 녹빈과 함께 있는 때만이 가장 행복스럽다고 느낀다.

"모든 것은 나한테 맡겨 두려마."

"소녀가 전총(專寵)을 한다고 비웃을까 저어합니다."

녹빈은 또다시 겸손하는 듯 속삭인다. 부용당에는 이렇게 해서 봄바람이 훈훈히 불었다. 녹빈은 이렇게 해서 점점 더 현숙한 숙원이 되고 중전 김씨는 마음 좁고 시샘 많은 여인이 되어 버렸다. 중전 김씨는 마침내 벙어리 냉가슴을 앓아 병이 들고 말았다.

호색유죄(好色有罪)

녹빈의 총행이 삼천궁녀를 무색케 하고 중전인 왕비가 공규(空閨, 오랫동안 남편이 없이 아내 혼자서 사는 방)를 지키다 병이 들었다는 것은 보통 일이 아니었다. 더구나 녹빈이 대왕대비 조씨의 친정에서 데려온 사람이요, 당색(黨色)이 남인에 가깝다는 사실은 서인 편의 노론이나 한당측으로 본다면 기막히고 커다란 사건이었다.

녹빈의 총행이 후궁에 제일가고 상감의 신용을 더욱 얻어 녹빈의 말이 장차 정계(政界)에까지 세력을 뻗게 된다면 이 나라의 정치는 남인의 일색으로 몇십 년을 뻗어 갈지 몰랐다.

그러잖아도 서인은 지금 남인한테 밀려서 몰락과정에 있는 것이었다. 서인 중에 가장 드세고 꿋꿋하고 제자가 많고 명망이 일세를 진동하는 우암 송시열은 효종대왕이 승하하신 뒤에 왕대비가 아드님의 거상을 입는 데 적자(嫡子)상인 삼년거상을 입지 말고 서자(庶子)상인 기년복(基年服)을 입는 것이 옳다는 예론(禮論)을 주장한 탓으로 왕통(王統)을 무시하고 임금을 서자로 대접하는 배은망덕한 무군(無君)의 행동을 취하였다 하여 남인들의 영수 허목(許穆), 윤전(尹愌), 윤선도(尹善道), 허적(許積) 등의 총공격을 받아서 벼슬이 떨어져 먼 시골로 귀양을 가고, 남인이 차차 집권을 해서 지금 허적이 영의정이 되어 남인의 천지가 되기 시작했던 것이다.

　여기에 한당인 김석주(金錫胄)는 상감의 어머니인 명성왕후 김씨의 동생으로서 본디 서인이었으나 송시열의 세력이 높아 감을 은근히 걱정하여 남인과 함께 손을 잡아 송시열의 노론 일당을 몰아내는 데 한 팔 힘을 뻗쳤던 것이다. 그러나 조정이 슬며시 남인의 천지가 되고 보니 한당은 또다시 남인을 몰아내지 아니하면 자기의 세력을 부지하기 어려운 것을 깨달았다. 대비의 오라비요 청풍부원군의 아들인 김석주는 고요히 궁중과 정원(政院)의 모든 형세를 관망하면서 어떻게 하면 남인의 세력을 꺾어 버릴 것인가 궁리하고 있었다.

　이때 궁중 왕실의 계보는 인조대왕의 큰아들로 소현세자가 있었으나 일찍 죽어서 둘째 아들 효종대왕이 왕통을 이었고 다음에는 인평대군, 그다음에는 서자로 숭선군이 있었다. 인평대군과 숭선군은 효종대왕과 형제간이었다. 효종대왕은 현종을 낳아 왕통을 잇게 하였고, 인평대군은 복창군 정(福昌君 楨), 복선군 염(福善君 柟), 복평군 인(福平君 㮂)을 두고, 숭선군은 동평군 항(東平君 杭)을 두었으니 이들하고는 현종대왕은 사촌간의 지친이 되는 것이요, 지금의 임금 숙종과는 오촌 숙질간이 되는 지친들이었다.

　효종대왕이 아우인 인평대군을 지극히 사랑하고 그의 아들들인 조카 복창군 삼형제를 기출(己出)과 같이 귀애해서 이들은 어렸을 때부터 궁중에 무상출입을 했고, 효종이 돌아간 후 현종이 즉위한 뒤에도 그들은 왕전하의 사촌이 되고 보니 현종이 아버지의 뒤를 받아 그들을 친형제처럼 대우했을 뿐 아니라 위에는 인조비인 대왕대비 조씨가 계시니 그들에게는 친할머니가 되고 효종비 인선왕후 장씨(仁宣王后張氏)는 큰어머니가 되고 현종비 명성왕후 김씨는 사촌형수가 되니 그들은 궁중 지밀에 날마다 무상출입을 하게 되었다.

　복창군 삼형제는 한창 나이가 젊었다. 모두 다 삼십대, 이십대의 왕손이요 공자였다. 보통 재상가의 아들이라도 아버지가 정승판서요

아들이 장원급제를 하여 금마(金馬) 옥당(玉堂)의 출신이 되면 사람마다 우러러보는 세월인데, 복창군 삼형제는 인조대왕의 손자요, 효종대왕의 조카요, 현종대왕의 사촌이요, 금상전하의 오촌이 되고 보니 조선 천지에서는 제일가는 지체요, 인조 이후 사대째 내려오는 금지옥엽의 왕족이라 허여멀겋도록 미끈하고 잘생겨서 신언서판이 한 곳도 나무랄 데가 없으니 온 세상이 추앙을 하고 보는 사람마다 부러워하지 않는 사람이 없었다.

여기에다 복창군 삼형제는 사촌형님인 현종대왕의 신임과 사랑을 받아서 번갈아 가며 청국황제한테 문안을 하러 가는 춘신사(春信使)·사은사(謝恩使)·동지사(冬至使)의 상사(上使)가 되어 중국으로 드나드니 그들은 외국의 문물을 듣고 보아 견문도 넓어졌거니와 의기도 자못 헌앙했다.

이럴 때마다 현종대왕은 친히 지밀 안에 곡연(曲宴)을 베풀어 사촌들과 함께 연회를 해서 즐기면서 대왕대비와 대비를 모시어 중국의 풍속을 듣고 중국의 문화를 이야기했다.

복창군 형제는 아버지 인평대군의 풍모를 닮아서 술도 잘 마시고 거문고도 잘 뜯었다. 장안 명기들이 그들을 함빡 사모하는 대상이 되었거니와 궁중 지밀에 있는 각전의 궁녀들도 복창군 형제들의 풍채에 모두들 추파를 흘려서 신혼이 표탕하지 않은 여자가 없었다.

더구나 왕궁 지밀 안에는 삼천이나 되는 묘령의 궁녀들이 있기 때문에 남성은 일체 금물이었다. 다만 있다는 것은 고환이 없는 내시가 있을 뿐이었다. 삼천궁녀는 임금과 왕비의 시녀라 임금 이외에는 궁녀들에게 손을 댈 수 없는 것이었다. 그러므로 궁중의 풍속을 어지럽지 않게 하기 위하여 남자라는 명색은 고환 없는 내시만을 두었던 것이다. 그러나 임금이 삼천궁녀를 다 가까이하고 사랑할 수는 없었다. 여기서 가장 자색이 뛰어나고 행복된 운명을 가진 여자 몇 사람만이 겨우 상감의 은총을 입게 되는 것이다. 이러므로 은총을 받을 수 없는 수많은 묘령의 여성들은 공연히 공규를 지켜 한평생을 헛되이 늙어 버리는 것이 궁녀들의 기박한 팔자였다.

이렇듯 내시만 바라보고 적막한 궁전을 지키는 수많은 각전의 궁녀들은 복창군 삼형제와 동평군이 궐 안으로 들어올 때마다 얼을 잃고 바라보지 않을 수 없었다. 각전의 궁녀들은 모두들 사춘기에 든 묘령의 여자였다. 범상한 남자를 바라보아도 공연히 마음이 설렐 판인데 삼십대, 이십대의 화사하고 젊고 씩씩한 복창군, 복선군, 복평군, 동평군이 대궐 안으로 들어오게 되면 적막한 전각에 봄바람이 훈훈하게 불어 세 개나 네 개의 태양이 일시에 환히 비치는 듯했다. 젊은 남성이 묘령의 여자를 대하면 꽃과 달로만 보이듯이 묘령의 여자가 젊은 남성을 대한다는 것은 마치 응달에서 양달을 만난 듯 눈이 부시도록 환해서 광명과 기쁨을 느끼는 것이었다. 인간의 낙이란 남녀의 애정과 쾌락을 떠나서 또다시 다른 것이 없는 것이었다.

복창군 삼형제는 그래도 야심 없는 귀공자였다. 할아버지가 인조대왕이요, 아버지가 임금의 아들인 인평대군이요, 큰아버지가 효종대왕이요, 사촌이 현종대왕이요, 조카가 금상(今上)전하였다. 지체가 조선 천지에 더할 나위가 없는 공자 왕손이었다. 들면 고래등 같은 기와집에 금의옥식(錦衣玉食)에 싸여 있고, 나면 추종(騶從)이 수백 명에 영을 내리면 막힐 것이 없었다. 임금은 구중궁궐에 깊이 있어 마음대로 외계에 접촉할 수가 없으나 이들 삼형제는 거리낄 것이 없었다.

산을 찾고 싶으면 청산에 나귀를 몰 수 있고 물을 찾고 싶으면 녹수에 배를 띄워 즐길 수가 있었다. 여염(閭閻)에 마음대로 출입하여 재상가를 심방하니 세상 인심의 귀추를 알 수 있고 임금의 신임을 받아 북경(北京)으로 자주 왕래하니 천하의 정세와 문물의 번화함을 깨달을 수가 있었다.

　효종 이후로 나라의 왕실은 고단했다. 효종대왕은 아드님 현종 단 하나를 두고 돌아갔고 현종대왕 역시 어린 아드님 숙종 단 하나를 두고 일찍이 세상을 떠났다. 이런 데다 숙종이 자랄 때 몸이 허약하고 병이 잦으니 조정에 세도를 잡은 대신들은 말은 아니 했으나 은근히 복창군 삼형제를 유심하게 바라다보았고, 그들의 사촌형수인 현종비 김씨는 그의 어린 아들 숙종의 장래를 위하여 혹여나 무슨 일이 있을까 하여 색안경을 쓰고 조심조심 복창군 형제들의 행동을 바라보았다. 왕실은 고단하고 종실은 번창한 까닭이었다. 이것은 현종비 김씨만이 복창군 삼형제를 색안경을 쓰고 보는 것이 아니라, 한당인 그의 친정아버지 청풍부원군 김우명도 같은 생각을 했고 대비의 오라비 병조판서 김석주도 같은 생각을 했다. 더구나 한당인 청풍김씨 일파가 복창군 형제들을 더한층 의심하게 된 것은 복창군의 외가가 남인 오씨(吳氏)의 집안인 까닭이었다. 복창군의 어머니는 오씨로서 인평대군의 장인은 오단(吳端)이란 사람이요, 복창군 삼형제의 외숙은 오정창(吳挺昌)·오정위(吳挺緯)란 사람으로 영의정 허적과 함께 남인에 쩡쩡 울리는 집안인 까닭이었다.

　그러나 공자 왕손인 복창군 삼형제는 여기에 아무런 관심이 없었다. 어머니의 외가가 남인이고 보니 저절로 남인들의 재상과 자주 왕래를 했고 그들 재상의 아들과 친숙하게 추축(追逐, 친구로 서로 오가며 사귐)을 할 뿐이었다. 복창군 삼형제는 세상에 꺼릴 것이 없었다. 공자 왕손으로 호탕하게 한세상을 보내면서 쾌락하게 지냈다. 그들은 아침 저녁으로 대궐 안에 무상출입을 했다. 효종대왕이나 현종대왕이 보고 싶어하여 일부러 불려 들어가기도 했지만 할머니 인조비 조씨와 큰어머니 효종비 장씨한테 문후를 드리기 위하여 아침 저녁으로 궐 안으로 출입을 했다.

각전마다 그들이 나타나기만 하면 왕대비, 대비 이하 모든 시녀들의 환영을 받았다. 왕대비 조씨는 손자들이라 귀여워서 항상 그들의 등을 어루만졌고, 대비는 큰어머니가 되니 복창군 형제를 기출과 같이 사랑하고 귀애했다. 여기에다 어린 숙종은 세자 때나 왕위에 나아간 후에도 이야기동무와 글동무가 되어 좋아했고, 각전의 삼천궁녀들은 옥경의 선관을 만난 듯 우러러보고 사모해서 은근히 추파를 그들에게 흘렸다.

분홍 저고리, 남스란치맛자락, 노랑 저고리, 대홍단 치맛자락, 별빛 같은 눈동자에 춘정(春情)을 담뿍 싣고 복창군 형제들의 헌걸찬 젊은 모습을 은근히 바라보는 각전 궁녀들 중에 한 사람의 아름다운 궁인이 복창군 정(楨)의 눈에 환하게 자태를 드러냈다. 아직 현종이 살아 계실 때의 일이었다. 복창군이 중국에 상사의 임무를 띠고 압록강을 건너갔다가 무사히 돌아와서 사촌형님인 현종대왕께 사은숙배를 드리고 큰어머니인 효종비 장씨께 문후를 드리러 내전으로 들어갔을 때의 일이었다. 복창군은 대비께 절을 올린 후에,

"청국에 무사히 잘 다녀왔습니다."

하고 아뢰었다. 대비는 만면에 가득히 미소를 띄우시고 조카 복창군을 바라보셨다.

"먼길에 무사히 잘 다녀와서 내 마음이 기쁘다. 나도 난리 뒤에 선대왕을 모시고 압록강을 건너서 심양까지는 가보았다마는 참으로 요동 벌판은 사람이 살 고장이 아니니라. 지금은 딴 세상이 되었을 게다마는……."

대비 장씨는 조카를 바라보면서 친아들같이 이렇게 위로하셨다. 현종비의 모후 장씨는 효종대왕의 왕비요, 계곡 장유(谿谷張維)의 따님이었다. 효종대왕이 인조대왕의 둘째 아들로 아직 대왕의 자리에 오르기 전에 봉림대군(鳳林大君)으로 있을 때 볼모가 되어 심양

으로 잡혀갔던 것이다. 장비는 남편인 봉림대군과 함께 압록강을 건
너서 몇 해 동안 심양에서 부자유한 생활을 한 때문에 압록강 밖 심
양 일을 잘 알았던 것이다.

"지금 심양은 시가가 번성하고 물산이 집중되어 풍성풍성한 품이
옛날과 아주 다르옵니다. 그리고 북경은 역사 깊은 천자의 도시라 조
금도 오랑캐의 풍속이 없사옵니다. 모두 다 한족(漢族)의 문화를 배
워 문명이 도리어 명나라 때보다도 나아졌사옵니다."

복창군이 이렇듯 중국을 찬양하여 실정을 아뢰었을 때 대비 장씨
가 조용히 시녀를 불렀다.

"복창군께서 먼길에 고생을 많이 하고 오셨으니 사찬(賜饌)을 내
리도록 해라."

장지 밖에서 아리따운 목소리로 '예' 하는 대답 소리가 들리자 이
윽고 젊은 궁녀 한 사람이 주안상을 받들고 들어왔다.

"혼자 자실 수야 있느냐. 약주 한 잔을 네가 친히 따라 올려라."

궁인이 복창군 앞에 주안상을 올렸을 때 장대비는 이렇게 분부를
시녀에게 내렸다. 대비는 어질고 착한 분이었다. 다만 복창군을 기출
같이 사랑하므로 이런 우악(優渥)한 분부를 내린 것뿐이었다. 장대
비는 현종의 어머니이지만 사색당파에 아무런 관심도 없었다. 그저
어질고 착하기만 했다. 아들은 단 한 분 현종을 두었지만 조카들인
복창군 삼형제를 의심하는 일도 없었다. 다만 밝은 임금 효종의 범절
을 본받아서 나라의 왕실과 종실이 화합하기를 바랄 뿐이었다. 대비
는 대왕대비 조씨나 며느님 되는 청풍부원군의 따님 김씨에 비하여
순수하고 정치성이 없는 덕기 가득한 왕비였다. 이때 젊은 궁인이 가
득히 술을 부어 복창군에게 올렸다.

"황감하옵니다."

복창군은 사례하는 말씀을 올리자 시녀의 손에서 옥술잔을 받아

대비 앞이라 돌아앉아 마신다.

복창군이 옥술잔을 시녀에게 받을 때 시녀의 손이 아름답고 고왔다. 투명하도록 기름진 흰 손의 무명지 손톱에는 빨간 봉선화를 물들여서 불구슬같이 밝고 고왔다. 손이 하도 예쁘니 복창군은 흘끗 궁녀의 얼굴을 바라다보았다. 참으로 잘생긴 미인이었다. 마음대로 세상 출입을 하고 천하를 두루 돌아 북경천지에까지 자주 왕래를 한 복창군이지만 여태껏 이런 미인을 대해 본 적이 없었다. 자기 집 시녀들은 말할 것 없고 조선팔도 삼천리 강산에서 제일가는 대표로만 뽑아서 노래와 춤을 가르친다는 장악원(掌樂院) 기생들 속에서도 이런 인물은 구할 수가 없었다. 상사·부사가 되어 여러 차례 중국을 왕래하면서 소주(蘇州)의 미인, 항주(抗州)의 미인, 북경의 미인 들을 골고루 보아 자기 딴은 천하의 미인을 다 구경했거니 하고 생각했는데 오늘 이 궁녀를 대하고 보니 자기가 보았다는 천하의 제일간다는 미인들은 아류(亞流)가 아니면 삼류들이었다. 복창군은 한잔을 마시자 또다시 도둑질하듯 미인을 바라본다. 두 번 보아도 천하절염이었다. 등하불명이란 말은 이런 경우를 말하는 것이라고 그는 생각했다.

'어찌해서 이런 미인이 대비전에 있는 것을 내가 여태 몰랐던가.'

복창군은 이렇게 마음속으로 생각하면서 세 번째 흘끗 궁녀의 아름다운 얼굴을 도둑질하듯 바라본다. 궁녀들은 머리를 얹어 관례를 해도 처녀이지만 이 궁녀는 아직 관례도 하지 않은 모양이었다. 치렁치렁 머리를 땋아 내려서 제비부리 붉은 댕기를 뚝 떨어뜨린 것이 더욱 풍정을 자아낸다. 얼굴은 갸름해서 비둘기알 같은 구란의 모습이었다. 눈은 푸른 강물이 넘치는 듯 다정히 흘렀다. 기름한 속눈썹은 늪 가에 드리운 수양버들처럼 수기(水氣)를 머금어 안개를 뿜었다. 여기에다 윤기 도는 상아빛 노르께한 살결이 도톰한 아름다운 귀와 함께 내전 병풍 앞에 부조(浮彫)처럼 떠올랐다. 고요히 입을 다문 한

점의 붉은 입술과 무명지 끝에 아롱진 봉선화꽃이 술과 함께 아련히 복창군의 넋을 사르게 했다. 복창군은 달콤하고 향긋한 천일(千日)묵은 예지주를 마신 뒤에 빈잔을 붉은 두리반 위에 놓고 또 한 번 궁녀의 아름다운 얼굴을 흘끗 바라본다. 볼수록 아름다웠다. 이내 궁녀의 손을 잡고 싶은 격한 충동을 느낀다.

그러나 옆에는 대비가 앉아 계셨다. 복창군은 내밀려던 손을 주춤하면서 붉은 두리반 다리를 꽉 잡았다. 입이 근질거렸다.

'네 성명이 무엇이니?'

하고 묻고 싶었다. 그러나 옆에는 대비가 여전히 계시다. 이내 입술을 꼭 깨문다. 대비는 복창군이 주반 위에 빈잔을 놓는 것을 보자 다시 궁녀에게 명을 내린다.

"한 잔만 더 따라 드려라."

복창군은 마음속으로 기뻤다. 그러나 짐짓 사양하지 않을 수 없었다.

"취하옵니다."

허리를 구부렸다.

"한잔 술이 어디 있느냐. 한 잔만 더 따라 드려라."

궁녀는 대비의 영을 받아 광주분원(廣州分院) 백자 주전자를 두 손으로 받들어 옥술잔에 남실남실 술을 따른다. 그러나 이번엔 손이 떨렸다. 첫 잔엔 무심해서 곱게 따르던 솜씨가 둘째 잔엔 불수(佛手) 같은 손길이 흔들려 떨었다. 복창군의 흘끗흘끗 바라보는 눈길이 어느덧 궁녀의 소박한 가슴에 연파(漣波)를 던진 것이었다. 주전자는 궁녀의 손이 떨리는 바람에 흔들려서 술이 잔에 왈칵 넘쳤다. 궁녀는 어찌할 줄을 몰랐다. 이때 복창군은 떨리는 궁녀의 손길이 애처로웠다. 얼른 손을 내밀어 잔대를 받은 채 곧장 술을 들이마셨다. 궁녀의 애처롭게 흔들리는 마음을 받아 주려는 것이다. 사랑의 싹이 완연히

가슴속에 피기 시작한 것이었다. 궁녀는 감사했다. 하마터면 대비
앞에서 실수를 하여 꾸지람을 들을 것을 복창군이 대비가 보시기 전
에 얼른 술잔을 받아서 자기의 허물을 덮어 준 것이 무한히 고마웠
다. 복창군의 사내다운 태도에 궁녀는 더욱 마음이 취하지 않을 수
없었다.

이때 장대비는 복창군이 두 번째 잔을 들고 안주를 집는 것을 보자
웃음을 풍기시며,

"한 잔만 더 따라 드려라."

하고 궁녀에게 가볍게 영을 내렸다.

"아니올시다. 정말 취하옵니다. 인제는 못 마시겠습니다."

복창군은 대비께 신용을 얻으려고 술을 못 먹겠다고 잡아뗀다.

"내가 네 주량을 아는데 그러느냐? 상사·부사로 중국을 몇 차례
씩 드나들면서 중국 대관들과 교제를 하던 사람이 술을 못 마신대서
야 말이 되느냐. 아마 내가 있어서 거북해서 그러나보다. 한 잔만
더 따라 드려라. 주불쌍배(酒不雙盃)라니 석 잔 술은 마셔야 하지 않
느냐."

말을 마치자 장대비는 일부러 자리를 피하여 일어난다. 복창군은,

"아니올시다. 주시는 술이니 한 잔만 꼭 더 마시겠습니다. 거기 앉
아 계십쇼."

하고 황망히 대비의 피하는 것을 막았다. 그러나 대비의 발걸음은 이
미 동편 전각으로 몸을 옮아 버리고 말았다. 궁녀의 가슴은 두근거리
고 복창군의 마음은 호탕했다. 궁녀는 마침내 석 잔 술을 복창군에게
따라 올렸다. 이때였다. 복창군은 기회를 잃지 않았다. 한 손으로 잔
을 잡고 한 손으로 궁녀의 손을 덥석 잡았다.

"네 성이 무에니?"

난생 처음으로 잡혀지는 이성의 손길이었다. 궁녀의 얼굴엔 새빨

간 모닥불이 피어 올랐다.

"네 성이 무에니?"

복창군이 재우쳐 가만히 묻는다.

"김가옵니다."

궁녀는 고개를 숙여 속삭인다.

"네 이름이 무에니?"

복창군이 다시 속삭여 묻는다.

"상업(常業)이라 하옵니다."

궁녀는 말을 마치자 이내 복창군에게 잡혀진 손을 살짝 뿌리친 채 자리에서 선뜻 일어났다. 복창군은 황망했다.

"잠깐 더 앉아서 나하고 이야기를 하자꾸나."

이때 상업은 몸을 재빨리 놀려서 미닫이 끈을 잡았다.

"나가 보아야겠습니다. 대비께서 기다리십니다."

궁녀는 말을 마치자 문을 살짝 열고 몸을 날렸다. 복창군은 궁녀 상업의 치마꼬리를 휘어 잡았으나 상업은 치맛자락을 뿌리치고 몸을 대청으로 피해 버렸다. 복창군은 체면 소시리에 다시 더 쫓아 나갈 수가 없었다. 닭 쫓던 개 지붕 쳐다보는 격으로 문을 닫고 나가는 궁녀 상업의 뒤를 망연히 바라볼 뿐이었다. 이 뒤로부터 복창군의 머리 속에서 나인 상업의 아리따운 자태가 스러지지 아니했다. 집에 돌아와 음식을 먹어도 상업의 생각이 떠오르고 잠을 잘 때도 상업의 생각이 간절했다. 복창군은 상업을 다시 만나 볼 기회를 가지려고 자주 장대비전으로 문후를 들어갔으나 상업은 영영 몸을 피하고 나타나지 아니했다.

복창군의 마음은 미칠 것 같았다. 초조하게 몇 달을 지내는 중에 돌연 뜻밖의 일이 일어났다. 효숙(孝肅)대비 장씨가 별안간 병환이 들어 침중했다. 복창군에게는 사사로운 촌수로 따진다면 큰어머님이었다. 복창군은 효종비 장씨의 병환이 침중하시다는 기별을 듣자 시각을 지체치 않고 대내(大內)로 들어가 시탕을 하고 있었다. 낮에도 대비의 곁을 떠나지 않고 밤에도 대비의 환후를 보살피면서 대궐 안에서 거처하게 되었다. 대비에게는 아들 현종이 계시나 만기를 살피는 지존의 상감이었다. 아침과 저녁으로 대비의 증세를 살필 뿐 복창군처럼 주야로 옆을 떠나지 않고 시측해 모실 수는 없었다. 이때 상업은 지밀 나인으로 대비께 약과 미음을 올리면서 복창군과 함께 밤낮으로 곁을 떠나지 아니했다.

상업을 연모하는 복창군에게 있어서는 절호의 기회였다. 복창군은 자주 상업에게 사랑을 호소하는 추파를 보냈다. 궁녀 상업은 마침내 타는 듯한 복창군의 눈을 거부할 수 없었다. 그러나 대비의 앞이라 그들은 말을 주고받을 수가 없었다.

어느 날 복창군은 쪽지에 글을 써서 상업의 앞에 떨어뜨리고 슬쩍 밖으로 나가 버렸다.

상업은 쪽지를 주울까말까 한참 망설였다. 그대로 두자니 다른 궁녀의 눈에 띄일 것이 겁이 났다. 상업은 마침내 쪽지를 주워서 허리춤에 꽂고 내전 협방으로 들어가 쪽지를 펴보았다.

"오늘 밤 이경 때 전각 뒤 석가산(石假山) 초정(草亭) 안에서 만나보기로 하자."

쪽지에는 간단하게 이렇게 씌어 있었다. 상업의 가슴은 두근거렸다. 다시 대비전으로 돌아와 보니 복창군은 시치미를 떼고 대비 앞에 앉아 있었다.

어느덧 밤이 깊어 이경 때가 되자 복창군은 슬머시 몸을 일으켜 밖으로 나가버린다. 상업은 여러 차례 생각한 끝에 물귀신에게 끌리는 듯 동무 나인에게 대비의 시중을 부탁하고 전각 뒤 초정으로 발길을 옮겼다.

깊은 밤 대궐 후원은 적적하고 사람의 이목이 없었다. 미리 석가산 초정 안에서 기다리고 앉았던 복창군은 나인 상업을 초정 안으로 맞아들였다. 이미 그리운 상사(相思)에 빠졌던 남녀였다. 복창군과 상업은 마침내 넘어서는 아니 될 선을 넘어 버리고 말았다. 대비의 환후는 일년을 끌었다. 상업과 복창군의 도적질하듯 하는 사랑은 점점 더 부풀어올랐다. 그들은 틈만 있으면 쪽지를 떨어뜨려서 초정에서 밀회를 거듭했다. 꼬리가 길면 밟히는 법이었다. 하루는 복창군이 상업에게 전과 같이 쪽지를 떨어뜨렸다. 상업이 쪽지를 펴보고 치마허리에 간수한다는 것이 잘못되어 방바닥에 떨어뜨린 채 초정으로 나가 버렸다. 쪽지를 마침내 동무 나인이 무심코 집어 보게 되었다. 쪽지를 펴본 동무 나인은 호기심에 끌려 복창군과 상업의 뒤를 밟았다. 동무 나인은 마침내 보아서는 아니 될 두 남녀의 밀회하는 광경을 목도하게 되었다. 소문은 한 입을 거르고 두 입을 걸러 궁중 안에 자자하게 퍼지고 말았다. 그러나 상업은 장대비의 가장 사랑하는 나인이었다. 정면으로 감히 공박하는 사람이 없었다. 대비의 병환은 점점 더 위중하여 마침내 세상을 떠나 버리고 말았다. 국상을 당한 궁중의 의식과 절차는 번잡하고 많았다. 복창군은 임금의 대전관(代奠官)이 되어 빈전(殯殿)에서 염습하는 일과 제사지내는 모든 일을 분별하여 보살피고, 상업은 지밀 나인으로 복창군의 모든 시중을 들었다. 그러나 복창군과 상업의 지나치도록 친숙하고 다정한 태도는 모든 궁녀들의 시기와 주목거리가 되었다.

인산을 치른 뒤에 나인 상업의 몸에는 완연히 이상한 증세가 생겼다. 젖꼭지가 검어지고 배는 점점 불러 올랐다. 나인 상업은 더 궁중에 머무를 수가 없게 되었다. 병을 칭탁하고 수유를 얻어 친정으로 나간 뒤에 이 사유를 복창군한테 가만히 기별했다. 복창군은 비밀리에 상업의 집을 왕래하면서 나인 상업을 사랑할 수 있게 되었고, 몇 달 뒤에 나인 상업은 떡두꺼비 같은 복창군의 아들을 낳게 되었다.
그러나 나인 상업은 자유로운 사랑의 보금자리를 오래 유지할 수 없
었다. 아직도 상업은 궁중에 적을 둔 나인의 몸으로 있는 까닭이었
다. 어느 날 상업은 찾아온 복창군에게 신상의 일을 의논했다.

"대감, 항상 이렇게 대감을 모셨으면 좋겠는데 장차 제 일을 어찌
하면 좋겠습니까?"

"기회를 보아서 궁중에서 나올 셈 잡고 우선은 들어가 보아야지,
병탈을 하고 수유를 받는 것도 한이 있지 않은가. 내가 또 자네 만나
기가 자유스럽지 않지마는 상궁한테 말을 하고 다시 들어가 있도록
하게. 너무 오래 시일이 걸리면 말썽이 날는지도 모르네. 그리고 이
제는 대비도 아니 계시고 하니 몸을 조심해야지."

"어린것은 어찌하면 좋습니까?"

"그것은 염려 말고 나한테 맡겨 두게. 내가 유모를 대서 젖을 먹여
기르도록 할 테니 모든 것을 자네 어머니한테 당부하고 대궐로 들어
가게."

복창군은 이렇게 상업을 위로하면서 어서 대궐로 다시 들어갈 것
을 권고했다.

"대비도 아니 계시고 대감을 자주 만나 뵙지 못할까 보아 겁이
납니다."

나인 상업은 대궐 안으로 들어간 뒤에 복창군을 자주 만나 보지 못
할 것이 애운했던 것이다.

"대비께서 승하하셨다 하나 혼전(魂殿)이 아직도 계시지 않은가.
대비마마의 삼년상을 마치기까지는 혼전에 아침 저녁으로 상식(上
食)을 올릴 것이고, 초하루와 보름엔 삭망다례가 있을 것 아닌가. 자
네가 들어간다면 으레 혼전 나인이 될 것이고 나는 대전관이 되었으
니 날마다 한 번씩 만날 것은 틀림없네. 도리어 대비 계실 때보다 호

젓해서 좋을 것일세. 혼전이 계신 삼년 동안은 별탈 없이 자주 만날 터이니 염려 말고 대궐로 들어가게. 그리고 그 동안에 무슨 좋은 조처가 될 터이지.”

복창군은 애인 상업의 마음이 움직이도록 자기 자신도 날마다 혼전으로 들어갈 수 있다고 강조한다. 상업이 복창군의 말을 듣고 다시 일루의 희망을 품어 대궐 안으로 들어갈 것을 결정했을 때, 궁중에는 또다시 크나큰 변고가 생겼다.

현종대왕이 급한 병환이 들어 어머니 효종비 장씨가 승하한 지 반년 만에 또 세상을 떠나 버리고 만 사건이 일어났다. 온 세상은 술렁거리고 궁중과 조정은 첩첩한 수운(愁雲) 속에 싸여 있었다. 이때 세자인 숙종은 나이가 어린 데다 약하고 종척(宗戚, 왕의 종친과 외척을 아울러 이르던 말)인 복창군의 삼형제는 출중하고 강성하니 조정과 궁중에 유언비어가 떠돌 뿐 아니라 현종비 청풍김씨의 편인 한당과 숙종비 광산김씨의 편인 서인들은 남인의 외숙을 둔 복창군 형제를 더욱 꺼리고 의심했다. 서인과 한당과 남인들은 서로들 그들의 동정을 살피느라고 뒷조사를 하기에 노심초사하였다.

서인들은 어린 왕비인 중전을 중심으로 하여 궁중 지밀의 현황을 살펴보고, 한당들은 새로이 대비가 된 현종비를 중심으로 하여 궁중 일파를 경계하고, 남인들은 인조비 조대비와 복창군 형제들이며 영의정 허적을 움직여서 궁중과 조정에 일어나는 모든 동정을 주시하고 있었다. 이때 복창군 삼형제의 마음도 약간 흔들리지 않을 수 없었다. 잘하면 제왕의 자리가 자기네 삼형제한테로 돌아올 수도 있는 일이었다.

복창군 형제들은 아무리 궁중에 무상출입을 한다고 해도 궁녀들간에 세밀하게 일어나는 모든 소식은 역시 궁녀가 아니면 알아낼 도리가 없는 것을 잘 알았다. 복창군은 어서 빨리 대궐 안으로 들어가라고 상업을 재촉했다.

"궁중에 큰 변이 일어났는데 자네가 아니 들어가면 아니 되네. 나도 뜻밖에 국상을 당해서 염습집사(殮襲執事)의 책임을 맡았네마는 자네도 빨리 대궐로 들어가서 궁중 일을 도와 주어야겠네. 그리고 자네한테 부탁할 일이 한 가지 있네. 지금 서인들과 한당들이 공연히 내 신상을 의심하는 모양일세. 우리 삼형제가 돌아가신 대행대왕의 사촌이 되는 까닭에 너무나 지친이 되어 가까우니 세상 사람들이 공연히 나와 내 아우들을 시기하고 의심하는 모양일세. 새 상감이 나이 어리고 약한 까닭일세. 내 신상이 위태로우니 자네가 빨리 지밀로 들어가서 각전의 나인들을 사귀어 우리들을 해치는 일이 있는가를 알아보아 주도록 하게."

복창군은 간곡하게 상업에게 당부를 했다.

나인 상업은 사랑도 사랑이려니와 복창군의 신상을 염려해서 궁중 안 정보를 듣기 위하여 감연히 다시 궐 안으로 들어갈 것을 결정하고 늙은 상궁에게 병이 소복되었다고 보고한 뒤에 다시 혼전 나인이 되어 돌아간 효종비의 상식을 받들면서 복창군을 하루 한 번씩 혼전에서 만나면서 궁중의 정보를 복창군에게 제공하고 있었다. 상업이 다시 대궐로 들어가서 거행을 하자 모든 궁녀들이 상업의 뒤에서 손가락질을 하면서 공론이 분분했다.

"저애는 한동안 아니 보이더니 어떻게 다시 들어와서 혼전 나인이 되었느냐?"

"한동안이 뭐야? 일년이나 되는데."

"무슨 중병이 들었었나? 얼굴은 더 좋아졌는데."

"너 그 사실 모르니?"

"몰라, 무슨 사실이야?"

"복창군하고 좋아 지낸 것 말이야."

"망측하고 추잡해라. 엄한 대궐 안에서 그것이 웬일이냐? 잡것들이로구나. 언제부터 그런 사이가 되었니?"

"대비께서 환후가 위중하실 때 복창군이 승후관(承候官)으로 들어와서 그 일이 났다는 거다. 그들은 대비의 혼곤하신 틈을 타서 서로들 쪽지를 주고받으면서 밤만 이슥하면 석가산 초정 안에서 밀회를 했다는 거야. 이것을 누가 알랴마는 바로 대비전에서 같이 거행하던 월례라는 나인이 쪽지 떨어뜨린 것을 우연히 주워 보고 가만히 뒤를 밟아서 초정으로 가보니 정말 두 남녀가 좋아 지내는 꼴을 기막히게 목도했더란다."

"에그머니나, 망측해라. 저 꼴을 어찌하나!"

"그래 그 뒤에 상업의 배가 점점 불러 오니까 하는수없이 병탈을 하고 수유를 받아서 제 집으로 나갔다가 해복을 한 후에 이제야 다시 들어온 것이지 뭐냐."

"단번에 씨가 들었구나!"

"단번인지 열 번인지 내가 아느냐?"

궁녀들은 까르르 웃었다.

"그래 어린애를 정말 낳았다더냐?"

"소문을 들으니 떡두꺼비 같은 옥동자를 낳았다더라. 그리구 복창군은 날마다 상업의 집으로 파고들고……."

"한동안 재미가 나서 깨가 쏟아졌겠구나."

"깨가 쏟아지면 뭘 하니? 더러운 년이지."

궁녀들은 고적하게 공규만 지키는 한많은 청춘들이었다. 스스로의 결백을 자랑하면서 시기와 조소가 동정하는 마음보다 많았다.

"그러고서 상판을 들고 뻔뻔스럽게 어떻게 또 들어왔느냐?"

"나인의 적이 있는데 아니 들어오고 배기느냐."

"늙은 상궁도 이 일을 아느냐?"

"각전 나인들이 다 아는 노릇인데 늙은 상궁이 모를 리가 있나. 짐작이라도 하겠지."

"늙은 상궁은 왜 그 더러운 년을 내쫓지 못하느냐?"

"돌아가신 대비께서 얼마나 상업이를 신임하셨는데, 그리고 서슬 푸른 대왕마마의 오촌숙인 복창군이 뒤에 있는데 상궁이 어떻게 이것을 발각할 수 있느냐? 상궁도 별수없지. 요새도 상업이는 혼전 안에서 복창군과 손을 잡고 만나기만 하면 희한한 짓을 한다더라."

"저런 잡것들이 있나? 엄한 혼전 안에서…… 궁중 안이 이렇게 추잡하고 문란해서 어찌하느냐."

궁녀의 한 사람이 분개한다.

"그뿐이 아니야. 또 다른 기막힌 일이 있단다."

이번엔 다른 궁녀가 입을 열었다.

"무슨 또 다른 일이 있느냐?"

"너 귀례(貴禮)라는 나인 알지? 내로라 하고 해끔하게 생긴 수라간 나인 말이다."

"알고말고. 음식 솜씨가 좋은 데다가 인물도 고와서 이십 안쪽 어린 나인 중에 첫손을 꼽는 나인이 아니냐."

"그래 옳아. 바루 그 귀례 말이다."

"그래 귀례가 어쨌단 말이냐?"

"참, 얘기 들으면 기막히다. 애도 몸을 버렸다는 것이다."

"무어? 귀례마저 몸을 버렸어? 개도 복창군한테 몸을 깨뜨렸단 말이냐?"

"아니야. 개는 복창군한테 몸을 버린 것이 아니라 복창군의 둘째 아우 복평군한테 몸이 결딴이 났단다."

"형제가 발동들을 했구나!"

"그야말로 진짜 난형난제다."

"형제 발동을 하면 매사불성이랬는데 참으로 종실인지 뭔지 떡해 먹을 일들이로구나!"

"그래, 참 나도 그 소문을 들었어. 요새 귀례를 보니 그럴싸해서 그런지 얼굴이 노랗고 어째 여기가 이만하고 좀 이상스런 것 같더라, 하하하."

또 한 나인이 참견을 하면서 배를 가리켜 둥글게 원을 그리면서 깔깔거려 웃는다.

"어디 귀례 애기 좀 듣자꾸나. 아는 대로 좀 이야기해 다오."

궁녀들은 긴장해서 일제히 침을 삼키며 조른다.

"복평군도 그 형님 복창군마냥 대비의 환후가 침중하시니까 날마다 문안을 드리러 지밀로 드나들었어. 이때 복평군이 귀례의 해끄무레한 모습을 보고 마음속으로 점을 찍어 놓은 뒤에 동편 전각에서 자꾸 차(茶)를 가져오라구 그러더래."

"그래서?"

"귀례 고것이 좀 영리하고 새침하냐? 암만 해도 복평군의 태도가 이상스러우니까 차를 우려서 제가 가지고 들어가지 않고 슬쩍 애기나인을 시켜서 차를 가지고 들어가게 했더라지."

"그래, 그랬더니 어쨌단 말야?"

젊은 나인들은 다음을 어서 듣고 싶었다.

"복평군이 차를 마신 뒤에도 찻종을 내주지 않더래. 그래 귀례가 애기나인을 보내서 빈 찻종을 내줍시사고 했더니 복평군이 귀례가 와야만 내주겠다구 말을 하더라나. 그래서 귀례가 하는수없어 다른 궁녀들이 없는 조용한 틈을 타서 찻종을 가지러 갔더니 복평군이 귀례보고 하는 말이 왜 너는 번번이 내가 차를 가져오라면 네가 손수 가져오지 않고 언제나 애기나인을 시켜서 보내느냐고 꾸짖는 체하고 별안간 덥석 손목을 잡더라나."

“그래서.”

나인들은 또다시 침을 삼켜 초조하게 묻는다.

“그래서 귀례가 대비마마께서 계신 지근한 곳일 뿐더러 궁녀들의 이목이 하도 번다해서 제가 친히 가지고 들어오지 못했습니다, 이렇게 대답을 했더니 복평군이 다짜고짜로 귀례를 끌고서 회상전(會祥殿) 월랑(月廊)으로 끌고 들어가서 강제로 욕을 보였다는 거야.”

“애그머니나!”

모든 궁녀들은 손에 땀을 쥐고 부르짖는다.

그러나 한 궁녀는 분개한다.

“어디 그게 욕을 본 거냐? 귀례란 년이 좋아서 같이 지낸 것이지. 망할 년, 달아나지 못하고 회상전 월랑으로 끌려가기는 왜 끌려가. 새침뜨기 골로 빠진다더니 고년이 낯짝값을 하느라고 먼저 꼬리를 쳐서 그렇게 된 거야.”

질투에 벅찬 젊은 나인 하나가 이같이 귀례에게 욕설을 퍼붓는다. 궁녀 속에도 서인·남인·한당·낙당(洛黨)이 있었다. 욕을 하는 궁녀들은 모두 다 서인과 한당편에 가까운 궁녀들이었다.

“귀례에 대한 얘기를 너는 누구한테 들었니? 귀례한테 직접 네가 들은 것은 아니지?”

남인 편에 가까운 나인이 암만 해도 믿을 수 없다는 듯이 귀례의 얘기를 꺼낸 나인한테 물어 본다.

“귀례가 했으면 했달 거냐? 온 궁중 안의 궁녀들이 다 알고 떠들썩 지껄이는 소린데 너만 혼자 모르는 모양이로구나.”

“그래도 남의 일은 함부로 지껄일 것이 아니야. 직접 눈으로 봤던지 귀례한테 들어 보기 전에는.”

남인 편에 가까운 궁녀는 또 한 번 우겨 본다.

“너는 그런 일이 있으면 했다고 말할 테냐?”

귀례의 말을 꺼낸 나인이 발끈하고 성을 낸다.

"무어야 너는? 그런 일이 있으면이라니 또 한 번 말을 해봐라. 누구 앞에서 그따위 더러운 소리를 하는 거야? 이년아, 주둥아리를 그렇게 함부로 놀리지 말아라."

"무어 이년! 어째서 네가 나한테 년자를 붙이느냐?"

"너는 어째 나보고 네가 그런 일이 있으면, 하고 입에 담지 못할 더러운 소리를 가정해서 말했느냐? 네 년의 잘못한 것은 상관없고 년자 소리 듣는 것만이 원통하냐? 이 사람 같지 않은 년아."

남인 편 나인이 흰 팔뚝을 걷어붙이고 덤벼들었다. 드디어 궁녀들 사이에 짜아하게 싸움이 벌어지고 말았다. 서로들 머리채를 휘어 잡을 찰나였다. 늙은 상궁이 젊은 나인들의 처소로 급히 내려와서 싸움을 말렸다.

"왜들 철없이 지밀 지척에서 무엄하게 떠들어대는 거냐. 공연스레 목들이 달아나려고 이러느냐? 잘잘못간에 입을 꼭 다물고 가만히들 있거라."

늙은 나인은 위엄을 보여 싸우는 나인들을 꽉 누르고 젊은 나인을 헤쳐 보낸다.

"어서 제각기 너희들 처소로 돌아가서 맡은 일들이나 차근하게 보아라."

젊은 나인들은 늙은 상궁의 위력에 눌려서 제각기 제 처소로 흩어져 버렸다.

그러나 이 사건은 그대로 간단하게 가라앉지 않았다. 남인 편에 가까운 나인은 조대비전 시녀였다. 조용한 틈을 타서 조대비전에 아뢰었다.

"요사이 궁중에는 궁녀들 사이에 해괴한 소문이 자자하게 떠돌고 있사옵니다."

"무슨 해괴한 소문이냐?"

"황송쩍어 감히 입에 올려 아뢸 수가 없사옵니다."

"어서 말을 해봐라."

조대비의 얼굴빛은 엄숙했다. 시녀는 조대비가 복창군 형제를 귀애하는 것을 잘 알았다.

"복창군 나리가 대행대비전 시녀 상업이와 관계를 맺고 복평군 나리가 수라간 나인 귀례와 좋은 사이가 되었다 하와 해괴망측한 소리가 궁녀들 사이에 떠돌고 있습니다."

복창군 삼형제들은 조대비에게 있어서는 태산같이 생각하는 친손자들이었다. 인조대왕의 세째 아들 인평대군의 아들들이니 자기는 계비로 생산을 하지 못했으나 인조대왕의 친손자는 바로 곧 자기의 친손자였다.

조대비는 궁중과 조정에서 편당을 지어서 인조대왕의 혈통을 이은 복창군 형제를 경원(敬遠)하려는 눈치를 잘 알고 있었다. 만약에 어린 임금 숙종이 병이 들거나 무후한 날에는 인조대왕의 적계(嫡系) 혈통으로는 복창군 삼형제가 있을 뿐이었다. 이러므로 조대비는 손자들인 복창군 형제를 애지중지했다. 뿐만 아니라 촌수로 따져 본대도 증손자인 숙종보다도 한층 가까운 손자이고 정치적으로도 자기 편이었다. 조대비는 시녀에게 이 소리를 듣자 얼굴빛이 변하며 노했다.

"서인과 한당들이 복창군 형제를 몰아내려고 그따위 추잡한 말을 지어냈구나! 언감생심 어느 놈들이 복창군에게 손을 대려 하느냐. 복창군 형제는 대행 인조대왕마마의 손자들일 뿐 아니라 중국에 사신으로 왕래하여 국가에 유공한 사람들이다. 내 눈이 시퍼렇게 살아있는 한 감히 복창군 형제들한테는 손을 대지 못하리라!"

대비는 크게 분노했다. 남인 편에 가까운 시녀는 일부러 조대비의 촉노를 일으키려고 이런 말씀을 아뢴 것이었다. 겉으로는 송구해 하면서 마음속으로는 기뻤다.

"황공무지하옵니다. 공연한 말씀을 아뢰어서 왕대비마마의 심중을 불편케 하와 송구하옵기 짝이 없사옵니다. 하도 궁녀들이 추잡한 소리를 지껄여서 궁중을 문란케 하옵기 아뢴 것뿐이옵니다. 실지로 보지도 못하고 유언비어를 내어 지껄입니다. 통촉해 주시기 바라옵니다."

"모두들 대비의 궁녀가 아니면 왕비의 궁녀들이 주착없이 만들어 지껄이는 것일 것이다. 조정과 궁중은 청풍부원군이나 광산부원군의 세상이란 말이냐. 엄연히 궁중에는 문장(門長)인 내가 있다!"

조대비의 언성은 분함을 못 이겨 높기까지 했다.

"설혹 복창군 형제가 궁녀쯤 하나를 사랑했다 하기로소니 이것이 무슨 큰 변이 될 것이란 말이냐. 복창군 형제는 금지옥엽이다. 다시는 이런 소리가 궁녀들 입초사에 오르내리지 못하도록 해야 할 것이다."

조대비는 말을 마치자 도상궁을 불렀다. 늙은 상궁이 부름을 받고 조대비전으로 들어가 부복했다.

"들으니 각전 궁녀들 사이에 복창군 나리들에 대하여 쓸데없는 소리를 지각없이 지껄이고 있다 한다. 이것은 뿌리 없는 요사스런 유언비어이다. 상궁도 알다시피 복창군 형제는 이 나라를 중흥시켜 일으키신 인조대왕마마의 친손자다. 다시 궁녀들 중 복창군 형제들에 대하여 이러쿵저러쿵 입방아를 찧는 년이 있다면 극형에 처하도록 하리라."

조대비는 늙은 상궁에게 이 같은 추상 같은 명령을 내렸다. 늙은 상궁은 황송했다.

"분부대로 이르겠사옵니다."

늙은 상궁은 떨면서 조대비전을 물러나간다.

늙은 상궁은 각전 궁녀들을 불러 놓고 왕대비전의 엄한 분부를 전했다. 그러나 이 소식은 단통 현종비인 대비 김씨한테로 들어갔다.

"도상궁이 무슨 일로 각전 궁녀들을 불러서 타일렀느냐?"

대비 김씨가 시녀에게 물었다.

"복창군 나리가 상업이란 나인과 좋아 지내고 복평군 나리가 귀례란 나인한테 손을 댔다는 사실을 엊그제 궁녀들이 모여서 지껄인 모양이온데 이 소문이 왕대비전으로 들어간 모양입니다. 왕대비께서 크게 역정이 나시어 늙은 도상궁을 부르셔서 나인들의 입을 엄하게 봉하라고 함구령을 내리셨다 합니다."

"복창군과 복평군의 일은 나도 다 아는 일이다. 나만 알 뿐이 아니라 대행왕(大行王 : 현종)께서도 눈치를 채고 계셨으나 사촌형제간인 복창군 형제들의 신상을 염려하셔서 모른체하고 덮어두라고 하신 것이다. 상업이란 년이 병탈을 하고 일년 동안이나 수유를 받고 나가서 몇 차례를 두고 불러도 아니 들어오다가 대행왕께서 승하하셨다는 소식을 듣고 또다시 들어왔으니 반드시 무슨 흉계와 곡절이 있을 것이다. 복창군 형제를 벌을 주어 내치실 것이지 궁녀들의 입만 봉창을 하면 어찌하자는 작정이냐. 어른 하시는 일에 정면으로 대항할 수는 없고 나라와 궁중 일이 참으로 딱하게 되었다. 속에서 곪아 썩는 일은 빨리 근본을 찾아서 뽑아 버려야지 겉으로 아무 일이 없는 듯 봉창만 해서 덮어둔다면 어찌할 작정이란 말이냐."

대비는 대비대로 불만이 가득했다.

"왕대비께서는 늙은 상궁에게 모두 다 근거 없는 소리라고 하셨답니다. 내 손자인 복창군 형제를 모함하기 위해서 어떤 놈이 주작부언(做作浮言, 터무니없는 말을 지어냄)을 해서 만들어 낸 흉계라고 하셨답니다."

시녀는 한당 편 시녀였다. 대비의 마음을 더욱 부채질해 놓는다.

"근거가 없다니 무슨 말씀이냐. 내가 알고 대행왕께서 생전에 아신 사실이구 자식까지 낳아서 온 궁중이 다 아는 노릇 아니냐. 어떤 놈이 그런 주작부언을 한 것이라고! 어떤 놈이란 도대체 누구를 가리키는 말씀이냐?"

대비는 더한층 역정이 일어났다. 그러나 할머니인 왕대비를 어찌할 도리는 없었다.

"그나 그뿐입니까! 왕대비께서는 도상궁에게 이런 말씀까지 내렸다 합니다. '이 말을 꺼내는 사람들은 모두들 대비의 궁녀가 아니면 왕비의 궁녀들로 주착없이 만들어 지껄이는 것일 것이다. 조정과 궁중은 청풍부원군이나 광산부원군의 세상이란 말이냐. 엄연히 궁중에는 문장인 내가 있다.' 이런 말씀까지 내리셨답니다."

대비전 시녀는 더 한 번 대비의 분통에 불을 질러 놓는다. 대비의 눈이 허옇게 뒤집힐 뻔했다.

"어른 체통에 그게 무슨 말씀이냐. 청풍부원군은 무어고 광산부원군은 왜 쳐든단 말이냐. 그래 양주조씨(楊州趙氏) 한원부원군(漢原府院君) 집만 제일강산이란 말이냐. 이거 대행대왕께서 승하를 하시고 보니 나를 과부라 해서 이렇게 업신여기는 거냐? 나는 당당한 임금의 어머니다."

대비는 입에 흰 거품을 날렸다.

궁중과 조정은 돌아간 현종의 치상(治喪)을 하느라고 애통과 분망 중에 있었다. 대비 김씨는 초상중에 문안드리러 온 새 임금에게 분부를 내렸다.

"복창군 형제는 전부터 궁중 안에서 품행이 좋지 못하여 궁녀들의 풍기를 문란시킨 사람이오. 이번에도 복창군 형제가 염습집사가 되어 궁중 지밀에서 일을 보게 되었으니 또다시 궁녀들을 건드려서 풍기를 문란시킨다면 큰일이라 생각하오. 복창군 형제의 직책을 체임 (遞任, 벼슬을 갈아 냄)시켜서 궁중 지밀에 출입하지 못하도록 엄한 조처를 취하오."

대비는 엄숙하게 아들인 숙종에게 분부를 내렸다. 대비 김씨는 한 당인 그의 아버지 청풍부원군 김우명과 그의 오라비 김석주의 요청에 의해서 미리 의논한 뒤에 숙종에게 이런 분부를 내린 것이었다. 대비의 엄숙한 명령은 근본 뜻이 복창군 형제가 궁중의 풍기를 문란 시켰다 해서 그 직책을 떼어 버리려는 것이 아니었다. 궁중의 풍기를 문란케 했다는 것은 겉으로 한 개의 구실에 불과했다. 이보다도 속속 들이 파묻혀 있는 원인은 복창군 형제를 죄인으로 몰아넣어서 그들과 안팎으로 연결된 남인들의 세력을 부숴 버리자는 크나큰 계획에 있었던 것이다.

숙종은 나이는 어렸으나 영민했다. 남인이 옳고 서인이 그르고 한 당이 정치를 잘한다는 것보다도 그들이 임금이란 자리를 둘러싸고 서로들 시기하면서 세력다툼을 하고 있는 것을 잘 알고 있었다. 이것은 그 아버지 되시는 현종한테서 어릴 때부터 귀에 젖도록 들었던 사실이었다.

지금 나라의 수상(首相)으로 있는 영의정 허적은 아버지 현종 때부터 신임을 받아 자기의 다음가는 자리에 있는 노재상이요, 복창군 형제들의 외숙인 오씨(吳氏)들은 종조부인 인평대군의 처가로서 남인의 중진이요 국가의 동량이었다. 여기다가 조부왕 되는 효종대왕의 스승인 윤선도와 사림(士林)의 영명이 높은 허목 일파는 영의정 허적과 약간의 의견을 달리하고 있으나 역시 남인들의 중진이요 복창군 형제의 병풍이 되어 있는 크나큰 세력이었다.

부왕이 신임하던 이러한 남인들을 일거에 제거해 버린다는 것은 용이한 일이 아니었다. 더구나 남인은 증조모가 되시는 인조비 조대비가 은근히 두호를 하고 계신 현상이었다.

숙종은 한동안 모비의 말씀에 침묵을 지키고 있다가 천천히 입을 열어 아린다.

"복창군 형제는 아바마마와 사촌간인 종실의 지친이옵니다. 더구나 아바마마는 형제가 없으시니 사랑하기를 친형제같이 하셨습니다. 지금 아바마마 상사에 친형제 같은 복창군 등이 염습집사가 되는 것은 당연한 노릇이옵니다. 아바마마께서도 짐작하시고 죄를 아니 주셨던 이 일로 차마 소자의 손으로 숙부들을 죄주어 내치기 난처하옵니다. 그뿐 아니라 만약에 복창군 형제를 죄준다면 조정에도 미치는 영향이 클 것이옵니다."

숙종의 영민한 말씀에 대비는 얼굴빛이 좋지 않은 채 묵연히 입을 다물었다.

대비는 복창군 형제를 대궐에서 쫓아내는 일이 어린 임금 숙종의 힘만으로는 될 수 없는 것을 깨달았다. 이 일이 있은 지 이틀 뒤의 일이었다. 청풍부원군 김우명이 돌연 상소를 올렸다. 김우명은 대비 김씨의 아버지요, 새 상감 숙종의 외조부였다. 상소문 허두에서 국가를 위하여 통곡할 일이 한두 가지가 아니라고 크게 탄식한 뒤에 복창군 형제를 공박하는 글을 썼다.

'복창군 형제는 효묘(孝廟)께서 기출(己出)같이 생각하시고 선왕께서는 동기같이 사랑하시어 은총이 일신에 넘치는 것을 잊어버리고 방자하게 궁금(宮禁, 궁궐)에 드나들어 추한 소리가 밖에까지 자자하니 이것은 선왕께서도 깊이 근심하신 바요, 자성(慈聖：金大妃)께서 난처해 하시어 전하게 말씀까지 부탁한 일이 있다 합니다. 사문(沙門)이 계(戒)를 범해도 승도(僧徒)가 부끄러워하는 것이온데 그들이 각전(各殿)의 붉은 소매(紅袖：나인)를 범하여 자식까지 낳았건만 이것을 금하고 막을 도리가 없으니 전하의 가법(家法)을 위하여 통곡할 일이오며 가법이 이러하고서 어찌 국법이 설 수 있으리까. 엎드려 원하옵나니 성상께서 빨리 법을 밝혀 그들을 처단하시어 개과천선하도록 하신 연후에야 궁중이 숙청이 될 것이요, 국가가 태평하게 될 것이옵니다. 그리하옵고 또다시 아뢸 일이 있사옵니다. 전하께서 바깥 사람들의 참소하는 말씀을 들어 자전(慈殿)의 말씀을 듣지 아니하셨다 하니 이것은 맹모(孟母)의 삼천지교(三遷之敎)가 간언(間言)으로 인하여 막혀진 것이라 생각하옵니다. 전하의 지극하신 효성으로 어찌 이러할 수 있사옵니까. 이 소문이 또한 밖에까지 파다하오니 신의 마음은 뼈개지는 듯 아파서 살고 싶은 마음이 없사옵니다'

임금의 외조부인 청풍부원군 김우명의 상소가 정원을 통하여 어전에 바쳐지니 젊은 임금은 상소문을 읽자 크게 불쾌했다. 청풍부원군인 외척의 중진으로 종실인 복창군 형제를 죄주라는 것도 불쾌한 일이지마는 맹자 어머니의 삼천지교를 둘러메고 나서서 임금이 어머니의 말씀을 아니 들었다 하여 임금인 자기를 불효자로 모는 듯한 방자하고 무엄한 문구를 쓴 것이 더욱 불쾌했다. 이것은 엊그제 대비께서 복창군 형제를 죄주라고 하실 때 얼른 '그렇게 하겠습니다' 하고 아뢰지 않았기 때문에 대비께서 친정아버지인 청풍부원군을 시켜서 이런 상소를 올리게 한 것이 분명했다. 자기가 복평군이나 복창군의 문제를 들추어내지 않으려 한 것은 궁중 안의 향기롭지 못한 일을 밝혀내는 것이 도리어 좋지 않을 뿐 아니라 여기에는 남인, 서인, 한당 등의 정치적 싸움이 내포되어 있는 것을 자기가 잘 짐작하는 때문으로 말소리를 부드럽게 하여 염습집사의 책임을 가진 복창군 형제를 당장 쫓아내기 어렵다는 말씀을 사리를 들어 간곡하게 아뢴 것뿐이었다. 이런 것을 청풍부원군은 간언을 듣고 어머니의 말씀을 아니 들었다 하여 자기를 불효같이 말했으니 나이 젊다 하여 일국의 왕인 자기를 업신여긴 것이 분명했다.

왕은 크게 노했다. 일이 이쯤 되어 부원군의 상소문까지 들어왔으니 이제는 이 일을 덮어둘 수 없었다. 왕은 승지를 어전에 불렀다.

"영의정과 오정위(吳挺緯)를 들라 하라."

이윽고 영의정 허적과 복창군의 외숙인 오정위가 입대를 들어 어전에 부복했다. 모두 다 남인으로 재상이 된 사람이었다. 임금은 영의정 허적이 입대하여 문후를 드리고 부복했을 때 말없이 청풍부원군 김우명의 상소를 영의정 허적에게 내어 준다.

"경들은 이 상소문을 읽어 보라!"

젊은 임금의 말씀은 엄숙했다. 영의정 허적과 오정위는 임금의 내리신 글월을 부복해 읽는다.

허적, 오정위의 얼굴빛이 별안간 변해진다. 청풍부원군 김우명의 상소문으로 복창군 형제를 몰아내려는 글이요, 임금까지 불효에 가깝도록 방약무인하게 지탄한 문구였다.

한당인 청풍부원군 김우명과 그의 아들 김석주는 본디 서인이면서 서인의 영수 우암 송시열을 배격하기 위하여 남인인 자기네들과 한 덩어리가 되어 예론으로 흠을 잡아 우암 송시열을 몰았던 것이다. 이렇기 때문에 청풍부원군 김씨 부자는 누구보다도 자기네들 남인과 가까웠고 인평대군의 아들인 복창군 형제들과도 무상출입을 하게 하며 좋게 지내던 터이었다.

이렇기 때문에 세상에서 그들 청풍부원군 부자를 평하기를 외서인이 내남인(外西人而內南人)이란 별명까지 붙였던 것이다. 겉으로는 서인인 체하지만 안으로는 남인이라는 뜻이다.

이렇던 김부원군이 하루아침에 돌연히 태도를 바꾸어 복창군 형제의 죄상을 폭로하고 공공연하게 상소를 올려 탄핵을 했으니 이것은 남인에게 정면으로 칼을 빼어 들고 선전포고를 하는 싸움이 분명했다. 그들 청풍김씨 일당이 어린 임금이 새로이 등극한 것을 기화로

하여 임금의 모후인 자기 딸을 등에 업고 여태까지 합작했던 남인들을 몰아내고 조정의 권세를 한당 자신들만이 독차지하자는 혹독한 계획이었다.

영의정 허적과 복창군의 외숙 오정위는 한동안 만에 정신을 수습했다. 영의정 허적은 천천히 고개를 들어 상감에게 아뢴다.

"상소문 속에 맹모의 삼천지교를 전하께옵서 간언을 듣고 받들지 아니하셨다 했으나 전하께서 어찌 이런 일을 하셨을 리 있겠습니까. 신으로서는 아뢸 바를 모르겠사옵니다."

영의정 허적은 천천히 말을 꺼낸 뒤에 계속해 아뢴다.

"그러하옵고 복창군 형제의 일에 이르러서는 참으로 놀랄 만한 일이옵니다. 이것이 어찌된 일이옵니까?"

늙은 재상 허적은 백수를 흩날리며 근심하는 듯 임금에게 묻는다. 젊은 임금은 소명했다. 묵연히 늙은 재상들의 얼굴을 바라보다가 천천히 입을 열었다.

"복창군 형제가 그런 일이 있는 듯하다고 추측해서 말한 소리인 듯하구려."

젊은 임금은 침착하게 여유를 두어 대답해 본다.

"아니올시다. 청풍부원군의 상소문 뜻은 그렇지 않습니다. 각전 나인들과 문란한 짓을 했다고 했습니다. 전하께서 친애하신다고 이런 일을 덮어두어서는 아니 되옵니다. 만약 복창군 형제가 이러한 죄과를 범했다면 당연히 유사(有司, 단체의 사무를 맡아보는 직무)에게 명하시어 법을 밝히시옵소서. 그리하옵고 각전의 붉은 소매[紅袖]라 하였으니 전하께서 혹시 짐작이 계시다면 속히 처단을 내리시옵소서."

임금은 묵연히 대답이 없었다. 영의정 허적은 계속해서 아뢴다.

"상소문 중에 복창군 형제가 궁녀들과 장난한 일로 선대왕께서도 놀라고 근심하셨다 씌어 있으니 이 일은 선조(先朝) 때부터 있었던 것이 확실합니다. 선조 때부터 있었던 일을 골육의 정에 끌려서 은폐해 두신다는 것은 덕으로 보아 후한 일이오나 이제 죄가 이미 드러났으니 의당 법에 의하여 처단되어야 하겠습니다. 복창군 형제가 삼형제온데 덮어놓고 복창군 형제라 했으니 삼형제 중에 누구누구를 가리킨 것이오니까?"

영의정 허적의 얼굴은 엄숙했다. 복창군 형제들이 아무리 자기들 남인과 가깝다 하나 이 경우에 있어서 두호할 수는 없었다.

"복창군과 복평군을 지적해 말한 것인가보오."

오래간만에 젊은 임금의 대답이 내렸다.

"그렇다면 단연코 복창과 복평 두 사람을 나문(拿問)하겠습니다. 그리하옵고 의심을 받는 궁녀들도 죄가 같으니 금부에 명하여 잡아 가둔 후에 죄를 추궁하겠습니다."

영의정 허적은 결연히 치죄할 것을 작정했다. 젊은 임금은 고개를 끄덕거릴 뿐이었다. 이때 옆에 모시어 섰던 승지가 연상 앞에서 임금과 영의정의 뜻을 받들어 죄인을 잡아 다스리라는 전지(傳旨)를 쓰기 시작한다.

'복창군 정과 복평군 인은 지밀에 출입하면서 나인들을 사귀어 자식까지 낳았다 하니 일이 심히 해괴하다. 나인과 함께 의금부에 가두어 국문케 하라'

승지는 쓰기를 다한 뒤에 붓을 놓고 전지를 어전에 바친다. 상감은 전지를 읽은 뒤에 영의정에게 내리고 영의정은 승지에게로 전했다. 승지는 전지를 받들어 정원(政院)으로 간다. 이때 복창군의 외숙 오정위는 전하 앞에 엎드려 느껴 울었다. 임금은 느껴 우는 오정위를 측은하게 바라본다. 영의정 허적은 점잖게 오정위를 타이른다.

"영감은 먼저 나가서 다른 일을 보살피시오."

오정위는 영의정의 명을 받들어 눈물을 씻고 어전에서 추창해 나간다.

승지와 오정위의 발소리가 멀어지자 영의정 허적은 젊은 임금의 얼굴을 한번 살핀 뒤에,

"김우명의 상소 속에 맹자 어머니의 삼천지교를 아니 들었다는 구절은 망극하기 짝이 없는 소리옵니다. 전하께선 어찌 생각하시옵니까?"

슬며시 왕의 마음을 격동해 본다.

"나는 완전히 불효자가 됐소. 놀랍고 가슴이 아플 뿐이오."

젊은 임금은 당신의 외조부의 상소가 어이없다는 듯 영의정 허적을 바라본다. 왕의 젊은 얼굴에는 슬프고 처량한 빛이 감돌았다.

영의정 허적은 젊은 상감의 심중을 살펴 알았다. 자기들 남인을 아직도 든든하게 믿어 주는 눈치였다. 허적의 늙은 눈에서는 눈물이 글썽거렸다.

"신이 선대왕 전하의 신임을 받자옵고 더구나 전하의 두텁게 의지하심을 입사왔건만 잘 보도(輔導)해 드리는 책임을 다하지 못하여 오늘 이런 일이 있게 되었으니 신의 죄는 만번 죽어 마땅하옵니다. 전하, 세상 천하에 어디 이런 일이 있겠습니까? 좌우간 전하께서 항상 정성을 다하시어 효도를 다하신다면 양궁(兩宮) 사이에 저절로 의심하는 말씀이 아니 생기리라 생각합니다."

영의정 허적은 곡진히 충정을 털어 노재상답게 아뢰고 천천히 어전을 물러나간다.

금부에서는 승지가 내린 임금의 전교를 받들어 복창군 정과 복평군 인을 옥에 잡아 가두고 궁녀 상업과 귀례를 붙들어 문초를 하기 시작했다.

판의금이 밤새도록 죄인들을 형틀에 매고 문초했으나 복창군 형제

를 위시하여 나인 상업과 귀례는 그런 일이 없다고 주장했다.

판의금은 불지 않는 죄상을 억지로 만들 수는 없었다. 날이 밝자 죄인들을 옥에 가둔 채 이 사유를 왕전하게 아뢰었다.

"복창군 형제와 나인 상업과 귀례는 엄형하면서 밤새도록 물었으나 전혀 그런 일이 없다고 공초를 불지 않습니다. 어찌 처결하올지 아뢰옵니다."

전하의 처결을 청했다.

전하는 외조부인 청풍부원군의 상소를 마땅찮이 생각했던 선입관이 있던 차에 죄인들이 억울하다고 불복했다는 말을 듣자 복창군 형제에게 동정하는 마음이 우련히 일어났다.

전하는 어필을 당기어 친히 판결문을 썼다.

"남의 말을 듣고 골육의 지친을 불측한 땅에 빠지게 했으니 부끄러워서 아프게 울고 싶다. 땅속으로 파고 들어가고 싶으나 들어갈 수도 없는 일이다. 이러한 억울하고 애매한 사람들을 잠시라도 두게 할 수 없으니 즉각으로 석방하게 하라."

전하의 판결문이 내리니 금부에서는 시각을 지체치 않고 복창군 형제와 나인 상업과 귀례를 금부 옥에서 무죄백방시켰다.

이 소식이 한번 전하니 궁중과 조정은 편을 갈라 기쁘고 놀란 빛이 현저했다. 대비 김씨와 청풍부원군의 한당 일파는 깜짝 놀라고, 영의정 허적을 위시하여 남인 일파는 얼굴에 미소가 떠올랐다.

다음날 영의정 허적과 이조참판 허목, 이조참의 윤전은 임금께 뵈옵기를 청했다. 모두 다 남인의 거두들이었다. 전하의 명령으로 복창군 형제가 무죄하게 되어 단번에 옥사가 뒤집혀지니 그들은 일거에 한당인 청풍부원군 부자를 욕보여 몰아치자는 것이었다. 영의정 이하 이조의 중진들이 뵈옵기를 청하니 임금은 신하들을 어전에 불렀다.

"경들은 무슨 일이 있어 만나기를 청했는가?"

젊은 전하는 세 신하를 바라본다. 이조참판 미수 허목(眉叟許穆)은 수학(瘦鶴) 같은 얼굴에 눈같이 화사한 흰 수염을 날리며 어전에 아뢴다.

"듣자오니 청풍부원군 김우명의 상소에 미안한 말씀이 많다 하옵니다. 한번 보여주실 수 없사옵니까? 김우명을 어전에 불러 변백하겠사옵니다."

임금이 채 대답을 내리기 전에 영의정 허적이 아뢴다.

"어제 소신에게 보이시던 상소문을 제신(諸臣)에게 보여주옵소서. 여러 신하들이 송구하게 생각하옵니다."

영의정의 아뢰는 말씀을 듣자 젊은 전하는 옆에 서 있는 내시를 돌아보신다.

"청풍부원군의 상소를 내오너라."

내시는 명을 받고 침전으로 들어가 김우명의 상소문을 들고 나와 전하께 바친다. 전하는 상소문을 허목에게 친히 내렸다. 미수 허목은 묵연히 상소문을 읽다가 천천히 고개를 들어 전하께 아뢴다.

"대비전하와 전하 사이에 간언이 들었다 하였고 부원군 자신은 살 마음이 없다 했으니 이것이 무슨 말씀이오니까. 도대체 간언이란 무슨 간언이오니까?"

허목의 묻는 말을 듣자 전하의 얼굴빛은 구슬펐다.

"내 마음은 놀라고 아파서 무어라 형언해 말할 길이 없소."

전하는 말을 마치자 가만히 한숨을 짓는다. 영의정 허적이 아뢴다.

"청풍부원군이 말하기를 사람마다 이 사건을 다 안다 했으니 그의 막중한 한 마디 말은 다른 사람들의 말보다 열 갑절 책임이 중한 바 있습니다. 만약 이 말이 거짓 일어난 헛된 말이라면 청풍부원군은 책임을 져야 할 것입니다. 이렇게 된다면 첫째 대비마마의 마음이 불안

하실 것이고, 조금이라도 근거가 있는 말이라면 전하를 모시고 보도하는 신들이 전하를 잘 보도하지 못하여 전하로 하여금 불효자가 되시게 한 것이니 이것은 소신들의 죄가 태산같사와 만사무석(萬死無惜)할 일인가 하옵니다. 전하께서 어찌 어마마마를 거역하신 일이 있을 리가 있습니까. 그러하온데 이따위 무엄한 말이 함부로 궁중에 떠돌고 또다시 부원군이 이런 오만무례한 상소를 올렸사오니 참으로 만만불측한 일이옵고 세상 되어가는 꼴이 망극하다고 아니 할 수 없사옵니다. 전하께서는 더욱 효성을 다하시고 궁중의 요사스러운 말을 막으시어 안의 말이 밖으로 나오지 않고 밖의 말이 안으로 들어가지 않도록 하옵소서."

허적이 말을 마치자 눈물이 하염없이 떨어져 단령(團領) 자락을 적신다. 이조참판 미수 허목이 아뢴다.

"예로부터 어린 임금[潤主]이 왕위에 오르시면 이렇게 유언비어를 지어 돌리는 일이 많사옵니다. 대개 궁중에서는 궁녀들이 입부리를 놀리고 밖에서는 내시들이 이것을 주고받아서 효성스런 임금을 불효자로 얽어 버려서 모자간에 화기를 잃게 하는 일이 많사옵니다. 좌우간 이번엔 단연코 밝혀야 하겠습니다. 청풍부원군을 대질시켜 주옵소서."

미수 허목은 엄숙하게 궁중의 폐단을 아뢴 뒤에 청풍부원군을 어전에 불러 대질시킬 것을 주장한다.

임금은 약간 난처했다. 아무리 임금이라 하나 늙은 외조부를 어전에 불러 무릎맞춤을 한다는 것은 거북한 노릇이 아닐 수 없다.

"영의정이 정원으로 청해서 물어 보는 것이 좋을 성싶소."

전하는 늙은 재상들을 바라보며 부드럽게 말씀을 내려 본다.

"대신들이 부원군을 정원으로 청해서 묻는다는 것은 대접이 아닌 것 같사옵니다. 입시하라는 명을 내리시어 전하께옵서 임어하신 곳

에서 물어 봐야 할 것이옵니다. 그리하옵고 듣자오니 지금 청풍부원
군은 의금부 문 앞에서 대명(待命)을 하고 있다 하옵니다."

영의정 허적이 차근차근 아뢴다. 청풍부원군이 의금부 문 앞에서
대명을 하고 있다는 말을 듣자 임금은 깜짝 놀란다. 대명이란 임금의
뜻을 거슬렸으므로 송구한 마음으로 임금의 처분을 기다리고 있는
것을 말하는 것이다.

"부원군이 어찌하여 대명을 하고 있소?"

전하는 금시초문의 일이었다. 영의정 허적에게 도리어 반문을
한다.

"일전에 전하께옵서 내리신 의금부 판결문에 남의 말을 듣고 골육
지친을 불측한 땅에 빠지게 했으니 부끄러워서 아프게 울고 싶다고
하신 분부가 계셨으므로 청풍부원군이 황공하와 대명을 하고 있는
모양이옵니다."

외조부가 의금부 문 앞에서 대명을 하고 있다는 말을 듣자 어린 전
하는 가슴이 따끔했다. 반드시 어마마마인 대비께서 몸부림을 치실
것이요, 어마마마의 입에서 불효자의 소리가 나올 것이 분명했다. 나
이 어린 전하는 어찌해야 좋을지 몰랐다. 전하의 얼굴은 금방 어두워
졌다. 한동안 침묵을 지켜서 말씀이 없다가 영의정의 얼굴을 건너다
본다.

"복창군 형제를 파직시키고 나인들은 귀양을 보내면 어떻겠소?"

전하는 외조부 부원군의 위세와 어마마마의 성난 얼굴이 무서웠
다. 외조부가 금부 문 밖에서 죄인으로 자처하고 대명을 하고 있다
하니 반드시 뒷공론이 시끄러울 것이 분명했다. 어린 얼굴에 어진 눈
매를 굴려 영의정 허적에게 하소연하듯 묻는다. 영의정 허적이 씩씩
하게 아뢴다.

"불가하옵니다. 복창군 형제가 확실히 죄가 있다 하오면 파직만 가

지고는 죄상을 마감할 길이 없습니다. 당연히 큰 벌을 받아야 할 것입니다. 만약 그렇지 않고 복창군 형제가 죄가 없다면 아무리 경한 벌이라 하오나 파직을 시킬 수 없사옵니다."

영의정 허적의 말이 떨어지니 미수 허목과 이조참의 윤전이 일제히 아뢴다.

"영의정 허적의 말씀이 옳습니다. 죄가 있으면 당하는 것이고 죄가 없으면 청천백일의 몸으로 백방이 되어야 할 것입니다."

임금은 난처했다.

"궁녀들만 가두어 다시 문초케 하라."

임금은 겨우 이렇게 판단을 내린다.

"아니 됩니다. 다스린다면 남녀들을 다 함께 다시 가두어서 문죄를 해야 합니다."

대신들은 다시 우겨댄다. 전하는 마침내 외조부인 청풍부원군 김우명에게 내일까지 들어오라는 초패(招牌, 승지가 임금의 지시를 받고 신하를 부르던 일. 또는 그때 쓰던 붉은 패)를 내렸다. 영의정 허적, 이조참판 허목, 이조참의 윤전은 비로소 어전을 물러났다.

복창군 형제와 나인 상업 등을 무죄백방시키고 전하가 친히 어필을 당기어 남의 말을 듣고 골육지친을 함정에 빠뜨릴 뻔했다는 판결문을 썼다는 소식은 단통 대비전으로 들어갔다.

뒤미처 청풍부원군이 금부 대문 앞에서 대명을 하고 있다는 소식도 대비전으로 들어갔다.

"부원군 대감께옵서 금부 문 앞에 석고대죄(席藁待罪)를 드리고 계시다 하옵니다."

대비전 지밀 나인은 대비 김씨한테 아뢰었다.

"무어 석고대죄? 대감께서 무슨 잘못이 계셔서 석고대죄를 드리신단 말이냐. 나라를 바로잡고 소인을 물리치자는 상소를 올리신 것이 무엇이 잘못되었다고 석고대죄를 드린단 말이냐. 역적질을 하셨단 말이냐? 나라를 팔아먹으려 하셨단 말이냐? 무슨 까닭에 석고대죄를 드리신단 말이냐. 그리고 아무리 세상이 망했기로소니 외할아버지가 외손자한테 석고대죄를 드리는 법이 어디 있단 말이냐. 내가 우리 아버지 대신 석고대죄를 드려야겠구나.”

대비는 역정이 불같이 나서 몸부림을 쳤다.

“나라꼴이 어찌되려고 이러는 거냐. 대궐 안의 풍기를 문란케 하고 방약무인하게 임금의 자리까지 노리는 복창군 형제는 무죄백방이 되고, 그래 바른말을 해서 나라를 바로잡으려는 우리 아버지는 석고대죄를 드려야 옳단 말이냐.”

대비는 안석을 치면서 목놓아 울었다.

대비전 나인들은 황망히 대비를 위로했다.

“상심이 되시나 진정을 하시옵소서. 외간에 울음 소리가 새어 나갈까 두렵습니다.”

“나라가 망하는 판인데, 그까짓 울음 소리쯤 나는 것이 무엇이 부끄럽단 말이냐.”

대비는 고래고래 호통을 질렀다.

“올바른 사람은 행세를 못 하고 소인들만이 들끓어 대는 세상이란 말이냐!”

대비는 또다시 안석을 치면서 몸부림을 쳐서 느껴 울었다.

“상감을 곧 들라 해라!”

대비의 역정은 절정에 올랐다. 늙은 상궁이 황공해서 시각을 지체치 않고 대전으로 나갔다.

“상감마마, 대비께옵서 듭시라 하옵니다.”

늙은 상궁은 어전에 아뢰었다. 전하는 즉각적으로 청풍부원군의 대명(待命)사건인 것을 알았다.

전하는 늙은 재상 허적과 허목이 있는 자리에서 청풍부원군에게 입시하라는 초패명령을 띄우고, 한편으로 금부에 대명할 것이 없다는 뜻을 벌써 전했던 것이다. 대비전에서 어마마마가 반드시 말씀이 계실 것을 미리 짐작해 안 때문이다.

전하는 늙은 상궁의 전갈을 받자 자비를 몰고 대비전으로 향했다. 이동안에 대비전 심복 나인이 또 하나의 새로운 사실을 대비 김씨께 고해 올렸다.

"오늘 낮에 영의정 허적과 이조참판 허목과 이조참의 윤전이 청대(請對)를 드렸다 하옵니다."

대비는 세 사람이 모두 다 남인의 영수인 것을 잘 알고 있었다. 영의정 허적과 이조참판 허목이란 말을 듣자 대비는 벌컥 역정이 또 일어났다.

"별안간 남인의 떼들이 왜 청대를 드렸다더냐?"

"복창군 사건 때문이라 하옵니다."

"왜? 복창군을 어서 내주라고?"

"아니올시다. 복창군이 죄가 있다면 극형에 처해야 하고 그렇지 않다면 귀양을 보내는 것도 과한 일이니 엄하게 치죄를 다시 해서 물으라고 주장했다 하옵니다."

"누구한테 들었느냐?"

"대전 내시한테 들었사옵니다."

"등 치고 배 어루만지는 격이로구나!"

대비의 흘긴 눈은 열을 띠어 흰자위가 붉게 탔다.

"그리하옵고 부원군 대감을 초패시켜서 내일 어전에서 대질을 하자고 주장했다 하옵니다."

"우리 아버지를 불러서 무릎맞춤을 하잔 말이냐. 무슨 일을 무릎맞춤하잔 말이냐. 복창군과 상업이년의 일을 무릎맞춤하잔 말이냐? 별놈의 꼴을 다 보겠구나. 복창군과 상업의 일은 우리 아버지보다도 내가 더 잘 알고 있으니 내가 우리 아버지 대신 나가서 맞춤을 해주마."

대비는 더한층 역정이 부풀어올랐다.

"아뢰옵기 황송하오나 부원군 대감 상소문 속에 상감께옵서 간언을 들으시고 대비마마의 말씀을 아니 들었다 하옵는 문구가 씌어 있다 하여 이것을 가지고 어전에서 대질을 시키려 든다 하옵니다."

"허허, 참 별별 아니꼬운 일이 다 많구나. 상감이 내 말을 아니 들은 것은 사실이거든. 복창군 형제의 염습집사의 책임을 떼라고 해도 상감은 영영 내 말을 듣지 않았단 말이다. 사실을 사실대로 아뢴 것인데 무슨 건방진 무릎맞춤이냐. 아버지 대신 내가 무릎맞춤을 하러 나가겠다."

대비의 역정은 극에 달하였다.

"너는 곧 부원군댁으로 나가서 정경부인께 여쭈어라. 상감께서 부르시는 초패령이 나가더라도 대감께서는 들어오시지 마시라고 여쭈어라. 뒷일은 내가 모두 담당한다구."

궁녀는 대비의 명을 받들고 창황히 부원군댁으로 자비를 몰고 나갔다. 이때였다. 전하가 어마마마의 부르심을 받고 대비전으로 들어와 문후를 올렸다. 대비의 역정은 아직도 가시지 않고 있었다.

"상감이 복창군 형제와 나인 상업이년을 무죄백방시켰다 하니 참말인가?"

대비는 장중하게 전하에게 묻는다.

"증거가 충분치 못하와 무죄백방을 시킨 것이옵니다."

"임금의 자리를 복창군에게 뺏겨도 좋을 터인가?"

대비는 엄하게 말을 마치자 전하의 얼굴을 뚫어지도록 쳐다본다. 전하는 고개를 숙이고 아무 말씀이 없다.

"아무리 골육의 지친이라 하나 왕의 자리를 노리는 자는 역적일 수밖에 없어. 이런 때는 골육지친도 없는 것이야."

대비는 또다시 엄숙하게 말을 마치고 상감의 얼굴을 응시한다.

"남인 대신들이 우리 아버지를 어전에서 대질시키려 하여 초패령을 놓았다지?"

대비는 또다시 엄숙한 표정으로 전하에게 묻는다.

"그러한 일이 있사옵니다."

"대신은 저희들만 대신인가? 우리 아버지도 대신이야. 저희들은 임금의 비위를 맞춰서 자기들의 권세를 도모하려는 대신이지만, 우리 아버지는 진정으로 국가를 사랑하고 임금을 아끼는 대신이야. 유일무이한 단지 한 사람뿐인 외손자에게 충성을 다할 사람은 다만 외조부나 어머니밖에 또 누가 있겠는가. 상감도 깊이 생각해 보게. 내일 재상들이 모인 자리에 나도 나가서 가슴을 털어 놓고 할말이 있으니 대신을 만나는 상감의 처소에 내가 앉을 자리도 한 자리 마련을 해놓도록 분별을 하소."

대비는 장중하게 전하한테 또 일렀다. 전하는 황송쩍어,

"예."

하고 대답할 뿐 다른 말씀이 없었다.

"상감, 들어 보시게. 진정으로 상감을 생각하는 사람은 이 세상에 두 사람 아니면 세 사람밖에 없네. 상감을 낳은 이 늙은 어미와 상감의 외조부인 우리 아버지와 그리고 내 오라비인 김석주가 있을 뿐일세. 상감의 앞에서 절을 드리는 수많은 신하들은 모두 다 자기만이 상감에게 대하여 충신이라고 주장하겠지만, 정말 상감과 핏줄이 통하는 사람은 상감을 낳은 나와 나를 이 세상에 낳아 놓은 우리 아버지와 나와 혈맥을 같이하는 내 오라비밖에 없을 것일세. 상감이 태평무사해야만 같은 핏줄을 지닌 사람들도 태평하고 무사하게 되지 않

겠는가. 상감은 좀 생각을 해보게. 상감에게 정말 충신은 남인도 아
니고 서인도 아니고 노론도 아니고 소론도 아닌 청풍김씨의 일파 한
당이 있을 뿐일세. 상감, 생각해 보시게. 종실이라고 떠드는 이씨네
골육지친은 서인이나 남인들의 세력을 타서 왕위를 엿볼 수도 있지
만 외척으로 골육지친인 김씨는 다만 충성스럽게 상감의 수(壽)하기
를 축수하면서 국가가 저기 저 떠오르는 태양과 같이 욱일승천의 기
상으로 융성해지고 부강해지기만 바랄 뿐일세. 남인 대신들은 우리
아버지가 상감을 불효자로 몰았다고 어전에서 무릎맞춤을 시키자고
떠들어댄다지만 그것은 불효자라고 한 말이 아니라 전하가 간언을
듣고 내 말을 아니 들었다는 말일세. 간언이란 다른 말이 아니라 털
어 놓고 말한다면 남인이나 서인들 조정 신하의 말을 너무 신뢰하고
내 말을 아니 들었다는 말일세. 사실 남인과 서인들은 겉으로는 아닌
체하지만 우리들 청풍김씨를 무척 미워하네. 서인의 영수 우암 송시
열은 우리 아버지를 역적으로 몰려고 했네. 우리 아버지 형제분이 할
아버지 묘소(墓所)를 쓰는데 하관할 때 광중(壙中)에 수도(隧道)를
썼다 해서 참람하다고 역적으로 몰았단 말일세. 그리고 남인들은 지
금 복창군을 떠메고 고단하고 허약한 전하의 틈만 노리고 있네. 이제
전하도 정신을 좀 차리도록 하게.”
　전하는 대비의 말씀을 듣자 어느 틈에 대비가 벌써 초패령을 내린
일까지 아시나 하고 마음속으로 깜짝 놀라지 않을 수 없었다. 대비의
말씀은 그럴 듯도 하고 그렇지 않은 것 같기도 했다. 전하가 여전히
고개를 숙여 대비의 말씀을 듣고 있을 때,
　“모든 일을 단순하게 생각하지 말고 깊이 생각해서 처리하도록 하
게. 좌우간 대신들이 들어오거든 나도 나가도록 하겠네.”
　대비의 두 번 당부하는 말씀을 전하는 거역할 수 없었다.
　“분부대로 거행하겠습니다.”

말씀을 마치자 전하는 무겁게 어깨를 누르는 압력을 느끼면서 천천히 자비에 올라 대전으로 돌아왔다. 임금의 책임이 무겁고 괴로운 것을 새삼스레 느꼈다.

이튿날이 되었다. 전하는 명패를 놓아 부른 청풍부원군 김우명의 입대하기를 기다렸다. 아침부터 기다려도 들어오지 아니했다. 오실 때가 지나도 들어오지 아니했다. 저녁때가 되어도 기별이 없었다. 아무리 임금의 외조부라 하나 임금의 신하였다. 임금이 부르는데 신하가 아니 들어온다는 것은 역명(逆命)이었다. 대비가 나인을 시켜서 아니꼬우니 들어오지 말라는 전갈을 보낸 것을 까맣게 모르는 젊은 왕은 불쾌한 마음을 품고 기다리고 있었다. 해가 어둑어둑하건만 청풍부원군은 영영 아니 들어왔다. 그러나 전하는 복창군 사건을 결정짓지 않을 수 없었다.

"승지를 불러라."

전하는 옆에 모시어 섰는 내시에게 영을 내렸다. 이윽고 승지가 명을 받고 추창해 들어왔다.

"대신과 비변사(備邊司, 군국의 사무를 맡아보던 관아)의 모든 재상들을 들게 하라."

전하는 청풍부원군이 아니 들어오더라도 어전회의를 열어 복창군 형제의 일을 결정지어 버리자는 것이었다. 승지는 황망히 어명을 받고 물러갔다. 지밀 안 소식은 빠르기가 살〔矢〕대 같았다. 승지가 막 합문 밖으로 물러갔을 때 대전 내실문이 활짝 열리면서 대비전 궁녀들이 대비를 옹위하여 대전에 나타났다.

"대비전 듭시오."

하는 내시의 거래와 함께 대비전 늙은 상궁이 어전에 부복했다.

"대비마마께옵서 납셨사옵니다."

늙은 상궁은 전하께 말씀을 나직이하여 사뢴다. 대비가 외전인 대전으로 친히 납시는 일은 역대에 드문 일이었다. 전하는 깜짝 놀랐다.

"어마마마께서?"

하고 눈을 둥그렇게 뜨고 몸을 일으켰다. 대비는 벌써 전하의 거처하는 대전 연침(嚥寢)으로 발길을 들여놓았다.

"상감이 대신과 재상들을 불렀다는 소식을 듣고 어제도 말했지만 내가 우리 아버지 대신 무릎맞춤을 하러 나왔네. 내가 앉아 있을 방 한 간을 주도록 하게."

상감은 비로소 대비가 친히 대전까지 나온 까닭을 알았다. 전고에 없는 일이지마는 까딱 잘못하면 또다시 불효자가 되는 것이었다. 전하는 고요히 내시에게 분별을 내린다.

"분합문을 열지 말고 대비마마의 앉으실 자리를 보진케 하라."

전하는 이렇게 하여 어마마마의 뜻을 받드는 수밖에 없었다.

이윽고 재상들이 한 사람, 두 사람 차례차례 들어왔다. 영의정 허적을 위시하여 남인 재상의 권대운(權大運), 판의금 장선징(張善徵), 지사 유혁연(知事柳赫然), 병조참판 신여철(申汝哲), 대사헌 김휘(金徽), 대사간 윤심(尹深) 등이 모여들었다. 그러나 초패령을 받은 청풍부원군 김우명은 의연히 아니 들어오고 그의 아들인 병조판서 김석주도 병을 핑계하고 어전회의에 참석하지 아니했다. 승지 정중휘(鄭重徽)가 어전에 부복해 아뢴다.

"영의정 허적 이하 비국(備局:비변사)의 재상들이 모두 다 입대를 드렸사옵니다. 다만 청풍부원군 김우명이 명초를 받잡고 들지 아니했사옵고 병조판서 김석주는 병이 있사와 불참을 하였사옵니다."

전하는 말없이 고개를 끄덕여 승지의 아뢰는 말씀을 받았다. 상감이 앉은 대전 연침은 방이 두 간에 청(聽)이 세 간이었다. 상시에 전하가 재상들을 인견(引見)할 때는 분합문을 떼고 남향을 해 앉아서 재상들을 인견하는 것인데, 이날만은 분합문이 닫혀진 채 전하가 대청 밖에 동향해 앉았고 조금 아래로 대신의 자리를 서향해서 펴놓았다. 대청 아래는 박석 위에 자리를 깔아서 모든 재상들의 자리를 동향해서 보진해 놓았다. 때는 벌써 저물어 황혼을 넘어섰다. 전상에는 등촉이 휘황하게 빛나고 있었다. 영의정 허적 이하 모든 재상들이 승지의 인도로 제각기 자리에 나가서 숙배를 드리고 있을 때 돌연 분합 안에서 여자의 곡성이 구슬프게 처절하도록 일어났다. 해괴하고 상서롭지 못한 소리였다. 대신들이 임금께 입대를 드리는 엄숙한 이 자리에 여자의 목소리로 소름이 끼치도록 곡성이 나는 것은 송구스럽고 해괴할 뿐 아니라 천만고 역사에 없는 일이었다. 영의정 허적 이하 모든 재상들은 임금께 절을 올리다가 깜짝 놀라지 않을 수 없었다. 그러나 막중 전하를 모신 엄숙한 자리였다. 신하들은 놀란 가슴을 진정하고 숙배를 마친 뒤에 면면이 서로들 말없이 얼굴을 바라볼 뿐이었다. 여자의 울음 소리는 여전히 처량하게 들렸다. 모든 신하들은 해괴망측하여 의분을 참을 수가 없었다. 영의정 허적은 벌써 이 울음 소리가 누구의 울음 소리인 것을 짐작해 알았다. 그러나 입을 다물고 울음 소리가 그쳐지기를 기다렸다. 이윽고 울음 소리는 그쳐지고 사면은 고요했다. 영의정 허적은 금관조복에 백수를 흩날리며 두 번 절하고 전하께 아뢴다.

"아뢰옵기 황송하오나 전하께옵서 대신들을 인견하시는 막중한 이 존엄한 자리에 뜻밖에 처절한 여인의 곡성이 요란하게 어전 지척에서 들리오니 이것이 웬 까닭이오니까? 신의 무리는 황공하고 송구하와 몸둘 바를 알지 못하겠소이다. 이 어이한 해괴스러운 일이오니까?"

영의정 허적의 목소리는 장중하게 우렁우렁 전각을 울린다. 창백한 전하의 얼굴빛이 더한층 창백해지면서 억지로 웃음이 입가에 떠돌았다.

　늙은 대신 허적의 아뢰는 말씀이 떨어지자 젊은 상감은 강잉히 얼굴에 미소를 띄워 대답한다.

　"내가 내간(內間) 일을 잘 모르므로 오늘 대신들이 모인다는 소식을 듣고 자전께서 임어하시어 복창군 형제의 일을 말씀하러 나오신 것이오. 대신들은 알아주기 바라오."

　전하는 부드러운 말씨로 슬쩍 이렇게 변명을 한다. 이때 분합 안에서 곡성이 또다시 처절하게 들려 왔다. 모든 신하들은 더 한 번 해괴하고 송구함을 느낀다. 재상 권대운이 분함을 참지 못하여 분연히 아뢴다.

　"대비께서 곡성까지 내시어 신하들 앞에 나오시는 것은 전무후무한 비상한 일이옵니다. 신등은 황공하여 감히 이 자리에 입시할 수 없사옵니다. 물러가는 것이 옳은가 하오."

　분합 안에서는 곡성이 여전히 들렸다. 영의정 허적이 아뢴다.

　"자전께서 하교하실 일이 계시다면 신의 무리는 마땅히 말씀을 들어야 할 것입니다. 전하께서는 안으로 들어가시어 우선 곡성을 그치시도록 하시옵소서."

　영의정 허적은 대비의 말씀을 듣는 것이 옳다고 권대운의 말을 누른다. 젊은 전하는 분합 안으로 들어가서 어마마마의 우는 것을 만류한다.

　"그만 울음을 그치시고 말씀을 내리시옵소서. 대신들이 말씀을 듣기 원합니다."

　전하는 어마마마의 소매를 이끌어 울음을 그치라고 간곡하게 만류한다. 얼마만에 대비는 울음을 그치고 전하는 다시 분합 밖으로 나와 자리에 앉았다. 대신들은 부복한 채 귀를 기울여 대비의 말씀이 있기를 기다린다. 분합 안에서는 대비의 음성이 새어 나오기 시작한다.

"미망인은 세상에 살 뜻이 없어서 매양 어서 죽지 못하고 살아 있는 것만 한탄하는 중인데 오늘 내가 이 자리에 나온 것은 궁중 안에 불측한 일이 있어서 선왕조에 관계가 되는 고로 부득이 대신들한테 아니 말할 수 없어서 나온 것이오. 선왕께서 복창군 형제를 동기같이 극진히 사랑하신 것은 외신(外臣)들도 다 짐작하는 일이고 궁중의 예법이 극히 엄하지만 나 역시 선왕의 지극하신 뜻을 받들어 무간하게 대접했던 것이오. 복창군 형제들이 범하고 있는 죄상은 내가 자세히 알고 있으나 이것을 밝히는 날엔 그들이 죽는 땅으로 들어가겠기에 말을 안 하고 있었는데 이제 주상(主上)이 나이 어리고 곡절을 몰라서 내가 그들을 무함(誣陷)하는 것으로 생각하고 판결을 내렸으니 나는 어서 죽어서 선왕의 능침 곁으로 돌아가야만 하겠소."

대비는 여기까지 말하자 길게 한숨을 쉬고 주먹으로 마루청을 친다. 만전 창 밖에 앉은 전하의 얼굴빛이 또다시 창백해진다. 모든 대신들은 분합 밖에서 귀를 기울여 대비의 말씀을 듣는다. 대비는 분합 안에서 말을 계속한다.

"영의정은 선대왕께서 참으로 소중하게 생각하시던 분이오. 선대왕께서 병환이 위중하실 때 영의정이 입시하여 들어온다는 말을 듣고 하시는 말씀이, 세자가 어리고 약하다 하나 나의 수족 같은 영의정 허적이 있으니 내가 죽는다 해도 걱정이 없다고 하시던 말씀이 아직도 내 귀에 쟁쟁하오. 이러한 분이 아직도 영의정으로 있으니 내가 무슨 걱정이 있겠소마는……."

대비는 남인인 영의정 허적을 흠뻑 칭찬해 치켜세운다. 부복해 있는 영의정 허적의 귀가 쫑긋거리며 근지러움을 느낀다.

"이러한 믿음직스러운 대신들이 있으니 나는 오늘 대신들 앞에서 궁중 안에 비밀하게 일어난 그들의 죄상을 폭백(暴白, 성을 내며 말함)하는 것이오. 내가 만일 이 일을 폭로하지 않고 그대로 죽는다면

나는 억울하게 종실들을 무함하는 사람이 될 뿐 아니라 죽어 지하에
돌아간다 하더라도 선대왕전하를 뵈올 면목이 없게 되오. 그러하니
오늘 대신들이 모인 자리에 이 일을 폭백하는 것이오. 대신들은 내가
오늘 이 자리에 나온 것을 허물치 말아 주기 바라오.”

　대비는 말을 마치자 또 한 번 땅이 꺼지도록 한숨을 쉰다. 영의정
이하 모든 신하들은 대답 없이 대비의 말을 계속해 듣고 있다.

　“당시의 주상은 동궁에 있을 때라 나이 어릴 뿐 아니라 공부만 하
고 있을 때니 안의 일을 어떻게 알겠소. 나인 상업이란 년은 본시 사
람이 허랑한 계집인데 복창군과 추잡한 관계를 맺고 있었소. 효숙대
비께서 승하하신 뒤에 선대왕께서는 망극하신 중에도 대비께서 쓰시
던 유물을 모든 공주와 왕자한테 나누어 주시느라고 공주와 왕자를
불러 친히 물건을 하사하시는데, 이때 복창군 형제도 있고 나인 상업
이도 옆에 있었소. 이때 대왕께서 복창군에게 옥필통을 내리시니 옆
에 섰던 상업이년의 얼굴빛이 좋지 못하게 변색이 되었소. 복창군에
게 주신 물건을 만족하게 생각하지 않았던 모양이오. 그래서 대왕께
서는 이 눈치를 아시고 복창군과 상업이 가까이하지 않도록 하라고
분부를 하신 일까지 있었소. 그래서 나는 늙은 상궁을 불러서 상업이
년을 잘 단속하라고까지 이른 일이 있었던 것이오. 그 뒤에 칠월 칠
석 다례를 안에서 올리는데 선대왕께서 친림(親臨)을 하시고 복창군
형제는 집사가 되고 나인 상업은 제물을 받들어 시중을 하고 있었소.
이때 복창군이 흘긋흘긋 상업을 보면서 태도가 수상스러운데 상업이
년은 복창군을 보고 상긋 웃고 있었던 것이오. 선대왕께서는 다례를
지내시다가 마침 이 꼴을 보셨소. 다례가 파한 뒤에 선대왕께서는 나
에게 말씀하시기를 남녀의 애욕이란 것은 접촉만 되면 막을 길이 없
는 것이니 빨리 복창군과 상업의 사이를 떼어놓기 위하여 상업이년
을 궁중에서 내쫓으라 말씀하셨던 것이오.”

　대비는 다시 잠깐 말을 멈춘다. 대신들은 처음 듣는 궁중의 해괴망측한 일이라 호기심을 가져서 반신반의하며 대비의 말씀을 듣고 있다.

　"나는 선왕의 말씀을 듣고 상업이년을 쫓아내려고 했는데 어느 틈에 상업이년이 눈치를 챘는지 병을 칭탁하고 수유를 받아서 제 집으로 나갔다 하오. 그러더니 그 뒤에 복창군이 상업의 집으로 쫓아다녀서 자식까지 낳았다고 하는구려. 세상 천하에 이렇게 해괴망측하고 기막힌 일이 어디 또 있겠소. 이 일은 선왕께서도 자세하게 아신 일이었소. 선왕께서는 이 말씀을 들으시고 나한테 조정에서 대간(臺諫：법관과 간관)들이 만약 이 일을 알고 논계(論啓)를 한다면 나로서도 복창군을 구해 낼 도리가 없으니 떠들지 말고 조용히 처리하도록 합시다 하고 말씀만 하시다가 이내 환후가 위중하시어 세상을 뜨시고 말았소. 그런데 상업이년은 선대왕께서 승하하신 틈을 타서 다시 대궐로 들어와서 복창군과 함께 여전히 은밀한 정을 통하니 해괴망측한 소리가 또다시 궁중 지밀 안에 자자하게 퍼져 있소. 그리해서 내가 참다못하여 주상에게 말을 하고 후환이 없게 하기 위하여 복창군 형제를 파직시켜서 지밀 안에 출입하지 못하도록 하라 했더니 주상이 어릴 때부터 저들 형제와 정이 깊이 든 까닭에 내 말을 듣지 않고 남의 말을 들어 골육의 은정을 해할 뻔했다는 판결문까지 내렸으니 내가 도리어 복창군 형제를 무함한 것이나 매일반이 되어 버렸소. 내 마음이 얼마나 아프겠소. 그래 내가 죄 없는 복창군을 모함했더란 말이오?"

　대비는 말을 마치자 다시 마루청을 치면서 구슬프게 울음을 터뜨린다. 전하를 위시하여 모든 대신들은 다만 황공하여 어찌할 바를 모른다. 이윽고 대비는 울음을 그치고 말을 꺼낸다.

　"나는 지금 사람을 모함하는 혐의를 받고 있으니 그대로 덮어둘 수가 없겠소. 아까 상업이년을 안에서 문초했소. 복창군과 네 일은 선 대왕께서도 아신 일이고 나도 목도해서 잘 아는 노릇이다. 네가 만약 바른말을 안 하면 형장(刑杖)으로 문초를 할 것이고 너의 부모들까 지 안전하지 못하리라고 엄포를 했더니 상업이년이 일일이 공초를 해서 토설을 하기 시작했소. 말이 하도 추해서 옮기기가 거북하나 대 신들 앞에 밝히지 않을 수 없어 말하는 것이오. 상업이년의 공초는 이러했소. 효숙대비 초상 염습을 올릴 때 복창군과 상업이가 염습을 올리게 되었는데 상업이는 베의대를 받들고 있고 복창군은 베의대를 입혀 드리는 중 별안간 복창군이 상업이년의 손을 잡았다 하오. 그 뒤에 나인들과 여러 왕자들이 모여 있는 곳에서 복창군이 별안간 뒤 에서 슬며시 상업이년의 치마꼬리를 잡아 상업이년이 깜짝 놀라서 몸을 피한 일이 있다 하오. 이런 일이 있은 뒤에 둘은 조용한 곳에서 만났는데 복창군은 상업이한테 말하기를, 나는 너를 연연하여 차마 잊지 못하고 밤낮으로 생각하는데 너는 어째서 매정하게 나를 보면 피해 달아나느냐 하고 애원을 하면서 상지를 해서 결국은 그자리에 서 핍박을 당했다 하오. 자아, 이렇게 소소하게 상업이년이 자백을 했는데도 복창군을 모함한 것같이 생각을 하니 기막히고 원통하지 아니하오."

대비는 말을 마치자 또다시 구슬피 울었다. 대신들과 전하의 얼굴 빛은 창백하게 변해지지 않을 수 없었다. 대비는 한동안 울다가 또다 시 푸념을 계속한다.

"복평군과 귀례의 일은 차(茶) 때문에 생긴 일이오. 어쩌면 형제의 행동이 그렇게도 똑같더란 말이오. 귀례란 년은 수라간 나인인데 얼 굴이 해끄무레하게 생긴 계집이었소. 복창군의 아우 복평군은 귀례 란 년에게 점을 찍어 놓고 마시고 싶지 않은 차를 한 상 가져오라 했 더라오. 이 눈치를 챈 귀례년이 딴 아이를 시켜서 차를 들여보냈더니

복평군이 찻종을 가지러 들어온 아이에게 귀례가 와야만 찻종을 내
준다 해서 결국은 귀례가 마지못해서 복평군 있는 데로 들어갔더니
복평군이 귀례를 회상전 월랑으로 끌고 들어가서 강제로 욕을 보이
고 말았다 하오. 이리하여 그들은 좋은 사이가 되어 지내 왔던 것이
오. 이 일도 돌아가신 선왕께서 다 아시는 노릇인데 내가 그들 형제
를 모함하기 위하여 꾸며낸 일같이 되었으니 이것은 선왕께도 누가
되는 일이오. 돌아가신 선왕께서는 영의정을 항상 믿고 소중하게 생
각하시어 말씀마다 영의정 허적이 있으니 나는 아무 근심과 걱정이
없다구 하시고 참말로 임종하실 때도 어린 임금을 잘 도울 사람은 영
의정 허적이라 하셨소. 나도 선대왕의 뜻을 받들어 지금 허정승을 태
산같이 믿고 바라고 있소. 아무쪼록 어린 임금을 잘 도와서 당파에
쏠리지 말고 태평성대를 이룩해 주기만 바라고 있소. 나는 선대왕의
뒤를 좇아서 벌써 죽었어야 할 사람이나 다만 어린 임금이 정치를 잘
하는 것을 보고 지하에 돌아가서 선대왕께 마음을 놓으시라고 말씀
을 아뢰려 했더니 오늘 뜻밖에 내가 사람을 모해하는 사람이 될 줄
어찌 알았겠소. 미망인이 된 뒤에 궁녀들한테도 얼굴을 들려고 하지
않던 내가 오늘 대신 이하 모든 신하들 앞에 나온 것은 말썽이 선대
왕한테까지 미치고 보니 일신상의 시비를 가려서 여러 신하들 앞에
이 사실을 폭로시켜서 일을 바로잡자는 것이오. 이러한 뒤에라야 나
는 죽어도 눈을 감고 죽겠소. 허정승과 여러 대신들은 우리 아버지
청풍부원군과 나의 누명을 벗겨 주시오.”
　말을 마치자 대비는 울음을 터뜨린다.
　늙은 재상 영의정 허적이 천천히 일어나 분합창을 격하여 아뢴다.
　“대비전하의 하교하신 말씀을 신의 무리가 어찌 아니 든사오리까.
신등은 감히 대비전하께 바로 곧 아뢸 수가 없으므로 소회(所懷)를
전하께 아뢸 터이오니 대비전하께서는 창을 격하여 소신들의 말씀을

들으시옵소서."

영의정 허적은 분합을 향하여 대비한테 들리도록 말하고 이어 전하에게 아뢴다.

"늙은 신하가 죽지 않고 살아서 지금까지 외람되이 정승의 자리에 있는 것은 대비전하의 말씀대로 선대왕전하께옵서 소신을 신임하신 까닭인 것은 전에도 누누이 탑전에 아뢴 일이옵니다. 이번에 전하께서 조처하신 일은 온당치 않은가 하옵니다. 만약 대비마마께서 이 일을 밝히지 아니하셨다면 소신들은 무슨 연유인지 몰랐을 것입니다. 다시 복창군 형제를 가두시어 문초하심이 좋을까 하나이다."

전하는 잠자코 아무 말씀이 없다. 영의정 허적이 다시 아뢴다.

"청풍부원군의 상소는 다른 사람의 상소에 비하여 무게가 있는 상소입니다. 상소문 중에 선왕께서 놀라 근심하시고 자전께서 난처해하신다는 말씀이 씌어 있을 뿐 아니라 지금 대비전하의 말씀을 듣자오니 궁녀들이 일일이 자복(自服)까지 하는 말씀을 올렸다 합니다. 이것은 명백한 사실인가 합니다. 그러하옵기 지난번에 전하께옵서 그들을 무죄석방하신 일이 조금 경솔하신 듯하와 신은 다시 가두어 문초하시기를 반날 동안이나 주장해 왔던 것입니다."

허적은 정치적으로 슬며시 자신을 발뺌한다. 전하도 어마마마 앞에서 대답하기가 난처했다.

"나 역시 안의 일을 잘 모르는 까닭에 그러한 판결을 내리고 말았구려."

임금도 이렇게 변명을 한다. 영의정 허적이 다시 아뢴다.

"내간의 일이라 신의 무리는 전혀 몰랐습니다. 이제 죄상이 현저하오니 다시 더 물을 까닭이 없습니다. 전하께서는 은정을 베푸시어 용서하시고 싶으시겠으나 나라에는 법이 있으니 법대로 처치할 뿐 다른 길이 없습니다. 효숙대비께서는 복창군 형제를 아들처럼 보시어 궁중에서 양육을 하다시피 하셨사온데 망극하온 그분의 초상 염습 중에 감히 그 같은 불측한 일을 저질렀다 하니 항간의 무식한 사람들도 이런 일은 못할 것이옵니다. 통분하기 짝이 없는 일이옵니다. 빨리 법을 밝히시옵소서."

이때 분합 안에서 대비의 말이 다시 새어 나온다.

"저것들의 죄상이 저렇듯 명명백백한데 전하가 사정에 끌려서 저것들을 파직만 하여 백방시키고 궁녀들은 궁중에서 쫓아내어 출입 못 하게만 했으니 이러고서야 궁중의 풍기를 바로잡을 수가 있겠소? 그리하여 나는 우리 아버지한테 말씀을 하여 상소를 올리게 했던 것이오. 그러나 주상은 남의 말만 듣고 하마터면 사람을 불측한 곳에 빠뜨릴 뻔했다 했으니 이때 내가 대신들 앞에서 변명하지 아니하면 어느때 하겠소. 아무튼 대신들은 우리 주상전하를 잘 도와서 나랏일이 잘되게 해주기 바라오."

영의정 허적은 판의금 장선징을 바라보며 아뢴다.

"여기 판의금도 입시하여 있사오니 곧 법에 의지하여 처단하도록 하옵소서."

영의정 허적의 말이 떨어지니 판의금 장선징이 아뢴다.

"승지에게 전지를 내리시면 그대로 곧 거행하겠사옵니다."

영의정 허적은 전하를 대신하여 승지 정중휘를 손짓해 불렀다.

"전교를 받들어 쓰시오."

승지 정중휘가 어전에서 붓대를 잡는다. 영의정 허적이 전하를 대신하여 글을 부른다.

"복창군 정과 복평군 인과 나인 상업과 귀례는 비록 원정(原情)을 직초(直招)하지 않았으나 전후 죄상이 이미 명백히 드러났으니 금부에 다시 내려 법에 의하여 처단케 하라."

승지는 쓰기를 마치자 전하와 대비가 들으라고 낭랑히 읽는다. 대비는 분합 안에서 승지가 전교(傳敎)를 읽는 소리를 귀를 기울여 듣는다. 한 번 금부에 갇혔다가 임금의 명으로 무죄백방이 된 복창군 형제를 다시 처단하게 되니 대비의 마음은 비로소 쾌했다.

"법에 비추어 처단한다면 어떠한 형벌을 받게 되는가?"

대비의 말소리가 분합 안에서 또다시 새어 나온다.

"사형에 처해야 합니다."

영의정 허적이 일부러 엄숙한 목소리로 크게 아뢴다.

"안에서 이미 궁녀들을 추궁해서 실정을 잡았으나 사형까지는 좀 과하지 않은가?"

영의정의 죽여야 한다는 말에 대비의 마음이 약간 떨리는 듯했다. 영의정 허적과 우의정 권대운이 일제히 목청을 가다듬어 높은 소리로 아뢴다.

"왕법은 굽힐 수가 없는 것이옵니다. 대비께옵서 아무리 선대왕의 뜻을 받들어 복창군 형제를 두호하시려 한대도 추상 같은 국법은 어찌할 도리가 없을 것이옵니다."

전각 안엔 긴장한 빛이 떠돌았다. 이윽고 분합 안에서 대비의 목소리가 새어나온다.

"먼 곳으로 귀양을 보내게 하오. 죽이기까지 한다는 것은 내가 차마 못 하겠소."

대비의 음성이 완전히 떨렸다.

전하도 말씀을 내린다.

"죽음에서 한 등을 감하여 정배(定配)를 시키는 일이 어떠하겠소."

전하도 불안해서 이렇게 말씀을 내렸다. 영의정 허적이 다시 엄숙한 음성으로 아뢴다.

"대비전하께서 죄인을 살리려 하시는 일은 후덕하신 뜻이오나 나라를 다스리는 길은 법이 서야 하는 것이옵니다. 단연코 용서할 수 없사옵니다."

영의정의 말이 떨어지니 우의정 권대운이 또 아뢴다. 모두 다 같은 남인들이었다.

"죽음을 감한다는 말씀은 사사로운 은혜요, 법이란 것은 공변된 공의(公議)올시다. 한 나라의 공변된 법은 임금이라도 마음대로 굽힐 수가 없는 것입니다."

권대운도 고개를 흔들어 큰소리로 부정한다. 모두 다 능란한 정치적 수단이었다.

"이미 결정된 일이니 다시 더 말씀할 것이 없습니다."

영의정 허적은 엄숙하게 끊어 아뢰고 천천히 어전에서 물러난다. 모든 대신들이 뒤에 따랐다.

대비는 아무리 적(敵)이라 하나 풍기를 문란시켰다는 죄목으로 사촌시숙간이 되는 복창군 형제를 죽일 수는 없었다. 내전으로 돌아갈 때 아들 임금에게,

"차마 죽일 수는 없네. 사형에서 일등을 감하여 먼 곳으로 귀양을 보내도록 하게."

당부하고 돌아갔다. 의금부에서는 다시 결안(結案)지을 것을 전하에게 물었다.

"정과 인은 골육지친이다. 아무리 죄가 지중하나 죽음을 면하여 귀양을 보내게 하라."

다시 판결문이 내렸다. 이리하여 복창군 정은 영암(靈巖)으로, 복평군 인은 무안(務安)으로, 궁녀 상업은 삼수(三水)로, 귀례는 갑산(甲山)으로 귀양길을 배정시켰다.

대비를 중심으로 한 청풍부원군의 일당인 한당은 이렇게 첫 화살을 남인에게 쏘아서 복창군 형제를 쓰러뜨렸다. 그러나 남인은 얼른 쓰러지지 아니했다. 영의정 허적 이하 모든 남인의 대관들은 겉으로

는 복창군 형제에게 사형을 주장했으면서도 며칠 뒤에는 한당을 쏘
는 화살을 일제히 쏘아붙였다. 강능참봉(康陵參奉)이라는 도신징(都
愼徵)이,
　'복창군 형제는 효종대왕께서 아들같이 사랑하시던 사람이온 데다
죄상이 확실치 못하온데 귀양을 보내서는 아니 됩니다'
하고 항의하는 상소를 올렸다. 도참봉은 말할 것도 없이 남인의 수하
인 미관말직이었다. 정원에서는 전하에게 아뢰고 도참봉의 상소를
환수해서 돌려보냈다.
　그러나 며칠 뒤에 대사헌 윤전이 상소를 다시 올렸다. 그는 남인
영수 중의 거물이었다.
　'복창군 형제의 일은 무례하고 불경스러워서 듣기에 해괴한 일이
옵니다. 그러하오나 그들의 죄상이 대역부도가 되는 역적질이 아닌
다음에야 귀양을 보낼 수는 없사옵니다. 옛 법에도 골육지친은 법을
굽혀서 은혜를 베푼 일이 허다합니다. 신은 감히 여러 사람의 의론에
뇌화부동하지 않고 소신의 의견을 진술하는 바입니다. 깊은 통촉이
계시기 바라오'
　대사헌은 나라의 풍기를 맡은 장관이었다. 대사헌이 한번 던지는
말은 무게가 있었다. 임금은 중간에 끼여서 어찌할 줄을 모른다.
　며칠 뒤에는 흥분한 부제학 홍우원(洪宇遠)이 상소를 올렸다. 역
시 남인 편의 쟁쟁한 중견이었다.
　'여자가 안에 있어서 바깥일을 참견하지 아니하는 것은 가도를 바
로잡는 일이요, 나라의 법이옵니다. 더구나 나라의 정치하는 일에서
오리까. 대비께서는 본디부터 수렴청정하신 일이 없으면서 별안간
외전에 나오시어 대신들이 정사를 아뢰는 자리에서 대성통곡을 하시
어 군신들을 놀라게 하셨으니 참으로 체통을 잃으신 바가 크옵니다.
복창군 형제의 일도 해괴한 일이오나, 이런 일은 안에서 덮어두시는

성덕이 있어야 하고 밖으로 드러내서 대신들에게 폭로시킬 일이 아니옵니다. 복창군의 일보다도 앞으로의 나라 정치가 큰 탈이옵니다. 걸핏하면 모후께서 외전으로 나오시어 모든 정치에 참예하여 간섭을 하신다면 이야말로 조정의 체통이 말 아니옵고 나랏일이 말 아닐 것입니다. 전하께서는 모후를 간하시어 다시는 이러한 일이 없도록 하옵소서! 대비마마의 밝은 덕에 해로움이 크옵니다'

부제학 홍우원의 상소는 정면으로 대비를 공격하는 거탄이었다. 온 조정이 발끈 뒤집혔다. 서인은 서인대로 술렁거리고 한당은 한당대로 분이 터졌다. 청풍부원군 김우명은 울화병이 터져서 세상을 떠나 버렸다. 대비는 친정아버지가 분통이 터져서 돌아가고 보니 식음을 전폐하면서 곡기를 끊었다.

남인들은 또다시 들끓어 상소를 올린다. 이 기회를 타서 서인과 한당을 일거에 쓰러뜨리고 복창군 형제를 구원해 내어 남인의 세력을 더한층 굳게 하자는 것이다. 유학(幼學) 박헌이란 사람이 남인의 앞잡이가 되어 서인과 한당을 함께 두들겨 부수는 상소를 올렸다. 박헌의 상소문은 극렬했다. 서인의 영수인 우암 송시열을 치고 전하의 모후인 대비를 흔들었다.

'대비께서 복창군을 의심하도록 만든 원인은 송시열에게 있사옵니다. 송시열은 선왕이 즉위하신 직후에 배은망덕을 하여 예론으로 효종대왕의 복제를 서자의 기년복으로 쓰자고 주장했고 다시 뒷길을 보기 위하여 수삼공자(數三公子)가 음험한 마음을 먹었다고 발설을 하여 마침내 모후의 마음이 복창군을 의심하도록 흔들어 놓고 전하의 성덕까지 의심하도록 만들었습니다. 이러한 음흉한 송시열을 조정에서는 아직껏 누구 한 사람 무군부도(無君不道)로 단안을 내리는 사람이 없으니 통분하기 그지없는 일이올시다'

박헌의 상소는 송시열을 몰고 대비 김씨가 정치에 참여했다고 공격하는 상소였다.

　상소가 한번 들어가니 조정은 더 한 번 소란했다. 서인과 한당측에서는 박헌을 죽여야 한다는 여론이 빗발치듯 일어났다. 대비는 이 소문을 듣자 언문으로 전교를 내렸다.

　'살아서 유익함이 없으니 어서 빨리 죽어야 하겠다. 여태껏 내가 살아 있었던 것은 욕이 선대왕전하께 미치고 나로 인하여 상감한테까지 누가 미치는 것을 염려하여서였는데 내가 오늘 이같이 욕을 당하고 보니 이제는 입을 다물고 어서 죽어야겠다'
하는 송구스런 전교까지 내렸다. 그러나 남인들은 끄떡도 하지 아니했다. 남인편 승지 조사기(趙嗣基)는 대비의 전교에 대하여 항의하는 상소를 올리고 박헌을 구해 내려 했다.

　'자성(慈聖)의 지극하신 덕으로 불안한 마음을 느끼시어 구슬픈 하교까지 내리시니 이것은 전하의 잘못입니까, 신하들의 과실입니까. 자전께서 불안한 마음을 느끼시는 것은 요망한 박헌의 상소 한 장 때문이온데 박헌같은 무리는 대단치 않은 사람이라 엄벌에 처할지라도 죄를 속량하기 어렵습니다마는, 박헌의 상소 한 장이 올라가자 온 조정이 그를 죽이려 드니 이것은 그의 말이 교묘하게 기휘(忌諱)하는 곳을 찌른 때문이옵니다. 이것은 박헌이 대비전하를 헐어서 말씀드린 것이 아니라 대비께서 복창군 형제를 의심하도록 발설한 사람의 근본을 밝힌 것뿐입니다. 만약에 박헌을 죽인다면 그들 일당의 마음을 쾌하게 할 뿐이요, 원망은 대비전하한테로 돌아갈 것입니다'

　현역 승지인 조사기의 상소는 더욱 파문을 일으켰다. 전하는 대비께 미안했다. 상소를 읽자 곧 전교를 내렸다.

　'근시(近侍)에 있는 승지의 몸으로 장황한 말을 꺼내서 임금의 마음을 괴롭게 했으니 이러한 괴망한 무리는 심상히 처단할 것이 아니

라 삭탈관직을 하여 벼슬을 떼어버리라'

임금은 마침내 승지 조사기의 벼슬을 떼어버리고 또다시 영을 내렸다.

"지난번에 영암과 무안으로 귀양보냈던 복창군과 복평군을 방면케 하라. 골육의 지친이라 특별히 사하는 것이다."

당파싸움에 끼인 전하는 남인 조사기의 벼슬을 떼어 대비의 마음을 위로하고 한편으로는 복창군 형제를 다시 백방시켜서 남인의 마음이 가라앉도록 처사를 했던 것이다.

남인 조사기의 벼슬을 뗀 것은 당연한 일이지만 이미 귀양을 보내서 죄를 주었던 복창군 형제를 방면시킨다는 전하의 분부는 청천벽력과 같이 조정을 놀라게 했다. 남인측에서는 잠깐 싸우던 예봉을 멈추었으나 서인과 한당측으로 보면 큰일이었다.

서인 편에서는 가만히 앉아 바라만 보고 있을 수가 없었다. 그대로 앉아 있으면 서인의 영수인 송시열이 고스란히 무군부도로 몰리는 판이었다.

서인의 중진인 판중추부사 김수항(金壽恒)은 결연히 남인과 한당에게 몰려서 곤경에 빠져 있는 우암 송시열을 구해 내기로 했다. 과거의 적은 남인과 한당이었으나 오늘의 적은 남인이었다. 남인을 공격하여 스승을 구하자는 것이다.

'청풍부원군 김우명의 상소는 보통 사람의 상소와 견줄 바가 아니옵니다. 청풍부원군은 전하의 외조부로서 그의 글은 나라를 근심하는 지극한 정성에서 나온 것입니다. 이러함에도 불구하고 대신들이 그를 조정에다 불러 놓고 어전에서 무릎맞춤까지 하여 대결하려 한 것은 무슨 까닭이옵니까. 그러하옵고 부제학 홍우원은 상소를 올려 대비전하의 일을 초들어서 여자는 안에 있어 안의 일만 보살피는 것이 당연하다 했으나 이것은 보통 남녀의 일을 말하는 데 쓰는 말이지

모자간의 일은 생각하지 않고 함부로 지껄인 말이옵니다. 이것은 대
비전의 허물을 전하 앞에 들추어내서 어머니와 아들 사이를 이간질
친 것이 분명하오니 신하의 도리에 있어 패려하기 짝없는 행동이옵
고, 유학 박헌이란 자는 여우와 쥐 같은 무리라 가히 거론할 것이 없
사오나 박헌은 무례하게 대비의 마음을 경동(驚動)시켰으니 그 마음
이 흉측할 뿐 아니라 크게 불경한 자이옵니다. 더구나 승지 조사기는
무엄방자하게 상소를 올려서 공공연하게 대비를 원망하여 전하의 마
음을 공동시켰으니 과연 한심스럽기 짝이 없는 일이옵니다. 그러하
옵고 복창군 정과 복평군 인이 왕실의 지친으로 양군의 망극한 은혜
를 입었음에도 불구하고 전고에 없는 죄를 지었으나 전하께서 다만
귀양만 보내시는 분부를 내리시니 진실로 호생(好生)하시는 성덕이
었습니다. 그러나 이제 몇 달이 못 되어서 별안간 석방하라는 특명을
내리셨으니 이것은 전하께서 하신 일이 아니라 아랫 신하들이 우겨
대서 무죄백방을 시킨 것이라 생각합니다. 참으로 국기를 위하여 한
심한 일이라 생각합니다. 그러하옵고 대사헌 윤전은 문정왕후(文定
王后)가 세상에 다시 났다고 대비를 비방하고 무엄하게도 대비를 조
관(照管, 맡아서 보관함)시켜서 따로 궁(宮)을 쓰시도록 아뢰었다 하
오니 통분하기 짝없는 노릇이옵니다. 속히 법을 밝혀 이자들을 처분
하시기 바라옵니다'

　서인 김수항은 남인의 영수를 통박하는 상소를 올렸다. 전하는 김
수항의 상소를 읽자 크게 노했다. 이미 석방한 복창군 형제를 또다시
가둘 수는 없었다. 임금은 침묵을 지켜 우울한 속에 빠져 있었다.

　남인들은 김수항의 상소가 들어가자 벌떼같이 일어나 송시열과 김
수항을 처단하라는 여론을 일으켰다. 전하는 남인의 여론에 휩쓸려
마침내 엄한 비답(批答)을 김수항에게 내리기로 했다. 승지가 어전
에서 붓을 들었다. 남인 승지였다. 옆에는 남인의 영수들이 전하를

모시고 있었다. 전하는 전교를 불렀다.

'어제 김수항의 상소를 읽으니 우리 모자간을 이간시키려는 의사다. 복창군 형제는 나의 골육지친이다. 비록 죄가 있다 하나 오래 먼 곳에 귀양보낼 수가 없어서 모후의 말씀을 받들어 서울로 오게 하고 두문불출하여 허물을 뉘우치도록 한 것이다. 또한 그들의 죄상은 별다른 것이 아니라 색을 좋아하여 몸을 삼가지 않은 것뿐이다. 그리고 송시열의 죄상은 확실히 무군부도인데도 불구하고 경이 억지로 구해내려 하여 오히려 나의 골육지친을 불측한 땅으로 떨어지게 하니 경은 장차 무슨 면목으로 지하에 계신 선왕들을 뵈올 것인가. 하늘을 우러러 내 가슴을 칠 뿐이다. 내가 살아 있는 것은 도리어 죽음만 같지 못하다'

전하는 마침내 서인 김수항을 꾸짖는 비답을 내렸다. 이때 남인은 더욱 발탁이 되었다. 이조참판 허목은 대배(大拜)하여 우의정이 되고 이조참의, 대사헌 벼슬을 지낸 윤전은 일약 이조판서가 되었다. 이러하니 조정은 남인의 독천장(獨擅場, 제 마음대로 행동할 수 있는 장소)이었다. 영의정에 허적이요, 우의정에 허목이요, 이조판서에 윤전이 되니 조정의 권리는 함빡 남인한테로 돌아가고 말았다.

김수항의 상소가 올라간 뒤에 남인측에서는 미안하다 하여 영의정 허적, 우의정 허목, 이조판서 윤전, 공조참판 홍우원 들이 일제히 사직하는 상소를 올렸다. 전하는 영의정 이하 모든 남인들의 사직하는 서류를 봉환시킨 뒤에,

"경등(卿等)에게는 아무 허물이 없으니 전과 같이 직무에 충실하라."

하는 위로의 말씀을 내리고 남인을 공박하는 상소를 올린 서인 김수항은 영암으로 귀양을 보내고, 서인의 영수 송시열에게는 위리안치(圍籬安置, 죄인이 귀양지에서 달아나지 못하도록 집 둘레에 가시로 울타

리를 치고 그 안에 가두어 두던 일)하는 귀양 중에도 더한층 중한 처벌을 내렸다.

청풍부원군 김우명이 분통이 터져 이미 세상을 떠났으니 한당은 저절로 침묵을 지킬 수밖에 도리가 없었고, 서인들은 다시 송시열과 김수항을 귀양길에서 구해 내려 하여 빗발치듯 상소를 올렸으나 이미 조정 권리가 남인한테로 돌아간 이상 남인들은 끄떡도 하지 아니했다. 남인을 공격하고 송시열을 구해 내려는 서인만이 벼슬에서 떨어지고 귀양을 가게 되었다.

뿐만 아니라 복창군 형제는 서용(敍用)이 되어 벼슬이 회복되고 얼마 아니 되어 복창군의 아우 복평군 인은 동지사(冬至使)라는 영광스런 직책을 띠고 중국 북경으로 가는 사신이 되어 압록강을 건넜다. 온 세상은 완전히 남인의 천지였다. 이러할 때 옥단의 딸 녹빈이 조대비의 친정조카 조동석을 통하여 조대비전 시녀가 되어 들어왔고 마침내 전하의 눈에 띄어 사랑의 화살을 전하의 가슴에 박은 뒤에 부용당 주인이 되어 서인측 왕비인 광산김씨를 제쳐 놓고 임금의 총행(寵幸)을 한 몸에 차지하게 되었다.

젊은 전하는 정치를 남인에게 맡긴 뒤에 밤마다 어가를 부용당으로만 향하였다.

"소녀가 전총(專寵)을 한다고 궁녀들이 비웃을까 두렵습니다."

녹빈은 상긋 웃으며 전하를 맞았다. 전하의 구곡간장은 아찔하게 녹아나는 듯했다.

왕실풍류(王室風流)

　서인한테 아버지가 비명횡사를 당하고 대대로 전해 오던 만가한 천량과 재산이 일시에 결딴나서 조부원군 집의 침모로 떨어진 어머니를 따라 고생하다가 장통사의 후취가 되어 들어온 어머니 옥단의 명을 받들어 서인에 대한 원수를 갚기 위하여 대궐로 들어간 녹빈은, 부용당의 주인이 되어 전하의 총행이 일신에 넘쳤건만 아직도 겉으로는 사색을 내지 아니했다. 녹빈은 그대로 천하의 절색이면서 현숙하고 착한 후궁이었다.

　남인과 서인의 알력이 절정에 올라서 복창군 사건을 중심으로 하여 조정과 궁중이 지지고 볶은 끝에 마침내는 아들인 전하와 어머니인 대비 사이까지 틈이 벌어져서 대비의 아버지인 청풍부원군의 상소가 올라가고 이 사건으로 인하여 대비가 대신들이 입시한 외전에 나가서 통곡까지 했다.

　복창군 형제가 귀양을 갔다가 풀렸다가 하는 등 정신을 못 차리도록 자반뒤집기를 해서 청풍부원군이 결국 분통이 터져 돌아가고, 대비가 곡기를 끊고 몸부림을 치는 등 궁중과 조정에 별의별 일이 다 일어났다. 그러나 부용당 주인 녹빈은 마음속으로는 크나큰 관심을 가졌건만 겉으로는 아무런 사색도 드러내지 아니했다. 녹빈은 그저 어질고 착한, 바깥일을 모르는 요조숙녀였다.

몇 달을 두고 남인과 서인들이 복대기를 친 이 사건은 이제 왕으로 하여금 곤비(困憊)와 두통을 느끼게 했다. 조정에 나면 상소니 청대(請對)니 하는 듣기 싫은 소리뿐이요, 대비전으로 문후를 들어가면 어마마마가 곡기를 끊었느니 바람을 일으켰느니 하는 기막힌 일뿐이었다. 더구나 왕비가 있는 처소로 들어가면 식혜 먹은 고양이상을 해 가지고 투기 가득한 눈으로 전하를 노려볼 뿐이었다. 전하의 휴식할 곳은 부용당 녹빈의 전각과 남인과 서인의 싸움에서 초연하게 앉아 있는 조대비 처소뿐이었다. 이러하니 왕이 휴식할 곳은 부용당 녹빈의 처소일 수밖에 없었다. 이곳이야말로 무풍지대였다. 그대로 부드럽고 따뜻하고 향훈이 넘쳐 도는 화기 가득 찬 환락과 안식의 터전이었다.

전하가 온종일 번민과 근심 속에서 하루를 보내고 석양이 꺼졌을 때, 지밀 나인이 어전에 엎드려 아뢴다.

"오늘은 침소를 어디다 정하시옵니까?"

"부용당이다."

전하는 언제나 이렇게 간단히 대답한다. 하도 왕비 처소로 아니 들고 부용당으로만 침소를 정하니 늙은 상궁은 중전을 위하여 걱정이 되었다.

"중전에 듭신 지가 한 달이 넘었사옵니다."

"잔소리 말고 부용당으로 정해라."

전하는 눈썹을 거슬려 일으키면서 불쾌한 듯 이렇게 대답한다.

늙은 상궁은 다시는 중전 소리를 입 밖에 내지도 못했다. 외전에서 일어난 이러한 소식은 쏜살같이 조대비전과 중전과 부용당으로 퍼졌다.

대비는 전하와의 사이가 벌어져서 친정아버지까지 분통이 터져 돌아간 판이라 곡기를 끊는다고 하는 판국에 아들의 침소 걱정까지 할 겨를이 없었고, 복창군 형제와 남인들을 은근히 두둔하는 조대비는 입가에 미소를 머금을 뿐 검다 희다 말이 없었다. 더구나 중전인 왕비는 화병까지 난 판이니 벙어리 냉가슴을 앓듯 화병만 더욱 깊었다. 전하는 온종일 남인과 서인들의 싸움에 정신이 피로하고, 대비의 곡기를 끊는다는 소동에 골치가 아팠다.

'임금의 신세라는 것도 무던히 가엾은 것이로구나!'

전하가 혼자 한탄하면서 우울한 마음을 안고 부용당으로 옥교를 옮겼을 때, 부용당 담을 넘어서 뜻밖에 청아한 거문고 소리가 들려왔다. 석양은 이미 꺼지고 황혼이 넘어서 담 너머로 보이는 부용당 처마끝에는 청사초롱이 불빛을 던지는 채 달려 있고, 거문고 소리에 맞추어 풍경 소리가 더한층 한가하고 아름다웠다. 뜻밖이었다. 진실로 선경(仙境) 같은 정취였다. 서왕모(西王母)가 있는 요지(瑤池)가 아니면 옥경십이루(玉京十二樓)의 선녀가 거처하는 곳으로만 보였다.

날마다 보는 부용당이건만 오늘따라 별유천지로 보였다. 왕은 고개를 들어 좌우를 살펴본다. 부용당 주위에 무르익은 녹음은 달빛 속에 잠겨서 은세계로 묵화를 친 듯한데, 거문고 소리는 달빛을 타고 허공으로 맑고 맑게 흘러 떠돌았다. 전하의 마음에서 만 가지 번뇌가 일시에 사라지고 영혼과 육체가 다 함께 맑고 맑은 청정세계로 흘러드는 듯했다.

"웬 거문고 소린고?"

전하는 의아했다. 옥교가 부용당 합문 안으로 들어섰다. 무예청들이 전례에 의하여 전하의 듭시는 것을 궁녀와 녹빈에게 알리려고 시위 소리를 지르려 했다.

"시위……."

임금이 듭신다는 군호였다. 전하는 얼른 이것을 막았다.

"가만있거라. 그대로 들어가자."

부용당 안에서는 전하의 듭시는 것을 모르고 여전히 거문고 소리가 청아하게 일어난다. 옥교는 월대에 놓여지고, 전하는 교자에서 내려 소리 없이 무예청의 부액을 받은 채 선뜻 대청으로 올라섰다. 거문고 소리가 지척에서 들리니 더욱 청아하고 아름다워서 전하의 마음을 더 한층 흔들어 놓는다.

"둥동당 징둥당 징둥 둥동당 동당."

전하는 걸음을 멈추고 귀를 기울였다. 곡조는 계면조(界面調)였다.

"남산에 봉이 울고 북악에 기린이 논다. 요천일월(堯天日月)이 동방에 밝았에라. 우리도 성주(聖主) 뵈옵고 동락 태평하리라."

거문고 곡조에 따라 가사 소리가 그윽하게 일어났다. 확실히 녹빈의 목소리였다. 자기를 요임금 같은 성주에 비기고 태평세월을 함께 즐기자는 노래다. 전하의 입가엔 미소가 떠돌았다. 전하에게는 어마마마가 계시고 왕후 김씨가 있었다. 그리고 조정에는 신하가 가득했다.

그러나 누구 한 사람 궁중이나 조정에서 요순의 태평세월을 함께 즐기자고 말하는 사람은 없었다. 모두 다 저희들만 더 잘살자는 살기 가득 찬 싸움뿐이었다. 화기라고는 약에 쓸래야 찾을 길이 없었다. 이제 녹빈이 이렇게 임금인 자기를 요순 같은 성주에 비기고 즐겁게 태평세월을 보내자는 염원을 하지 않는가. 여태껏 궁중이나 조정에서 들어 보지 못하던 고마운 마음씨였다. 전하의 마음은 더욱 느긋했다. 거문고 소리가 계속해 일어난다.

"둥동당 징둥당 징둥 둥동당 동당……."

또다시 가사 소리가 정을 가늘게 하여 새어 나온다.

"황하수 맑다더니 성인이 나시도다. 초야군현(草野群賢)이 다 일어나단 말가. 어즈버 강산풍월을 누를 주고 이거니."

역시 임금인 자기의 덕을 칭송하고 기리는 노래였다. 어느 틈에 녹빈이 이렇게 거문고와 가사까지 배웠는가 하고 생각하니 전하는 대견했다. 더 참을 수가 없었다. 문을 밀치고 성큼 온돌로 들어섰다.

문 여는 소리에 녹빈은 거문고 줄을 잡은 채 고개를 돌이켰다. 녹빈의 눈에는 전하가 비치어졌다. 녹빈은 소스라쳐 놀라는 시늉을 했다. 남빛 치맛자락으로 휩싸인 무릎 위의 거문고를 황망히 밀치고 일어섰다. 당황한 표정이었다. 손을 마주 잡고 모로 일어섰다. 검은 머리, 붉은 댕기에 새파란 비취옥비녀가 옥같이 아름다운 하이얀 코와 함께 등불 아래 조용하게 비치었다. 짐짓 천하의 국색이었다. 젊은 전하는 아름답게 빚어 놓은 듯한 녹빈의 콧등을 아련히 바라보면서 보료 위에 앉는다.

"소녀의 죄 만사무석이옵니다."

녹빈은 전하께 절을 올리고 남치마를 쓸어 앉는다. 나럿한 훈향이 치맛자락에서 일어나면서 젊은 전하의 코를 풍정 있게 스친다.

"네가 무슨 죄를 지었단 말이냐?"

"전하께서 듭시는 줄도 모르고 딴 장난을 했사오니 무엄한 죄상이 만 번 죽어 마땅하옵니다."

녹빈은 아미를 숙인 채 도란도란 아뢴다.

"내가 일부러 연통도 없이 방문을 열어서 미안하기 짝이 없다. 네가 나를 맞지 않은 것이 아니라 내가 그렇게 만들었으니 내 허물이다. 거문고 소리가 하도 청아하게 들리길래 일부러 무예청보고 시위 소리를 내지 말고 들어가자 일렀다. 나는 네가 거문고를 탈 줄은 꿈에도 생각지 못했다. 거문고는 언제 배워 알았더냐?"

전하의 얼굴에는 신기해 하는 미소가 떠돌았다.

"가야금은 속악(俗樂)에 많이 쓰는 까닭에 점잖은 사람은 만지지 않지마는 거문고는 정악(正樂)이라 바느질을 배우는 틈에 어려서 아버지한테 조금 배웠습니다. 조박 없는 곡조를 전하께 들으시게하와 죄송하기 짝이 없습니다. 가만히 성덕을 기리는 마음 간절하와 이러한 죄를 범했사옵니다."

"나를 생각해 주는 사람은 이 세상에 너 한 사람뿐이로구나!"

전하는 덥석 녹빈의 손을 이끌었다. 녹빈은 전하의 품에 안긴 채 거문고를 당기었다.

"한 번 더 타보려마."

녹빈은 전하의 무릎에 안긴 채 하이얀 손으로 줄을 골랐다. 촛불 아래 뱅어〔白魚〕의 어군(魚群)이 푸른 물결을 박차고 달리는 듯했다. 아름다운 거문고 소리가 전하의 마음을 맑게 하며 청아하게 일어난다.

"둥동당 징둥당 징둥……."

녹빈의 가사 소리가 붉은 입술에서 가만히 새어 나온다.

"요지에 봄이 드니 가지마다 꽃이로다. 삼천 년 맺힌 열매 옥합에 담았으니, 진실로 이것 곧 받으시면 만수무강하오리다."

전하는 어린 듯 취한 듯 녹빈을 안고 황홀경에 들었다.

거문고 곡조가 그쳐지자 전하는 강하게 녹빈을 포용했다. 거문고 오동 복판이 녹빈의 무릎에서 미끄러져 내리면서 스르릉 하고 멋진 음향을 내었다.

"나도 거문고를 좀 배워 볼까?"

전하는 얼굴에 가득히 웃음을 띄우고 녹빈의 하얀 귓바퀴를 지그시 물고 나서 이렇게 뇌까린다.

"전하께서도 틈만 계시다면 거문고를 타보십쇼. 만기(萬機)를 바로잡으시느라고 머리와 마음이 피곤하실 때 거문고 한 곡조를 타시면 만 가지 시름을 모두 다 잊으십니다. 소녀가 가르쳐 드릴 테니 배워 보십시오."

전하는 녹빈의 포옹을 풀고, 녹빈은 전하의 어수를 이끌어 거문고 줄을 당기게 했다.

"징동댕……."

신기한 음향이 일어났다. 전하는 거문고에 마음이 취하기 시작했다. 전하는 밤이 깊도록 녹빈과 함께 거문고를 탔다.

전하는 거문고에 취하고 녹빈의 육체에 취했다. 밤에만 임하던 녹빈의 처소에 전하는 낮과 밤을 가리지 않고 틈만 있으면 드나들었다. 녹빈은 육체만이 아니라 거문고로 더 한 번 전하의 마음을 사로잡은 것이었다. 전하의 행동은 단통 대비전과 왕비궁으로 내시와 상궁을 통하여 들어갔다. 대비는 더욱 전하를 마땅찮이 생각하고, 왕비는 점점 더 분통이 터져서 병이 골수에까지 깊게 들었다.

그러나 궁중의 문장이 되는 조대비는 전하가 거문고로 인하여 녹빈의 부용당으로 더 자주 드나든다는 소식을 듣고도 빙긋이 미소를 짓고 내버려 두었다. 녹빈이 전하의 총애를 입으면 입을수록 남인 편을 드는 조대비한테는 유리한 때문이었다.

전하는 서너 달 동안 거문고에 열을 올렸다. 이제는 넉넉히 녹빈의 거문고를 따라갔다. 녹빈은 전하께 아뢰었다.

"푸른 빛깔은 남빛 속에서 나왔으면서도 남빛보다 더 푸르다더니 전하께서 그러하십니다. 이제는 소녀 따위는 감히 전하와 함께 거문고를 탈 수가 없도록 수단이 높으십니다. 훌륭한 사람을 한 사람 구하시어 소견을 하셔야겠습니다."

"그러냐? 내 수단이 그렇게도 높아졌느냐? 그야말로 네 말대로 청출어람(靑出於藍)이면서 청어람(靑於藍)이로구나, 하하하. 거문고 잘 타는 사람이 누가 또 있을까?"

전하는 고개를 기울여 생각하다가 무릎을 탁 쳤다.

"훌륭한 사람이 한 사람 있구나. 아주 안성맞춤이다."

전하가 무릎을 치며 좋아하는 모습을 보자 녹빈도 조용히 웃었다.

"훌륭한 사람이 누구오니까?"

"동평군(東平君)이 있어."

"동평군이 누구오니까?"

녹빈이 왕실의 계보를 모를 까닭이 없었다. 그러나 짐짓 고개를 갸우뚱하고 묻는다.

"후궁으로 있으면서 종실도 모르느냐? 증조할아버지 인묘조(仁廟朝:인조)께서 정궁의 몸에서 아드님 삼형제를 두시고, 후궁의 몸에서 아드님 형제를 두셔서 모두 오형제를 두셨는데, 큰 분이 소현세자시구, 다음 분이 우리 할아버지 효종대왕이시구, 그다음 분이 인평대군이시구, 후궁의 몸에 숭선군이 있구, 그다음에 낙선군이 있지."

전하는 말씀을 계속했다.

"그런데 동평군은 숭선군의 아들이지."

"그러면 바루 왕대비마마의 손자시구, 전하의 숙항 뻘이 되십니다."

녹빈은 방긋 웃으며 전하를 우러러본다.

"그렇지. 나하곤 복창군 형제와 똑같은 촌수지."

"그러면 바루 골육지친이십니다."

"골육지친이구말구. 왕대비전으로 자주 문안을 들어오니까 너도 전에 한번 보았을 게다. 나하고는 숙질간이지마는 나이가 비슷하여 어려서부터 소꿉동무다."

"그분이 거문고를 잘 타십니까?"

"예로부터 공자 왕손(公子王孫)은 정치에 책임이 없으니 할 일이 있는가? 저절로 풍류를 좋아해서 퉁소도 잘 불고 거문고도 잘 타거든. 그래서 동평군도 거문고 솜씨가 놀라웁지."

"그렇다면 아까 말씀하신 대로 아주 안성마춤이십니다. 내일이라도 왕대비전으로 들라 하시어 두 분이 거문고를 즐기시옵소서."

이렇게 하여 전하와 녹빈은 동평군을 청하여 거문고를 배울 것을 결정했다. 이튿날 정사가 끝난 뒤에 전하는 왕대비전으로 들어가 소원을 아뢰었다.

"요사이 정사가 바빠서 동평군을 만나 본 지가 오랩니다. 동평군은 별일없이 잘 지냅니까?"

"어제도 잠깐 다녀갔지. 그동안 복창군 형제의 일로 궁중이 시끄러우니까 조심이 된다고 궁중출입을 자주 않더니, 요사이 일이 바로잡혀서 복창군 형제의 귀양이 풀리고 다시 청국까지 사신이 되어 간 것을 보고 인제는 마음이 놓인다고 하면서 어제 나를 찾아보고 놀다가 나갔네."

"할마마마, 시녀를 내보내시어 동평군을 들라 해주십시오."

"별안간에 동평은 왜 부르려나?"

"보고 싶습니다."

왕대비는 당신의 손자인 동평군이 보고 싶다는 전하의 말씀을 듣자 마음이 좋았다.

왕대비는 복창군 형제들과 함께 동평군을 똑같이 사랑했다. 모두 다 자기의 손자들이었다. 더구나 동평군은 나이 이십대인 어린 손자였다. 할마마마 하고 응석을 부리며 왕대비를 따랐다.

"지금이라도 곧 상궁을 보내서 들어오라 하지."

왕대비는 상궁을 불렀다.

"전하께서 동평이 보고 싶다고 하시니, 동평궁으로 곧 나가서 빨리 입시하라고 내 전갈로 말해라."

궁녀는 황황히 명을 받들고 나갔다.

이윽고 동평군이 급히 자비를 몰고 대궐로 들어와 왕대비전에 뵈었다. 뜻밖이었다. 옆에는 상감이 앉아 계셨다. 묘소년 동평군은 왕대비께 절하기 전에 황망히 전하께 배례를 올렸다.

"오래 승후를 못 드려 황송하기 그지없사옵니다."

"숙부, 내가 보고 싶었소."

전하는 소꿉동무였던 동평군의 손을 이끌었다.

"황감하여이다."

동평도 반가워서 전하의 어수를 두 손으로 우러러 받는다.

왕대비는 전하와 동평이 화기롭게 만나는 장면을 바라보자 늙은 눈에 눈물이 글썽글썽했다.

조대비는 정치싸움으로 자기들의 손자까지 몰려서 이러쿵저러쿵 생사의 기로에 헤매게 되니 한심하고 딱한 노릇이었다. 어서 종실만은 전과 같이 화기가 애애한 속에서 별탈이 없기를 바라는 마음이 간절했다.

"나는 동평 숙부가 보고 싶었소."

동평의 손을 잡은 전하는 옛날의 소꿉동무였던 동평군을 바라보면서 이렇게 말을 꺼냈다.

"신도 전하를 뵈옵고 싶은 마음이 간절했습니다마는 요사이 하도 궁중과 조정에 종실로 인하여 말이 많삽기 두문불출하고 몸을 삼가고 있었습니다."

"허허허, 아무 까닭이 없는 일을 공연히들……. 그러나 동평군이야 무슨 상관이 있소?"

"그러나 어디 그렇습니까. 복창군 형제와는 소신도 사촌간이 됩니다. 사촌들이 죽고 사는 기로에 서 있게 되었사온데 소신의 마음이 편할 까닭이 있겠습니까. 그러하와 몸을 삼가고 궁중출입을 아니 했습니다."

이십대의 묘소년 동평의 말을 곁에서 듣고 계시던 왕대비의 늙은 눈에는 또다시 눈물이 글썽했다.

"왜 아니 그렇겠니."

왕대비가 곁에서 말참견을 하면서 한숨을 쉰다. 잠깐 동안 침묵이 흘렀다. 전하의 얼굴빛도 약간 구슬펐다. 그러나 전하는 이내 얼굴에 미소를 띠었다.

"인제 복창군의 일도 다 무사타협이 되었으니 아무런 염려 말고 자주 만납시다."

"황공하옵니다."

동평군도 어여쁜 귀공자다운 얼굴에 미소를 띠며 대답한다.

"그런데 숙부, 청 하나가 있소."

전하는 명랑한 얼굴로 동평군을 바라본다.

"황공한 말씀이옵니다. 소신에게 청이 계실 까닭이 없습니다. 무슨 분부시옵니까?"

청이란 말에 동평군은 상글상글 웃으며 전하를 우러러본다.

"숙부, 거문고 잘 타지? 날 좀 가르쳐 주구려."

"거문고는 별안간 웬일이십니까. 신하들이 또다시 말썽을 부리면 어찌하시렵니까?"

"하도 정사에 피곤하니 가끔 거문고를 타서 머리를 쉬어 보려 하오. 거문고는 풍류 중에도 정악(正樂)이라 성현 임금이었던 순(舜)도 남훈전(南熏殿) 달 밝은 밤에 팔원팔개(八元八凱) 신하들을 거느리고 백성들을 교화시키기 위하여 거문고를 탔다 하지 아니하였소? 만약에 거문고 타는 것을 시비하는 신하가 있다면 이것은 무식한 사람들이니 말할 나위조차 없겠소."

"전하께서 정 그러한 마음이시라면 소신이 잘은 못 탑니다마는 약간 조박은 짐작하니 분부대로 전하를 모시어 거문고를 타도록 하겠습니다."

전하와 동평군의 수작을 옆에서 듣고 있던 왕대비는 마음이 흐뭇했다. 증손인 전하와 손자인 동평이 이렇듯 화기 있게 이야기하는 것이 무엇보다도 상쾌한 일이 아닐 수 없었다.

"전하는 골치 아픈 정사 끝에 머리를 쉬는 것이 옥체에도 좋을걸세. 내일이라도 장악원(掌樂院)에 기별하여 거문고를 들여오라 하게."

대비도 쾌하게 거문고 타는 것을 찬성했다.

"그럼 내일부터 장악원에 기별해서 거문고 몇 틀을 들여오라 이르고, 오늘 우선 거문고를 할마마마 앞에서 타보기로 합시다."

전하는 어서 동평군과 거문고를 타고 싶었다.

"대궐 안에 거문고가 있습니까?"

"부용당에 내가 처음으로 배우던 거문고가 한 틀 있소."

"예, 부용각에? 전하께서 어느 틈에 거문고를 배우셨습니까?"

동평군의 눈이 둥그래진다. 왕대비는 녹빈이 전하에게 거문고를 가르쳐 준 것을 이미 소문을 들어 알았는지라 옆에서 미소를 짓고 앉아 있다.

"부용당 장숙원이 거문고 조박을 약간 알아서 내가 장숙원한테 거문고를 배우기 시작했소."

"예, 그렇습니까."

동평군은 신기한 표정을 감추지 못한다.

"할마마마, 오늘 대비전에서 거문고 타는 것을 허락해 주시겠습니까?"

전하는 응석하듯 조대비께 청을 한다.

"오늘뿐 아니라 날마다라도 타도 좋지. 거문고는 옛적 성인 공자께서도 인정하신 정악이거든. 나도 심심치 않고 마음이 맑아질 테니 내 처소에서 타도록 하게나."

"그럼 곧 거문고를 부용당에서 가져오라 하겠습니다."

"장숙원도 아주 함께 올라오라구 어명을 내리게나. 숙질간인데 무슨 상관이 있겠나. 내외할 까닭도 없고……."

왕대비의 말씀이 이같이 내리니 전하는 더욱 기뻤다. 설렁줄을 흔들어 상궁을 불렀다. 요란한 방울 소리에 상궁이 종종걸음을 걸어서 어전에 나타났다.

"부르셨사옵니까?"

조대비가 전하 대신 분별을 내린다.

"너 부용당에 내려가서 장숙원한테 전갈해라. 내 처소에 전하가 계시고 거문고 잘 타는 동평군도 입시했는데, 거문고를 타서 즐기려 하니 숙원이 친히 거문고를 가지고 올라오라 일러라."

"분부대로 거행하겠습니다."

상궁은 지체 않고 부용당으로 내려가 녹빈에게 왕대비의 전갈을 전했다.

녹빈은 왕대비전에서 거문고를 가지고 들어오라 이르시고, 더구나 동평군까지 한자리에 모시어 있다 하니 한편으로는 분에 넘치는 광영이기도 하지마는, 한편으로는 아무리 종실이기는 하나 전하 이외의 이성(異性)을 만나 보는 데 커다란 충동과 호기심을 아니 느낄 수 없었다. 더구나 동평군은 펼쳐 놓고 면대한 일은 없으나, 일찍이 전하를 모시기 전 왕대비전의 시녀로 있을 때 동평군이 대비전으로 문후를 들어오면 항상 협실에서 문틈으로 동평군의 아름다운 소년의 모습을 보아 혼자 마음속으로 흠모하여 바라보던 미소년이었다.

녹빈은 동평군의 앞에 거문고를 안고 나갈 생각을 하니 마주 보기 전에 가슴이 사뭇 설레고 두근거렸다.

"곧 들어간다고 아뢰어 주오."

녹빈은 상궁한테 답전갈을 한 뒤에 거울 앞에 앉아 몸매를 다스렸다.

녹빈은 도화분(桃花粉)을 살결 고운 옥 같은 장심(掌心)에 개어 얼굴에 엷은 화장을 더하고, 전주월소 조그마한 반달 참빗으로 머리와

쪽과 살쩍에 군빗질을 한 후에 금비녀를 빼고 옥섭옥을 바꾸어 꽂았다. 그리고 금봉황첩지를 곱게 머리에 얹어서 얼굴을 아름답게 매만진다. 위에서 부르는 어명이 급하니 시간을 끌어 화장을 하기가 어려운 까닭이었다. 녹빈은 거울에 얼굴을 다시 한 번 비쳐본 뒤 자주 고름에 남끝동을 단 옥색 저고리를 입고 남갑사 치마를 둘렀다. 엷은 화장에 옥섭옥을 꽂고 옥색 저고리 남치마를 입은 녹빈의 자태는 더한층 청초하고 아름다워 보였다.

녹빈은 부랴부랴 몸치장을 마친 후에 시녀에게 거문고를 안겨 앞세우고 다홍 운혜를 가볍게 끌어 왕대비전으로 올랐다. 전각 위에서 녹빈의 오르는 모습을 바라보는 전하와 대비는 낯에 가득히 웃음빛이 어리었고, 묘령의 동평군은 녹빈의 태도를 바라보자 구름 위의 선녀를 바라보는 듯 정신이 황홀하고 눈이 부시도록 현란했다.

녹빈은 전각에 고요히 올라 왕대비께 재배를 드리고 전하께 목례를 올려 인사를 올린 후에, 고요히 어전에 손길을 마주 잡아 모시어 섰다. 시녀가 거문고를 기둥 설주에 세운 후에 뒷걸음질을 쳐서 조용히 물러간다.

"너 동평군을 처음 만나지, 나의 손자다. 더할 나위 없는 골육지친이다. 서로 만날 기회가 없어서 여태껏 상면을 못 했구나. 상우례를 하고 다음부터는 인사들을 하고 지내라."

조대비는 만면에 웃음빛을 띠고 녹빈에게 동평군을 소개한다. 녹빈은 왕대비의 말씀이 떨어지자 동평군을 향하여 처음 보는 상우례를 올린다. 동평군의 나이는 녹빈과 비슷한 이십대였으나 종실의 항렬이 한 등 위인 때문이다. 녹빈이 절을 하는 것을 보자 동평군은 황망했다. 벌떡 일어나 마주 절을 하면서 뇌까린다.

"빈마마, 황송하오. 제가 먼저 인사절을 올려야 할 것을……."

동평군의 황황히 답례하는 것을 보자 전하도 웃고 왕대비도 웃었다.

"어디 아직 빈마마야 되었나. 숙원 장씨지. 후에 빈마마가 된다면 동평이 절을 받지 못할 테지. 빈마마는 왕비의 다음가는 자리거든, 하하하."

왕대비는 이렇게 마음이 흡족하여 호화로운 웃음을 웃었다.

동평군은 미남자이면서도 재치 있고 날렵했다.

"빈마마나 숙원이나 거리가 멀지 아니합니다. 전하의 후궁이신 것은 매일반이옵니다. 신이 어찌 감히 절을 받사오리까. 과분하신 행동에 신의 등골엔 식은땀이 흐릅니다."

동평군은 가볍게 희학(戲謔, 실없는 말로 농지거리를 함)을 올렸다. 왕대비와 전하는 소리를 높여 깔깔 웃는다. 녹빈도 소리 없이 미소를 지어 동평군의 젊고 화려한 얼굴을 바라본다. 동평군의 시선과 녹빈의 눈웃음이 반짝하면서 불을 뿜어 마주쳤다. 동평군의 안광보다 녹빈의 눈빛이 더한층 강렬했다. 동평군은 얼른 고개를 숙였다.

"자아, 그럼 거문고를 타보아라."

왕대비가 먼저 말씀을 꺼냈다. 눈치 빠른 녹빈이었다. 시녀가 기둥 앞에 세워 놓은 거문고에 손을 대어 보를 벗겼다.

벽오동 복판 칠현금(七絃琴)이 스르릉 소리를 내면서 푸른 보 속에서 청아한 자태를 나타낸다. 녹빈은 거문고를 받들어 어전에 공손히 놓는다. 전하는 거문고를 밀어 동평군 앞에 놓는다.

"자아, 그럼 숙부가 거문고를 먼저 타보오."

동평이 황망히 거문고를 받들어 어전으로 옮겨 놓는다.

"전하께서 먼저 타시옵소서."

"숙부가 먼저 가르쳐 주오."

"전하께서 타신 후에 신이 타겠습니다."

마침내 전하는 거문고의 일곱 줄을 골랐다.

"동당 징둥 둥 동 당……."

"잘 타십니다. 우조(羽調)올시다."

동평이 무릎을 쳐서 칭찬한다. 곡조가 한참 무르녹아 넘어갔다. 동평은 연해 칭찬을 올렸다.

전하가 마지막 곡조를 끝내자 거문고가 여음을 고요하게 내어 전각에 여운이 가득히 돌았다.

"훌륭하신 솜씨옵니다."

동평은 다시 한 번 칭찬을 올린다.

"전하의 솜씨도 무던히 높구나."

이번엔 왕대비가 칭찬을 한다.

"모두 다 녹빈의 덕이옵니다."

전하는 공을 녹빈에게로 돌린다.

"제자인 전하의 솜씨가 저러할진댄 녹빈의 솜씨는 가히 짐작해 알 것이다."

"왕대비마마, 아니올시다. 제자가 이제는 선생을 능가해서 선생 노릇을 못 할 지경이올시다. 그리하와 달리 선생을 구하시라 아뢴 것이올시다."

녹빈이 미소를 지어 온화한 소리로 대답한다.

"자아, 이번엔 숙부가 한번 타보오."

연상약(年相若)한 숙부였다. 전하는 거문고를 동평군 앞으로 밀었다. 동평군이 칠현금을 무릎 위에 반나마 걸쳐 놓고 거문고 줄을 고른 뒤에 둥둥둥 타기 시작했다.

"공명(功名)을 해어하니 영욕이 반이로다. 동문(東門)에 괘관(掛冠, 버슬아치가 버슬을 내놓고 물러나던 일)하고 전려에 돌아와서 성경현전 헤쳐 놓고 읽기를 파한 후에 앞 내에 살찐 고기 낚고 뒷 뫼에 얽힌 약을 캐다가 임고원망(臨高遠望)하여 임의소요(臨意消遙)할 제

청풍(淸風)은 시지(時至)하고 명월이 자래(自來)하니, 아지 못하게
라. 천하지간에 이같이 즐거움을 무엇으로 비할소냐. 아마도 이리저
리 노니다가 승화귀거(乘化歸去)함이 장부다와 좋으리라."

동평군의 거문고는 수단이 높았다. 밝은 듯 화기가 돌고 호쾌한 듯
구슬펐다. 전각엔 가득히 맑은 바람이 일면서 뜰 앞의 나뭇가지는 너
울너울 춤을 추는 듯했다.

동평군은 곡조를 끝마치자 거문고를 무릎 아래로 밀어 놓았다. 왕
대비와 전하와 녹빈은 가만한 한숨이 저절로 입가에 새어 나왔다.

"과연 숙부는 거문고의 명수로구려. 내 가슴이 시원한 듯 슬프고,
슬픈 듯 시원하구려!"

전하는 찬탄하는 말을 아니 보낼 수 없었다. 조대비도 감동하는 마
음이 유연히 일어났다.

"나는 여태껏 네가 거문고를 이대도록 잘 타는 줄을 까맣게 몰랐구
나. 울적한 내 마음이 거뜬해지는 것 같다. 날마다 나한테로 들어와
서 거문고를 타게 해라."

조대비는 손자 동평군을 바라보면서 신기하고 대견하여 날마다 대
비전으로 들어와서 거문고를 타라는 말씀을 내린다.

"할마마마, 황송하여이다."

젊은 동평군은 화사하게 잘생긴 얼굴에 웃음을 띠고 몸을 굽혀 대
답한다.

"염려 마시옵소서. 동평이 날마다 아니 들어온다 해도 소손(小孫)
이 초패(招牌)를 놓아 부르겠사옵니다. 그리하와 정사가 끝난 후에
는 할마마마의 전각으로 들어와서 거문고를 동평군한테 배우겠습
니다."

"전하께서 부르시고 할마마마께서 분부가 계신데 소손이 어찌 아
니 들어오겠습니까. 마음속으로는 두 분 전하를 날마다라도 모시고

싶사오나 존엄하신 자리에 자주 드나들기 황송하와 그리워하옵는 마음 간절하면서도 그러하지 못한 것이옵니다. 내일부터 자주 들어오겠습니다."

때마침 시녀가 차를 올렸다. 향긋한 다향이 전각에 떠돌고 마음 맞는 사람들이 모인지라 화기가 가득했다. 조대비는 차를 들어 한 모금 마신 후에 귀여운 듯 녹빈을 돌아본다.

"내가 평시에 너의 침선의 수단이 높고 글재주가 있는 것은 잘 알았다마는 음률까지 알아서 거문고를 지음(知音)할 줄은 까맣게 몰랐다. 하도 신기하니 내 앞에서 너 한번 거문고를 타보아라."

"모르옵니다. 거문고는 사람의 마음을 밝힌다옵기 그저 거문고를 한 틀 구해두었을 뿐입니다. 아무것도 모르옵니다."

녹빈은 부끄러운 듯, 수줍은 듯 고개를 숙여 사양한다.

"할마마마께서도 말씀을 하시고 거문고의 명수인 동평도 있으니 한번 수단을 높여 줄을 골라 보아라."

녹빈은 부끄러운 듯 더욱 고개를 수그렸다. 아름다운 푸른 살쩍 아래 훈훈히 번지는 홍조 띤 뺨은 꽃판같이 아름다워 보였다. 동평군은 마음속으로,

'과연 천하의 국색이로구나!'

하고 감탄한다.

"어서 늙은 나를 위하여 한 곡조 타보아라."

이번엔 조대비가 친히 거문고를 이끌어 녹빈 앞에 놓는다.

"어서 한 번만 타보아라."

녹빈은 이제는 더 사양할 수가 없었다. 눈꽃 같은 흰 손을 들어 일곱 줄 거문고를 골라 탄다. 운치 높은 맑은 곡조가 일어났다.

"징동당 징동당 당동 징징 동……."

"나비야, 청산에 가자, 범나비 너도 가자. 가다가 저물면 꽃에 들

어 자고 가자. 꽃에서 푸대접하거든 잎에서나 자고 가자."

녹빈은 타기를 마치자 거문고를 옆으로 조용히 밀고 왕대비께 몸을 굽혀 죄송한 뜻을 표한다. 청아한 운치가 더 한 번 전각에 가득 찼다.

"참으로 잘 타십니다."

이번에는 동평군이 녹빈을 칭찬했다. 전하는 이렇게 하여 외전에서 틈만 있으면 왕대비전으로 들어가서 동평군과 함께 거문고를 탔다. 동평군은 날마다 전하의 곁에 입시하는 영광을 갖게 되었다.

전하는 대비전에서 거문고를 타다가 흥이 높으면 동평군을 부용당으로 불러서 전하와 동평군 그리고 녹빈, 이렇게 세 사람이 거문고를 한 틀씩 안고 무르녹는 음률 속에 만 가지 시름을 잊었다.

거문고 소리는 왕대비전과 부용당에서 끊일 새 없이 일었다. 전하의 거문고와 녹빈의 거문고는 점점 수단이 높아 갔다. 몇 달 뒤에 전하와 녹빈의 거문고 수단은 거의 동평군을 따라 백중간(伯仲間)이 되어 버리게 되었다. 동평군은 젊었으나 영리했다. 전하와 녹빈의 거문고 수단이 상당하게 되자 조대비와 전하께 아뢰었다.

"전하의 거문고 수단이 이제는 소신을 능가하도록 높으십니다. 소신은 날마다 사후하던 것을 중지하고 다음부터는 한 달에 두어 번씩 문후를 드리도록 하겠습니다."

"전하의 수단이 높으면 높을수록 좋지 않으냐. 날마다 들어와서 전과 같이 소견을 하려무나."

왕대비는 손자의 얼굴을 한시라도 더 보고 싶어서 이렇게 말하고,

"풍류란 것은 지음해 주는 맛으로 타는 것인데, 숙부가 날마다 아니 들어온다면 내 거문고가 녹이 슬 테니 그것이 탈이오. 전과 같이 날마다 들어오도록 하오."

전하도 간곡하게 부탁했다.

"지음은 이제는 두 분이 하시면 족합니다. 소신은 한 달에 두어 번 들어와서 뚱겨 드리도록 하겠습니다. 너무 가까우면 탈이 나는 법이옵니다. 신의 사촌인 복창군과 복평군도 너무 지밀에 무상출입을 한 까닭에 저러한 누명을 쓰고 고생을 했던 것입니다. 진심으로 신을 생각하여 주신다면 소신의 청을 들으시어 한 달에 두어 번 할마마마와 전하를 뵙도록 해주시옵소서."

동평군의 말을 듣는 조대비는 손자 동평의 심정을 짐작할 수 있었다.

"이제는 전하의 거문고 수단이 동평을 능가한다 하니 동평의 소원을 들어서 한 달에 두어 번씩 사후를 들어오게 하도록 하세그려. 동평의 주장도 일리가 있는 말일세."

조대비는 증손인 전하를 타일렀다.

"그러면 숙부, 내가 부르기 전에 한 달에 두 번씩은 꼭 들어와야 하오."

전하는 미소를 풍겨 동평에게 다짐을 한다.

"왕은이 감격하옵니다. 전하 계시옵고 할마마마 계시온데 소신이 어찌 한 달에 두 번 정도야 문후를 하러 들어오지 않겠습니까? 염려 마시옵소서."

이 뒤로부터 동평군은 날마다 들어오던 것을 한 달에 두어 번 정도로 들어오게 되었다. 동평군은 궁중과 조정의 적의(敵意) 가득 찬 눈을 이렇게 하여 피해 버렸다.

동평군이 조대비전으로 날마다 들어오지 않은 뒤로부터 거문고 소리는 부용당에서만 일어났다. 아름다운 육체로만 얽혀졌던 전하와 녹빈의 사랑은 이제는 거문고의 지음으로 인하여 창해 바다의 푸른 물결보다도 더한층 창일했다. 전하의 총행을 일신에 독점한 녹빈은 녹빈 자신의 영광뿐이 아니었다.

녹빈을 처음으로 궁중에 들어가도록 주선해 준 조동석은 벼슬 지위와 전하의 신임이 더욱 두터워지고, 왕대비 조씨와 젊은 전하 사이의 조손간의 정리는 도리어 전하의 생모인 대비 김씨와의 사이보다도 따뜻하고 가까웠다.

더구나 녹빈의 어머니 옥단과 그의 아버지 장통사의 기쁨은 말할 나위도 없었다. 그의 어머니 옥단은 아직 직첩으로 궁중에 출입은 하지 못하나 숱한 뇌물과 인정으로 조대비전과 부용당의 나인들을 긴밀하게 연락해 놓았으니, 녹빈이 왕대비전과 전하께 날이 갈수록 총행을 받는 소식이며 이 일로 인하여 왕비 김씨는 병이 골수에까지 들었다는 소식을 손샅같이 알고 있었다.

더욱이 그들에게 커다란 희망을 갖게 하는 것은 왕후 김씨가 아직까지 한 번도 수태를 못 한 채 병이 깊었다는 소식이었다. 만약 왕비한테 소생이 없는 채 녹빈의 몸에 태기가 있어 옥동 같은 왕자를 낳는다면, 이 아기는 장차 삼천리 강산의 주권을 잡아 만백성을 다스리는 제왕의 자리에 나아갈 것이 분명했다.

이렇게 된다면 늙은 남편 장통사는 일약 부원군이 될 것이요, 옥단 자신은 조선국 대왕의 외할머니 부대부인이 될 것이 확실했다. 장통사와 옥단은 궁중에서 궁녀가 반가운 소식을 전하고 다녀갈 때마다 마주 앉아 공론이 분분했다.

"여보 영감, 대궐에는 왕비 이하 후궁이 수백 명이 있건만 전하께서 우리 녹빈만을 제일로 아시어서 밤마다 부용당으로만 침소를 정하신다는구려. 얼마나 고마운 일입니까."

"참으로 천우신조하신 좋은 일이지. 애당초 궁중으로 아니 들어갔으면 모르되, 이왕 후궁이 된 바에야 전하의 총행을 받는 것이 제일 가는 일이지."

장통사는 흰 수염을 쓰다듬어 기뻐한다.

"영감, 이것이 모두 다 내 덕이오. 밤마다 정화수를 올려서 하느님께 빈 덕이지. 그런데 영감, 또 한 가지 기쁜 소식이 있소. 녹빈이 거문고를 타는 것을 보고 전하께서도 거문고를 타시면서 그애를 사랑하시는 품이 전보다도 자별하시다 하오. 그리구 중전께서는 영영 아기가 없다는구려. 뿐만 아니라 병환이 대단한 모양이오. 여보 영감, 이때 우리 녹빈이 옥동 같은 왕자를 한 분 낳기만 해보오. 나라의 경사도 경사려니와 우리 집안은 금시 발복이 되어 꽃이 활짝 피게 되는 셈이지. 영감은 부원군이 되구, 나는 장래 상감의 외조모인 부대부인이 되구, 그런 경사가 또 어디 있겠소."

젊은 아내 옥단의 말을 듣는 장통사의 이 빠진 입은 붉은 잇몸을 드러내어 떡 벌어진다.

"여보 마누라, 거문고를 탈 줄 아는 것은 내 덕이지. 그리구 녹빈이, 녹빈이 하고 호명해서 부르지 말구 빈마마라든지 숙원이라고 부르든지 하오. 아무리 임자의 딸이라 하나 전하가 사랑하시는 후궁이 아니오? 이름을 부르지 말고 우대해서 불러야지."

장통사는 딸이 소중해서 딸을 우대해서 부르라고 타이른다.

"아 참 잘못했소, 영감. 인제부터는 빈마마라구 불러야지. 그리구 영감, 빈마마한테 얼른 수태를 하라구 보약을 좀 지어 들여보냅시다."

"좋지."

장통사도 동의를 했다. 녹빈이 어서 수태를 해서 아기를 배라고 인삼, 녹용에다가 당귀, 홍화(紅花), 아교주(阿膠珠) 등 혈분을 도와줄 보약을 장통사가 손수 지어 대궐로 들여보냈다. 어느 날 전하가 부용당에 임했다가 녹빈이 은약기(銀藥器)를 앞에 놓고 약을 마시는 모양을 보았다. 전하는 궁금했다.

"무엇이냐. 약이 아니냐. 어디 몸이 아프냐?"

“아니옵니다. 몸은 아픈 데가 없습니다.”

“그러면 왜 약을 먹느냐?”

“친정에서 혈분을 돕는 보약이라 해서 아비가 친히 지어 보냈습니다.”

녹빈은 상긋 웃으며 대답했다. 혈분을 돕는다는 소리에 전하는 비로소 깨달았다. 여자는 혈분이 좋아야 수태를 잘한다는 말을 익히 들었다. 전하의 나이는 벌써 20여 세였다. 자기도 왕자를 하나쯤 낳아야 할 나이인 것을 새삼 느꼈다. 왕비는 대혼을 한 지 오래이건만 일점혈육이 없었다. 뿐만 아니라 이제는 투기와 시샘으로 신경이 날카롭기만 해서 병이 골수에까지 깊었으니 생산할 가망이 없는 것이 분명했다. 앞으로 왕자를 갖게 된다면 사랑하는 녹빈의 몸에서 낳아야만 할 것이었다. 전하는 여태껏 녹빈의 혈분을 생각해 보지 않은 것이 후회스러웠다.

“내 정성이 암만 해도 너의 아버지 정성만 못했구나. 어디 보자. 너의 집에서 지어 들여보낸 약을 이리 가져오너라.”

녹빈은 시녀를 불러 약을 어전에 바쳤다. 전하가 친히 약재를 보니 인삼과 녹용이었다.

“너의 아버지의 정성도 정성이지마는 나도 너한테 정성을 좀 들여야 하겠다. 대궐 안에 있는 인삼, 녹용이 너의 집 인삼, 녹용보다는 나을 듯하다. 전의를 불러 진맥을 한 후에 약방에서 약을 지어 보내도록 할 터이니 내 약을 먹어 보아라.”

“왕은이 망극하여이다.”

녹빈이 말을 마치자 아름답고 밝은 눈매에 눈물이 글썽거렸다. 전하는 녹빈의 고운 마음씨에 더 한 번 감동하지 않을 수 없었다.

전하의 명에 의하여 전의가 당장 부용당으로 추창해 들어오고, 진맥이 끝난 후에 대궐 안 약방에서는 전하께 드리는 나라의 제일가는 인삼, 녹용으로 약재를 지어 부용당에 바쳤다. 어서 수태하라는 약이었다. 녹빈의 총행은 후궁에 으뜸이었다.

수천 궁녀들이 녹빈의 넘치는 광영을 부러워하고, 부용당의 동정은 샅샅이 대비 김씨와 왕비 김씨한테로 내시와 궁녀들을 통하여 보고되었다.

전하가 왕대비전에서 동평군과 녹빈과 함께 날마다 거문고를 탄다는 소문과 녹빈에게 혈분을 돕기 위하여 약방 전의를 불러 진찰을 시키고, 전하의 소용인 인삼, 녹용을 녹빈에게 먹인다는 소식 등은 대비와 왕비의 마음을 더욱 불안케 하고 울분케 했다. 왕비의 울화병은 더욱 더해지고, 대비는 식음을 폐한 채 사는 것이 죽는 것만 같지 못하다고 떠들어댔다.

녹빈의 세도가 높을수록 남인의 세도는 햇빛처럼 빛나고, 한당과 서인들은 어떻게 하면 남인을 쓰러뜨리나 하고 갖은 궁리를 다 하게 되었다.

허정승(許政丞)

인왕산 밑 사직골〔社稷洞〕에는 남인의 영수로 이름 높은 영의정 허적의 집이 있었다. 남인 중에도 미수(眉叟) 허목은 청남(淸南)이라고 부르고, 영의정 허적은 탁남(濁南)이라는 칭호를 받았다.

허적은 양천(陽川)허씨로서 그의 증조할아버지 잠(潛)은 선조조(宣祖朝) 때 청백리(淸白吏)로 이름 높은 이요, 그의 아버지는 부사를 지냈던 간이요, 그의 형님은 치라는 이로 병자호란 때 인조대왕을 남한산성에 호가하여 군사들의 양식을 대는 운량관(運糧官)으로 있다가 적군에게 해를 당하여 34세의 젊은 나이로 순절해 죽으니, 허씨 가문은 더욱 빛나는 명예를 갖기 시작했다.

허적은 청백리와 충신의 집안이라는 명예로운 가문에서 태어나서 총명 영리하고 학문이 독실하니, 이십대에는 벌써 소과에 급제하여 진사가 되었고 스물아홉 살에는 대과에 급제하여 한림(翰林)을 거쳐 사헌부의 장령(掌令)과 지평(持平)을 지냈다. 장령과 지평이란 벼슬은 비록 당하관(堂下官)이었으나 조정과 국가의 풍기를 바로잡는 법관이었다.

허적은 청백리의 자손이요 충신의 아우라는 가정의 교훈을 받들어 자기 자신의 맡은 직책을 서릿발같이 준엄하게 처리했다.

때마침 이조판서 이경석(李景奭)과 병조판서 이시백(李時白)이 인정으로 벼슬을 시켰다는 풍문이 있었다. 그들은 모두 다 병자호란을 치러 낸 명망 높은 재상들이었다. 그러나 소년 법관인 허적은 단연히 두 재상을 탄핵했다.

"이조판서와 병조판서는 국가의 권위를 맡은 중대한 재상이옵니다. 이러한 막중한 재상들이 뇌물을 받고 벼슬을 시켰다는 풍문이 자자하오니 이러하고서 나라꼴이 어찌되겠습니까? 이조판서와 병조판서의 목을 베어 국가의 기강을 바로잡게 하소서."

소년 법관 허적은 아버지 뻘 되는 두 대신의 목을 베어 기강을 바로잡으라고 탄핵했다.

임금은 크게 노하여 이조와 병조 두 대신을 꾸짖고 두 대신이 단번에 사직을 당하니, 조정의 백관은 숙연히 고개를 숙이고 허적의 강직한 명성은 더한층 세상에 자자했다.

허적은 인조가 승하한 뒤에 효종의 발탁을 받아 평안감사가 되었고, 58세에 우의정이 되어 정승의 자리에 앉았고, 현종의 고명(顧命)을 받들어 어린 세자를 보도하여 나아가게 하니 이분이 숙종이었다.

그가 왕을 추대한 공로로 좌의정을 거쳐 영의정이 되니 영의정 허적의 세도는 나는 새도 떨어뜨리게 되었고, 모든 남인들은 영의정 허적이 정권을 잡음으로 인하여 조정에 가득한 채 세력을 넓히고 뿌리를 박게 되었다.

허적이 젊어서 사헌부 장령으로 있을 때 일이었다. 아침 일찍이 사헌부에 출사하기 위하여 말을 타고 사헌부로 향해 가는 길이었다. 사헌부 장령은 대사헌만큼 위풍을 가질 수 없으나, 역시 법을 맡은 관원이라 앞뒤에 구종이 벌려 서서 벽제 소리를 높이 외치면서 잡인을 금하고 행차가 서슬 퍼렇게 지나갔다.

사헌부 장령 허적의 집을 나와 사직대문(社稷大門) 앞을 향하여 위세 좋게 벽제 소리를 치면서 지나는데, 돌연 맞은편 골목 안에서 장옷을 쓴 젊은 여인 한 사람이 나타나 요망스럽게 허적의 행차를 가로질러 싹 끊고 지나가 버렸다.

허적의 구종별배들은 깜짝 놀랐다. 벽제 소리를 치는 것은 잡인을 금하느라고 치는 것인데, 남자도 아닌 계집이 식전 새벽에 공고를 치르러 관가로 들어가는 사헌부 법관의 행차를 재수 없게 싹 끊어 났으니 기가 막히지 않을 수 없었다.

앞에서 벽제 소리를 치던 구종별배가 단박 달음질을 쳐서,

"이년!"

소리를 치면서 젊은 여인의 팔죽지를 질질 끌고 머리에 쓴 장옷을 훌떡 벗겼다. 연두색 파란 저고리에 은옥색 물빛 치마를 입은 묘령의 새댁이었다. 사헌부 관노는 다짜고짜로 어린 새댁의 뺨을 후려갈겼다.

"이년아, 너는 눈망울도 없고 귀도 먹었느냐. 어느 존전이라고 계집년이 감히 식전 새벽에 재수 없이 법관의 행차를 끊느냐!"

구종별배는 엄파 같은 손으로 잔약한 여자의 뺨을 또 한 번 후려갈겼다. 어린 여자의 살결은 두부같이 연했다. 구슬픈 비명과 함께 코가 터져서 코피가 흐르고 입이 터져서 유혈이 낭자했다.

허적은 말을 타고 나가다가 이 꼴을 당했다. 그도 처음엔 젊은 계집이 길을 끊는 것이 불쾌했으나 연약한 여자가 코가 터져서 유혈이 낭자한 것을 바라보자 측은한 생각이 일어나서,

'그만 놓아 보내라!'

이렇게 마상에서 명령을 내리려 할 때, 여인이 나타나던 골목에서 나이 18, 9세 가량 되어 보이는 초립동이 나타나,

"이놈들아, 사람을 마구 치지 말아라."

하고 소리로 외치면서 달려들었다. 초립동은 힘깨나 쓰는 모양이었다. 비호같이 달려들어 구종별배의 멱살을 잡고 딴죽을 걸어 쓰러뜨

린 뒤에 구종별배의 목줄기를 짓밟았다.

"이놈들아, 너희 놈들이 무엇이기에 죄 없는 잔약한 여자를 마구 때려 죽이려 하느냐?"

초립동이는 구종별배의 목을 짓밟고 일어선 채 입에 거품을 뿜어 호통을 질렀다. 사헌부 군노사령들이 우르르 몰려들었다.

"이놈아, 사헌부 허장령 어른의 행차시다. 언감생심 행차를 범하고 야료를 치느냐?"

"이놈들아, 사헌부 허장령이면 천하에 제일강산이냐? 그래 법을 맡아서 백성을 다스린다는 것들이 식전 새벽에 죄 없는 잔약한 여자를 때려서 인사불성을 만들어 놓는단 말이냐. 이놈들아, 왜 죄 없는 백성을 쳐죽이느냐."

젊은 초립동이는 눈이 뒤집혀서 발악을 했다.

이 모양을 바라보는 젊은 법관 허적도 분기가 탱중했다. 처음엔 잔약한 계집을 동정해서 놓아 주려 했으나 초립동이의 발악에 역정이 상투 끝까지 치밀었다.

"네 저놈을 결박지어 묶어라."

호통을 쳤다. 강약은 부동했다. 초립동이는 마침내 수십 명 군노사령들에게 오랏줄로 꽁꽁 묶였다. 사내가 오랏줄에 묶여지자 유혈이 낭자한 채 길가에 쓰러졌던 젊은 여인이 악에 받쳐 벌떡 일어섰다.

"이놈들아, 왜 죄 없는 사람을 결박짓느냐?"

여인은 악을 쓰며 구종별배한테로 달려들었다.

구종별배들은 달려드는 여인을 뿌리치고 발길로 질렀다. 젊은 여인은 머리가 풀어져 산발이 되고 옷은 갈기갈기 찢어졌다. 사직골 거리에는 구경꾼들이 백절치듯 모여들었다.

허장령은 젊은 마음에 군중 앞에서 국법을 밝혀야겠다는 생각이 강하게 들었다. 사헌부로 끌고 들어갈 여유도 없었다.

"저 계집을 마저 묶어라."

구종별배들은 불나비처럼 환장을 해서 발악해 뛰는 여인을 오랏줄로 묶어 버렸다.

"관장의 행차를 범하고 무법천지로 발악을 하는 남녀를 당장에 물고를 내어 처치해 버려라!"

젊은 허장령은 분정지두(忿情之頭, 분한 마음이 왈칵 일어난 바람)에 앞뒤 생각도 해볼 겨를이 없이 한독(悍毒)한 명령을 내렸다.

사헌부 구종별배들은 육모방망이를 꺼내 들고 결박해 묶은 초립동이와 새댁을 사매질을 쳐 물고를 내어 버린 후에 시체를 거적에 두르르 말아서 산기슭에 내버리고 사헌부로 들어가 버렸다.

사직골 백성들은 혼비백산이 되어 흩어져 버렸다. 이때 법에 헌부 관헌 앞에 무단 발악을 하는 자는 물고를 내서 직결처분해 버려도 상관이 없는 일이었다. 허장령은 헌부로 들어가서 대사헌과 동료들에게 오늘의 소조를 자세히 말하고, 죄안(罪案)을 성문(成文)하여 기록한 후에 사헌부 감찰이 검시관(檢屍官)이 되어 형식적으로 살펴본 후에 시체를 파묻어 버렸다.

초립동이는 사직골 사는 백성의 삼대 독자요, 젊은 새댁은 초립동이의 아내였다. 누각골 사는 처가에 아침 차례가 있어서 제사 참례를 하러 사직골에서 누각골로 향해 가는 길에 젊은 새댁이 철이 없어서 허적의 지나가는 행차에 길을 끊고 지나갔다가 이런 환란이 생긴 것이었다.

이러한 일이 있은 후부터 허적의 집에는 이상한 일이 있었다. 허적의 아내가 자녀간에 생산을 하는 대로 기르지를 못했다. 딸을 낳아도 돌을 넘기지 못해서 병이 들어 죽고, 아들을 낳아도 돌을 넘기지 못하고 죽어 버렸다. 허적의 나이는 점점 늘어서 사십지경에 이르렀다. 그러나 아내는 영영 아들을 갖지 못했다. 허적은 한평생 초립동이 내외를 죽인 것을 후회했다.

그러나 다시 바로잡아 돌이킬 수는 없었다. 벼슬은 점점 높아가고 집안은 부요해 갔으나 아들이 없는 것은 적막한 일이었다. 사십 된 아내는 이제는 생산할 것을 단념하고 남편한테 첩실을 둘 것을 권고했다.

"영감, 인제는 내 나이 사십이 넘었소이다. 전생에 무슨 죄를 졌는지 자식들을 낳는 대로 잃어서 영감을 뵈올 낯이 없습니다. 이제는 경도도 끊어지고 다시는 생산할 가망이 없습니다. 삼천 가지 죄 중에 자식 없는 죄가 가장 크다 했는데 영감과 조상께 지은 죄가 태산같이 크옵니다. 영감께서는 하루바삐 소실을 얻으시어 아들을 낳게 하십시오."

아낙은 허적을 대할 때마다 간곡하게 권했다. 허적은 마침내 아내의 권고를 수락했다.

"첩실을 두시는 데는 기생첩도 있지만 생산을 하시자면 놀던 계집보다 양가집 색시를 구하셔서 치가를 하시는 것이 좋을 것입니다."

아내는 이렇게 권한 후에 중매할미를 불러서 각처로 색시를 구했다. 중매가 드나든 지 한 달 만에 김첨사의 첩의 딸이 가합해서 허적은 사직골 근처에 조그마한 집 한 채를 사서 김첨사의 딸을 치가하고 조석으로 드나들었다.

작첩을 한 지 일년이 되자 김첨사의 딸은 옥동 같은 아들을 낳아 놓았다. 어린애는 무럭무럭 아무 탈이 없이 자랐다. 사십이 넘도록 일점의 혈육이 없던 허적의 집에는 크나큰 기쁨이었다. 허적은 아들 이름을 견(堅)이라 지었다. 쇠와 같이 굳고 돌과 같이 굳어서 수명 장수를 하라는 뜻이었다.

허견은 자랄수록 총명 영리하고 기상이 활발했다. 허적 내외는 장중의 보옥인 듯 사랑했다. 서당에 독선생을 두어 글을 가르치고 글씨를 배우게 했다. 세월이 흘러 나이 20세가 되어 허적은 시관한테 청을 넣어 대과를 보아 급제까지 시켰다. 허견이 비록 서자라 하나 임금을 즉위시킨 세도 높은 영의정의 독자라 특별히 교서정자(校書正字)라는 벼슬까지 제수시키고, 아내로는 홍병사의 서녀(庶女) 예형(禮亨)을 맞아들였다.

홍병사에겐 서딸이 둘이 있는데, 큰딸 예원(禮元)은 서인의 한당인 청풍부원군 김우명의 첩으로 들어갔고, 작은딸은 영의정 허적의 서며느리가 되어 들어왔다. 허적은 혼인을 하여서 며느리를 맞아들여 오는 데도 이러한 가벌(家閥)을 보아 데려왔던 것이다.

허적이 아들 견이 정자 나리가 된 후에 새로운 재목으로 허견의 집을 격장하여 지어 주니 사직골 허의정의 집은 고래등같이 드높게 솟아서 열 두 줄행랑이 두 채나 되니 스물 네 줄행랑이나 되었다.

조선 삼천리의 권력을 한 손에 휘어 잡은 허의정의 집이라 스물 네 줄행랑 앞에는 노복이 득실거리고, 평교자, 초헌, 사인교 가마와 은 안백마에 오추마, 황총 등 기름진 말들이 히힝 소리를 지르며 연락부절 즐비하게 들어섰다. 모두들 왕공거경(王公巨卿)들이 자비를 갖추어 타고 온 가마와 말들이었다.

손들은 아침 저녁으로 모여드는데, 허정승이 있는 큰집에는 조정에 벼슬 지위가 높은 재상들이 큰사랑 작은사랑에 꽉차 있고, 아들 허견이 거처하는 작은집에는 허견과 나이 걸맞은 나라 임금의 오촌 아저씨 복창군, 복선군, 복평군 삼형제를 위시하여 한량, 건달, 오입쟁이 별의별 젊은 층들이 방마다 가득 차서 바둑과 장기들을 두면서 한일월을 보냈다. 모두들 영의정의 아들 허견을 중심으로 하여 장래의 부귀영화를 꿈꾸면서 개미 떼같이 모여든 사람들이었다.

허정승은 지위가 점점 높아 가고 권세가 혁혁할수록 몸조심이 대단해서 되도록 당파싸움에 깊이 빠져 들지 않고 공평한 태도를 취하려 노력했으나 허견의 사랑에 모이는 젊은 패들은 모두 다 혈기 있는 사람들이라 당파와 당파 사이를 일부러 알력을 내어 부채질했다.

여기에다 허견이 성미가 호탕하고 방자하여 술을 좋아하고 색을 탐하니 한량패 건달들이 허견의 비위를 맞추기 위하여 밤이면 주사 청루로 허견을 꾀어내었다. 재력이 많고 권세 좋은 허견이었다. 장안의 명기란 명기들은 모두 다 허정승의 아들 허견의 눈에 들기를 자원했다.

허견은 약방 기생, 장악원 기생 등 장안의 명기란 명기들을 모조리 건드렸다. 일년나마 기생오입을 하고 난 허견은 이제는 기생에 만족할 수 없었다. 허견은 한량패와 건달들에게 술회를 했다.

"기생들이란 한때 흥취로 데리고 놀 것이지 오래 상종할 것은 되지 못한다. 노래를 잘하는 계집은 얼굴이 박색이고, 얼굴이 해끄무레한 것은 운치가 없어 딱하구……."

대장 허견의 말을 들은 건달패들은 허견의 비위를 맞추기 위하여 이런 말을 꺼냈다.

"나리, 통지기 오입을 한번 해보시오. 오입 중에 제일가는 것은 통지기 오입이라 합니다."

"통지기 오입이란 무엇인가?"

"나리는 아직도 새물청어십니다. 통지기 오입을 모르십니까? 통지기 오입이란 재상가에 있는 서방 있는 종년을 꾀어내서 오입을 하는 것입니다."

"그러다가 비부장이한테 들키면 어찌하나?"

"그것쯤이야 나리 세도로 쓱싹하고 어루만져 두시면 그만 아닙니까. 남북촌 재상가의 똑딴 년으로만 골라서 추려 드리오리다. 남의 것을 내것으로 만드는 맛이란 천하에 제일입니다. 그리구 기생오입보다 재물이 덜 들어 좋습니다."

건달패들의 꾀어내는 말에 젊은 허견의 귀는 솔깃했다.

"아무려나 자네들 한번 수단을 써보게나."

고량진미에 싸여 아무런 일이 없는 허견이었다. 건달패 조방구니의 말을 들어 재상가의 종년들과 눈을 맞추었다. 허견은 이렇게 해서 밤이 깊으면 남북촌 재상가의 행랑방으로 변복을 하고 드나들었다. 영의정 아버지가 있는 엄부형 시하라 허적이 불을 끄고 잔 후에 자정 때면 집을 나갔다가 파루 때면 집으로 돌아와서 시치미를 떼고 지냈다.

젊은 허견의 난행은 점점 고조되었다. 이제는 통지기 오입에도 싫증이 났다. 허견은 술을 마시면서 건달패 조방구니들에게 술회를 했다.

"통지기 오입도 좋기는 한데, 인제는 행랑방 냄새에 싫증이 났네." 하고 농담을 했다. 조방구니 건달패들은 또다시 허견의 비위를 맞추었다.

"장안의 여염집 똑딴 계집들을 물색해서 마음에 드시거든 손에 넣어 보도록 합시오."

"어떻게 남의 아내를 볼 수가 있는가?"

허견은 무릎을 내켜 침을 삼키며 묻는다.

"과부는 보를 싸서 업어 오고, 유부녀는 외수전갈을 해서 데려왔다가 슬며시 본곳으로 돌려보내면 쥐도 새도 모르게 감쪽같이 일이 됩니다."

건달패 악당들은 이렇게 허견을 꾀었다.

이 뒤로부터 서울 장안에는 한밤중에 과부가 보쌈에 싸여서 업혀 갔다가 이튿날 새벽에 돌아오고, 예쁜 유부녀 새댁이 외수전갈에 속아서 알지 못할 사나이에게 욕을 당하고 돌아왔다는 해괴망측한 소문이 자자하게 퍼졌다. 영의정 허적의 아들 허견은 이렇게 하여 법도 무섭지 않고 하늘도 두려워하지 않는 불량한 패류가 되어 버렸다.

때마침 허적의 집에 혼인잔치가 있었다. 영의정 허적의 아우가 며느리를 맞아들이는 잔치였다. 영의정 허적의 집이 큰집이요, 조상의 사당을 모셨으니 신부를 맞아들이는 친영례(親迎禮)를 큰집에서 하는 것이다.

고래등 같은 사직골 허적의 집에는 안마당과 뒷마당에 넓고 넓은 차일을 드높게 쳐서 볕을 가리고 열 간들이 넓은 광에는 숙설간을 들여앉혀서 장안에서 제일가는 숙수들이 모여앉아 신부의 큰상에 쓸 약과, 만두과, 당정, 다식, 정과, 잣박산에다가 곶감, 생률, 대추 등 생과를 괴고 있고, 손님을 대접할 책상반 오백 상은 차일 아래 멍석 위에 질서 있게 벌여져서 가지각색의 음식이 수파련꽃과 함께 사람의 눈을 현란시켰다. 대가집 혼인이라 가공이 들어오는데 양지머리, 우둔, 돼지다리, 갈비, 색떡, 인절미, 약식 밥소라와 국수채반이 새벽부터 통지기 하님들의 머리에 여겨서 대문이 메일 지경으로 단자(單子)를 들고 꼬리를 이어 들어오고, 김판서, 이판서, 김참판, 서판서의 실내마님과 아씨들이 장독교, 보교, 사인교, 말 들을 타고 들이밀려서 영의정 허적의 집은 인산인해를 이루었다.

신랑이 사모관대에 백마를 타고 붉은 갓을 쓴 안부(雁夫)를 앞에 세우고 청사초롱 열 두 쌍을 어깨에 멘 구종별배들이 신랑을 호위하여 색시집으로 향한 후에, 신부는 유소보장(流蘇寶帳, 술이 달려 있는 비단 장막) 오색 술을 늘인 사인교를 타고 열 두 하님에 부용향(芙蓉香) 한 쌍을 피워 든 족두리 하님을 앞세워서 시댁으로 들어왔다.

신부는 먼저 영의정 허적 이하 시아버지, 시어머니에게 대추와 건치(乾雉)의 폐백을 드리고 사당에 올라 다례를 드린 뒤에 수모와 곁의 인도로 대청에서 큰상을 받게 되었다.

신부가 큰상을 받게 되면 손님 중에서 젊은 아씨들이 남치마, 분홍 치마를 입고 두 패로 갈라 앉아서 배빈(陪賓)이 되어 신부를 대접하는 것이 이때 풍속이었다. 허의정의 집 넓은 대청은 천자만홍의 꽃밭을 이루어 화려했다.

이때 이 집의 젊은 주인 허견은 음식상 올리는 것을 분별하고 있다가 한 곳을 바라보니 나이 18, 9세 가량 된 젊은 새댁이 연분홍 치마를 입고 비취옥비녀를 머리쪽에 꽂아 단정히 앉았는데, 맑은 눈매와 반듯한 이마에 빚어 놓는 듯한 상그러운 코와 미소를 머금은 듯한 붉은 입술이 선뜩 허견의 눈에 띄어서 백 마리 닭 속에 한 마리 봉황이 섞여 앉은 듯하고 무수한 해오라기 속에 백학이 초연히 자태를 드러내어 푸른 허공을 뚫고 날아가는 듯했다. 허견의 눈은 아찔했다. 다시 눈을 씻고 바라보았다. 수백 명이 모인 젊은 여인들 속에 단 한 사람 이 여자가 보일 뿐이었다.

"애, 너 손님 대접을 어떻게 하느냐? 저기 앉은 저 비취옥비녀를 꽂고 분홍치마를 입은 새댁 아씨께 어서 상을 올려라."

허견은 이렇게 상심부름을 하는 반비한테 재촉을 했다.

"어마나, 그분 한 분만 아직 상을 안 받으셨네."

반비는 황망히 주인 나리의 명령을 받들어 비취옥비녀를 꽂은 여인에게 상을 올렸다.

올리는 잔칫상이 늦었건만 젊은 새댁은 조금도 내색을 드러내지 않고 반비가 드린 상을 받고 앉아서 고개를 다소곳 숙인 채 조그마한 붉은 입술로 국수를 훌훌 마시고 있었다.

'참으로 잘생겼다!'

허견은 마음속으로 혼자 찬탄하면서 멀리 국수를 마시는 미인을 향하여 넋을 잃고 바라보고 있었다. 이때 마침 더운 장국 국물을 받쳐 들고 손님상에 고루 붓고 나오는 아까 그 반비가 허견의 앞으로 지나갔다. 허견은 반비의 허리를 꾹 찔렀다.

"얘, 너 저 아씨가 뉘 댁 아씨인지 아느냐?"

허견은 목소리를 낮추어 조용히 묻는다.

"누구 말씀이오니까?"

"저 북창 앞에 분홍 치마를 입고 비취옥비녀를 꽂고 앉은 새댁 말이다. 아까 내가 말을 해서 네가 상을 올린 그 아씨 말이다."

"아아, 지금 상에 저를 놓고 배를 짚고 있는 저 아씨 말입니까?"

"옳다. 맞았다."

"이동구(李東龜) 이오위장(李五衛將)의 따님이시구, 서역관(徐譯官)댁 며느님입니다."

"서역관이라면 장차골다리에 사는 서효남(徐孝男)의 며느리란 말이냐?"

"그렇습니다."

반비는 상긋상긋 웃고 물러섰다. 허견은 무엇을 생각했는지 부리나케 자기의 부하들이 모여 있는 작은사랑으로 나갔다. 작은사랑에서는 부하들이 배반을 벌여 놓고 술과 음식을 마시고 먹고 있다가 허견이 나오는 것을 보고 일제히 일어섰다.

"나리, 어서 들어오십쇼. 저희들만 먼저 먹어서 죄송스럽습니다."

"오늘 대사날 일기가 좋아 참 경사스럽습니다."

제각기 지껄이고 있을 때 허견은,

"어서들 자시게. 나는 좀 볼일이 있어 천천히 먹겠네. 술이 없으면 더 달라구 청하게."

인사조로 말한 뒤에 좌중을 둘러보다가,

"찬영이, 이리 좀 나오게. 자네 일 좀 보아주어야 되겠네."

하고 찬영이란 사람을 불렀다. 찬영이란 사람은 주인이 일을 보아 달라는 바람에 신바람이 나서 마시던 술잔을 놓고 얼른 자리에서 일어났다.

"무슨 시키실 일이 있습니까?"

"안으로 좀 들어가세."

허견의 대답은 간단했다. 찬영은 벽에 걸어 놓은 중치막을 떼어 입고 의관을 정제한 후에 주인 나리 허견을 따라서 안으로 들어갔다.

이때 안대청에서는 상이 물려지기 시작하고 혼인 구경을 온 여인들은 이리저리 흩어져서 색시가 해가지고 온 의복과 금침을 구경하는 사람도 있고 허정승의 집 후원 별당으로 들어가서 기화요초와 기암괴석을 관상하면서 산책을 하는 여인들도 많았다.

허견은 안대청에 올라서 아까 본 묘령의 미인을 찾았으나 보이지 아니했다. 허견은 황망히 후원 별당으로 발길을 옮겼다. 찬영이란 사람은 웬 까닭인가 하고 허견의 뒤만 따랐다.

허정승의 집 후원에는 버들이 푸르고 기화요초가 우거져 피어 있었다. 신부 구경을 마치고 혼인잔치 음식을 배불리 먹은 젊은 여인네들이 분홍 치마와 남치맛자락을 휘어 잡고 삼삼오오 짝을 지어 금잔디밭으로, 석가산(石假山)으로 거닐고 있었다. 아름다운 여국의 세계였다. 젊은 여인들이 녹의홍상으로 구름같이 꽃밭에 모였으니 사람이 꽃인지 꽃이 사람인지 모를 지경이었다. 가만한 바람이 불었다. 젊은 여인네들의 몸에서 풍겨지는 향내가 한 굽이 향풍(香風)을 일으켜서 허견과 찬영의 코를 엄습했다.

허견은 넋을 잃은 채 의중의 인물을 찾았다. 수양버들 아래 꽃밭 사이로 거니는 여인의 무리 중에는 허견의 의중의 인물이 나타나지 않았다. 모두 다 그 여인이 그 여인 같은 비슷비슷한 인물들이었다. 허견은 초조했다. 안에도 없고 후원에도 없다면 일찌감치 자기 집으로 돌아간 것이 분명했다. 허견이 손바닥의 보옥을 잃은 듯 망연해서 다시 동산을 살펴보니 석가산 초정 마루에 5, 6명의 여인들이 서 있는 곳에 달덩이같이 환한 그 여자의 얼굴이 번뜻 나타났다. 허견은 기쁨을 이기지 못했다.

"여보게, 찬영이."

허견은 찬영의 허리를 쿡 찔렀다. 찬영은 까닭을 모르고 주인 허견의 뒤만 따라가면서 마음속으로,

'무슨 까닭인구?'

하면서 궁금하게 생각만 하고 있다가 별안간 허견이 찬영의 허리를 쿡 찌르자 정신이 번쩍 들었다.

"왜 그러십니까?"

"자네, 저 여인을 알지?"

허견은 턱으로 산정 편을 가리키면서 초조하게 물었다. 별안간 허견의 묻는 말에 찬영은 어리둥절하지 않을 수 없었다.

"저 여인이 누구입니까? 하고많은 여자들 중에 어느 여인 말씀입니까?"

"이런 숙맥 봐라, 저기 저 산정 마루 위에서 이편을 바라보면서 도란도란 지껄이는 여인들이 있지 않나. 그중에서 제일 환하게 잘생긴 달덩이 같은 여인이 있지 않은가? 나이는 십 팔구 세 가량 되어 보이고……."

찬영은 비로소 산정 편을 바라보았다. 찬영의 눈에 환하게 잘생긴 소녀의 모습이 비쳐졌다. 찬영은 흠칫 놀란다.

"아아, 저애 말씀입니까? 분홍 치마를 입고 비취옥비녀를 머리쪽에 꽂은 저애 말씀입니까?"

"그래그래, 옳게, 맞혔네. 자네하구 친척간이 되지 않나?"

"네, 바루 그애는 제 사촌 누님의 딸입니다."

찬영이는 무심코 털어 놓고 말을 해버렸다.

"오위장 이동구의 딸이 분명하지?"

"그렇습니다. 이동구는 바로 제 사촌매부구, 저애는 올 봄에 역관

서효남의 아들 억만이한테로 시집을 갔습니다."

"그래서 내가 자네를 데려와서 물어 보는 것일세. 자네가 이동구하구 사촌남매간인 것을 내가 잘 알고 있거든. 새댁 이름을 뭐라구 부르나?"

"차옥(次玉)이라 부릅니다."

"차옥이? 둘째 딸인게로구먼."

"그렇습니다."

"자아, 그러면 우리 이제 사랑으로 나가세."

허견은 찬영의 손을 이끌고 사랑으로 나갔다.

허견이 후원에서 찬영이를 데리고 사랑으로 나가는데, 여러 사람이 있는 바깥 사랑으로 나가지 아니하고 조용한 안사랑으로 들어갔다.

허견은 안사랑으로 찬영을 데리고 들어가자 설렁줄을 흔들어 상노를 불렀다. 요란한 방울 소리를 듣자 상노놈이 뛰어들어왔다.

"부르셨습니까?"

"빨리 숙설간에 들어가 주안상을 차려 오너라."

상노는 주인 나리의 영이 떨어지자 시각을 지체치 않고 술상을 들고 나왔다.

"이리 오게나. 우리 조용히 술 한잔 마시세."

허견은 찬영을 주안상 앞에 앉힌 후에 상노에게 또다시 분부를 내렸다.

"너는 안으로 들어가 일을 보아라. 부를 일이 있으면 설렁줄을 흔들 테니. 그리고 일각문을 꼭 지치고 들어가거라."

상노놈은 '예' 소리를 쳐서 대답한 후에 문을 꼭 지치고 안으로 들어가 버렸다.

"자아, 한잔 들게나. 자네하고 술 마셔 본 지도 참으로 오랠세."

허견은 말을 마치자 술병을 잡아 은잔에 술을 가득 부어 찬영에게

권한다. 찬영은 주인이 친히 술병을 잡아 술을 부어 권하니 감격한
마음을 금할 수 없었다.

"나리, 이거 황송합니다."

찬영은 벼슬을 구하러 이 집으로 날마다 드나드는 문객이고 보니
진심으로 마음이 대견해서 두 손으로 공손히 술잔을 받아 마셨다.

"이번에는 나리께서 한잔 드십시오."

찬영은 무릎을 꿇고 잔에 가득 술을 따라 허견에게 바쳤다.

"마시구말구. 자네하고 오래간만에 조용하게 술을 마시려고 이곳
으로 데리고 온 건데 아니 마실 리가 있겠나. 우리 쾌하게 술을 마시
세그려."

허견은 쭈욱 술을 들이켰다. 권커니 잣거니 서로 술을 권하여 귀뿌
리가 훈훈해졌을 때 허견이 화제를 꺼냈다.

"여보게 찬영이, 자네 사촌매부의 딸 차옥이는 참으로 잘생겼데."

"예, 참 잘생겼습니다. 조카딸 칭찬하는 것 같아서 아니 되었습니
다마는 조선팔도를 털어 봐도 이만큼 잘생긴 여자는 없을 것입니다.
참으로 경국지색이지요. 서역관의 아들 억만의 아내가 되어 한평생
을 썩기는 참 아까운 인물입지요."

"내가 사람을 많이 열인해 보았네마는 재상가의 아씨들도 차옥에
게 비한다면 아무것 아니네."

"미상불 재상가의 부인네들이야 양반의 따님이라는 것으로 한몫을
보지, 외모야 출중한 분이 몇 분 됩니까."

"재상가 부인은 고사하고 관서(關西) 명기나 관북(關北) 기생 중
에도 차옥이 같은 얼굴은 없네. 참으로 잘생겼데. 나는 아까 대청에
서 처음으로 자네 조카딸의 얼굴을 바라보고 팔월 한가윗날 동천에
솟아오르는 보름달덩이를 바라보는 것 같다구 생각했네."

"어떻게 차옥이가 저하고 인척간이 되는 것을 아셨습니까?"

“그것을 모르겠나? 우리 집 종년들이 이동구의 딸이라구 하더구만.”
“그래서 저를 찾으셨습니다그려.”
허견은 대답 대신 고개만 끄덕였다.
허견과 찬영이 사이에는 술이 서너 순배 다시 돌았다. 허견은 얼근하게 취했다.
“여보게 찬영이, 내가 자네한테 꼭 청할 일이 있네.”
허견은 웃음을 지어 맥맥히 찬영을 바라본다.
“원, 천만에. 나리께서 저같은 사람한테 무슨 청하실 일이 있겠습니까? 농담의 말씀입지요.”
“아니야, 진정이야. 정말 내 청을 자네가 들어주어야겠네.”
“나리가 말씀하시는 일을 제가 아니 들을 수가 있습니까. 무슨 말씀인지 말씀해 보십시오.”
“이동구의 딸 차옥이를 한번 만나 보도록 해줄 수 없겠나?”
돌연한 허견의 말에 찬영은 깜짝 놀라지 않을 수 없었다.
“만나게 해달라니요?”
찬영의 눈이 휘둥그래진다.
“내 사람이 되도록 만들어 보라는 말일세.”
허견은 음탕한 웃음을 지어 찬영을 바라본다.
“차옥이는 역관 서효남의 며느리구, 서억만의 아내올시다.”
“누가 몰라서 하는 말인가. 그러니까 자네한테 한번 보게 해달라구 청을 하는 것이 아닌가.”
허견은 여전히 음침한 웃음을 웃으며 유들유들 찬영을 바라본다.
“아니 됩니다. 임자 있는 유부녀를 어떻게……”
찬영은 딱 잡아뗄 수밖에 없었다. 친누님의 딸은 아니지마는 차옥은 사촌 누님의 딸이었다. 친생질녀는 아니지마는 역시 사촌 누님의 얼굴을 본들 차마 그의 딸을 허견이 유린하는 제물의 희생으로 만들

수는 없다고 생각했다.

"이 사람아, 그럼 자네는 왜 나를 위해서 남의 집 유부녀를 많이 보여줬던가? 하하하."

허견은 드높게 웃으면서 여전히 유들유들 찬영을 바라본다. 찬영은 급소를 찔리었다.

그는 여러 차례 허견의 비위를 맞추느라고 임자 있는 남의 아내를 꾀어내어 뚜장이 노릇을 해주었던 것이다.

"그것은 하잘것없는 천민의 계집들 아닙니까?"

"이 사람아, 그러지 말고 나를 살려 주게나. 슬쩍 마음 좀 돌려 보게나."

허견은 또다시 음탕한 웃음을 띠어 애걸해 졸랐다. 찬영은 난처했다.

"남도 아니요, 제가 어떻게 그런 일을 합니까? 사촌매부의 집을 결딴내는 일인데 인두겁을 쓰고 어떻게 차마 그런 짓을 합니까?"

"이 사람아, 자네 사촌매부 집이 왜 결딴이 난단 말인가. 서역관은 새며느리를 얻어서 아들의 장가를 들이면 그만이고, 자네 사촌매부는 쥐도 새도 모르게 내 장인 노릇을 하고 있으면 사무송하지 않은가. 나는 꼭 차옥이를 내 손에 넣지 못하면 죽는 사람일세. 어떻게 나를 살려 주게나. 일만 성사가 된다면 자네한테는 군수 한자리 떼어 주도록 함세. 원 노릇을 하면서 한번 허리띠를 끄르고 잘살아 보게나 그려."

군수 한자리를 떼어 준다는 말에 찬영의 귀는 솔깃했으나 백번 생각해 봐도 아니 될 일 같았다.

"나리, 다른 사람을 시키십시오. 저로서는 엄두가 나지 않습니다."

찬영은 마침내 거절해 버리고 말았다.

찬영이의 이동구의 딸 차옥이를 꾀어내지 못하겠다는 말을 듣자 허견의 얼굴빛은 금방 악마같이 변했다. 검붉은 철색으로 된 얼굴에는 살기가 등등하고 눈살엔 내천자가 그려졌다.

"자네는 나를 배반할 작정인가?"

화등잔 같은 불량한 두 눈알에 새파란 연기가 팔싹 이는 듯 불호령이 터졌다. 살기 띤 허견의 모습을 바라보자 찬영의 고개는 푹 수그러졌다.

"배반이라니요, 천만의 말씀이올시다. 제가 어떻게 나리를 배반하겠습니까?"

"그러면 왜 내 말을 아니 듣는가? 자네 목엔 칼이 안 들어갈 줄 아는가?"

허견의 맹수 같은 얼굴에 또다시 살기가 등등하게 떠올랐다. 찬영의 등골에 소름이 쭉 끼쳐졌다.

"나리, 그저 제 심정을 좀 통촉해 주옵소서. 제가 나리의 말씀을 거역하는 것이 아니올시다. 어떻게 아제비 뻘 되는 것이 명색 조카딸년을 꾀어낼 수가 있겠습니까? 속으로는 얼마든지 나리를 도와 드릴 수 있으나 겉으로 나타나서 중매 노릇을 할 수는 과연 죽어도 못 하겠습니다. 그저 저의 처지를 굽어살펴 주시옵소서."

아버지 허정승의 위력을 빌어서 음성적으로 죽이고 살리는 권한을 가진 허견이었다. 찬영은 그의 앞에서 이렇게 애걸해 빌지 않을 수 없었다.

찬영의 애걸해 비는 꼴을 바라보는 허견은 비로소 얼굴빛이 풀리기 시작했다.

"그러면 겉으로는 나서지 않더라도 속으로는 내 일을 도와 준단 말이지?"

"예, 그저 그렇게 해드리겠습니다."

허견의 얼굴빛은 완전히 풀어졌다.

"자, 이리로 오게, 우리 다시 술 한잔 마시세."

허견은 찬영의 손을 이끌어 다시 술상 앞에 앉았다.

"모든 것을 허물하지 말게. 내 성정이 너무 급했네. 자네한테 아까 말을 과하게 해서 미안하이."

허견은 금방 딴사람이 되어 있었다. 장안을 주름잡는 크나큰 오입쟁이라 극단에 이르러서는 악마 같은 성격을 가졌으면서도 한편으로는 금방 풀어지는 협객의 기질을 가졌던 것이다.

"아니올시다. 저의 처지가 그래서 얼른 명령대로 쾌하게 시행을 해드리지 못해서 죄송하기 짝이 없습니다."

찬영은 비로소 안도의 숨을 쉬면서 부드럽게 대답했다.

"자아, 우리 화해술을 듬세."

허견과 찬영은 다시 술잔을 몇 순배 기울였다.

"차옥이는 요새 친정에 있는가, 시집에 있는가?"

"요새는 친정에 와 있습니다. 시집간 지 얼마 아니 되니까 편히 쉬라고 시부모의 명령으로 지금 저의 매부 집에 와 있습니다. 오늘 댁에 혼인 구경을 온 것도 차옥의 시집 편으로 온 것이 아니라 친정 편으로 온 것이 분명합니다. 저의 사촌매부 이동구하고 나리의 장인 홍병사댁하구는 같은 무과 출신으로 여태 자별 가까운 터이니까요."

"참, 그렇지. 이동구하구 우리 장인하구는 같은 무과 출신이것다."

허견은 비로소 알았다는 듯이 손을 들어 무릎을 탁 친다.

"자아, 그러면 어떻게 하면 자네는 겉으로 나타나지 않고 차옥을 만나 보게 할 수 있겠나?"

허견은 찬영 앞으로 바싹 무릎을 다가앉는다.

"어떻게 하면 차옥을 내 손아귀에 넣겠느냐 말일세."

허견은 또다시 초조했다. 찬영은 고개를 기울여 한참 무엇을 생각하고 있다.

"자네가 겉으로 나타나지 않고 일이 꼭 되도록 해보란 말일세."

허견은 몸이 달았다.

"천천히 해도 좋습지요?"

"이 사람아, 천천히가 무언가. 오늘 밤에라도 만나 보도록 해주었으면 좋겠네."

"아무리 급하시더라도 오늘 밤으로야 어떻게 일이 되겠습니까? 우물에서 숭늉을 달라시는 격입니다, 하하하."

"그러면 내일이나 모레쯤?"

찬영은 고개를 다시 숙여 한참 동안 생각에 빠졌다가,

"나리."

하고 허견의 귀에 입술을 대었다. 한동안 찬영의 소곤거리는 말을 듣는 허견의 입은 귀밑까지 벌어졌다.

"자네는 나의 제갈 양일세!"

허견은 찬영의 등을 툭툭 쳐서 칭찬하면서 다시 몇 잔 술을 나누었다.

"그럼 일이 성사된 후에 다시 만나기로 하세."

허견은 뒷날을 약속하고 이날은 찬영과 일단 헤어졌다.

이튿날 허견은 종년 매향(梅香)을 조용한 안사랑으로 불렀다. 매향은 허견이 벌써부터 손을 댄 계집종으로, 어제 잔치 때 차옥이 이동구의 딸이요 서역관의 며느리라는 것을 허견에게 가르쳐 주었던 18, 9세 되는 종년이었다.

조용한 안사랑이었다. 손을 대었던 종년과 나리 단둘만이 있으니 종년은 씨부렁거렸다.

"나리, 왜 부르셨습니까?"

"너한테 부탁할 일이 있다."

"서방님께서 쇤네한테 부탁할 일이 다 계십니까."

종년 매향은 새까만 눈에 웃음을 담뿍 싣고 영리하게 묻는다.

"너 이동구 이위장 집을 알지?"

"알고말고요. 오장골에 있습니다."

"오늘 저녁때 슬며시 이위장 집에 가서 차옥이한테 아씨 전갈로 혼인 풀보기가 오늘이니 놀다 가시라구 청좌(請坐)하고, 응낙을 하거든 차옥이를 가마에 태워서 체부청(體府廳)으로 데리구 오너라. 그러면 체부청 안에는 내가 기다리고 있을 테다."

영리한 매향은 벌써 서방님의 눈치를 채었다. 매향은 깜짝 놀라는 시늉을 한다.

"남의 집 유부녀를 체부청으로 데려다가 어찌하시렵니까? 원 별의별 도섭스러운 일도 많지."

능란한 허견이었다. 덥석 매향의 잔허리를 껴안았다.

"유부녀고 무부녀고 너는 차옥이를 꾀어내서 나한테만 맡기려무나. 뒷일은 내가 다 처리할 것이니 아무 염려 말고 나 하라는 대로만 해라."

허견은 매향의 입술에 입을 대었다. 이미 매향의 몸을 헐어 놓은 허견이었다. 사랑의 표정을 나타내면서 무조건 복종하기를 요구했다. 매향은 손을 들어 허견의 수염 뻗친 입술을 막았다.

"아씨가 아시면 큰일납니다. 쇤네는 차마 외수전갈은 못 하겠습니다. 발각이 되면 쇤네는 죽는 몸이올시다."

매향은 몸을 비틀어 거부한다.

허견은 몸을 비틀어 거부하는 매향의 잔허리를 바싹 껴안고 계집의 얼굴에 뺨을 비비었다. 아직도 매향을 사랑한다는 것을 행동으로 표현하는 것이었다. 강렬한 애무가 회오리바람처럼 매향의 온몸을 엄습했다. 매향은 나리의 격한 사랑 속에 사대 삭신이 노그라지는 듯했다. 이제는 아무런 거부할 힘도 가질 수 없었다. 계집은 멍하니 넋을 잃어 나리에게 몸을 맡길 수밖에 없었다. 하늘과 땅이 돌아가는 듯 격정의 억센 파도가 한고비를 넘었다. 나리 허견은 씨근거리면서 매향의 몸 위에서 묻는다.

"너 내 말을 들어야 한다."

"시키시는 대로 하겠습니다."

매향은 가쁜 숨 속에서 모깃소리만하게 대답했다.

"또다시 앙탈을 해서는 아니 된다."

"소금섬을 물로 끓이래도 그대로 하겠습니다."

계집은 기진맥진이 되어 종알거렸다.

"너 내 말을 아니 들으면 죽여 버린다."

"나리님 손에 죽기가 소원입니다. 어서 죽여 줍시오."

계집은 스르르 눈을 감았다. 또다시 남녀의 격정이 회오리바람처럼 일어나면서 억센 애욕의 파도 속으로 굽돌았다.

얼마 만에 허견은 매향의 곁에서 떨어지자 문갑문을 열고 푸른 주머니를 꺼내어 끈을 끌렀다. 말굴레 같은 가락지 한 쌍이 번쩍하고 광채를 뿜으며 허견의 손바닥 위에 놓였다.

"옜다, 정표로 주는 것이니 간직해 두어라."

매향은 헝클어진 머리와 풀어진 젓가슴을 매만진 후에 허견을 바라보고 상긋 웃으며 은가락지를 받았다. 허견은 애욕과 인정으로 매향의 몸과 마음을 고스란히 사버리고 말았다.

매향은 은가락지를 허리춤에 간수한 후에,

"그럼 이따 신시 때 오장골로 갈 테니 보교 마련을 해주셔야 합니다?"

"아무렴, 해주고말고. 체부청 안에 미리 마련을 하고 기다리고 있을 테니 너는 슬며시 몸만 빠져 나오너라."

"일이 되기만 하면 상급을 많이 주셔야 합니다."

"상급만 주겠니, 쌍가마라도 태워 주마."

"사람의 정은 한 곬으로만 흐르게 마련인데 미치시면 쇤네 따위야 돌아다나 보시겠습니까?"

"그래도 그렇지 않으니라. 신정이 구정만 같지 못하니라. 너는 처녀 때부터 내것이구 이동구의 딸은 남의 계집이 아니냐?"

"차옥 아씨는 데려다 작은댁을 삼으시렵니까?"

"그것은 당해 봐야 알지. 마음에 들면 한평생을 같이하는 것이구, 그렇지 아니하면 도로 데려다 주는 것이지."

"나리는 어째서 임자 있는 여자들만 좋아하십니까? 쇤네도 서방 있는 몸이올시다마는 남의 계집이 그렇게도 좋으십니까?"

매향은 나리한테 이렇게 씨부렁거려 본다.

"꽃을 보면 꺾고 싶은 것이 인정이듯이 남의 꽃이 내 꽃보다도 더 좋아 보이는구나!"

허견은 콧구멍을 벌룽거리면서 더 한 번 매향을 껴안아 본다. 해가 설핏해졌을 때 매향은 허견의 아씨한테 볼일이 있어서 밖에 다녀온다고 핑계를 한 후에 체부청골 체부청 숫을대문으로 들어섰다. 체부청 대문 앞에는 수문장이 있어서 드나드는 사람을 보살피고 있었다.

"나는 허정승댁 하님이오."

매향이가 먼저 말하니 수문장은 두말하지 않고 매향이를 들여보내 주었다. 이때 허정승은 체부청의 도체찰사(都體察使)라는 대장의 직책까지 겸하고 있었으니 체부청은 허정승댁 사랑이나 매한가지였다. 허견은 이런 까닭에 아버지를 자세(藉勢, 어떤 권력이나 세력 또는 특수한 조건을 믿고 세도를 부림)하고 체부청에 무상출입을 했고, 체부청은 나라에 일이 있을 때나 대장들이 모여서 회의를 하는 곳이라 평상시에는 수문장과 군사 5, 6명이 수직을 하고 있을 뿐, 회의청과 수직청은 한가하게 비어 있으니 허견은 차옥을 데려오는 데 일부러 조용

하고 소문 아니 날 이곳을 취했던 것이다. 매향이 대청 앞을 지나서
수직청으로 들어가니 마당에는 세(貰)보교 한 채가 놓여 있고, 수직
청에는 허견이 벌써 와서 기다리고 있다가 매향이 들어오는 것을 보
고 반색을 했다.

"어서 오너라. 보교를 준비하고 너를 기다린 지 오래다."

허견은 수색(水色) 도포에 도홍띠를 두르고 진사립 번쩍거리는 갓
을 써서 모양을 흠뻑 낸 후에 일이 성사되기를 꿈꾸고 있었다.

"그럼 곧 다녀오겠습니다."

매향은 낯선 교군꾼들이 있으니 나리하고 농지거리를 할 수도 없
었다. 체면을 보아 얌전을 빼면서 말했다.

"애들아, 이 하님을 따라가서 내행(內行)을 모시고 오너라."

교군꾼들은 허견의 분부를 듣자 교자를 메어 매향의 뒤를 따라 체
부청 문 밖을 나갔다.

매향은 교군꾼들과 얼마를 걸어 육조(六曹) 앞을 지난 뒤에 서문
편으로 향하다가 윈편으로 꺾어 오장골로 들어서서, 다시 동편골로
꺾이다가 나지막한 평대문 기와집 앞에 보교를 놓게 하고 대문을 삐
꺽 열고 들어섰다.

이때 이동구는 사랑에서 손들과 바둑을 두고 있었고, 안대청에서
는 이동구의 마누라가 저녁상을 대하고 앉았고, 이동구의 딸 차옥이
는 어제 허정승의 집 혼인잔치에 갔다가 음식 먹은 것이 좋지 않아서
관격까지 되어 약을 달여 먹고 몸조리를 하고 있었다. 매향은 대청
앞에 서서 늙은 이동구의 마누라한테 인사를 했다.

"안녕하십니까?"

"어디서 온 하님인가?"

주인 마누라는 밥을 먹다가 눈을 씻고 물었다.

"허정승 댁에서 왔습니다."

매향이가 대답하니 허정승이란 말에 이동구의 마누라는 황망히 숟 갈을 놓고 일어섰다.

"허정승 댁에서 어째서 왔나?"

"허정승 댁 아씨께서 오늘이 풀보기라구 댁의 새아씨한테 전갈 말 씀을 하시면서 놀다 가시라구 쉰네를 보내셨습니다."

"아이구, 이런 황송할 데가 어디 있나. 그런데 이 일을 어찌하면 좋은가. 우리 딸애가 어제 영의정 댁에 혼인 구경을 갔다가 병이 나 서 이내 몸져 드러누웠다오. 이애 아가, 몸이 좀 괴롭더라도 이리 좀 나오너라. 허정승 댁 아씨께서 전갈을 하셔서 너를 청하신단다."

이동구의 마누라는 안방을 향하여 딸 차옥을 불렀다.

차옥은 몸이 괴로와서 자리에 누웠다가 별안간 마루에서 허정승댁 이란 소리가 들리면서 어머니가 나오라고 하니 웬일인고 하고 흐트 러진 매무새를 고치고 마루청으로 나왔다. 마루 끝에는 과연 어제 보 던 허정승댁 하님이 서 있다가 반색을 하면서,

"밤새 어디가 편치 않으십니까?"

하고 공손히 묻는다.

"몸살이 좀 났나보아. 어떻게 누추한 우리 집까지 왔는가? 어서 이 리 올라오게나."

차옥은 상냥하게 매향의 손을 이끌어 청 안으로 오르게 했다.

"댁의 아씨께서 전갈을 하시고 쉰네를 보내셨습니다. 어제는 수선 한 중에 대접이 소홀해서 미안하다구 하십니다. 그리고 오늘이 댁의 혼인 풀보기날이니 조용히 놀다 가시라구 쉰네를 안동하여 교자를 보내셨습니다."

"아이구 저런, 보교까지 보내셨어. 참으로 황송한 일이지."

차옥이가 채 말하기 전에 늙은 마누라가 또다시 감탄을 하여 말을 가로챈다. 차옥은 영리한 여자였다.

　　허정승의 며느리하고 그다지 친한 터가 아니었다. 어제 혼인잔치
는 원래 유명한 집 혼인이라 친정아버지 이동구가 가공까지 했다니
까 구경 삼아 간 것이고, 어머니의 사촌 되는 찬영의 아내가 자꾸 가
자고 해서 동행해서 간 것인데 허정승의 며느리가 풀보기날이라고
일부러 보교까지 보내서 청한다는 것이 의심스러웠다. 차옥의 머리
에는 문득 좋지 않은 예감이 들었다. 어제 잔칫상을 받는데 허정승의
아들 허견이 안대청에서 떠나지 않고 자기를 유심히 바라보던 것이
며, 잔칫상이 파한 후에도 찬영의 아내와 함께 산정에서 소풍을 하고
있었는데 허정승의 아들 허견이 자기의 외숙 뻘되는 찬영이와 함께
들어와서 두리번거리면서 누구를 찾다가 나중엔 자기가 있는 산정을
향하여 손을 들어 가리키면서 무슨 말을 주고받고 하던 것이 수상하
고 마음에 걸렸던 것인데, 이제 별안간 뜻밖에 친하지도 않은 허정승
의 며느리가 풀보기에 와달라고 교군까지 보내서 청하는 것이 이상
하고, 또 하필 날이 저문 밤길에 청하는 것인지 의심스러웠다.
　　"글쎄, 고맙기는 무한 고마우신 일이나 자네도 보다시피 이렇게 몸
이 편치 않으니 어찌하나. 죄송스럽지만 돌아가서 병이 나서 못 간다
고 말씀을 사뢰어주게."
　　차옥은 흐트러진 머리칼을 가다듬으며 앙상하게 이렇게 대답했다.
매향은 똑똑한 계집이었다. 마음속으로,
　　'일이 글렀구나!'
하고 탄식하면서 쓴 입맛을 다시고 앉았다. 어머니는 허정승의 며느
리가 모처럼 청하는데 아니 가는 것이 미안해서,
　　"어떻게 기운을 차려서라도 좀 가보지……."
하고 딸을 권했다.
　　"몸이 아픈 것을 어떻게 갑니까? 영의정댁에서 청하시는데 아니
가서 죄송스럽지마는……."

차옥이는 말을 마치자 차갑게 웃었다. 이제는 어머니도 더 권할 수는 없었다. 매향이도 더 무어라 말할 수가 없었다.

"그러면 몸조리 잘하십시오. 그대로 가서 여쭙겠습니다."

하고 매향이는 뒤통수를 치고 물러나왔다.

허견이 차옥을 늑탈하려던 첫번째 계획은 완전히 실패로 돌아가고 말았다.

오장골로 갔던 세보교는 빈 채로 돌아가고, 매향은 하는수없이 체부청으로 들어가서 허견한테 차옥이 몸이 아파서 오지 못한다는 전갈을 전했다. 허견은 입맛이 써서 집으로 돌아온 후에 상노를 보내서 찬영이를 청해 왔다.

"자네가 계획한 일은 완전히 실패로 돌아가고 말았네."

허견은 쓴웃음을 지어 찬영을 무료하게 바라보았다.

"웬일입니까? 꼭 성사가 될 줄 알았는데."

"몸이 아파서 못 나오겠다구 전갈이 왔네."

"눈치를 챈 것이 아닙니까?"

찬영이는 깜짝 놀란다.

"눈치를 챌 까닭이 있는가?"

"나리가 산정에까지 쫓아가시고, 저 역시 나리를 따라서 차옥이의 얼굴을 대면해 보았으니 필연코 차옥이가 눈치를 챈 것 같습니다. 다음 기회를 기다리는 수밖에 다른 도리가 없습니다."

"일각이 삼추같으니 꼭 성사가 되도록 해주게. 일만 성공이 되면 자네한테 원 한자리는 꼭 돌아가도록 할 터일세."

"날마다 매부네집 동정을 살피러 가겠습니다."

찬영은 허견이 원 한자리 떼어 준다는 바람에 마음이 솔깃해서 조카딸을 궁지에 빠뜨릴 불의의 계획을 계속하고 있었다. 이 일이 있은 지 며칠 뒤에 찬영은 희색이 만면해서 허견을 찾았다.

"자네 얼굴에 희색이 가득하니 이번에는 무슨 좋은 수가 있나?"

"이번에는 꼭 성사가 될 듯합니다."

"어떻게 무슨 좋은 수가 나타났나?"

허견도 얼굴에 가득히 웃음을 띄었다. 찬영은 허견의 귀에다가 입을 대고 무엇이라고 한동안 소곤거렸다. 허견은 무릎을 치면서 기뻐했다.

"이번에는 꼭 낭패가 없도록 성사를 해보세."

"그렇게 하면 쥐도 새도 모르게 감쪽같이 성사가 될 것 같습니다."

찬영도 자신이 만만해서 지껄였다.

한편으로 차옥이 아직도 시집으로 가지 않고 친정부모의 집에서 편안히 근신을 하고 있을 때, 이동구의 매부 되는 이시정이란 사람의 집에서 딸을 시집보내는 택일을 하였다. 이시정은 차옥이한테는 고모부가 되고 시집가는 신부는 고모의 딸이 되고 보니 차옥이하고는 내외종사촌간이라 더할 나위 없는 지친이었다. 차옥은 혼인 전날부터 시집가는 내종사촌의 뒷배를 보아주느라고 백목다리〔白木橋〕 고모집에 유숙을 하면서 혼자 바느질과 잔치 음식을 보살피고 있었고, 찬영은 이 일을 미리 예탐해서 허견한테 가르쳐 주고 이 기회에 일을 꾸미도록 계획을 세워 주었던 것이다. 허견은 이 천재일우의 기회를 놓치지 않으려 했다. 며칠을 두고 주밀하게 계획을 세우면서 이번에는 낭패되지 않도록 차근차근하게 일을 꾸몄다.

차옥의 고모부 되는 백목다리 이시정의 집은 연일 혼인잔치로 부산했다. 혼인 전날 밤에는 신랑집에서 혼서지와 채단을 보내는 봉치 행차가 와서 색시집이 떠들썩했고, 다음날은 정말 혼인날이라 신랑이 안부를 앞세우고 은안백마에 사모품대로 쌍일산(雙日傘)을 받고 청사초롱을 든 열 두 쌍 군노사령과 구종별배들에게 옹위되어 전안을 드린 후에 초례청으로 올라서 신부와 교배(交拜)를 드리느라고 법석을 이루었다.

신랑이 큰상을 받고 손님을 대접하는 수백 개의 잔칫상이 숙설간에서 안으로 들어간 후에 신랑이 신부를 친영해서 데려가니 유소보장에 아름다운 오색 술을 늘인 신부의 가마가 남치마에 큰머리를 얹은 열 두 하님한테 옹위되어 신랑의 뒤를 따라 신랑집으로 향해 가고, 신부집은 신랑신부가 폐백을 드리고 사당 다례를 올리고 돌아올 때까지 적이 숨을 돌려서 한가로운 때가 되었다. 차옥은 한가한 틈을 타 일가 아주머니들하고 둘러앉아서 신랑 칭찬을 하고 있었다.

"신랑이 나이는 어려도 제법 똑똑하군요. 초례청에 신랑신부가 교배를 할 때 흔히들 신랑이 우두망찰해서 신부의 절이 끝나기도 전에 절을 다 해버리고 마는데, 이 신랑은 또박또박 신부가 절을 한 후에야 천천히 맞절을 하고 일어나는군요. 제법 침착하고 노성 맛이 있어 보입니다."

"앞으로 두고 보면 알겠지만 신랑이 아내를 곧잘 어거하겠던데. 콧날이 서고 눈에 정기가 있어서 덤벙거리지 않고 요량이 있어 보이던걸."

이렇게들 여인들이 한가한 틈을 타서 이야기를 주고받고 있을 때, 대문간에서 삐걱하고 문소리가 들리면서 머리에 벙태기를 쓴 젊은 구종 한 사람이 쑥 들어섰다. 차옥이와 여러 부인들은 들어서는 구종 별배 편으로 얼굴을 돌렸다.

"이 댁이 이시정댁이구, 오늘 혼인잔치하신 댁입니까?"

구종은 마루 편을 향하여 굽실거려 인사를 하고 물었다.

"그렇소. 어디서 온 분이오?"

하고 이시정의 아내가 물으니,

"소인은 서역관댁에서 급한 일이 있어서 심부름을 왔습니다. 이 댁에 서역관댁 새며느님이 계시지요? 서역관댁 마님께서 밤새 별안간 병환이 나시어서 급히 아씨를 모셔 오라고 해서 왔습니다."

서역관댁 마님이 병환이 났다는 말에 차옥은 깜짝 놀랐다. 서역관댁의 마님이라면 자기의 시어머니다. 차옥은 벌떡 자리에서 일어나서 구종에게 묻는다.

"마님께서 밤사이 무슨 병환이 나셨어? 그리구 내가 보지 못하던 하님인데."

"마님께서 밤사이 풍증이 나셨다 합니다. 소인은 서역관댁 바루 앞에 사는 사람이온데, 댁의 하인은 급히 약을 구하러 광나루로 나갔습니다. 그리하와 저더러 말을 가지고 이시정댁으로 가서 급히 아씨를 모시고 오라고 하셨습니다."

차옥은 시어머니가 동풍이 되었다는 말을 듣자 얼굴빛이 변해지면서 어찌할 줄을 몰랐다.

"어마나, 어찌하면 좋아."

하고 부르짖고 있을 때 차옥의 고모 되는 이시정의 아내가,

"어서 옷을 갈아입고 가보아라. 밤새 문안 알고자 한다더니 참 별일도 다 많다."

하고 조카딸을 재촉하여 옷을 갈아입게 하고, 차옥의 어머니는 차옥과 혼인 구경을 하러 왔다가 친사돈마님이 동풍이 되었다는 말을 듣자 딸 차옥이 못지 않게 놀랐다.

"이곳 걱정은 하지 말고 어서 가보아라. 오죽 급하면 사람을 사서 연통을 하셨겠니. 그리구 숙이(淑伊)를 데리구 가거라."

어머니는 급히 교전비 숙이를 불렀다.

"너 아씨 모시고 아씨 시댁에 갔다가 오너라."

숙이는 차옥의 친정집 종이었다. 차옥과 숙이는 부리나케 옷을 갈아입고 숙이는 차옥이 마상에서 머리에 쓸 비단 너울을 차옥이한테 바쳤다.

차옥은 너울을 손에 들고 어머니와 고모한테 인사를 한 후에 숙이를 데리고 문 밖으로 나갔다. 너울을 쓰고 마상에 앉았다. 어머니와 고모가 대문간까지 나와서 전별을 하고, 구종이 견마를 잡아 말을 채찍질하니 숙이는 뒤를 따라 걸음을 빨리 옮겼다.

마부가 견마를 잡아 오장골 병문을 나선 후에 육조 앞 큰 한길이 나타나자 채찍으로 말궁둥이를 되게 치니 말이 히힝 소리를 지르며 풍우같이 달리기 시작했다. 숙이는 종종걸음을 걸어 쫓아갔으나 다릿심이 모자라서 따라갈 수가 없었다.

"여보 마부! 함께 갑시다."

숙이는 뒤를 따르면서 숨이 차서 큰소리로 고함을 질렀다.

"어서 따라와요. 병환이 급하신데 늦게 가면 어찌하려구."

마부가 볼멘소리를 지르면서 다시 말궁둥이에 채찍질을 더하니 말이 더 비호같이 달렸다. 숙이와 차옥이가 탄 말과의 거리는 점점 멀어져 버렸다. 숙이는 두 주먹을 부르쥐고 뒤를 따랐으나 이제는 숨이 턱에 차고 다리가 팽팽하게 켕겨서 차옥의 뒤를 따를 수가 없었다.

"여보 마부, 같이 갑시다."

고함쳐 불렀으나 그야말로 마이동풍이었다. 마부는 못 들은 체 말을 채찍질해 달렸다.

숙이와 차옥이의 거리는 완전히 떨어져 버리고 말았다. 점점 떨어져 돈짝만큼 보이던 차옥의 너울 쓴 모습이 점을 찍은 듯 까맣게 보이다가, 이제는 완전히 거리의 좌시와 집에 가려져서 행방을 알 수가 없었다.

숙이는 뒤를 따라갈 것을 단념한 후에 천천히 숨을 돌려서 서역관의 집을 향하고 걸었다. 한편으로 말을 타고 가는 차옥도 마부가 하도 급하게 말을 몰아 달리니 떨어질 것 같아서 무섭기도 하려니와 두 주먹을 쥐고 따라오는 숙이가 민망하게 생각이 되었다.

"여보 마부, 뒤에 오는 숙이하고 함께 갑시다."
하고 청을 했으나 마부는,
　"예, 천천히 갑지요."
하고 여전히 말을 달렸다.
　차옥이가 마상에서 뒤를 돌아보니 쫓아오던 숙이의 모습은 보이지 않는데 말몰이하는 구종의 견마는 여전히 급하게 달렸다. 차옥은 비로소 의심이 덜컥 일어났다. 차옥의 탄 말은 거리를 벗어나서 성문을 끼고 산모퉁이를 돌아가는 것이었다. 그동안 시각도 상당히 지났으려니와 길이 자기 시댁인 서역관 집으로 가는 낯익은 길이 아니었다.
　"여보 마부, 어디로 가는 거요? 우리 시댁으로 가는 길이 아닌데."
　차옥은 목소리를 크게 하여 달리는 말 위에서 외쳤다.
　"아니올시다. 지금 가는 이 길이 서역관댁으로 가는 큰길이올시다. 아씨께서는 지름길로만 다니셨나봅니다."
　마부는 능청스럽게 이렇게 대답하면서 여전히 말을 달렸다. 차옥은 아니라고 소리를 질렀으나 아무 소용도 없었다. 얼마를 달리던 마부는 비로소 크나큰 솟을대문 앞에 말을 대었다.
　"아씨, 다 왔습니다. 인제 내리십시오."
　마부는 말고삐를 늦추고 말을 멈추었다. 고래등 같은 기와집은 자기 시집이 아니라 어느 재상의 집이 아니면 관가 같은 집이었다. 차옥은 비로소 자기가 함정에 빠진 것을 알았다.
　그러나 때는 이미 늦었다. 대문 앞에서 말 울음 소리와 워낭 소리를 듣자 5, 6명의 장정들이 우르르 뛰어나와서 마상에 있는 차옥이를 무법하게 끌어내린 후에 몸부림치는 차옥의 팔죽지를 끌어 대문 안으로 끌고 들어갔다. 그들은 넓은 마당을 거쳐 차옥을 대청 안으로 오르게 한 후에 덜컥 중문을 닫아 밖으로 잠가 버렸다. 차옥은 미친 듯이 불나비마냥 뛰었다. 그러나 문은 이미 철옹성같이 잠가지고 달아날 곳이 없었다.

차옥이 대청마루 끝에서 기막힌 한숨을 쉬고 있을 때, 대청 뒤에서 인기척이 나면서 돌연 한 사람의 젊은 사내가 나타났다. 옥색 도포에 도홍띠를 띠고 번쩍거리는 긴 사립갓을 탕건 위에 멋지게 받쳐 썼는데, 키는 후리후리하고 수염은 성깃하게 났고 나이는 27, 8세의 귀공자였다.

차옥은 어디서 한번 본 듯한 얼굴이다 싶은데 얼른 판단이 서지 않았다. 젊은 사내는 얼굴에 가득히 웃음을 풍기면서 걸어와 주저 않고 덥석 차옥의 흰 손을 붙들었다.

나이 이십이 채 못 되는 열여덟 살의 차옥이었다.

"에그머니나!"

소리를 지르면서 발발 떨었다.

"무서울 것 없어. 차옥이는 나를 모르지만 나는 차옥이를 잘 알고 있어. 차옥이도 내가 누군 줄을 알면 무서워하지도 않을 거야."

젊은 사내는 유들거려 말을 꺼내며 차옥이를 번쩍 안아 청 안으로 올라섰다. 차옥은 젊은 사내의 품안에서 벗어나려고 몸부림을 치면서,

"사람 살리우."

하고 고함을 질렀다. 그러나 젊은 사내는 끄떡도 하지 아니했다.

"아무리 소리를 질러도 소용이 없어. 여기는 무인지경인 공청(空廳)이야. 공연히 소리를 질러야 몸만 파하지."

젊은 사내는 몸부림쳐 울부짖는 차옥을 껴안고 마침내 대청을 거쳐 온돌방으로 들어갔다.

옥색 도포에 도홍띠를 띠고 진사립 음양립을 쓴 27, 8세 되는 젊은 사내는 다른 사람이 아니라 바로 곧 허정승의 아들 허견이었다.

허견은 자기 집 혼인 때 손님으로 온 차옥의 아름다운 자색을 바라

보자 남의 집 유부녀인 것도 불구하고 방탕하고 음란한 열화 같은 욕화가 치밀었다. 허견은 곧 종년 매향을 불러서 이동구의 딸이요 서역관의 아들 억만의 아내인 것을 알자 이동구의 처남 찬영이 자기 집 문객으로 드나드는 것을 기화로 찬영에게 차옥을 붙여 달라고 요청했던 것이다.

찬영은 처음엔 남의 집 유부녀를 어떻게 끌어내느냐고 펄쩍 뛰었으나 허견이 원 한자리를 떼어 준다는 말에 귀가 솔깃해서 허견에게 차옥을 늑탈할 계교를 은밀하게 가르쳐 주기 시작했다.

처음에는 허견의 아내가 차옥한테 전갈을 해서 혼인 폐보기 구경을 오라고 청한 것처럼 허견의 종년 매향을 시켜서 외수전갈을 하여 사람 없는 체부청 공청으로 유인, 겁탈할 계획을 세웠으나 차옥이 마음에 내키지 아니해서 병탈을 하고 따라오지 아니하니 첫번째 계획은 완전히 수포로 돌아갔던 것이다.

그러나 한 번 실패에 단념할 허견이 아니었다. 허견은 또다시 찬영이를 불러다 놓고 기회를 살펴서 일을 꾸며 달라고 졸라댔다. 찬영은 날마다 매부의 집으로 동정을 살펴보러 다니다가 마침내 좋은 기회를 포착했다.

자기의 사촌매부인 이동구의 매부 이시정의 딸 혼인날이 며칠 안 남은 것을 안 찬영은 아직도 친정집에 있는 차옥이가 이시정의 집 혼인잔치에 반드시 갈 것이라 짐작하고 허견에게 이 사실을 고한 후에 만약에 차옥이 그의 고모부 이시정의 집으로 가기만 하면 외수전갈을 시켜서 겁탈할 것을 교사했던 것이다. 허견은 찬영의 말을 듣자 천재일우의 기회라 생각했다.

이시정 집의 혼인 날짜를 손꼽다가 찬영을 통하여 차옥이 잔칫집으로 간 것을 확인하자 허견은 하인 점동을 시켜서 말을 끌고 이시정의 집으로 가서 차옥의 시어머니 서역관의 아내가 동풍이 되었다고 외수전갈을 한 후에 차옥이를 끌어내어 말에 태우고 종년 숙이가 못 따라오도록 급히 말을 달려서 허견과 미리 짜놓은 사직골 막바지 북영청(北營廳) 안의 공청으로 끌어들였던 것이다. 허견은 유부녀를 겁탈하는 자기의 행동이 집안 사람이나 허정승의 귀에 들어가지 않도록 하기 위하여 일부러 체부청의 공청이 아니면 어영청의 공청을 택해서 차옥을 유인해 들였던 것이다.

어영청 온돌방으로 끌려 들어간 차옥은 고래고래 소리를 질러 정조를 겁탈하는 허견의 행동을 거부했으나 어영청 수복이(守僕伊) 군노들은 모두 허정승과 허견의 심복 하인들이었다. 상전의 명령대로 중문을 걸어 잠근 채 아무런 반응도 없었다. 강약은 부동했다. 마침내 남의 아내인 차옥은 허견의 짐승 같은 욕화의 제물이 되어 버리게 되었다.

허견에게 안겨서 어영청 온돌방으로 끌려 들어간 열여덟 살 먹은 가련한 차옥은 죽음으로써 깨끗이 자기의 몸을 지키려 했으나 억센 장정 허견의 완강한 팔뚝을 당해 낼 도리가 없었다. 마침내 차옥의 정조는 낭자하게 짓밟혔다.

신선하도록 붉고 예뻤던 차옥의 아름다운 꽃판은 한 줄기 미친 비바람에 흔들려 가닥가닥 낙화가 되어 점점이 흩어져 버렸다. 차옥은 울어서 눈이 퉁퉁하도록 부었다. 허견은 이제는 차옥을 달랬다.

"울지 말아요, 차옥이. 이제는 나하고 한백년을 같이하면 그만 아닌가. 다 이렇게 우리가 만난 것도 천생연분이야. 모든 옛일을 다 잊어버리고 앞으로 아들딸 낳고 잘살면 그만 아닌가."

허견은 엎드려 우는 차옥의 등을 어루만졌다. 차옥의 검은 머리쪽에 꽂혀 있는 비취옥비녀가 유난하게 고혹적으로 보였다. 차옥은 추하고 징그러운 남자의 달래는 말을 듣자 슬픈 감정이 더한층 복받쳐 느껴 울지 않을 수 없었다. 손에 칼이나 무슨 연장이 있다면 곧 벌떡 일어나서 이 음흉한 남자의 목줄기를 푹 찔러 죽이고 싶었다.

"차옥이, 자네는 나를 모르겠지만 나는 자네를 잘 알구 있어. 자네는 이동구의 딸이고 서역관의 며느리요 서억만의 아내였지. 그렇지만 이제는 나하고 동침까지 해서 부부의 연을 맺었으니 오늘부터는 내 아내란 말야. 조금도 스스러워하지 말고 일어나게나."

서역관의 며느리요 서억만의 아내였는데 이제는 나하고 부부의 연을 맺었으니 내 아내란 말야 하는 허견의 말을 듣자 차옥이는 또다시 목놓아 통곡을 하며 느껴 울었다.

자기의 신상을 생각하니 참으로 기가 막혔다. 아까까지도 차옥은 본능적으로 자기의 정조만을 지키려고 죽을힘을 다하여 저항을 했던 것이다. 이제 이미 정조가 깨어진 이때 자기 몸을 유린한 능글맞은 자의 말을 들으니 남의 아내의 몸으로 또 하나 딴 남자에게 몸을 짓밟혀 버린 것을 새삼 느끼게 되었다.

'장차 어떻게 살아야 하나.'
하는 생각이 번갯불 일듯 차옥의 머리를 스쳤다. 시집으로 갈 수도, 친정으로 갈 수도 없었다.

'무슨 낯으로 아버지, 어머니를 대하고 신랑인 서억만을 대하고, 그리구 시아버지, 시어머니와 여러 시집 식구들을 대할 것인가.'

차옥이 여기까지 생각하니 새로운 설움이 조수가 밀려오듯 더 한번 복받쳐 솟구쳤다. 차옥의 울음은 오장육부를 난도질쳐 도려 내는 아픈 철읍(啜泣, 훌쩍이면서 욺)으로 변했다.

연두색 길상사 겹저고리에 싸여진 차옥의 아름다운 어깻죽지가 비탄의 물결에 휩싸여 굼슬굼슬 떨면서 들먹였다. 마치 조롱에 갇힌 푸른 새 한 마리가 가련하게도 애수에 잠겨서 절망의 날개를 떨며 느껴 우는 듯했다.

강장(剛腸)의 남자인 허견은 차옥의 가련한 이 모습을 오히려 예쁘다고 생각했다. 버썩 팔을 뻗어 연두색 저고리에 남치마를 입고 엎드려 철읍하는 차옥을 껴안았다.

"왜 이리 우는 거야. 어머니를 떨어져서 젖이 먹고 싶은가?"

허견은 옥색 도포 소맷자락으로 차옥의 뺨에 넘쳐흐르는 눈물을 닦아 주었다.

"울지 말어, 나하고 한백년을 같이할 것을……."

차옥은 반발적으로 허견을 떼밀치며 물러앉았다.

이때 창 밖에 발소리가 들리면서 땅거미 지는 어둠 속으로 불빛이 아련히 비쳐진다.

"나리, 유경에 불을 켜서 대령해 놓았습니다."

무뚝뚝한 사내 하인의 목소리가 창 밖에서 들렸다.

"거기 놓고 가거라. 내가 들여놓을 테니."

허견은 창 밖을 향하여 대답했다. 밖에서 유경에 불을 댕겨 가지고 온 자는 어영청 수복이인 모양이었다. 창 밖에서는 또다시 걸찍한 남자의 목소리가 들려 왔다.

"나리, 저녁진지를 어찌하시렵니까?"

"어찌하다니, 먹어야지."

"외상반으로 하오리까, 겸상반으로 하오리까?"

"겸상을 해서 곧 가져오도록 해라. 그리고 좋은 술로 반주를 따뜻하게 데워오너라."

"네, 알겠습니다."

수복이는 유경을 툇마루 가에 놓은 채 통통통 발소리를 내면서 어디론지 사라지는 모양이었다.

허견은 수복이의 발소리가 멀어지자 창문을 열고 유경을 방 안으로 옮겨 놓았다. 어둑어둑 저물어 드는 밤빛으로 변해 가던 방 안에 유경불이 울연히 비쳤다. 연연한 두 볼에 눈물을 흘리는 차옥의 얼굴은 더한층 불빛에 어리어 가련한 한 떨기 꽃송이었다. 허견은 등불 아래 차옥의 눈물 머금은 아름다운 미모를 대하니 또다시 격하게 치밀어 오르는 어리석은 치정을 이겨 낼 수 없었다.

"울지 말래도 그러네. 나하고 한백년을 같이할 것을……."

말을 마치자 허견은 덥석 차옥을 껴안고 눈물 흐르는 차옥의 뺨에 자기 뺨을 대어 비벼 본다.

치근치근한 차옥의 눈물을 허견은 꽃이슬 같다고 생각했다. 여인이 아름답게 뵈니 꽃으로 생각이 되었고 차옥을 꽃으로 생각하니 차옥의 눈물은 꽃이슬 같다고 생각했다.

"차옥아, 울지 말어. 내가 누군 줄 아나. 나는 허정승의 아들 허견이야."

쉬지 않고 흐르는 차옥의 눈물을 뺨으로 받아 내자 허견의 강철 같은 탕아의 마음도 애처로움을 느껴서 녹아 흐르는 듯했다.

행여나 차옥의 마음이 편안해질까 하여 허견은 이렇게 자기의 신분을 탁 털어 놓고 말았다.

'나는 허정승의 아들 허견이야…….'

하는 남자의 말을 듣자 정신 없이 눈물만 흘리던 차옥이 번쩍 고개를 들었다.

흐르던 눈물이 금시로 말라 들면서 뚫어지도록 허견을 쏘아보았다. 눈에서는 새파란 불이 반짝이는 듯했다. 차옥은 단박,

'이 더러운 짐승 같은 놈!'

하고 욕을 한번 퍼붓고 싶었다. 그러나 차옥은 무엇을 생각했는지 얼른 입술을 꼭 깨물었다.

생각해 보니 허정승네 혼인에 자기가 간 것이 불찰이었다. 그때 허견이 자기의 모습을 보고 오늘날 이 기막힌 변을 일으켰구나 하고 생각했다. 지난번 허정승의 집에서 여종이 와서 혼인 풀보기 구

경을 오라고 청좌를 했던 것도 오늘날 이 일과 관련이 있는 것이라 생각했다.

차옥이 자라난 집의 지체는 영의정 집만은 못했으나 점잖게 행세하는 중인(中人)의 집 딸이었다. 소위 일국의 첫손을 꼽는 재상의 자식으로서 이따위 파렴치한 짓을 할 줄은 꿈에도 생각지 못했던 노릇이었다.

차옥은 눈물이 멈추어진 맑은 눈을 들어 다시 한 번 허견을 바라보았다. 양반의 탈을 쓴 옥색 도포가 아까워 보였다. 벼슬 직품을 표시하는 도홍띠를 띤 꼴이 가소롭게 보였다.

'도대체 저 자식이 어떻게 글을 배워서 과거를 치르고 벼슬까지 했나?'

하고 생각하니 차옥 자신이 오히려 귓구멍이 막힐 지경이었다. 차옥은 유들유들하고 야비하도록 개기름이 흐르는 허견의 더러운 얼굴을 더 바라보기가 싫었다. 슬쩍 몸을 돌이켜 외면을 하면서 벽을 바라보고 있었다. 뜰에서 발소리가 저벅저벅 들리더니 툇마루에서 또다시 수복이의 거친 목소리가 들렸다.

"나리, 진짓상을 내왔습니다. 소인이 들고 들어가오리까?"

허견은 수복이가 뛰어들어오면 곤란하다고 생각했다.

"네가 어떻게 안어서가 계신 방으로 들어오겠느냐. 거기 놓고 물러가면 안어서께서 들여오실 것이다. 염려 말고 마루에 놓고 물러가거라."

"그러면 소인은 상을 놓고 물러가겠습니다. 약주도 따끈하게 많이 데워 왔습니다. 부르실 일이 계시면 설렁줄을 흔드시옵소서."

수복이 녀석은 이번 거행에 돈냥과 쌀섬이나 좋이 생길 것이 기뻐서 신명이 나게 돌아다녔다.

수복이가 물러간 후에 허견은 행여나 차옥이가 마음을 돌렸나 해서 부드러운 소리로 차옥이에게 다시 말을 붙인다.

"저녁 밥상을 가져온 모양일세. 상을 좀 들여오게나."

허견은 차옥이가 완전히 자기 소실이나 된 듯 이렇게 말을 건네본다.

벽을 향해 돌아앉은 차옥은 차갑기 돌부처였다. 이미 몸은 추잡한 이 사나이한테 짓밟혔으나 마음까지 짓밟힐 수는 없다고 생각했다. 입술을 꼭 깨문 채 버들 같은 눈썹을 찡그려 오도카니 벽만을 바라보고 앉았다. 아무런 반응도 없었다.

"밥상 좀 들여오라니까, 몹시 시장해지는걸."

허견은 이미 차옥의 몸을 점령해 놓았으니 자기의 것이나 다름없다고 생각했다. 탕자들의 상투적인 생각이었다. 허견의 눈에는 세상의 여인들은 모두 다 한번 몸을 버린 뒤에는 할수없이 남자의 명령에 복종하고 마는 것이라고 생각했다.

"수줍을 것이 없대두 그러네. 자아, 밥상을 좀 들여오게나."

허견은 차옥의 앞으로 바싹 다가앉아서 차옥의 어깨를 흔들어본다.

차옥은 입을 꼭 봉한 채 여전히 꼼짝달싹을 아니 했다. 차디찬 바람이 열여덟 살 먹은 푸른 살결에서 소리 없이 일어나는 듯했다. 몸은 강제로 짓밟았으나 밥상을 폭력으로 가져오게 할 수는 없었다. 허견은 하는수없이 차옥의 곁에서 벌떡 일어나서 문을 밀치고 밥상을 가지고 들어왔다.

"자아, 우리 겸상해서 먹자구……."

허견은 난생 처음으로 밥상을 손수 들었다. 상을 차옥이 앞에 바싹 대어 놓았다. 차옥은 이내 매몰스럽게 상을 등져 싹 돌아앉는다. 허견은 낙지(落地) 이후에 처음으로 이런 수모를 당했다. 허견의 부아는 터질 듯했다.

그러나 허견은 터지는 부아를 꾹 눌러 참았다. 보통 계집 같으면 벌써 허견의 손이 번쩍 들려져서 귀때기라도 갈겼으련만 원체 아름다운 차옥이었다. 차옥의 마음을 한시바삐 돌리기 위하여 허견은 터지는 부아를 꾹 눌렀다.

"자, 차옥이도 시장할 테니 밥을 먹으라니까."

허견은 다시 부드럽게 말을 붙이며 차옥의 손을 잡아 이끌었다. 차옥은 잡혀진 손을 뿌리치면서 또다시 매몰스럽게 돌아앉는다.

허견은 더 한 번 부아가 터졌다. 그러나 꾹 참았다. 한 잔, 두 잔, 석 잔, 허견은 술을 기울이면서 돌아앉은 차옥의 뒷모습을 바라본다. 얼굴만이 아름다운 것이 아니었다. 몸 전체가 아름다웠다. 날씬한 어깨, 날렵한 허리, 팡파짐한 허리 아래의 곡선의 아름다움은 과연 천하의 절색이었다. 허견은 잔을 들어 술을 거듭할수록 등불 아래 그림자를 던져서 오도카니 돌아앉은 차옥의 모습이 더한층 예쁘게 보여진다.

'저 아름다움을 내 손 안에 넣었거니.'
하는 승리의 쾌감이 술기운과 함께 온몸에 돌았다. 그는 차옥을 바라보면서 마음속으로 또 한 번 유열을 느낀다.

'남의 것을 내것으로 만든다는 일은 이렇게도 유쾌하고 즐거운 일인가!'
하고 어깨춤을 추어 한번 으쓱해 보기도 했다.

허견은 술이 들어갈수록 마음이 흥겨웠다. 마시던 술잔을 상 위에 놓고 벌떡 자리에 일어나서 차옥의 곁으로 갔다.

"차옥이, 이제 마음이 좀 풀렸는가. 시장할 텐데 밥을 좀 먹어야지, 아니 먹으면 기운을 차릴 수 없어……."

허견은 다시 차옥의 등을 두드리면서 덥석 여인의 손을 잡아 상 앞으로 이끌었다. 그러나 차옥은 여전히 입을 다문 채 쌀쌀하게 싹 돌아앉아 버렸다. 밥을 강제로 입에 퍼넣을 수는 없는 노릇이었다. 허견은 무료했다.

"호호호, 아직도 우리 아씨가 마음이 덜 풀린 모양이로군!"

허견은 이렇게 중얼거리면서 자신의 무료를 풀었다. 허견은 술이 얼근하게 취해지자 자기 혼자서 밥술을 뜨는 둥 마는 둥하고 설렁줄을 흔들어 수복이를 부른 후에 상을 들어 창 밖으로 물렸다.

수복이가 상을 들고 물러간 후에 어영청 안은 더욱 조용하고 밤은 점점 깊었다. 술기운을 빈 허견의 욕화는 또다시 일어났다. 벌떡 일어나 차옥을 껴안고 짐승처럼 뒹굴었다. 마치 성성(猩猩)이가 젊은 미녀를 껴안고 뒹구는 듯했다. 차옥은 또다시 소리를 높여 악을 쓰고 몸부림을 쳤으나 누구 한 사람 구원해 주러 들어오는 사람은 없었다. 하늘과 땅은 적적히 소리가 없었다. 차옥은 낮과 밤으로 두 번이나 욕을 당했다. 차옥은 이제는 기진맥진이 되었다.

어느덧 날이 밝아 동창에 해가 비쳤다. 허견은 날이 새어도 차옥을 놓아 줄 생각을 하지 아니했다. 자기 집처럼 뜰에 내려 세수를 하고 아침상을 들여오라고 수복이한테 분별을 했다.

차옥은 시집과 친정집에서 자기를 찾아 다닐 생각을 하니 일촌간장이 노그라지는 듯했다. 차옥은 전법(戰法)을 바꾸기로 했다. 세수를 하고 들어오는 허견을 보자 울음 반, 말 반으로 애원을 했다.

"나리, 이제는 집으로 돌려보내 주십시오."

뜻밖에 차옥의 말하는 것을 본 허견은 입이 함박만큼 벌어졌다. 허견은 마음속으로,

'인제는 계집의 마음이 풀리기 시작했구나!'

하고 생각했다.

"집으로 돌려보내다니, 무슨 소리야? 삼일 신방도 치르기 전에?"

허견은 수건으로 낮을 씻으면서 호들갑을 떨어서 깜짝 놀라는 시

늉을 한다. 차옥은 눈에서 눈물이 주르르 흘러서 두 볼로 흘렀다.

"부모가 기다리실 생각을 하니 일촌간장이 녹아나는 듯합니다. 어서 빨리 집으로 보내 줍시오."

"어느 집으로 보내 달란 말인가. 친정집으로 보내 달란 말인가, 시집으로 보내 달란 말인가."

허견은 차옥이 말만 하는 것도 대견했다. 엉거주춤 앉아서 차옥의 흐트러진 쪽머리를 쓸었다.

"아무 데나 보내 줍시오."

계집은 눈물을 남치마 앞자락에 뚝뚝 떨어뜨렸다.

"실절(失節)한 새아씨가 어떻게 시집으로 다시 들어가려 하나. 들어가도 개밥에 도토리일 것을. 그러지 말고 나하고 한백년을 같이 삶세. 사람을 시켜서 자네하고 나하고 살 집 한 채도 마련을 해놓았네. 이곳에서 삼일 신방을 치른 후에 우리 그곳으로 옮겨서 유자생녀하고 한평생을 같이 삶세. 이렇게 된다면 쥐도 새도 모르게 우리는 행복하게 잘살 수 있지 않은가. 자네 시집서는 실종된 줄 알고 자네 서방 억만이를 새로 장가를 들일 터이구, 세월이 좀 간 뒤에 자네 친정에는 은밀하게 나하구 사는 것을 알리면서 친정부모를 만나 보게 되면 모든 일이 사무송(使無訟, 서로 의견을 조율하여 시비가 없도록 함)하게 될 것이 아닌가. 자아, 우리 그렇게 하세."

허견은 계집의 어깨를 툭툭 치면서 말했다.

차옥은 허견한테 애정을 느낄 수 없었다. 어떻게 하면 자기의 몸을 짓밟아 버려 놓은 이 짐승 같은 자에게 앙갚음을 해서 원수를 갚나 하는 한 가지 생각뿐이었다.

"개밥에 도토리가 되어도 좋습니다. 친정이나 시집에나 아무 데라도 좋습니다. 어서 보내 줍시오."

계집은 목이 메어 애원을 했다.

"자아, 좌우간 어떻게 하든지 해줄 테니 자네도 세수를 하고 정신
을 좀 차리도록 하게."

허견은 손수 대야에 물을 떠서 차옥이한테 바치고 세수하기를 권
했다. 이미 두 번, 세 번 깨어진 정조였다.

차옥도 우선 정신을 가다듬고 기운을 차리기로 결심했다. 허견이
내놓은 경대 앞에서 머리를 빗고 옷매무시를 단정하게 바로잡았다.
느직하게 들어오는 밥도 허견과 겸상을 해서 두어 술 들었다.

허견은 사흘 낮 사흘 밤을 차옥과 함께 지냈다. 차옥은 낮과 밤으
로 울면서 고만 놓아 보내 달라고 졸랐다. 허견의 부풀어올랐던 짐승
같은 욕심도 사흘 낮 사흘 밤을 지난 뒤에는 차차 수그러지기 시작했
다. 밤낮으로 차옥이 울기만 하니 적이 귀찮은 생각도 들기 시작했
다. 앞으로 밤낮 차옥을 지키고 있을 수도 없었다. 허견은 사흘 밤을
지낸 뒤에 차옥을 첩으로 취가할 것을 단념했다.

차옥과 함께 지낸 지 나흘째 되는 날 저녁때 허견은 설렁줄을 흔들
어 수복이를 불렀다.

"너 우리 집에 가서 점동이를 보고 말을 끌고 이곳으로 오라고 일
러라."

점동이는 사흘 전에 차옥의 고모부 집에서 외수전갈을 꾸며 가지
고 차옥을 이곳으로 끌어 왔던 바로 그 말구종이었다.

"예, 곧 분부대로 거행하겠습니다."

수복이는 허견의 영을 듣고 물러났다. 한 식경이 지난 뒤에 허견의
구종 점동이가 말을 몰고 어영청으로 들어와 거래를 올렸다.

"나리, 말을 대령하였습니다."

하고 외쳤다. 허견은 뜰에 내려 점동이에게 무슨 말인지 수군수군 분
별을 내렸다.

"예, 염려 마십시오. 말씀대로 잘 모시겠습니다."

하고 허리를 굽실거렸다. 허견은 다시 방으로 들어와 차옥의 어깨를 흔들었다.

"나는 자네를 내 앞에 두고 한평생을 같이할 생각을 가졌는데 자네는 나를 배반하고 자꾸만 가겠다고 졸라대니 너무나 박정하이. 자네 청을 아니 들어줄 수도 없어서 오늘은 우선 보내 주는 것이니 이다음에라도 혹시 불편한 일이 있든지 내 생각이 나거든 사직골 내 집으로 은밀히 기별을 해주게. 지금 말구종이 밖에서 자네 나오기를 기다리고 있으니 너울을 쓰고 나가 보도록 하게."

허견은 이렇게 차옥이와 이별을 했다. 차옥은 호랑이굴을 벗어나는 듯 마음이 거뜬했다. 얼른 너울을 머리에 쓰고 선뜻 방에서 나와서 신을 신었다.

"아씨, 이리 옵시오."

하고 점동이는 차옥이를 인도하여 말 위에 태웠다.

점동이가 견마를 잡고 말을 채질하니 말이 워낭 소리를 내면서 어영청 마당에서부터 달리기 시작했다. 어영청 솟을대문을 벗어난 차옥이 탄 말은 땅거미 지는 성문 밖에서 서울 장안을 향하고 달렸다.

마부는 일부러 조용한 길을 취하여 성을 끼고 돌면서 새문안으로 들어섰다. 차옥은 너울을 쓰고 앞을 바라보았으나 원래 규중 깊은 속에만 거처하고 있었던 여자라 어디서 어디로 끌려가는지 갈피를 잡을 수 없었다. 새문안으로 들어선 말은 종로를 거치고 광통교다리를 지나서 오장골 이동구의 집 근처에 당도하자 마부는 말을 멈추었다.

"자아, 아씨 인제는 내리십시오. 다 왔습니다."

하고 마부는 차옥이가 말 위에서 내리기를 재촉했다. 거리는 완전히 어두웠다. 차옥이 마부가 시키는 대로 말에서 내리니 마부는 말을 끌고 온다 간다 말도 없이 어디론지 사라져 버리고 말았다.

차옥이 정신을 바짝 차려 자세히 앞뒤를 살펴보니 옆에는 다리가 가로놓여 있고 앞에는 낯익은 반찬가게가 있는 바로 친정집 부근이었다.

차옥은 비로소 한숨을 길게 몰아 쉬고 친정집을 찾아서 대문을 두드렸다. 아직 초저녁이라 대문 두드리는 소리가 안에까지 들렸다. 숙이가 뛰어나가 대문을 열고 보니 뜻밖에 차옥이 서 있었다.

"아이고머니나, 아씨 이게 웬일이오."

숙이는 죽었던 사람이 돌아온 듯 반갑게 고함을 질렀다. 숙이가 대문간에서,

"아씨 이게 웬일이오."

하고 큰소리로 외치는 바람에 부엌에서 저녁밥을 푸던 동자치도 뛰어나오고 안방에서 딸의 종적을 몰라서 수심중에 싸여 있던 이동구 내외도 마루 끝까지 쫓아 나왔다.

"아씨라니 어떤 아씨 말이냐?"

이동구 내외는 신을 끌면서 댓돌로 내려섰다. 이때 차옥이 숙이와 동자치한테 옹위되어 마당으로 들어섰다. 어머니는 딸을 얼싸안았다.

"네가 대관절 어떻게 살아오느냐."

반가운 눈물이 뎅겅뎅겅 떨어지면서 딸을 얼싸안고 이동구는,

"어서 방으로 데리구 올라가서 차차 이야기를 듣기로 합시다."

하고 마당에서 수선을 떠는 아내를 타일렀다. 어머니와 비복들은 차옥이를 데리고 안방으로 들어갔다.

"나는 꼭 네가 어떤 팔난봉 놈한테로 끌려가서 다시는 못 올 줄 알았구나. 그래 어떻게 된 일이냐, 갑갑하니 자초지종 이야기를 해주려무나."

어머니는 또다시 딸의 등판을 쓸어 주면서 초조하게 말을 꺼냈다. 차옥은 집으로 돌아오니 정신과 육체가 다 함께 풀솜처럼 풀려서 말

할 기운조차 없었다. 눈에 눈물이 글썽거려 쏟아지면서 손을 가로 흔
들어 방바닥에 쓰러져 버렸다.

"어서 금침을 내려 편안히 좀 누워 있게 하오."

아버지 이동구는 아내를 재촉하여 금침을 내리게 하고 하인
들에게,

"아씨가 매우 놀라고 고단한 모양이다. 너희들은 나가서 미음을 달
이게 해라."

하고 일렀다. 하인들이 밖으로 나간 뒤에 어머니는 차옥이 친정에 와
서 묵을 때 덮고 까는 금침을 내려서 차옥을 옮겨 눕게 한 후에 궁금
증을 이길 수 없어서 또다시 묻는다.

"그래 대관절 외수전갈을 한 마부놈한테 끌려서 어디까지 갔다가
왔느냐?"

"욕을 당했소."

차옥은 모깃소리만큼 다 죽어 가는 소리로 대답했다.

"어떻게, 어느 놈한테?"

차옥의 아버지 이동구와 그의 아내는 눈이 벌컥 뒤집혔다.

"허정승의 아들 허견이란 녀석한테 사흘 동안 욕을 당했소."

"무어 허정승의 자식 허견이한테? 허견인 줄은 어떻게 알았느냐?"

"궐자가 허정승의 아들 허견이라구 말을 했소."

차옥은 또다시 모깃소리만큼 대답했다.

이동구는 두 주먹을 부르쥐고 부르르 떨었다. 허견의 행실이 나쁘
다는 것은 온 세상이 다 아는 노릇이었다. 이동구의 머리 속에는 지
난번에 공연히 딸을 허정승 집 혼인잔치에 보냈던 것을 후회하는 생
각이 일어났다.

"나이는 몇 살쯤 되었더냐?"

"얼굴이 까무잡잡하고 개기름이 흐르는데 나이는 스물 일여덟 가

량 되어 보입디다."

이동구는 허견의 얼굴을 짐작해 알았다. 허견은 과연 철색(鐵色)이요 삼십 미만이었다. 이동구는 이 일을 장차 어찌하나 하고 온몸을 또 한 번 부르르 떨었다.

"그래 바로 그 집이 일전에 네가 혼인 구경을 갔던 허의정 집이더냐?"

"아니오. 집은 크고 마당은 넓은데 사람 사는 집이 아니라 공청도 같고 관가인 듯도 합디다. 사람이라고는 문 지키는 군사와 수복이가 있을 뿐입니다."

"그래 그곳에서 사흘 밤을 지냈느냐?"

"옴치고 뛸 수 없으니 어찌합니까. 혈혈단신으로 억패듯 울고 소리를 질러도 소용이 없었습니다. 끼니 때마다 수복이 집에서 밥을 지어 내왔는데 원수놈과 겸상을 해서 내왔습니다. 원수놈이 자꾸 밥을 먹으라고 권했습니다마는 굶어 죽는 한이 있기로소니 궐자하고 밥을 함께 먹을 수가 있습니까. 내리 굶고 울기만 하고 지냈더니 나중엔 궐자도 싫증이 나고 지쳤는지 수복이보고 종 녀석을 부르라고 해서 오늘 내보내 주었습니다. 아버지, 내 원수를 갚아 주오."

차옥은 말을 마치자 흐느껴 울었다. 아버지 이동구도 딸의 경황을 들여다보면서 주먹으로 눈물을 닦았다. 어머니도 울었다.

"나는 인제 세상에서 버린 사람이옵니다. 무슨 면목으로 시집으로 가서 남편을 섬기고 시부모를 뵙겠습니까. 제가 오늘 죽지 않고 아버지와 어머니 앞으로 기어든 것은 원수 갚을 일편단심을 먹고 살아온 것입니다. 아버지께서 원수를 못 갚아 주신다면 소녀 자신이 나서서 원수를 갚겠습니다."

차옥은 자리에 누워서 이를 바드득 갈았다. 입술을 꼭 깨물었다. 파리하도록 여윈 두 볼에 눈물이 넘쳐서 촛불 아래 번쩍였다.

"너의 시댁 일은 과히 걱정을 마라. 지금 숙이를 보내서 네가 무사
하게 돌아온 것을 알렸다. 네가 남소문골 도둑놈의 소굴로 붙들려 갔
다가 도둑놈을 계교로 속이고 몸을 깨끗하게 해서 빠져 나왔다고 전
갈을 해 보냈다. 너는 입을 꼭 봉하고 가만히 있거라."

"허견이놈의 원수를 갚아 달라니까 아버지는 딴말씀만 하시고 계
시우. 이미 더럽혀진 이 몸을 가지고 무슨 낯짝으로 마음을 속이면서
한평생 남편을 섬긴단 말씀입니까. 그저 허견이놈이 육시처참을 당
하는 꼴을 보기만 하면 시원히 눈을 감고 죽겠습니다. 그리구 시부모
나 남편을 속이고 살 생각은 눈곱만치도 없습니다. 아버지, 어서 원
수를 갚아 주십시오."

옆에서 차옥의 하소연을 듣고 있는 어머니는 목이 메어 흐느껴 울
고, 아버지는 금창이 미어지는 듯 아팠다. 아버지는 한숨을 길게 한
번 쉰 뒤에 딸을 달랜다.

"낸들 너의 원수를 갚아 줄 생각이 어이 없겠느냐만 당시에 하늘도
도리질을 칠 세도 높은 허의정의 아들 허견한테 어떻게 원수를 갚겠
단 말이냐. 그야말로 닭의 알로 태산덩이 같은 바위를 치는 격이 아
니고 무엇이겠니. 닭의 알만 깨졌지 별수 있느냐. 잠깐 시세를 살펴
서 너의 원수를 갚아 줄 테니 아직은 입을 꼭 다물고 몸조심을 하고
있는 것이 제일 상책이다. 까딱 잘못해서 일을 잡치는 날엔 멸문지화
를 당할 것이다. 내 딸아, 조금만 참고 견뎌라."

아버지의 말을 듣는 차옥은 답답하다는 듯 벌떡 자리에서 일어
났다.

"아버지가 내 원수를 아니 갚아 주시면 나 혼자라도 원수를 꼭 갚
고 말겠습니다. 어머니, 나한테 미음을 좀 주시우. 어서 먹고 기운을
차려야겠습니다."

차옥은 새까맣게 눈을 반짝 뜨면서 살겠다고 미음을 청했다.

차옥의 시집 서역관 집에서는 며느리 차옥이 친정에서 무사하게 있겠거니 하고 탄평으로 있을 때, 별안간 사돈집 여종이 숨이 턱에 차서 쫓아왔다.

"아씨가 오셨습니까?"

서역관 집 살림살이를 하는 차집에게 물어 보았다.

"아씨라니, 아씨께서 언제 오셔."

차집은 의아하게 대답했다.

"마님께서 밤새 병환이 대단하셔서 위급하시다구 댁에서 마부를 보내셔서 아씨는 먼저 말을 타고 오시고 쇤네는 뒤쫓아왔는뎁쇼."

"그게 무슨 소리야. 우리 댁 마님께서는 아무 일이 없이 안녕히 계신데."

서역관의 집에서는 비로소 무슨 까닭이 난 줄 알고 발끈 뒤집혀졌다. 차집이 안방으로 들어가서 서역관의 아내한테 말하고 서역관의 아내는 친히 며느리네집 종년을 불러 물었다.

"웬일이냐. 나는 이렇게 아무 일도 없이 태평세월로 무사하게 있는데 어떤 놈이 그렇게 외수전갈을 하고 아씨를 데려갔단 말이냐. 자초지종을 자세히 좀 이야기해 보아라."

서역관의 아내는 어찌할 줄을 몰랐다.

"마님께서도 짐작하실지 모릅니다마는 오늘이 마침 새아씨 친정고모댁 혼인잔치였습니다. 그래서 새아씨는 어제부터 친정 마님을 모시고 고모님댁으로 가서 혼인 일을 보아드리고 계셨습니다. 오늘 신행이 막 떠난 뒤에 마부 한 사람이 혼인댁까지 찾아와서 자기는 서역관댁에서 왔는데, 마님께서 밤사이 병환이 돌연 위독하시어 큰일이 날 듯하니 빨리 아씨를 모시구 오라구 해서 왔다구 하면서, 댁의 하인들은 약을 구하러 문 밖으로 나갔으므로 동리에 사는 자기를 대신 보내셨다구 말씀을 여쭈었습니다. 일이 하도 급하니 마님께서 낯선 하인이 좀 미심스럽기는 하지마는 뒤에는 쉰네가 따라갈 테니까 아씨를 재촉하시어 어서 가보라구 하셨습니다. 쉰네가 아씨를 모시고 나와서 말에 오르시게 한 후에 뒤를 따라 종로까지 쫓아왔사온데 마부가 돌연 말을 채질하여 아씨를 모시고 비호처럼 달렸습니다. 쉰네가 함께 가자고 소리를 지르면서 두 주먹을 쥐고 불끈 따랐습니다마는 원체 나는 듯이 뛰어가니 따라갈 수가 없었습니다. 그래 하는수없이 단념하고 뒤를 따라서 이제 댁으로 온 것입니다.”

숙이의 말을 들으니 며느리가 꼭 어느 놈한테 붙들려 간 것이 분명했다. 서역관의 아내는 얼굴이 새파랗게 질려서 사랑으로 뛰어나가 서역관한테 급한 사실을 이야기하고 서역관은 며느리를 찾으러 의관을 차린 뒤에 바깥으로 나가서 포도청의 아는 기찰한테 당부까지 하였다.

이렇게 차옥의 집과 시집이 발끈 뒤집혀서 차옥을 찾으려고 사흘낮 사흘 밤을 서둘렀을 때, 차옥이 허견한테서 놓여서 친정집으로 돌아오고 차옥의 친정에서는 차옥이 남소문 밖 도둑의 소굴에 붙들렸다가 계교로 도둑을 속이고 무사하게 돌아왔다는 전갈을 보냈다. 차옥의 시집에서는 다소 의심되는 점이 있었으나 덮어두는 것이 상책이라 생각해서 차옥에게 위로하는 전갈만 보내고 일을 덮어두기로 했던 것이다.

(제②권으로 이어집니다)

장희빈 ①　　　　　　　　　　값 8, 000원

1988년	2월	25일	초 판	1쇄	발행
2002년	11월	5일	2 판	1쇄	발행
2002년	11월	20일	2 판	2쇄	발행

지은이　　　박　　　종　　　화
펴낸이　　　윤　　　형　　　두
펴낸데　　　범　　　우　　　사

등 록　1966. 8. 3.　제 10-39호
121-130 서울시 마포구 구수동 21-1
대표　717-2121 · 2122 / FAX 717-0429

＊ 파본은 교환해 드립니다.　　　　교정 · 편집/오세경 · 김지선
ISBN 89-08-04248-2 04810　(홈페이지넷) http://www.bumwoosa.co.kr
　　　89-08-04247-4 (세트)　　　(E-mail) bumwoosa@chollian.net